www.tredition.de

AF176862

www.tredition.de

Ulf Häusler
Halvars großer Bruder

**Bibliographische Informationen der Deutschen National-
bibliothek**
Die Deutsche Nationalbibliothek verzeichnet diese Publikation
in der Deutschen Nationalbibliografie; detaillierte
bibliografische Daten sind im Internet über http://dnb.de
abrufbar.

ISBN Paperback   978-3-7469-6513-0
     e-Book   978-3-7469-6514-7

Cover Gemälde und Gestaltung: Regina Häusler
www.art-regina-haeusler.de

Hamburg tredition 2018
1.Auflage

© 2018 Ulf Häusler
Verlag und Druck:
tredition GmbH
Halenreie 40 – 44
22359 Hamburg

Halvars großer Bruder

Für Lutz †

Ulf Häusler

Halvars großer Bruder

Roman

Inhalt

Ende einer Schulzeit

Es war der reinste Alptraum, der wohl jedem Menschen zu schaffen macht, vor allem aber einem kleinen Jungen, wenn er 14 Jahre alt ist. Und es war leider kein Traum, sondern bittere und zutiefst beschämende Realität.

„Walters, sag Deiner Mutter, dass sie schon wieder das Schulgeld nicht bezahlt hat. Das geht so nicht weiter."
Emil suchte verzweifelt nach einem Mauseloch, in das er am liebsten verschwunden wäre.
Es war nun schon das dritte Mal, dass er vor der ganzen Klasse ermahnt wurde. Und es war für ihn wohl das Schlimmste und Demütigendste, was einem auf dem Gymnasium widerfahren konnte.
Emil wusste genau, dass seine Mutter die 30 Mark wieder nicht haben würde – ihre Arbeit als Hilfsarbeiterin in der Berliner Textilfabrik brachte einfach nicht so viel Geld ein, um auch noch sein Schulgeld zu bezahlen. Gut, seine Halbgeschwister brauchten die mütterliche Unterstützung nicht mehr. Die ältere Halbschwester, Elli, hatte für das letzte Halbjahr von der Kirchengemeinde Unterstützung erhalten, die jüngere, Edda, verdiente im Büro so viel, dass sie schon auf eigenen Beinen stand und sein Halbbruder Armin lebte so einigeraßen schlecht und recht von Gelegenheitsarbeiten.
Die Mutter mochte Emil auf das Schulgeld nicht ansprechen, aber er wollte es wenigstens bei Armin versuchen.
Armin grinste nur.
„Mensch Junge, lass det mit der Penne. Is allet Mumpiz. Für so wat ha ick ooch keen Jeld. Kannst ja mit mir kommen und mit nem Stoßkarren Dir wat vadienen. Hat Mutta ooch wat von."
Emil war zum Heulen zumute. Aber er musste stark sein. Auch wenn der Krieg, jetzt im Frühherbst 1919 schon ein Weilchen

vorbei war. Schließlich war sein Vater, Eugen Walters, vor einem halben Jahr gestorben. Arbeiten konnte er nicht mehr nach dem schweren Unfall in der Fabrik. An der Maschine, mit der er arbeitete war ein Treibriemen gerissen und hatte ihm sein linkes Bein förmlich zerschmettert. Er hatte monatelang in der Charité gelegen, wo man ihn wenigstens einigermaßen wieder zusammengeflickt hatte. Das Bein war steif geblieben und die Schmerzen blieben. Auf die Idee, Eugen Walters eine Tätigkeit im Büro anzubieten, kam man nicht. Und ein findiger Anwalt hatte für die Textilfirma auch herausgefunden, wie man das Unfallgeschehen so hinbiegen konnte, dass man außer dem Charité-Aufenthalt nichts bezahlen musste: Eugen war also leer ausgegangen. Eine andere Arbeit konnte er nicht finden – man sagte ihm jeweils ziemlich unverblümt, dass man einen Krüppel nicht gebrauchen könne. Zumal es nach dem Krieg von denen sehr, sehr viele gab. Es blieb keine andere Möglichkeit – Dorle musste nun die Familie ernähren. Sie nahm das schwere Los klaglos auf sich und hatte noch das Leid mit und um Eugen zu schultern – manchmal war ihr zum Heulen zu Mute.

Sie hatte in einer anderen Fabrik eine Tätigkeit als Näherin bekommen – ihr Verdienst reichte gerade aus, dass sie so eben satt zu essen hatten.

Eugen litt unter der Situation am meisten. Er, der mal ein wohlhabender Geschäftsmann gewesen war, der fast zwanzig Familien ernährt hatte, war zu einem hilflosen Krüppel geworden, dessen Frau in der Fabrik arbeiten musste, um ihn und die Kinder durchzubringen; dass es eigentlich nur der jüngste Sohn Emil war, der den Eltern noch auf der Tasche lag, wollte er einfach nicht wahrhaben.

Gleich nach Ende des Krieges hatte das Elend begonnen. Seine Bank war pleitegegangen. Der Vorstand hatte sich mit Eigengeschäften mit Wertpapieren verspekuliert. Die Herren hatten – die Kundeneinlagen und damit auch Eugens Geld – als Sicherheit gegeben und zusätzlich Kredite bei anderen Banken aufgenommen, um Aktien zu kaufen. Dass Deutschland den Krieg auch würde verlieren können, war über ihr Vorstellungsvermögen hinausgegangen. Den Verlust seiner Einlagen hätte Eugen noch verkraftet. Aber seine Bank war eine Genossenschaftsbank mit ‚unbeschränkter Haftung' gewesen, und so hafteten alle Mitglieder der Bank mit ihrem gesamten Vermögen. Und genau zu der Zeit wurde er zusätzlich noch mit der Bürgschaft für seinen Freund Otto Mostar in Anspruch genommen.

Es war das Ende. Der Gerichtsvollzieher war gnadenlos und nahm den Walters alles, was sie hatten. Ihm und seiner Familie blieben je ein Bett, ein Schrank, ein Tisch, 6 Stühle, 6 Teller, Gabeln, Messer und die Kleidung, die sie auf dem Leibe trugen. Haus und Hof waren auch weg – sie fanden immerhin in der Nähe eine kleine Wohnung in einem Neubau im Souterrain. ‚Zum Trockenwohnen', wie man gleich sagte, also für acht Monate.

Mit am Schlimmsten wurde es für Eugen, seinen Leuten kündigen zu müssen. Mit Henner, seinem Vorarbeiter, sprach er zuerst. Dorle hatte die beiden Männer noch nie weinen sehen, und zusammen schon gar nicht.

Henner hatte sich als erster wieder gefasst. „Is schon vadammt blöde, Eugen, aber lass mal jut sein. Ick wer schon wieda uff de Beene kommen. Bin ja noch jung. Für Dir is et schlimma. Aber ick jloobe zusammen mit Deine Dorle wirste et schaffen."

Seine Kutscher waren alle ziemlich betroffen, dass ihr Chef pleite war und sie nun ohne Arbeit dastanden. Aber sie nahmen es dann doch alle ganz gefasst auf und gingen still vom Hof.

All das ging Eugen seit seinem Unfall fast ständig durch den Kopf. Und alles hätte er notfalls noch ertragen. Aber das Dasein als nutzloser, schmerzgeplagter Krüppel setzte ihm am meisten zu.

Nach einem halben Jahr brach die Wunde wieder auf. Eugen hatte eine Sepsis bekommen. Und all sein Lebensmut hatte ihn verlassen. Vier Wochen kämpfte sein Körper noch – Eugen mochte nicht mehr kämpfen. Auch die so tapfer zu ihm stehende Dorle vermochte ihm keinen neuen Lebensmut mehr einzuflößen und so starb Eugen als junger Mann kurz vor Weihnachten 1919 mit 41 Jahren.

Für eine ordentliche Grabstätte fehlte Dorle das Geld. Henner sprang für die Familie ein.

„Dorle, ich habe Eugen so sehr viel zu verdanken – ich habe Euch eine Grabstelle besorgt. Habe ich von den Trinkgeldern bezahlt, die wir oft von den Kunden bekommen haben. Lass mal gut sein. Und wenn Du Hilfe brauchst – Hanna und ich sind immer für Dich da."

Henner hatte vor lauter Rührung mal hochdeutsch gesprochen und seinen Berliner Dialekt für den Moment vergessen.

Emil ging nach dem vergeblichen Gespräch mit seinem Halbbruder Armin zu seiner Mutter.

„Mama, ich geh nicht mehr zur Schule. Wir haben doch nicht so viel Geld und da ist es doch besser, wenn ich gleich etwas Richtiges lerne."

Dorle schluchzte lautlos in ihre Arme – sie saß völlig verzweifelt am Küchentisch.

„Junge muss das denn sein?" fragte sie, wohl wissend, dass es die beste Lösung wäre – so musste sie letztlich nur für sich selbst sorgen.

Dorle musste an Eugen denken – ihm wäre es ganz sicher nicht recht gewesen, dass jetzt auch Emil die Schule schmiss, aber ihr blieb letztlich keine andere Wahl.

„Tu mir den Gefallen – lass es uns morgen entscheiden. Ich muss einfach noch einmal darüber nachdenken."

Und auf einmal wurde auch Dorle bewusst, dass ihr ‚Kleiner' fast schon erwachsen war mit seinen 14 Jahren, als er ihr antwortete:

„Ach Mutter, ist ja gut. Aber ändern wird sich dadurch auch nichts."

Es war nun auch Emil an der Reihe, sich von seiner Kindheit zu verabschieden – er hatte zum ersten Mal in seinem Leben nicht mehr Mama, sondern Mutter gesagt.

Dorle schlief trotz ihrer Müdigkeit schlecht in der Nacht. Und am nächsten Morgen weckte sie Emil schon um fünf Uhr früh –

um sechs Uhr begann ihre Schicht in der Fabrik. „Gib mir mal eins Deiner Schulhefte. Und reiß mir eine Seite raus – ich muss einen Brief schreiben."

„An wen?" fragte Emil sie.

„Ans Gymnasium. Ich melde Dich ab."

„Das ist gut Mutter. Und Du musst jetzt kein schlechtes Gewissen haben. Vater hätte es auch so gewollt. Weil wir nun mal arme Leute geworden sind. Weiß noch, als Vater mal mit mir bei einem seiner ehemaligen Kutscher zu Hause war. Die waren auch arm. Und er hat ihnen etwas Geld gebracht, weil eins der Kinder so krank war. Und als wir wieder gegangen waren, hat er zu mir gesagt, dass arm sein keine Schande ist. Aber schändlich könne es werden, wenn man damit nicht richtig umzugehen weiß. Sieh mal – Vater ist aus eigenen Stücken was geworden. Gut, er hat alles verloren. Aber er konnte dafür nichts. Ich werde auch ohne Gymnasium was und ich werde es nie, nie, nie wieder verlieren. Und sobald ich Geld verdiene, bekommst Du was von mir. Versprochen."

„Wir müssen ganz fest daran glauben, Junge, dann wird daraus was. So – hier ist der Brief an Deine Penne. Bring ihn hin, dann sparen wir die Briefmarke."

„Mach ich. Und ich werfe den nicht nur einfach in den Kasten. Denen werde ich noch etwas dazu sagen."

Dorle schaute ihren jüngsten Sohn direkt mit ein wenig Stolz an. Sie liebte Eugens Kinder. Auch die, die Arlette, Eugens erste Frau, auf die Welt gebracht hatte – aber sie empfand halt ein wenig stolz auf ihren Emil, der ja als einziger auch ihr eigen Fleisch und Blut war.

Dorle hatte die Wohnung längst verlassen, da machte sich auch Emil auf den Weg.

Als er in seinem Gymnasium angekommen war, ging er direkt in seine Klasse. Ohne anzuklopfen, betrat er die Klasse und setzte sich auf seinen Platz.

„Na, Walters, schön, dass Du auch mal wieder zum Unterricht erscheinst. Und hast Du endlich das Schulgeld dabei?"

„Nö, aber einen Brief von meiner Mutter für Sie."

„Los, gib her."

Emil wurde langsam zornig.

„Bitte!"

„Was soll das denn – bitte?"

Studienrat Lutter betonte das Wort ‚bitte', seine Stimme hebend.

„Das Wort ‚bitte' haben Sie wohl noch nie gehört? Oder gilt das nur für uns Zöglinge, damit sie uns schlagen können, wenn wir es mal vergessen?"

„Werd nicht frech Walters. Erst das Schulgeld nicht zahlen und dann noch unverschämt werden? Komm her."

Emil stand auf. Ging nach vorne.

Studienrat Lutter holte aus und wollte Emil eine kräftige Ohrfeige verpassen. Inzwischen herrschte in Emils Klasse gespannte Stille.

In dem Moment, als Emil die Ohrfeige auf seiner linken Wange erreichen sollte, riss er seinen Arm nach oben, die Hand zu einer Faust geballt. Die Faust erwischte den Unterarm des Lehrers, der einen Schmerzensschrei ausstieß. Emils Faust hatte den Unterarm an seiner empfindlichsten Stelle erwischt.

„Das hat Konsequenzen!" schrie der Pauker „Los, wir gehen zum Direktor!"

Lutter packte mit seiner linken Hand Emil am Oberarm, um ihn vor sich herzuschieben. Die Klasse johlte inzwischen vor Begeisterung.

„Ruhe!" schrie Studienrat Lutter.

Es nutzte nichts.

Emil hatte sich inzwischen vom Griff an seinen Oberarm losgemacht, drehte sich halb zur Klasse und hob seinen Arm.

Sofort war die Klasse still, gespannt, was nun folgen würde.

„Jetzt hören Sie mal mir einen Moment zu Herr Studienrat und dann können wir gern zum Direx gehen. Und Ihren Rohrstock können Sie dann gleich mitnehmen.

Also erstens. Ich halte Sie für einen ziemlich armseligen Menschen. Ich würde nie, nie, nie von einem Schüler vor der gesamten Klasse das Schulgeld anmahnen. So etwas erledigt man nach dem Unterricht unter vier Augen.

Zweitens. Sie scheinen davon auszugehen, dass ein Schüler nicht bezahlt, um Sie zu ärgern. Dass so etwas auch aus wirklicher Not heraus passieren kann, übersteigt wohl Ihr Vorstellungsvermögen.

Und drittens erkläre ich Ihnen jetzt, warum meine Mutter nicht zahlen konnte, weil mein Vater nämlich vor einem halben Jahr starb. Dass meine Eltern unverschuldet alles verloren haben. Aber eins haben wir nicht verloren – das hatte mir mein Vater noch gesagt, bevor er starb: Arm sein ist keine Schande. Schändlich kann es nur werden, wenn man damit nicht umzugehen weiß. So, und nun können wir gern zum Direx gehen. Aber wehe, Sie fassen mich noch einmal an. Vorher sollten Sie vielleicht noch den Brief lesen."

In der Klasse war es nach wie vor mucksmäuschenstill.

Lutter war so verstört, dass er tatsächlich genau das tat, was Emil von ihm verlangt hatte. Inzwischen war er puterrot angelaufen, sodass es aussah, als solle er gleich einen Schlaganfall erleiden.

„Los Walters, gehen wir!" brüllte er, sichtlich um Autorität bemüht.

„Wenn Sie ‚bitte‘ sagen." war Emils Antwort. „Bitte!" kam es gereizt zurück.

„Und Ihr schreibt inzwischen das erste Kapitel von Caesars ‚Bellum Gallicum‘ ab. Bis morgen lernt Ihr das auswendig." nervte Lutter die Klasse, bevor er mit Emil loszog. Der seiner nunmehr ehemaligen Klasse noch zurief: „Viel Spaß dabei!"

Oberstudiendirektor Prof. Dr. Hoffner war ein herzensguter Mensch, der seine Schüler überaus liebte. Und er war ein glänzender Pädagoge.

Emil wusste das, weshalb er freiwillig mit Lutter den Direktor aufsuchte. Er hoffte, ihn auf seine Seite ziehen zu können – vielleicht brauchte er ja mal jemanden, der auf seiner Seite stand, wenn er irgendwann eine Referenz benötigen sollte. Dass man so etwas unter Umständen gut brauchen könnte, wusste er von seinem Halbbruder Armin.

Hoffner kannte seinen Kollegen Lutter natürlich allzu gut und wusste, dass der seine Autorität mehr der Eigenschaft als Prügelpädagoge, denn seiner Persönlichkeit verdankte.

Lutter berichtete vom Vorgefallenen, allerdings etwas einseitig, denn er schilderte den Schlag auf seinen Arm als Angriff seines Schülers und keineswegs als Abwehr einer Ohrfeige.

Hoffner forderte dann Emil auf, zu schildern, was vorgefallen war.

„Herr Direktor, Sie glauben doch nicht dem Walters etwa mehr als mir?"

Lutter hatte inzwischen die Gesichtsfarbe gewechselt – er war jetzt leichenblass.

„Aber Herr Kollege- als Lateiner kennen Sie doch den Spruch ‚audiatur et altera pars'. Und selbst wir Pädagogen wissen doch, dass der preußische Staat ein Rechtsstaat ist. Auch wenn wir jetzt in einer Republik leben und der Kaiser abgedankt hat."

Emil gab seine Schilderung des Geschehenen ab und erzählte dann dem Direx in allen Einzelheiten das Schicksal der Familie Walters.

Als er geendet hatte, herrschte ein Moment ein fast schon bedrückendes Schweigen.

„Nun Walters, ich kann Dich verstehen und es tut mir leid, dass Du die Schule verlassen musst. Aber tu mir einen Gefallen. Sag Deiner Mutter, sie könne stolz auf Dich sein.

Trotzdem hast Du vielleicht ein wenig zu barsch reagiert."

Was der Direx damit meinte, sagte er nicht. Und fuhr dann an Lutter gewandt fort:

„Herr Kollege, das Schulgeld von einem säumigen Schüler vor der ganzen Klasse anzumahnen, geht natürlich nicht. Ich bitte Sie, das künftig zu unterlassen. Und was die Walters'sche Prügelattacke angeht - da ist dem Emil in Abwehr halt der Arm hochgerutscht. Wollen Sie das wirklich geahndet wissen? Da Walters ja die Schule verlässt, ginge das nur in einer offiziellen Untersuchung und wie die ausgeht, weiß keiner. Also lassen wir das?"

Hoffner wartete die Antwort nicht ab. Er erhob sich von seinem Schreibtischsessel.

Als Lutter und Emil den Raum verließen, rief der Direx Emil noch einmal zurück.

„Emil Walters, das alles, was da passiert ist mit Deiner Familie, tut mir unendlich leid. Davon wusste hier niemand etwas. Aber eins will ich Dir noch mit auf den Weg geben: Wenn Du jemals Hilfe brauchen solltest für Deinen Beruf, melde Dich. Du hast da was gut bei mir, bei uns, Deiner alten Penne. Und ich glaube ganz fest, dass Du auch mal ohne Abitur was wirst. Mach's gut, Junge."

Als Dorle abends nach Hause kam, erzählte Emil ihr sogleich von seiner Heldentat. Und – es war das erste Mal seit langem, dass sie mal wieder lächelte. Sie sprachen noch ein Weilchen über das Erlebte und Dorle meinte abschließend nur:

„Hoffentlich wollen die das Schulgeld nicht noch nachgezahlt haben."

Die Eltern

Etwa eine Woche später bummerte es abends an der Tür ihrer Kellerwohnung. „Emil, machst Du mal auf?"

Als er die Tür öffnete, stand da ein fremder Mann. „Ich heiße Artur Felsstein. Ich möchte gern mit Deiner Mutter sprechen."

Emil war sehr misstrauisch. Der Mann war sehr gut angezogen, offenbar ein feiner Herr. So ein Besuch würde sicher nichts Gutes bedeuten.

„Die ist nicht da. Was wollen Sie denn von ihr?"

Dorle hatte den kurzen Dialog nicht mitbekommen und rief aus der Küche:

„Wer ist denn da?" Und der Fremde rief laut, für Emil antwortend:

„Frau Walters, ich würde Sie gern sprechen – es geht um Ihren Sohn Emil!"

Emil ließ die letzten Tage vor sich Revue passieren, aber außer dem besonderen Besuch in seiner Schule wollte ihm nichts einfallen, dass er ausgefressen haben könnte.

Inzwischen war die Mutter an die Tür gekommen. Erneut stellte Artur Felsstein sich vor.

„Kommen Sie ruhig herein, aber bei uns sieht es ziemlich ärmlich aus."

„Das weiß ich Frau Walters."

Als sie am Küchentisch saßen – Emils Halbgeschwister waren zum Glück alle nicht da – begann Felsstein sein Anliegen vorzubringen.

„Frau Walters – würde es Ihnen etwas ausmachen, wenn Emil uns einen Moment allein lassen würde?"

Widerstrebend ging Emil nebenan in das kleine Zimmer und setzt sich auf sein Bett.

„Ich bin der Vater eines Klassenkameraden von Emil. Und mein Sohn Ohlfried hat uns abends erzählt, wie toll sich ihr Sohn da neulich verhalten hat.

Ich habe mich daher am nächsten Tag ein wenig nach Ihnen und Ihrer Familie erkundigt. Da ich bei einer Bank arbeite, war das nicht so sehr schwer. Und so kenne ich eigentlich Ihre ganze Odyssee. Und Ihren Mann habe ich auch mal kurz kennen gelernt, als er uns die Milch morgens brachte. Ich weiß also ganz gut Bescheid über Sie. Und ich möchte Emil ein wenig helfen.

Wissen Sie, ich bin der Sohn eines sehr armen jüdischen Tuchhändlers, uns ist es in meiner Kindheit vielleicht noch ein wenig schlechter gegangen, als Ihnen jetzt. Aber um Ihnen das zu erzählen, bin ich nicht hier.

Ich hatte damals großes Glück, weil ein Freund meines Vaters, der zu etwas Geld gekommen war, mir half eine Lehrstelle zu finden. Na ja, ich habe die Chance nutzen können und bin heute Direktor in einer Bank.

Und in Emil sehe ich so ein bisschen die Möglichkeit, an ihm gut zu machen, was mir damals Gutes widerfahren ist. Können Sie das verstehen, Frau Walters?"

„Verstehen kann ich das. Aber wie soll das denn gehen? Ohne Schulabschluss und so?"

„Ich habe mich bei Emils Direktor über ihn erkundigt. Professor Hoffner hält offenbar von Emil sehr viel, auch wenn seine Leistungen im Unterricht nur durchschnittlich waren. Er führt das aber auf das Geschehen in Ihrer Familie zurück und vor allem auch auf den Tod Ihres Mannes. Und dass sogar schon ein 14-jähriger Bengel versucht, seine Mutter zu entlasten, indem er statt nachmittags zu lernen, kleinere Jobs annimmt, offen gestanden imponiert mir das sogar. Was er nicht unbedingt wissen muss. Weshalb ich bat, ihn hinauszuschicken."

„Und wie wollen Sie da helfen?"

Dorle war immer noch misstrauisch, seit Eugens Insolvenz hatte sie keine sie positiv stimmende Begegnung mehr gehabt.

„Ich weiß von Direktor Hoffner zwei Dinge über Emil: Einmal, dass er einen gesunden Ehrgeiz hat und zum zweiten, dass er recht gut rechnen kann und daran wohl auch viel Spaß hatte. Und bevor er jetzt endlos herumsucht, um eine Lehrstelle zu finden, könnte ich ihm vielleicht eine vermitteln."

„Doch nicht etwa in Ihrer Bank? Sie verstehen sicher, dass ich von Banken die Nase ziemlich voll habe."

„Nein, Frau Walters, nicht in meiner Bank und auch bei keiner anderen. Aber ich habe einen ganz guten Kunden. Das ist ein Bücherrevisor, der wohnt in Kreuzberg und hat da auch seine Kanzlei. Er hat sich wohl auf die Prüfung von landwirtschaftlichen Großbetrieben spezialisiert. Er verdient recht gut und hat einen ausgezeichneten Ruf. Von dem weiß ich, dass er einen Lehrling sucht, denn er bat mich, ihm dabei behilflich zu sein. Wäre das nicht etwas für Emil?"

„Oh Herr Felsstein, ich kann es gar nicht glauben, dass mir mal jemand noch helfen würde." Und Emils Mutter konnte nicht anders, sie begann zu weinen.

Als Emil keine Stimmen mehr hörte – er hatte zwar versucht zu lauschen, aber der Fremde hatte so leise gesprochen, dass er beim besten Willen nichts hatte verstehen können – ging er einfach in das Zimmer, in dem die Mutter und ihr Gast saßen.

„Warum weinst Du, was hat der Mann gesagt, dass Du jetzt weinst, Mutter?" Emils Stimme klang für einen 14-Jäjrigen recht scharf.

„Ach Junge, es ist schon recht. Herr Felsstein will uns, will Dir helfen."

Und dann erzählte Felsstein Emil das, was aus seiner Sicht für den Jungen geeignet schien und endete mit der Frage: „Hat Dein Direx recht damit, wo er meint, dass Deine Begabung liegt? Und hättest Du an einer solchen Lehre Spaß? Müsstest aber ziemlich hart arbeiten."

Emils Mimik gegenüber dem Fremden hatte sich inzwischen völlig entspannt und je länger der sprach, umso mehr strahlte Emil.

„Das wäre genau das, wozu ich Lust hätte. Oh ja, arbeiten kann ich und will ich. Und ich will Geld verdienen. Und nie, nie mehr arm sein. Und Mutter Du bekommst von mir Geld. Und wenn ich dann mal mehr verdiene, hörst Du in der Fabrik auf zu arbeiten. Oh Mama, es geht wieder aufwärts mit uns Walters!" Vor lauter Begeisterung hatte er wieder Mama gesagt. Und Felsstein schmunzelte über die Begeisterung des Jungen.

„Also stellst Du Dich bei Herrn Reuter vor? So heißt der Bücherrevisor nämlich."

„Oh ja, gerne. Kann ich morgen schon hingehen?"

„Emil, erst einmal muss ich mit Herrn Reuter sprechen und ihm
sagen, dass ich jemanden gefunden habe. Und der sagt mir dann,
wann es ihm passt. Und weißt Du was? Ich gehe mit Dir mit, aber
nur, wenn Du magst. Und vorher kaufe ich Dir noch einen Anzug
und ein ordentliches Hemd. Einverstanden?

Emil nickte nur mit leuchtenden Augen. „Dauert es noch sehr
lange?"

„Morgen Mittag kommst Du zu mir in die Bank. Da weiß ich
schon mehr. Und dann kaufen wir auch gleich was zum Anziehen. Ich denke, Donnerstag oder Freitag kannst Du Dich vorstellen. Wenn wir Pech haben, wird es nächste Woche, weil Herr
Reuter oft auf Geschäftsreise ist.

Ach übrigens Frau Walters – ich habe mit Direktor Hoffner auch
wegen des noch offenen Betrages über Emils Schulgeld gesprochen – da brauchen Sie sich keine Sorgen mehr zu machen."

„Wieso nicht?" fragte Dorle.

„Ich habe es bezahlt, ganz einfach. Und habe dem Herrn Direktor
dazu gesagt, dass deshalb die Felssteinsche Schulspende beim
nächsten Mal fortfällt."

Dorle wurde ganz rot.

„Lassen Sie mal Frau Walters. Hoffner hat da nur gelacht."

Als sich Herr Felsstein kurz Zeit später verabschiedete, musste
Dorle wieder weinen – ihr wollte einfach nicht in den Kopf, dass
da ein völlig Fremder gekommen war, der ausgerechnet ihr helfen wollte und tatsächlich auch half. Und anstatt Frau Walters
ordentlich die Hand zu geben, ging er einfach auf sie zu und
nahm sie in den Arm und drückte sie kurz an sich.

„Ich weiß nur zu gut, wie Ihnen zumute ist. Ist schon alles gut
und richtig so."

Emil beeindruckte die kleine Szene sehr viel weniger.

„Herr Felsstein, von meinem zuerst verdienten Geld schenke ich
Ohlfrieds Mutter einen Blumenstrauß."

„Wieso das?"

„Hat mein Vater mir so beigebracht. Wenn ein Mann einem was Gutes tut und man sich nicht direkt revanchieren kann, wären Blumen für die Frau immer richtig. Das mach ich so. Und vielleicht kann ich ja dann auch mit Ohlfried ein bisschen quatschen, wenn er grad da ist."

„Nun ja Emil, wenn Du meinst – ein Mann muss immer das tun was er tun muss."

Felsstein hatte Wort gehalten.

Als Emil am Mittwoch zu ihm in die Bank kam, musste er etwa zehn Minuten warten. Emil war ganz beeindruckt von der Pracht, die ihn in der Bank umgab und Felssteins Sekretärin war ausgesprochen nett zu ihm, obwohl er sich ziemlich schämte wegen seiner abgerissenen Kleidung.

„Hereinspaziert, junger Herr!" Felsstein war durch die Tür seines Büros gekommen und nahm Emil mit, die Tür hinter sich schließend.

„Ich habe mit Herrn Reuter telefoniert Emil, er erwartet Dich am Freitag früh um zehn Uhr. Ich habe ihm gesagt, ich wisse noch nicht, ob ich mitkommen könne, um noch anderes mit ihm zu besprechen. So kannst Du Dir noch überlegen, ob Du allein gehen willst oder mich lieber dabeihaben möchtest."

„Ich weiß nicht, Herr Felsstein, auf der einen Seite habe ich ein wenig Angst, das so ganz allein durchzuziehen, auf der anderen Seite macht es aber auch keinen so tollen Eindruck, wenn es aussieht, als würde ich mich allein nicht trauen."

„Weißt Du was, Emil, Du kannst es Dir ja noch überlegen. Und jetzt gehen wir los und kaufen Dir ordentliche Sachen zum Anziehen."

Als sie die Bank verließen, winkte Felsstein eine Droschke herbei.

„Zum KaDeWe." befahl er dem Fahrer.

Eine Stunde später verließen sie das Kaufhaus. Emil trug eine Tüte mit einem Anzug, zwei Hemden, Strümpfen und einem Paar neuer Schuhe. Und eine zweite Tüte mit lauter Köstlichkeiten.

„Die ist für Deine Mutter. Und wehe Du fängst vorher an, davon zu futtern. Ich frag sie." meinte er lachend.

„Am Freitag treffen wir uns um viertel vor zehn vor dem Haus in der Großbeerenstraße 3. Bis zur Nr. 57 können wir dann bequem laufen. Alles klar Emil?"

„Ja, Herr Felsstein. Und ganz vielen Dank für alles."

„Schon gut Junge. Und vergiss ja nicht, Deine Mutter von mir zu grüßen. Müsste sonst zu erzieherischen Maßnahmen greifen."

Emil war auf einmal so glücklich und erleichtert über all das was ihm heute so Schönes widerfahren war, dass er ein wenig frech fragte: „Und wie sähen die aus?"

„So, wie die Deines Vaters ausgesehen hätten – bekämest eine Ohrfeige. Und nun los, ab durch die Mitte. Bis Freitag."

Emil hatte in der Nacht zum Freitag vor Aufregung kaum schlafen können. Und statt um viertel vor zehn, kam er schon viertel nach neun in der Großbeerenstr. 3 an. ‚Geh mal zur Nr. 57, dann weiß ich schon, wie weit es zu laufen ist.' dachte Emil. Und stand nach zehn Minuten vor einem prächtigen Haus mit fünf Etagen. Nachdem er es hinreichend bewundert hatte, ging er zur Nr. 3 zurück. Und wartete.

Um viertel vor zehn war von Herrn Felsstein nichts zu sehen. Emil wurde etwas nervös. Ob er nicht kommt? Mich einfach vergessen hat?

‚In acht Minuten muss ich los; wenn ich renne, in fünf Minuten, damit ich nicht zu spät komme.'

Gerade, als er losspurten wollte, bog eine Droschke um die Ecke.

„Emil, komm steig ein, bin ein bisschen spät dran." Kaum saß Emil neben ihm, meinte Felsstein:

„Ich komme mit rein, habe mit Herrn Reuter noch einiges zu besprechen Aber Deine Vorstellung, die machst Du allein."

Felsstein entlohnte die Droschke, dann standen sie vor der Haus-Nr. 57.

Auf dem blank geputzten Messingschild las Emil andächtig ‚Raimund Reuter – Vereidigter Bücherrevisor'

Sie betraten das breite Treppenhaus - Emil wagte kaum zu atmen: Marmorboden und Marmorwände, die Treppenstufen mit Teppich belegt und die Handläufe der Treppe mit dicken Kordeln, jeweils als Halterung massive Messinghaken.

In der ersten Etage angekommen, zog Herr Felsstein seine goldene Klappdeckeluhr - genau zehn Uhr.

„Pünktlichkeit ist die Höflichkeit der Könige. Merk Dir das gut, Emil. Und nun auf in den Kampf." und drückte die Klingel.

Gleich darauf wurde die Tür geöffnet. Eine etwa 40-jährige Frau mir weißer Schürze und Spitzenhäubchen öffnete ihnen.

„Wen darf ich bitte melden?" fragte sie und machte einen angedeuteten Knicks.

„Die Herren Felsstein und Walters."

„Einen Moment bitte. Nehmen Sie doch bitte Platz. Darf ich Ihnen das abnehmen?"

Sie deutete auf die beiden Stühle in der riesigen Diele, und nahm Herrn Felsstein Stock, Hut und Handschuhe ab. Emil hatte nichts dergleichen.

Nach wenigen Minuten öffnete sich eine andere Tür und ein nach Emils Empfinden schon älterer Herr kam auf sie zu. Perfekt gekleidet, sogar weiße Gamaschen an den Schuhen, eine dicke goldene Uhrkette an seiner Weste herabhängend und nicht, wie er es sonst schon manchmal gesehen hatte, über den ganzen Bauch gespannt.

„Guten Tag Herr Felsstein, schön, Sie zu sehen. Ich habe so einiges Interessantes für Sie, zwei meiner Mandanten betreffend. Und das ist wohl Ihr Schützling, der Herr Walters von dem Sie mir erzählten?"

Reuter reichte währenddessen erst Felsstein und dann Emil die Hand. Die beiden Herren deuteten dabei je eine knappe Verbeugung an. Emil machte ganz unwillkürlich einen richtigen Diener, so wie es ihm der Vater mal beigebracht hatte.

Nachdem die üblichen Höflichkeitsfloskeln ausgetauscht waren, kam Reuter zur Sache.

„Herr Felsstein, es ist Ihnen doch sicher recht, wenn ich mich mit Herrn Walters ein wenig allein unterhalte? Und damit Sie sich

nicht langweilen – meine Frau und meine Tochter würden sich ganz außerordentlich freuen, wenn Sie mit ihnen im Salon derweil ein wenig plaudern würden. Die Opernsaison steht doch bevor und meine Frau ist ganz erpicht darauf, mal eine andere Meinung als meine zu dem anstehenden Programm zu hören."
Reuter hatte inzwischen geklingelt, das Dienstmädchen erhielt Auftrag, Herrn Felsstein in den Salon zu führen.

Herr Reuter ging in sein Büro, Emil bedeutend, ihm zu folgen. So ein riesiges Büro hatte Emil noch nie zuvor gesehen. Und anscheinend war das Büro auch noch gleichzeitig die Bibliothek, denn Emil staunte über die vom Boden bis zur Decke reichenden Regale, alle voller Bücher. Kaum hatten beide Platz genommen, kam Herr Reuter zur Sache.
„Also Herr Walters, Sie möchten bei mir das ‚Handwerk' eines Bücherrevisors erlernen? Wie sind Sie denn darauf gekommen? Warum machen Sie nicht z.B. eine Banklehre?"
Dass Reuter über Emils häusliches Drama und wie es zu ihm gekommen war, bestens unterrichtet war, wusste Emil natürlich nicht. Und so erzählte er einfach darauf los. Und – vielleicht unbewusst – berichtete er ohne viel Schnörkel, wie die Walters'sche Familie verarmte.
Reuter ließ sich absolut nichts anmerken, was er dazu dachte, sondern leitete das Gespräch dann auf Emils Vorlieben in der Schule über. Natürlich hatte er sich auch hier längst erkundigt – erst bei seinem Bankier Felsstein, aber dann auch beim Direktor des Gymnasiums, das Emil hatte verlassen müssen. Und stellte dann Emil eine richtige kleine Textaufgabe im Rechnen. Und die mündlich. Und sagte auf einmal nicht mehr ‚Herr Walters', sondern ‚Emil' zu ihm, blieb dabei aber beim ‚Sie'. Es war eine Aufgabe aus der Landwirtschaft. Emil war etwas verdutzt, weil es nichts weiter als ein einfacher Dreisatz war und so kam seine – richtige -Antwort fast wie aus der Pistole geschossen.
Reuter gefiel das richtig gut und meinte dann nach einer halben Stunde: „Emil, wir überlegen es uns jetzt beide noch einmal. Wir haben heute Freitag. Ich reise noch nach Breslau, komme aber am Dienstag zurück. Dann haben Sie sich entschieden und ich

mich auch. Und jetzt wird sich meine Tochter noch mit Ihnen unterhalten, während ich mit Ihrem Gönner, Herrn Felsstein, zu sprechen habe."

Reuter hatte inzwischen wieder geklingelt.

„Hertha soll sich um den jungen Herrn Emil kümmern, ich gehe zu Felsstein rüber." sagte er dem Dienstmädchen.

Emil fand sich auf einmal in einem Zimmer direkt neben dem Eingang zur Wohnung wieder.

„Das gnädige Fräulein kommt gleich." beschied ihn das Dienstmädchen.

Leise öffnete sich die Tür.

„Guten Tag Herr Walters. Mein Vater meinte, wir zwei sollten uns unterhalten. Ich heiße Hertha Reuter."

„Guten Tag, gnädiges Fräulein. Ja, Ihr Herr Vater deutete dies an. Ich bin Emil Walters. Habe mich gerade bei Ihrem Herrn Vater vorgestellt. Vielleicht werde ich Lehrling bei ihm."

„Huch, Sie sind aber förmlich. Da ich nach Meinung meiner Eltern meist eher ungnädig bin, sollten Sie sich das mit Ihrer Anrede besser noch einmal überlegen. Fräulein Reuter klingt doch auch ganz nett. Und dass Sie Kinderstube mitbekommen haben, glaube ich Ihnen auch so. Übrigens haben wir früher immer mal von einem Walters jeden Tag die Milch bekommen. Aber den gibt's wohl nicht mehr. Haben Sie mit dem was zu tun?"

Emil wusste nicht recht, ob er dem Mädchen auch alles erzählen sollte. Er entschloss sich zu einem anderen Weg.

„Eugen Walters war mein Vater. Der ist aber inzwischen gestorben. Ist eine längere Geschichte. Wenn Sie wollen, erzähle ich Sie Ihnen gern ein anderes Mal? Ich fürchte, ich muss sonst mitten drin aufhören, wenn Ihr Herr Papa sein Gespräch mit Herrn Felsstein beendet hat."

Wenige Minuten später klopfte es, Herr Felsstein hatte schon seinen Stock, den Hut und seine Handschuhe in der Hand.

„Auf geht's junger Freund. Adieu verehrtes gnädiges Fräulein."

Und das Dienstmädchen schloss hinter ihnen die Tür.

„Und, wie war's?" fragte Herr Felsstein.

„Ich habe eigentlich ein gutes Gefühl gehabt. Aber als Herr Reuter zum Schluss meinte, wir wollten es uns beide noch einmal überlegen, bin ich mir nicht mehr so sicher."

Felsstein lachte.

„Emil, ich kann Dich beruhigen. Du hast einen guten Eindruck hinterlassen und er will Dich einstellen. Übrigens hat seine Frau ihn darin bestärkt."

„Die kennt mich doch gar nicht."

„Da hast Du Recht. Aber soll ich Dir mal verraten, was sie wörtlich zu ihrem Mann gesagt hat?" Felsstein wartete die Antwort gar nicht erst ab und fuhr fort:

„Er sagte ‚Dicker, den Jungen nimmst Du. Wird höchste Zeit, dass in Dein Büro mal junges Blut reinkommt. Deine Leute da unten wirken sowas an verknöchert, die sind ja schon fast zum Fürchten. ' Und da hat der Reuter nur gelacht und zu ihr gesagt: ‚Hast ja recht Lucie. Und der Junge scheint gut zu sein."

Am 1. Dezember 1919 begann Emil Walters in der Praxis des Bücherrevisors Raimund Reuter seine Lehre. Und vom ersten verdienten Geld kaufte er einen Blumenstrauß, um ihn Frau Felsstein zu bringen. Die sich über die Geste sehr, sehr freute und gleich ihren Sohn Ohlfried zu sich rief, damit die beiden miteinander ein wenig reden konnten.

Und ab da gab er zwei Drittel von seinem Einkommen seiner Mutter. Für die dies eine enorme Hilfe war. Auch die älteste Tochter Elli und Sohn Armin halfen der Mutter ein wenig, sodass sie jetzt geldlich zusammen mit dem, was sie in der Fabrik verdiente, ganz gut zurechtkam.

Der Reutersche ‚Stift' erwies sich als unheimlich wissbegierig, war sehr fleißig und richtig zielstrebig. Und bestand seine Abschlussprüfung drei Jahre später, im Sommer 1922, mit der Note ‚Sehr gut'. Schon ein halbes Jahr später legte er vor der Industrie- und Handelskammer die Prüfung zum Bilanzbuchhalter ab. Dass Emil ob seiner Erfolge bisweilen ein wenig übermütig wurde und auch ganz schön arrogant und mitunter aufbrausend sein konnte, wurde allseits akzeptiert – quasi als Vorrecht der Jugend. Emil war inzwischen 19 Jahre alt.

Es begann eine Zeit, in der Raimund Reuter einen guten Zuarbeiter bestens brauchen konnte. Und damit der ‚Bengel' nicht auf dumme Gedanken kam, ermunterte Reuter ihn, Kurse auf der Handelshochschule in Berlin zu besuchen. Er unterhielt sich oft mit dem jungen Emil und war begeistert über dessen Fortschritte – er meinte zu Lucie:
„Der saugt das Wissen auf wie ein Schwamm."
Dass der junge Emil manchmal auch ganz schön über die Stränge schlug, bekam er aber nicht mit. Dafür aber durchaus, dass er ziemlich oft bei Fräulein Reuter in deren Arbeitszimmer in der Wohnung war.
Emil konnte unwahrscheinlich charmant sein. Und da er mit seinen 1,72 cm Länge eine ganz stattliche Erscheinung war, probierte er seine Wirkung auf die Tochter des Chefs ganz gern einmal aus.
Raimund Reuter gefiel das überhaupt nicht. Er beschloss, diese Tête-à-Têtes postwendend zu unterbinden.
„Herr Walters, meine Tochter soll ungestört ihre Arbeit machen – bleiben Sie bitte soweit wie möglich deshalb in Ihrem Büro."
‚Oh je' dachte Emil, sonst redet er mich doch immer mit Vornamen an. '
Raimund war der Meinung, dass Emil zu jung für seine Tochter sei, vor allem aber wollte er vermeiden, dass der junge Spund Einblick in die interne Buchhaltung und damit in seine Einkommensverhältnisse erhielt.
Emil nahm das Verbot schweigend zur Kenntnis – Hertha fügte sich wie immer dem Wunsch des Vaters. Was sie über Emil dachte, behielt sie erst einmal für sich.
Ob Emil es überhaupt und wie weitgehend mit Hertha Reuter ernst meinte, wusste er selbst wohl nicht. Er wollte vor allem mal ein wenig flirten und seine Wirkung auf eine junge Frau testen.

Nachdem Emil schon gut vier Jahre für Raimund Reuter gearbeitete hatte und der nach wie vor hochzufrieden mit dem jungen

Mann war, wurde er gegenüber dem Fräulein Reuter wieder etwas mutiger. Es war ja schon ein ganzes Weilchen her, dass der ‚Alte' ihn ermahnt hatte, seiner Tochter gegenüber etwas zurückhaltender zu sein. Und er wurde nicht nur mutiger, sondern auch ein wenig zudringlicher. Was das liebreizende Töchterlein durchaus nicht übel fand. Und so nahm Emil eines Tages all seinen Mut zusammen, und fragte sie, ob sie Lust hätte, mit ihm zu einem Tanztee am Kurfürstendamm zu gehen.

Und weil er mal wieder ganz besonders charmant war, als er sein Ansinnen vortrug, sagte sie ‚Ja', wies aber darauf hin, dass der Herr Papa das ganz sicher verbieten würde.

„Und wenn Sie die Frau Mama fragen?"

„Mal sehen." antwortete Hertha und lächelte ihn ermutigend an. Zwei Tage später, als er wieder oben in ihr Büro kam, lächelte sie ihn ganz freundlich an.

„Meine Mutter hat zugestimmt und gleich dazu gesagt, dass mein Papa davon nichts zu wissen braucht."

Emil strahlte wie ein Honigkuchenpferd.

Ihm gefiel Hertha nämlich sehr gut, und ihre Eltern irgendwie auch. Dass sie vier Jahre älter war als er, störte ihn überhaupt nicht. Im Gegenteil, er mochte die ganz jungen Dinger, die er so leicht erobern konnte, eigentlich nicht so sehr.

Umgekehrt fand Hertha, dass der 20-jährige Emil eigentlich ein ganz prächtiger Bursche war. Und sein Lebenslauf störte sie nicht im Geringsten. Es hatte ihr sogar imponiert, dass er so vorbehaltlos zu seiner schwierigen Vergangenheit stand. Und dabei nichts beschönigte, sondern ehrlich war. Und dass er ehrgeizig war, gefiel ihr ebenfalls. Das hatte nicht nur der Papa bestätigt, sondern sie hatte es längst selbst bemerkt. Und außerdem war so ein Fünf-Uhr-Tee mit Tanz mal etwas anderes, als die sterilen und langweiligen Veranstaltungen, zu denen sie ihre Eltern so oft begleiten musste und wo – wie sie mal zu den Eltern sagte – nur abgestandene alte Männer sich um sie bemühten, die noch keine ‚abgekriegt' hatten.

Es wurde für beide ein sehr schöner Nachmittag. Emil entpuppte sich sogar nicht nur als charmant, sondern er war ein richtig netter ‚Plauderer', der sie glänzend unterhielt. Selten hatte sie so gelacht. Und sehr gut tanzen konnte er obendrein.

Am daraufkommenden Freitag gingen sie erneut zum Tanztee und danach mindestens zwei Mal im Monat. Und schließlich lud Emil die Angebetete auch zu einer Bootsfahrt auf dem Wannsee ein. Hertha war selig und sie war so selig, dass sie nicht einmal Angst hatte, als das Ruderboot kräftig schaukelte und fast zu kentern drohte, als er zu ihr krabbelte, um sich neben sie zu setzen. Sie fand das eigentlich nur aufregend – und dann sehr schön, als er seinen Arm um sie legte und küsste. Was sie sich ohne geringsten Protest gefallen ließ. Aber als er dann mit einer Hand etwas zudringlicher wurde, wehrte sie ihn ab:
„Bitte nicht, das mag ich nicht." Und weil Emil das ohne weiteres akzeptierte und sie stattdessen erneut küsste, schmiegte sie sich an ihn und flüsterte dann, sich von ihm lösend
„Wenn das einer sieht. Was sollen denn die Leute denken."
Da lächelte Emil sie ein wenig verschmitzt an:
„Dass wir ein Liebespaar sind. Davon gibt's ganz sicher noch mehr auf dem See."
„Wir sind aber nicht die ‚noch mehr'. Wir sind was ganz Besonderes. Oder?"
„Nur, wenn wir jetzt ‚Du' zueinander sagen."
erwiderte Emil, schlang beide Arme um sie und küsste sie erneut und das so lange, dass sie ihn wieder erst von sich drücken musste, damit sie etwas sagen konnte.
„Emil, jetzt ist's genug, los nimm die Ruder – wir müssen auch mal wieder nach Hause."

Dass Emil und Hertha nun ein Paar waren und versuchten, sich wie ein solches zu verhalten, blieb natürlich weder Herthas Mama, noch ihrem Papa verborgen.

Lucie Reuter sollte es recht sein. Ihre Tochter war jetzt 24 Jahre alt – es wurde langsam Zeit sie zu verheiraten. Und ihr ‚Dicker' war hoch zufrieden mit Emil, obwohl der erst 20 war. Aber die Chancen auf eine vernünftige Partie für Hertha waren – sie räumte es sich schweren Herzens ein – letztlich recht überschaubar. Und trotzdem – sie ‚traute dem Braten‘ nicht recht. Sie rief Ihre Freundin an.

„Odile – ich glaube, wir müssen wieder Schuhe putzen. Ich bringe den Schampus mit."

Odile Löwer sah Lucies Problem sehr entspannt, trotz des Champagners.

„Mensch Lucie, da kann ich nur lachen. Mein Mann ist fünf Jahre jünger als ich. Geht prima. Und wenn er mal aus dem Ruder läuft, bekomme ich ihn immer ganz schnell zahm: Ich drohe ihm, mir einen zu suchen der zehn Jahre älter ist als er. Als ich das zum ersten Mal sagte, hat er ein bisschen blöde geguckt. Und dann hab ich's ihm erklärt: Der hat nicht mehr so einen großen Hormonüberschuss. Hat prima funktioniert – jedes Mal landeten wir fünf Minuten später im Bett. So haben wir ein erfülltes Liebesleben."

Raimund Reuter sah das Thema sehr viel gelassener als seine Frau. Eigentlich war ihm die beginnende Bindung gar nicht recht, denn er hielt Emil für einen rechten Windhund, was Frauen anging. Andererseits war Emil mit Riesenabstand sein bester Mitarbeiter, der ihm nicht nur perfekt zuarbeitete, sondern er nahm ihn immer öfters mit zu seinen Mandanten, wo er ihm zunehmend unentbehrlich wurde.

Und dann schien sich das Problem in Wohlgefallen aufzulösen.

Lucies Gefühl war nicht ganz falsch gewesen. Sie hatte sich nämlich vorgenommen, Emil ein wenig zu beobachten. Und da der seiner Beziehung zu Hertha offenbar sehr sicher war, war er auch kein bisschen vorsichtig. Lucie kannte natürlich alle einschlägigen Tanz-Cafés in Berlin. Denn wenn ihr ‚Dicker‘ mal wieder auf Geschäftsreise war – ihrer Meinung nach viel zu oft – ging sie mit ihrer Freundin Odile schon mal ganz gerne in eines der besseren Etablissements, um sich den Nachmittag über zu amüsieren.

Gesagt getan – sie machte sich eine ganze Woche lang nachmittags zusammen mit der Freundin auf den Weg. Und wurde schon im zweiten Anlauf fündig. Einen selig dahinschwebenden jungen Mann bewundernd – Emil Walters, den so tüchtigen Adlatus ihres Mannes in den Armen einer hübschen jungen Dame, die ihrer Hertha allerdings überhaupt nicht ähnlich war.

Mama Reuter runzelte die Stirn, die Freundin Odile Löwer kommentierte:

„Na so ein Schlawiner."

Die Damen gelangten zu dem Ergebnis, das Beobachtete vorerst für sich zu behalten.

„Odile, der Emil ist ja recht kräftig, um nicht zu sagen rundlich. Mal sehen, ob er das öfters macht. Vielleicht macht er das ja als Sport, um abzunehmen?"

„Oh Lucielein, spielst Du jetzt etwa die Naive? Nehme ich Dir nie und nimmer ab. Ich meine, so himmelt man nicht eine junge Frau an, mit der man mal eben tanzt. So einen schmachtenden Verehrer habe ich mir immer gewünscht." Lucie schloss das Thema ab:

„Eine Chance soll er noch haben."

Dies alles war an einem Dienstag geschehen. Und am Donnerstag erlebten sie die gleiche Szene erneut und dann auch noch mit dem Mädchen, mit dem er am Dienstag übers Parkett geschwebt war.

Nun war Lucie richtig wütend.

„Na warte Freundchen, das wirst Du bereuen." murmelte sie zu ihrer Freundin Odile.

„Was hast Du vor?"

„Ich telefoniere Hertha jetzt herbei."

Sie hatten einen Tisch ganz in einer Ecke des Cafés, sodass es unwahrscheinlich war, dass Emil seine Schwiegermutter in spe entdecken könnte.

Als Hertha dank einer Droschke zwanzig Minuten später von Odile in Empfang genommen und sogleich zu ihrer Mutter geführt wurde, gab es eine kleine Tanzpause, sodass Emil und sein

Schwarm nicht ohne weiteres zu sehen waren. Lucie klärte ihre Tochter erst einmal auf. Deren Reaktion ein wenig verhalten ausfiel.

„Vielleicht braucht Ihr eine Brille?"

„Wohl eher nicht, wir haben ihn schon das zweite Mal mit derselben erwischt." erläuterte die Mama. Odile hatte das Pärchen inzwischen im Halbdunkel ausgemacht. Das nicht nur Händchen hielt, sondern innig am Knutschen war. Und Herthas Blick in die Richtung gelenkt.

„Das wird der gleich büßen. Und bitter bereuen." sagte Hertha. Und ihre schönen dunkelbraunen Augen funkelten vor Wut.

„Wie das?" fragten Mutter und Freundin fast unisono. „Werdet Ihr gleich sehen. Sobald die wieder tanzen, klatsche ich ab. Bin schon sehr gespannt."

Lucie schien ein Stein vom Herzen zu fallen – ihre Tochter schien das Gesehene mehr sportlich zu nehmen. Noch lieber wäre es ihr aber, sie würde ‚ihren' Emil umgehend ‚in die Wüste schicken. '

Die Musik hatte wieder eingesetzt und das mit einem langsamen Walzer. Und Emil hielt seine Tänzerin so eng umschlungen, dass sie hinter seinem breiten Rücken kaum zu sehen war.

„Hallo lieber Emil – darf ich abklatschen? Gestattet das junge Fräulein es?"

Emil fuhr herum – und wurde erst puterrot, dann ziemlich blass. „Äh Hertha, das ist nicht so, wie Du denkst. Das ist Fräulein…"

„Halt einfach Deinen Mund und lüg mich nicht noch an." Inzwischen hatte Emil seine Tänzerin losgelassen, die etwas fragend zwischen Emil und Hertha hin- und herschaute.

Hertha nutzte den Augenblick und Emil erhielt eine schallende Ohrfeige, dann drehte sie sich um und ging langsam zum Tisch, an dem, etwas erschrocken ausschauend, ihre Mutter und die Freundin saßen. Im Weggehen drehte sich Hertha noch einmal halb in Richtung Emil um und bekam so noch eben mit, wie Emil eine zweite Ohrfeige erhielt.

„Du dreckiges Miststück – zieh bloß Leine! Ick will Dir nie wiedasehn!" Der Ausruf im schönsten Berliner Dialekt war hinreichend laut genug, dass sogar Lucie und Odile ihn hörten.

„Können wir gehen?" fragte Hertha.

„Na, zahlen muss ich schon noch vorher. Und meine Liebe, sehr damenhaft war Dein Verhalten eben nicht." antwortete die Mutter, aber Odile war da leicht anderer Meinung:

„Bisweilen muss man die Dame auch mal beiseiteschieben dürfen und ganz einfach als junge Frau handeln. Hast Du gut gemacht Kindchen." Lucie lächelte nun, weil sie ihrer Freundin Recht gab, aber Hertha zischte nur wütend.

„Nenn mich nicht immer Kindchen." Und ergänzte kaum hörbar: „Was bildet der blöde Kerl sich eigentlich ein."

Emil versuchte gleich am nächsten Morgen, in Herthas Büro zu gelangen. Wie immer öffnete das Dienstmädchen. Und hatte – vorab wohl informiert – die Türkette vorgelegt, sodass sich die Tür nur einen Spalt öffnen ließ. „Los Gerlinde, was soll das, lassen Sie mich rein, ich habe mit Fräulein Reuter etwas Dringendes zu besprechen."

"Tut mir leid, Herr Walters, ich glaube, das gnädige Fräulein möchte Sie aber nicht sprechen. Ich habe strikte Anweisung, Sie nicht einzulassen."

Sie wollte die Tür schließen, was aber nicht ging, weil Emil seinen Fuß dazwischen gestellt hatte. So ließ ihn Gerlinde einfach stehen und ging nach hinten in die Wohnung. Schlich dann aber leise in Richtung Wohnungstür zurück. Der Fuß war immer noch in der Tür.

„Hertha, bitte mach auf. Wir müssen reden. Ich kann Dir das alles erklären. Es ist alles nicht so, wie es ausgesehen hat." rief er in den Türspalt hinein.

Nach etwa fünfzehn Minuten ‚erbarmte' sich Hertha. Aber keineswegs in dem Sinne, wie Emil es sich erhofft hatte.

„Herr Walters, es gibt nichts zu besprechen. Gehen Sie bitte unten wieder an Ihre Arbeit. Oder haben Sie nichts zu tun? Im Übrigen werden wir zwei nur noch miteinander sprechen, wenn es um etwas Geschäftliches geht. Guten Morgen."

Und ging in ihr Zimmer zurück.

Emil musste wohl oder übel unverrichteter Dinge wieder abziehen.

Als Raimund Reuter über die Geschehnisse unterrichtet wurde, lächelte er nur süffisant:

„Habe Dir doch gleich gesagt, der ist nichts für Dich. Aber Du und Deine Mutter wusstet es ja besser."

Hertha ließ die Sache natürlich keine Ruhe. Sie versuchte verzweifelt, sich über ihre Gefühle für Emil klar zu werden. Und litt eigentlich weniger darunter, dass ihre Beziehung zu ihm in die Brüche gegangen war, als darunter, dass sie mit niemandem richtig darüber sprechen konnte. Mit dem Vater schon gar nicht und richtig freundschaftlich mit der Mutter auch nicht. Am liebsten wäre es ihr gewesen, ihr Vater hätte Emil den Stuhl vor die Tür gesetzt. Als sie ihn darauf ansprach, lachte er nur – wie sie fand, schon fast zynisch:

„Vergiss es, der Walters bleibt. Er ist mit Abstand der beste meiner Mitarbeiter, im Geschäftlichen höchst verlässlich und absolut loyal. Nur weil Du mit ihm ein Problem hast, entlasse ich ihn nicht. Das musst Du alleine lösen. Halte Dich fern von ihm und wenn es etwas zu besprechen gibt, dann beschränke es auf das Notwendige. Dann wird es gehen. Ich werde auch noch mit ihm reden."

Das Gespräch unter Männern wurde für Emil zwar kein Fiasko, aber er begriff sehr wohl, dass er sein Verhältnis zu Hertha bis auf weiteres als beendet ansehen musste. ‚Ich habe es regelrecht vergeigt.' musste er sich eingestehen. Und als er in den folgenden Tagen und Wochen ‚nach innen lauschte', musste er feststellen, dass er Hertha wohl durchaus sehr gern hatte, sie vielleicht sogar liebte, sie aber auch nicht gerade seine ganz große Liebe war. Die hatte er noch nicht gefunden und er hatte ziemliche Zweifel, ob es so etwas überhaupt gab. Und so lebte er erst einmal weiter wie bisher. Mit sehr, sehr vielen Frauengeschichten. Genauer gesagt mit Bettgeschichten, denn mit einer Frau zu schlafen, fand er ganz wunderbar. Solange die nicht mehr von ihm wollte. Von einer richtigen Bindung mochte er erst einmal nichts mehr wissen.

Raimund Walters hatte Emil zum Glück auch zu verstehen gegeben, dass er beruflich große Stücke auf ihn hielt. Und dass er an seinem Liebesleben nicht im Geringsten interessiert sei. Aber wehe, er werde noch einmal versuchen, sich seiner Tochter zu nähern. Dann werde er ziemlich ‚sachlich' mit ihm verfahren. Emil hatte verstanden und hielt sich entsprechend zurück.

Nach etwa zweieinhalb Jahren versuchte Emil es dennoch, sich Hertha wieder zu nähern.
„Mein lieber Herr Walters, das ist vergebliche Liebesmüh." beschied sie ihn. Sie hatte ihm damals gleich nach der Trennung klargemacht, dass es mit dem ‚Du' ein Ende habe.

Emil war klar: Um die Festung erneut zu nehmen, brauchte es weiter Zeit. Damit sein hormonelles Liebesleben nicht zu kurz kam, hatte er immer mal wieder eine Affäre, passte aber sehr gut auf, dass diese sämtlich ohne Folgen blieben. Zwar holte er sich bei einer seiner ‚Angebeteten' mal einen Tripper, aber mit ärztlicher Hilfe, wurde er den nach einem halben Jahr wieder los. ‚Passiert mir kein zweites Mal.' sagte er sich und besorgte sich ab da stets Kondome. Zumal er ein oder zwei Mal ganz schön Blut und Wasser geschwitzt hatte – er befürchtete ungewollt Vater zu werden. Das war nun künftig auszuschließen.

Emil war inzwischen über 22 Jahre alt. Hertha hatte ihren 26. Geburtstag gefeiert.
Und erneut unternahm Emil einen Anlauf, sie zurück zu erobern. Wieder ließ sie ihn abblitzen.
Emil war beruflich inzwischen so gut, dass Raimund Reuter ihn immer häufiger bat, ihn bei seinen Besuchen der Mandanten zu begleiten. Was Emil nur zu gern tat. Ihm gefiel es, in den vornehmen, meist adligen Rittergütern mit dabei zu sein, so hart er dabei auch arbeiten musste. Bis auf eine Ausnahme wurde er

auch von den Auftraggebern voll akzeptiert. Einer der Fürsten, der sogar mit ,Euer Durchlaucht' angeredet werden musste, wollte Emil, als er mit seiner Arbeit in dessen Rentamt fertig war, ein Trinkgeld anbieten. Das Emil lächelnd ablehnte. Was wiederum ,Ihro Durchlaucht' recht irritierte. Und Raimund Reuter deswegen befragte.

„Nun Durchlaucht, Herr Walters ist nicht irgendein Buchhalter, sondern meine beste Führungskraft. Und er verdient bei mir so gut, dass er keine Douceurs mehr annehmen muss." Seine Durchlaucht war's zufrieden und beim nächsten Besuch wurde er auch von diesem Mandanten als ,Vollmatrose' akzeptiert

Raimund Reuter bezahlte Emil in der Tat sehr gut. Hertha, die ja die väterliche Buchführung machte, meinte viel zu gut. „Den Tunichtgut solltest Du etwas kürzer halten, Papa." meinte sie bei einem Mittagessen und ihre Mutter stimmte dem zu.

„Zu guter Letzt zahlst Du dem noch so viel, dass er seinen hübschen Gänschen, die er sich da anlacht, die Hälse mit Champagner spült." Lucies Ergänzung der töchterlichen Meinung zum Gehalt des Emil Walters ließ dem Vater und Ehemann den Kragen platzen.

„Hört bitte damit auf, Euch ins Geschäft einzumischen. Ich zahle dem Emil so viel, wie ich für richtig halte. Außerdem unterstützt er seine Mutter inzwischen so, dass diese nicht mehr arbeiten muss. Und im Übrigen lebt er inzwischen recht solide. Also bitte Schluss der Debatte. Ihr tut ja geradezu so, als ob Euch etwas abgehen würde."

„Wer's glaubt wird selig, aber tu, was Du willst, Dicker." Lucie konnte es sich nicht verkneifen, diese Spitze noch los zu lassen. Hertha sagte gar nichts, aber ihr waren zwei Äußerungen des Papas nicht entgangen: Er hatte von Emil gesprochen und nicht von Walters, wie sonst immer und dann war sie überrascht, dass der Emil auf einmal solide sein sollte.

Ein halbes Jahr später startete Emil einen erneuten Versuch, Hertha zurück zu gewinnen. Viel Hoffnungen machte er sich zwar nicht, aber irgendwie beschäftigten ihn gedanklich zwei

Dinge: Sein verletztes Ego und die Tatsache, dass er Hertha eigentlich doch ganz gern hatte. Obendrein lag ihm seine Mutter ständig in den Ohren, wann er endlich mal eine richtige Freundin hätte, aber nicht eine fürs Bett, sondern eine die er heiraten wollte. Und schließlich musste sich Emil auch eingestehen, dass die Hertha für ihn eine glänzende Partie sein würde. Nicht, weil er ihren Vater für einen reichen Mann hielt, aber durchaus für wohlhabend und vielleicht könnte er eines Tages mal dessen Praxis übernehmen. Denn Angestellter wollte er sein ganzes Leben lang nicht bleiben, sondern wie der alte Reuter mal sein eigener Herr sein.

Emil beschloss, Hertha wieder in ihrem Büro in der Wohnung aufzusuchen. Als er klingelte, machte ihm wieder das Dienstmädchen auf. „Sie wünschen Herr Walters?"
„Ich möchte mit Fräulein Reuter sprechen."
„Warten Sie bitte. Ich frage mal, ob sie Sie sehen möchte." Emil fand, dass das Mädchen recht unverschämt grinste. Am liebsten hätte er ihr eine geknallt.
Nach gefühlten fünf Minuten kam sie zurück. „Fräulein Reuter lässt bitten."

„Was in drei Teufels Namen wollen Sie Herr Walters?"
„Ich möchte mich entschuldigen für damals und versuchen, Dir das zu erklären."
„Waren wir nicht wieder beim ‚Sie'?"
„Ach Hertha, nun sei doch nicht so. Wenn ich ‚Sie' sagen muss, fällt mir das alles noch viel schwerer."
„Das hast Du Dir – ähm, ich meine haben Sie sich selbst zuzuschreiben. Bin ja richtig gespannt, was ich jetzt aufgetischt bekomme."
So abweisend, fand Emil, schien sie gar nicht, wenn auch ihre letzten Worte etwas spöttisch klangen. Und Emil fing richtig an zu schwitzen vor Aufregung. Was Hertha einerseits ein wenig amüsierte. Andererseits fing er an, ihr richtig leid zu tun. Und in ihrem Inneren rangen zwei Stimmen: ‚Nun mach's ihm nicht so schwer' gegen ‚Lass ihn mal schön lang zappeln.'

Sie ging einen Mittelweg. „Also die Entschuldigung nehme ich an, Dein unmögliches Benehmen liegt ja schon vier Jahre zurück. Und was willst Du mir nun erzählen? Und vor allem will ich wissen, warum Du Dich so mies benommen hast."

Emil hatte sich tagelang vorher überlegt, was er sagen sollte. Und zu Hause in seinem Zimmer bei seiner Mutter vor dem Spiegel geprobt. Und so lief seine kleine Rede zur Erklärung seiner ‚Sünden‘ ganz gut, wie er fand, zumal Hertha ganz andächtig zuzuhören schien.

Als er geendet hatte – Hertha hatte ihn die ganze Zeit stehen lassen und war aber auch selbst stehen geblieben – schaute sie ihn überaus skeptisch an.

„Emil, das kann's doch nicht gewesen sein, dass Du Freundinnen hattest, weil Du Dich einsam gefühlt hast. Das nehme ich Dir so noch nicht ab. Los, eiere nicht so komisch herum. Meine Mutter würde jetzt sagen ‚Hosen runter‘."

Während seiner ‚Beichte‘ war Emils Gesichtsfarbe wieder normal geworden, jetzt wurde er wieder rot und sogar ein wenig verlegen.

„Na ja, vielleicht ist ‚einsam‘ nicht so ganz das richtige Wort."
„Sondern?"
„Weiß nicht wie ich es sagen soll."
„Wie wär's denn mit der Wahrheit? So ganz ohne ‚Wenn und Aber‘?"
„Na ja, sieh mal, ich bin ein Mann. Und der hat so manchmal seine Bedürfnisse."
„Welche, bitte? Sind das welche, die ich nicht befriedigen konnte?"

Hertha fing das Ganze an, Spaß zu machen. Zwar hatte sie niemals mit ihren Eltern über das Thema ‚Mann und Frau‘ sprechen können – das war ‚tabu‘. Aber Tante Odi, wie sie die Freundin der Mutter nennen durfte, hatte es sich nicht nehmen lassen, sie mit 14 Jahren aufzuklären. Und zwar richtig. Sie meinte nicht ganz zu Unrecht, dass sie als gebürtige Französin dazu prädestiniert sei. Und Hertha schien das Gespräch mit Emil eine willkommene Gelegenheit, nach der verinnerlichten Theorie ihrer Nenn-Tante etwas über die Praxis zu erfahren.

„Nun rede endlich Emil. Mensch Du zierst Dich ja wie die Zicke am Strick."

Emil war völlig durcheinander. So direkt war Hertha doch früher auch nie gewesen.

„Ich muss ab und an eben mal mit einer Frau schlafen. So wie alle Männer."

„Wie, Du bist ‚wie alle Männer'? Ich dachte mir zwar schon so etwas. Und dass Männer testosterongesteuerte Wesen sind, ist mir zwar bekannt. Eigentlich so wie Tiere. Aber ich dachte auch immer, dass Männer mit einem gewissen Bildungsniveau sich auch ein wenig zusammenreißen können?" Hertha war Tante Odi richtig dankbar über die frühere Aufklärungsarbeit.

„Na ja, lieber wäre ich natürlich mit Dir zusammen gewesen. Aber Du bist da so – na ja, immer so verschlossen gewesen."

„Und deshalb die vielen Freundinnen?"

„So viele waren das nicht." Emil wurde jetzt ein wenig trotzig, zumal das Gespräch ganz anders verlief, als er es sich ausgemalt hatte

„Mich interessiert das eigentlich auch gar nicht. Aber was willst Du eigentlich?"

„Dass wir wieder ein Paar sind. Und das für immer."

„Und nebenbei wieder ein halbes Dutzend andere Frauen?"

„Nein, Hertha, ich schwöre es Dir. Ich habe mich wirklich geändert."

„Und warum soll ich Dir das glauben?"

„Weil es die Wahrheit ist." Emil hatte es ganz leise gesagt
Und stand inzwischen ganz dicht vor ihr.

„Und was machst Du dann mit Deiner Männlichkeit?"

„Muss ich eben warten, bis Du mich zu Dir lässt."

„Und wie lange hältst Du das aus? Drei Wochen, vier Monate, ein halbes Jahr?"

„Bitte, bitte, heirate mich. Dann müssten wir nicht so lange warten."

„Soll das jetzt ein Antrag sein?"

„Ja."

„Und wieso stehst Du dann da so komisch herum?"

„Was soll ich denn sonst machen? Dich in den Arm nehmen?"

„Warum nicht? Aber vorher gehst Du schön auf die Knie und machst mir einen ordentlichen Heiratsantrag."

Emil parierte. Auf dem rechten Knie hockte er vor Hertha: „Willst Du meine Frau werden?"

Und als Hertha ihn richtig anstrahlte, wusste er, dass er ‚gewonnen' hatte.

„Nun komm wieder hoch, damit ich leiser sprechen kann. Ja, ich will Dich heiraten. Wollte ich schon immer. Aber Du Dussel wolltest es ja vermasseln. Und ich will Dich so bald wie möglich. Wegen des Testosteronspiegels. Vorher darfst Du mich allenfalls küssen. Mehr gibt's nicht. Hast Dir halt eine etwas altmodische Frau ausgesucht."

Weil es in Herthas Zimmer so still war, und Emil schon viel zu lange bei ihr war, kam die Mutter in ihr Zimmer – ohne anzuklopfen.

Hertha saß auf Emils Schoß und die zwei Köpfe waren fast zu einem verschmolzen.

Emil wurde wieder rot und Hertha strahlte ihre Mutter an: „Emil hat mir gerade einen Heiratsantrag gemacht."

„So, so. Eltern werden wohl gar nicht mehr gefragt?"

„Mama, ich dachte immer ich sei schon volljährig."

„Frau Reuter," – Emil hatte Hertha inzwischen von sich herunter geschoben und stand jetzt vor ihrer Mama – „Hertha und ich wollen heiraten. Darf ich um die Hand Ihrer Tochter bitten?"

„Die facon de parler können Sie sich bei mir sparen – Ihr macht ja doch was Ihr wollt. Und was wird Dein Vater dazu sagen? Und was ist mit dem Thema von vor vier Jahren, junger Mann?"

Bevor Emil etwas sagen konnte sprudelte Hertha sofort los: „Der Emil hat sich total geändert Mama. Wir haben über alles gesprochen. Nun komm, sei doch nicht so. Und mit Deiner Hilfe wird Papa auch nichts dagegen haben."

„Na gut Kinder. Meinen Segen habt Ihr. Und den ‚Dicken' werden wir schon überzeugen. Komm mal her Emil, darfst mich jetzt mal drücken und ab sofort darfst Du ‚Ma' zu mir sagen."
Emil strahlte und ließ sich nicht zwei Mal bitten. Und so leise, dass Hertha es nicht hören konnte, raunte sie ihm ins Ohr: „Gnade Dir Gott, wenn Du meine Hertha-Maus enttäuschst. Trauen tu ich Dir nicht: Die Katze lässt das Mausen nicht."
„Doch, sie lässt's" erwiderte er ebenso leise.
„Was habt Ihr da zu flüstern?"
„Geht Dich nichts an, Kindchen." antwortete die Mama und ließ die beiden allein. Insistieren wollte Hertha nicht, dafür war sie viel zu glücklich.
Bei Raimund Reuter bedurfte es keiner großen Überredungskünste, um ihn zu einer Zustimmung zu bewegen. Ihm war es nur recht, dass sein ‚bestes Pferd im Stall', wie er immer sagte, nun in die Familie eingebunden wurde.

Zwei Wochen später feierten beide mit der Familie die Verlobung. Am 28. Februar 1928 fanden die standesamtliche Trauung und die kirchliche Hochzeit statt.
Beiden war im Übrigen nicht bewusst, dass keiner dem anderen je gesagt hatte, dass sie sich liebten.

Ludwig

Emil und Hertha hatten in Tempelhof eine sehr schöne Vierzimmerwohnung gefunden.

Vater Reuter hatte es sich nicht nehmen lassen und seiner Tochter eine wahrhaft umfassende Aussteuer spendiert. Zwar war auch an ihm die Krise nicht spurlos vorübergegangen, aber seine Mandanten hatten genug ‚Kleingeld‘, um seine Honorare anstandslos zu begleichen.

Emil knurrte zwar ein bisschen, weil er gar nicht gefragt wurde, sondern jedes Mal, wenn er in seine Wohnung kam, neue Möbel, weiteres Geschirr, herrliche Vorhänge und dergleichen mehr vorfand, aber auszusetzen hatte er eigentlich nichts, weil seine Hertha einen vorzüglichen Geschmack besaß, seiner hingegen bei weitem nicht so sicher ausgeprägt war.

Als er einmal über den Bezug eines Sessels anfing zu maulen, beschied ihn seine Schwiegermutter kurz und knapp:

„Halt besser den Mund, Dein Geschmack ist überschaubar und im Übrigen gilt ‚Wer bezahlt, schafft an.‘ Schon mal gehört?"

„Aber…"

„Nix ‚aber‘, mein Lieber, verstanden?"

„Doch ‚aber‘. Du ruinierst Pa ja."

„Quatsch, der Dicke hat genug. Soll sich nicht so haben. Schließlich haben wir nur eine Tochter. Hast Du nichts Besseres zu tun, als mein Kind und mich von der Arbeit abzuhalten?"

Emil gab auf. Das einzige, was ihn bedrückte, war die Tatsache, dass die Miete für die Wohnung ein Drittel seines monatlichen Gehalts aufzehrte.

Eigentlich fühlten Emil und Hertha sich in der neuen Wohnung recht wohl. Emil hatte sofort darauf bestanden, dass seine Frau ihre Arbeit im väterlichen Betrieb aufgab – sie sollte nur Hausfrau sein und im Übrigen die sicher bald zu erwartenden Kinder großziehen.

Das wollte aber gar nicht so recht klappen. Emil versuchte zwar sein ‚Heil' mehrmals in der Woche – Hertha war das aber schon zu viel. Sie war vom Sex enttäuscht. Ihr ‚Menne', wie sie ihn bisweilen nannte, pflegte sie zwar regelmäßig zu ‚beglücken', aber Spaß hatte sie daran absolut nicht. Sie lag immer unten, er oben auf ihr.

„Nun entspann Dich doch mal, liebe Bella" – so nannte er sie liebevoll, wobei sie den Eindruck hatte, dass dies das einzige italienische Wort war, das er kannte und übersetzt ‚die Schöne' bedeuten sollte – „sonst wird das niemals etwas mit unserm Sohn."

„Nun verrat mir doch mal bitte, wie ich mich mit zweihundert Pfund auf mir entspannen soll." erwiderte sie.

Jedes Mal, wenn er seinen Höhepunkt hatte, musste sie danach raus ins Bad, um sich von seinem ‚Klebs', wie sie es nannte zu säubern; wenn sie wieder neben ihm ins Bett schlüpfte, schlief er bereits.

Sie wollte anders geliebt werden. Zärtlicher und nicht wahrhaft von seiner Zuneigung erdrückt werden. Als er wieder einmal Sex wollte sagte sie ihm klipp und klar:

„So dieses Mal nicht – ich will mal oben liegen."

Hertha hatte keine Ahnung von Sex, das wusste sie sehr wohl. Nur das Wenige, was Tante Odile ihr erzählt hatte. Die hatte zwar damals auch noch etwas von Kamasutra gemurmelt, sich aber nicht näher darüber ausgelassen.

„Das geht überhaupt nicht, Bella. Überleg doch mal. Mein Samen muss doch in Dich hineinlaufen. Wenn Du oben bist, kommt der doch gar nicht in Dich rein. Außerdem ist das so, wie wir es bisher gemacht haben, richtig, um ein Kind zu zeugen."

„Ich will so rum aber nicht."

„Ich aber."

Er drehte seine Bella wieder auf den Rücken – ‚alles wie gehabt' dachte sie im Stillen. 'Ob ich doch mal Tante Odile frage? Aber dann meint die gleich, mit unserer Ehe wäre etwas nicht in Ordnung.'

Lucie, Herthas Mutter nervte ein wenig. Jedes Mal, wenn sie zusammen waren, fragte sie, ob sie denn nun endlich schwanger sei.

„Ist der Kerl etwa impotent?"

Hertha lachte.

„Den Eindruck habe ich nun wirklich nicht, liebe Mama."

„Ist ja gut. Man wird ja wohl mal fragen dürfen."

„Mal ja, aber nicht drei Mal in der Woche."

„Ich frag Dich das doch zum ersten Mal."

„Du weißt schon, was ich meine."

„Schon gut Kindchen."

Mitte September war es endlich soweit - Hertha wurde schwanger.

E

mil war drüber höchst zufrieden. Er platzte fast vor Stolz. Und – oh Wunder – er wurde etwas zurückhaltender und so wie seine Bella rundlicher wurde, desto seltener wollte er mit ihr schlafen. Hertha war es durchaus recht. Aber ein wenig ‚kieksen' wollte sie ihren Emil schon.

„Sag mal Menne," pflaumte sie ihn eines Tages an, „anscheinend sind die ehelichen Pflichten während der Schwangerschaft ausgesetzt?"

„Wie kommst Du denn da drauf?"

„Sonst wolltest Du immer ein paar Mal in der Woche und jetzt scheint sich Dein Interesse darin zu erschöpfen, in aller Ruhe zu betrachten, wie ich rundlicher werde."

„Ich dachte, Du willst das gar nicht im Moment."

Schweigen. Und dann schob er nach:

„Und ich fürchte, ich drücke Dich dann zu sehr und unser Baby erst recht."

„Wieso drückst Du uns, wenn ich oben wäre und Du unten? Da ich jetzt ja schwanger bin, muss ja nicht unbedingt etwas von Dir in mich reinlaufen."

„Wir können's ja mal versuchen."

„Ich bin kein Versuchskaninchen, mein Lieber. Und wenn Du das nicht auch willst, dann lassen wir's besser."

Vier Wochen später schaute Hertha bei der Freundin ihrer Mutter, Tante Odile, vorbei. Sie hatte vorher geklärt, dass ihre Mutter nicht auch dabei sein würde, denn die war mit dem Vater in der Stadt, um einzukaufen.

„Ja Hertha, komm rein, Kindchen. Das ist aber schön, dass Du mal vorbei schaust. Du siehst ja richtig gut aus mit Deinem Bäuchlein – steht Dir großartig."

Nach einer guten viertel Stunde traute sich Hertha, Odile anzusprechen.

„Tante Odile, Du hattest doch mal als ich noch ein junges Mädchen war, so einiges über Mann und Frau erzählt. Und da hattest Du auch mal etwas von Kama…, ich weiß nicht mehr, wie das hieß, erwähnt. Erinnerst Du Dich?"

„Da, schau her, Kleines - droht das eheliche Programm in Pflichtübungen zu ersticken? Willst wohl ein bisschen mehr Kür? Musst nicht rot werden, das geht allen Frauen so. Oder den meisten. Klar erinnere ich mich. Kamasutra heißt das gute Werk. Ich hab's sogar. Soll ich Dir's leihen?"

„Lieber nicht. Aber worum geht es da eigentlich?"

„Das ist ein Buch über ganz viele Stellungen, die man praktizieren kann, damit die Liebe mehr Spaß macht. Kommt aus dem indischen Raum."

„Darf ich da mal reinschauen?"

„Jetzt gleich?"

„Wenn's Dir nichts ausmacht."

„Tut es nicht. Ich mache uns inzwischen etwas zum Mittagessen."

Hertha blätterte in dem Buch, das ganz viele Darstellungen enthielt – alle natürlich nur als Schema gezeichnet.

‚Eigentlich läuft es ja immer auf das Gleiche heraus – der Mann will in die Frau eindringen und sich reiben bis es bei ihm schön wird und wenn die Frau Glück hat, hat sie auch was davon.' waren so die Gedanken, die ihr dabei durch den Kopf gingen.

Als Odile mit einem Salatteller für jede mit Geflügelstreifen darauf garniert zurückkam, hatte Hertha das Buch schon wieder an die Seite gelegt.

„Wie, schon alles verinnerlicht?" wollte Odile wissen.

„Nö, will ich auch gar nicht." Und dann erzählte sie Odile, was ihr eben zu dem Thema so durch den Kopf ging.

„Bist ein kleines Schäfchen. Klar läuft's letztlich darauf raus. Aber der Weg dahin kann und sollte doch höchst vergnüglich sein. Meinst Du nicht?"

Hertha wurde auf einmal ganz rot.

„Sag mal, habt Ihr da Probleme, oder warum wirst Du jetzt rot?"

„Werde ich jetzt öfters. Liegt wohl an der Schwangerschaft."

„Weißt Du, jetzt erzähl ich Dir mal was über meine Ehe. Als wir frisch verheiratet waren, war mein Löwer-Hans ziemlich phantasielos im Bett. Du, den habe ich aber auf Trab gebracht."

„Hm?"

„Och der war ganz lernfähig. Und am besten war er immer, wenn er eigentlich viel zu müde war. Ich habe ihn dann immer ganz schön munter gemacht."

„Weiß nicht, ob das bei Emil auch funktionieren würde. Und ich weiß nicht mal, ob ich das überhaupt will. Ich glaube, mir ist das alles nicht so wichtig. Und jetzt, wo ich schwanger bin, sowieso nicht."

„Pass mal auf Helilein."

So hatte Odile Hertha immer mal genannt, als sie noch ein kleines Mädchen war. Und fuhr dann fort:

„Ist es bei Dir eigentlich schon mal richtig schön geworden? Und damit Du beruhigt bist: Keine Seele erfährt von unserer Unterhaltung heute, d'accord? Also?"

„Einmal wohl ja. Doch das war schon ganz schön. Aber auch – ich weiß nicht, wie ich es sagen soll – so animalisch. Das mag ich eigentlich eher weniger."

„Du beobachtest richtig gut, weißt Du das eigentlich? Ja, das hat schon etwas richtig Animalisches. Aber was soll daran falsch sein? Ich finde das einfach herrlich. Na ja, muss zugeben, inzwischen ist es mehr Erinnerung. Leider. Liegt wohl am Alter."

„Bist Du denn nicht froh, dass das alles jetzt nicht mehr so wichtig ist?"

„Ich glaube nicht wirklich."

Hertha fuhr ziemlich in Gedanken zurück nach Hause. Ihr ging immer noch das Gespräch mit Tante Odile durch den Kopf. Und je länger sie darüber nachdachte – sie war nicht wie Tante Odile, ihr war das Intime in der Ehe wirklich nicht so wichtig.

Lucie und Hertha waren wenigstens drei Mal in der Woche unterwegs gewesen, um sich für die Ankunft des Babys zu ,rüsten', wie Lucie es nannte. D.h. sie waren gut beschäftigt, um alles zu besorgen, was so ein kleines Wesen brauchen würde, wenn es das Licht der Welt erblickt hatte. Hertha war das sehr recht, denn immer, wenn sie ihren Emil um Geld für Einkäufe bat, lief er vor Wut rot an und meinte, Hertha könne nur Geld ausgeben – wie schwer es zu verdienen sei, davon hätte sie keine Ahnung.

„Und wenn Du noch so tobst – ist das mein Kind oder unser Kind, das ich da austrage? Du willst doch immer Kinder. Wie ich übrigens auch. Aber dass die auch Geld kosten – also das solltest Du langsam verinnerlichen. Lass also Dein Gemecker – nur mit mir schlafen ohne Folgen, also das klappt wohl nicht so recht. Oder halt Dich künftig von mir fern. Willst Du das?"

Emils Zorn war so schnell verraucht, wie er gekommen war.

„Nun sei doch nicht so. War doch nicht so gemeint. Wieviel brauchst Du denn?"

Hertha nannte eine Summe, dass er fast kreidebleich wurde.

„Ist das Dein Ernst? Das sind ja zwei Monatsgehälter, die Du da haben willst."

„Na gut, gib mir erst mal die Hälfte."

Emil war darüber sehr erleichtert.

Als Hertha ihrer Mutter von dem Gespräch berichtete, lachte sie nur.

„Kleines, lass da ja nicht locker. Knöpf ihm das Geld auf jeden Fall ab. Und gib es mir. Ich pack das auf ein Sparbuch auf Deinen

Namen. Das wird Dein Notgroschen, von dem Dein Göttergatte nichts zu wissen braucht. Man weiß nie, wozu das gut ist."

„Aber das wäre doch so ein bisschen so etwas wie Betrug."

„Mundus vult decipi, Kleines. Die Welt will betrogen sein und Dein Emil schon allemal. Und die Sachen fürs Baby zahle ohnehin ich. Oder besser gesagt, der Dicke, also Dein Vater."

„Aber Ma, das kannst Du doch nicht machen!"

„Lass mal Kleines, der Dicke ziert sich so schön – ist ja in Ordnung. Seitdem Ihr geheiratet habt, habe ich ihm mehr Wirtschaftsgeld abgeknöpft als ich brauche. Wollte für Dich eine Rücklage haben. Und davon bezahlen wir das alles. Kurzum, der merkt das gar nicht."

Lucie wollte für ihr Enkelkind von allem nur das Beste. Und steuerte daher mit nachtwandlerischer Sicherheit stets die besten Geschäfte an. Und wo es ihr nicht so wichtig war, erklärte sie sich auch bereit, im KDW einzukaufen.

„Die Windeln kaufen wir nicht beim Baby-Ausstatter – die aus dem KDW tun's auch. Wo das kleine Wesen mal reinschietet, braucht's keine Stickerei. So Blümchen auf Windeln halte ich für Quatsch – wenn man Pech hat, drücken die noch und hinterlassen auf dem Popo einen Abdruck. Und Du wunderst Dich, warum das kleine Wesen plärrt."

Lucie dachte an alles. Hertha hatte sich zwar aus vielen Zeitschriften und Büchern ebenfalls schlau gemacht, was man für ein so kleines Baby braucht, aber Lucie hatte ihrer Tochter einfach die Erfahrung voraus. Angefangen vom Körbchen mit einer Rosshaar-Matratze über den Kinderwagen und eine Wickelkommode bis hin zu den Windeln kaufte sie ein und ließ alles schön in die Tempelhofer Wohnung liefern. Etwas schwieriger gestaltete sich die Beschaffung der Anziehsachen für das Baby, da die werdende Mutter ja nicht wusste, ob es ein Junge oder ein Mädchen werden würde.

„Wir nehmen erst mal eine Grundausstattung in Weiß. Da kann man nichts falsch machen und sobald Du entbunden hast, wissen wir ja ob's ein Junge oder ein Mädchen ist. Da starte ich noch gleich einen Großeinkauf, solange Du noch in der Klinik bist." entschied Lucie.

„Aber Ma, das ist doch alles so teuer. Der Emil kriegt ja zu viel, wenn ich noch mehr Geld von ihm will."

„Quatsch, der bekommt davon gar nichts mit. Das muss alles der Opa blechen. Und wenn der da auch nur einen Mucks von sich gibt, werde ich ihm Flötentöne beibringen. Aber pass mal auf – er wird allenfalls mit den Augen rollen und dann selig über den Großvater-Status lächelnd die Brieftasche zücken."

„Meinst Du?" Hertha war noch voller Zweifel.

„Sonst würde ich es nicht sagen. Und notfalls nehm ich ihm mal seine Havannas weg und besorg ihm stattdessen Zigarren aus Südamerika. Du – da versteht er keinen Spaß und gibt sofort klein bei."

Nun musste Hertha auch lachen.

„So Kleines – ich bin jetzt total geschafft." Lucie hatte eine Droschke herbeigewinkt und als beide sie bestiegen hatten, sagte Hertha zum Chauffeur: „In die Schleierbacher-Straße 7 in Tempelhof."

„Nix da Tempelhof, wir wollen erst ins Café Kranzler." und zu ihrer Tochter gewandt fuhr Lucie fort: „Was willst Du denn jetzt schon zu Hause?"

„Na kochen. Wenn der Emil nach Hause kommt, hat er Hunger und wenn da nichts Ordentliches auf dem Tisch steht, ist er gleich wieder sauer."

„Na und? Der braucht heute gar nichts mehr. Schließlich gab's bei uns Sauerbraten mit grünen Klößen und da hat er heute richtig zugelangt. Wenn der so weiter macht, platzt er bald aus der Haut."

„Ach Ma, sei doch nicht so streng mit ihm."

„Warum nicht?"

„Na er hat es doch verdammt schwer gehabt."

„Hertha-Maus, da hast Du recht, falls Du auf seine Kinder- und Jugendzeit anspielst. Und dafür hat er sich ganz gut gemacht. Aber seine Eskapaden vor viereinhalb Jahren vergesse ich nun mal nicht."

„Trotzdem ist er nun mal so."

„Was – geht er schon wieder fremd?"

„Nein, ich meine aber, dass das alles in ihm drinsitzt. Und dass er von der Schule musste und nicht richtig studieren konnte."

„Huch – ich zerfließe gleich in Mitleid. Statt da seinen Testosteronspiegel zu regulieren, hätte er ja am Abendgymnasium sein Abi nachmachen können." Inzwischen hatte Lucie bemerkt, dass der Fahrer sehr aufmerksam zuhörte.

„Sie junger Mann da vorne, passen sie gefälligst mal lieber auf, dass sie anständig fahren."

Der Fahrer hatte einen ganz roten Kopf bekommen. Und Lucie fuhr ganz ungeniert fort: „Klar hat der Emil einen kleinen Komplex bekommen. Immerhin hat Dein Vater Abitur und sogar studiert. Aber wenn ich den nicht auf Trab gebracht hätte, wäre aus dem Studium nie und nimmer was geworden."

Inzwischen waren sie am Café Kranzler angekommen – Lucie entlohnte den Fahrer:

„Weil sie uns belauscht haben, ist Ihr Trinkgeld heute geringer als üblich."

Der Fahrer war so verdattert, dass er nur sehr höflich murmelte: „Sehr wohl gnädige Frau."

Lucie orderte ein Stück Käsetorte und Café für sich und wollte Hertha ein Stück Obsttorte zum Café bestellen.

„Bitte nicht, Ma." und zum Kellner gewandt: „Für mich bitte ein Schinkenbrötchen und eine Spreewälder Salzgurke. Und Café."

„Salzgurke für das Baby – Kindchen, ich fass es nicht."

„Ich auch nicht Ma. Muss aber heute so sein. Aua!"

„Was ist Aua?"

„Mein Baby tritt mich gerade ziemlich heftig."

„Du Hertha-Maus, ich glaube Dein Baby mag keine Salzgurke."

Am späten Abend des 18. Juni 1930 – Hertha hatte sich schon gelegt, kündigte sich die Geburt des Babys an.

Sie war noch einmal im Bad verschwunden, als sie plötzlich in einem kleinen See um sich herum auf den Fliesen stand – die Fruchtblase war geplatzt.

„Emil, Emil, los komm, wir müssen los, das Baby kommt!"

Eine halbe Stunde später waren sie in der Klinik angelangt. Und Hertha hatte die ersten richtigen Wehen verspürt.

Da sie vorher regelmäßig beim Arzt gewesen war, kannte Professor Freienstein seine Patientin bestens. Und da er gerade eine Geburt hinter sich hatte, war er zufällig noch in der Klinik. Er untersuchte Hertha und meinte dann:

„Alles in bester Ordnung Frau Walters. Aber ein bisschen dauert es noch. Der Muttermund hat sich noch nicht richtig geöffnet. Schwester Siglinde, unsere Hebamme, kennen sie ja – sie wird sie jetzt betreuen und bei der geringsten Schwierigkeit wird sie mich sofort rufen. Aber es wird keine geben. Wo ist denn Ihr Mann?"

„Der wartet wohl draußen."

„Soll er noch einmal zu Ihnen kommen?"

„Auf gar keinen Fall. Können sie ihn wohl nach Hause schicken? Oder besser noch ihm sagen, er solle zu meinen Eltern fahren und dort Bescheid geben?"

Freienstein lachte Hertha an.

„Na, Sie sind mir ja eine. Aber ich mach das für Sie gerne. Wie ich Ihren Mann einschätze, wird der womöglich ohnmächtig, wenn es richtig losgeht."

Hertha lächelte ihn dankbar an:

„Vielen Dank Professor Freienstein."

„Für Sie gerne, Verehrteste."

Hertha musste sich ziemlich quälen. Aber am Vormittag des 19. Juni um 11.40 Uhr hatte sie es geschafft: Das Baby war da, ein kleiner Junge, krebsrot und ziemlich faltig sah der junge Mann aus und hatte tiefbraune Augen und ein paar braune Härchen auf dem Kopf.

„So Frau Walters, Sie haben es geschafft, der Junge ist ganz prächtig gelungen, er ist gesund und kräftig, alles ist in bester Ordnung."

Professor Freienstein war sichtlich zufrieden – mit seinem Werk, dem kleinen Jungen und seiner und der Hebamme Arbeit.

„Ich bin so schrecklich müde."

„Na, das war aber auch Schwerstarbeit. Und jetzt ruhen Sie sich schön aus und schlafen erst einmal. Ihrem Mann werde ich ausrichten lassen, dass es reicht, wenn er heute Nachmittag kommt. Darf denn Ihre Frau Mutter noch eben zu Ihnen hereinschauen? Sie wartet nämlich draußen."

„Ja gerne." lächelte Hertha.

Emil war am Abend tatsächlich zu seinen Schwiegereltern gefahren und hatte sie über alles informiert. Natürlich war er noch zu einem kleinen Imbiss bis nach 11 Uhr geblieben, dann aber brav wieder nach Tempelhof gefahren.

Gleich danach waren die werdenden Großeltern auch zu Bett gegangen. Und sobald ihr ‚Dicker‘ schnarchte, stand Lucie wieder auf, zog sich an und fuhr ins Krankenhaus. Sie wollte unbedingt in der Nähe ihrer Tochter sein.

Vorher rief sie noch Ihre Freundin Odile an.

„Mensch Lucie, weißt Du wie spätes es ist?" Odile war über den späten Anruf nicht gerade erfreut.

„Klar weiß ich das. Aber ich brauch jetzt jemanden zum Quatschen. Schließlich werde ich nicht alle Tage zum ersten Mal Großmutter. Und bei Hertha dauert es noch."

Odile hat später immer behauptet, Lucie hätte zwei Stunden mit ihr telefoniert. Lucie dagegen, es seien höchstens zehn Minuten gewesen.

Odile beendete das Telefonat:

„Weißt Du, worauf ich mich freue? Wenn Du mit Deinem Enkelkind zu mir zum Schuhputzen kommst. Das Kleine bekommt ein Fläschchen mit Milch und wir trinken den Champus. Und dem Baby male ich ein Herzchen mit Schuhcreme auf seine Nase."

„Untersteh Dich!"

Lucie hatte ihrem Raimund einen Zettel hingelegt, dass sie in die Klinik gefahren sei. Sie harrte tatsächlich den Rest der Nacht aus und war selig, als sie von Freienstein hörte, dass ihre Hertha einen kleinen, gesunden Jungen geboren hatte. Und als sie dann bei ihrer Hertha saß, konnte sie nicht anders – sie musste richtig weinen, vor Glück und Freude, dass alles gut gegangen war.

Raimund Reuter hatte die Signale seiner Lucie richtig gedeutet: Er deckte Emil derart mit Arbeit ein, dass er erst am Nachmittag zu seiner Hertha und dem Jungen fahren konnte.

„Bis nachher, Pa, ich fahre jetzt in die Klinik zu Hertha und Ludwig."

„Immerhin, mein Lieber, erfahre ich so, wie mein Enkelsohn heißen wird."

„Wenn Du's genau wissen willst – er soll Ludwig, Eugen, Raimund heißen."

„Sehr schön, mein Junge. Und was meint Deine Frau dazu?"

„Hör mal – die Namen haben wir uns doch gemeinsam überlegt."

„Und wie seid Ihr auf Ludwig gekommen?"

„Weil Hertha doch den Beethoven so gerne mag."

Emil erreichte die Klinik am späten Nachmittag, Hertha war bereits beim Abendessen. Und weil sie noch so schwach war, fütterte Lucie ihre Tochter. Die noch so gar keinen Appetit hatte.
Als Emil das Zimmer betrat hörte er, wie Lucie gerade zu Hertha sagte:

„Nun komm schon Kleines, ein Häppchen für den kleinen Sohnemann, ein Häppchen für die Mama" und da sie Emils Kommen aus dem Augenwinkel wahr-genommen hatte, fuhr sie fort: „für den manchmal lieben Emil gibt's kein Häppchen, der muss nämlich abnehmen..." und dann lachten sie, Lucie laut und vernehmlich, Hertha etwas verhaltener, weil ihr noch alles weh tat.

„Bella, kannst Du denn nicht alleine essen? Hast Du toll gemacht. Ich freu mich sehr, liebe Bella – aber wo ist denn mein Sohn?"

Bevor Hertha antworten konnte, legte Lucie bereits sehr bestimmt los:

„Lieber Emil, das ist nicht Dein Sohn, sondern Euer Sohn – Dein Beitrag zu seiner Entstehung dürfte sich allenfalls auf ein paar Minuten erstreckt haben, also plustere Dich nicht so auf. Und im Übrigen: Der Junge ist da, wo er hingehört, nämlich auf der

Säuglingsstation. Sonst noch Fragen? Vielleicht gratulierst Du Deiner Frau erst mal anständig und überreichst ihr die Blumen, die Du offenbar vergessen hast."

„Dafür hatte die Zeit nicht gereicht. Pa hatte mich derart mit Arbeit eingedeckt, dass ich sonst noch später gekommen wäre. Die Blumen werden nachgeliefert."

„Ist nicht so schlimm, Emil. Und Ma, sei nicht so streng zu ihm."

„Muss man zu Männern immer sein. Immerhin rechne ich es Deinem Vater hoch an, dass er Emil offenbar gut beschäftigt gehalten hat." und an Emil gewandt fuhr sie fort: „So konntest Du wenigstens nicht auf dumme Gedanken kommen."

„Was soll das denn?" fragte Emil. Es sah so aus, als ob er bereits leicht verärgert wäre.

„Na denk mal, was Du so vor knapp fünf Jahren getrieben hast."

„Das kannst Du wohl nie vergessen?"

„Würde ich ja gerne, aber wie sagt der Berliner so schön? Dir Aas kenn ick."

„Ich habe damals was versprochen." erwiderte Emil.

„Na hoffentlich hältst Du Dich dran. Bei Euch Männern gilt immer noch der schöne Spruch ‚Ein Mann, ein Wort, ein Wörterbuch'. Deshalb muss ich den Dicken heute mal loben."

„Ma, nun hör doch mal auf. Oder ich schmeiß Euch jetzt beide raus, dann habe ich wenigstens meine Ruhe."

„Brauchst Du nicht, Hertha-Maus, Emil wollte gerade gehen, um die Blumen zu holen und ich muss meinem Dicken jetzt was zum Futtern machen – füttert die Bestie, wie es so schön heißt. Und wie ich den Emil kenne, ist der spätestens um acht bei uns, in der Hoffnung, dass für ihn noch ein paar Krümel abfallen. Los Emil, jetzt drück Deine Frau und dann raus mit Dir."

„Also Ma, manchmal bist Du wirklich schrecklich."

„So so Kindchen, meinst Du? Nun schlaf Dich erst mal rund und morgen sieht die Welt schon sehr viel besser aus."

„Aber ich will jetzt meinen – äh unsern Sohn sehen, bevor ich gehe."

„Da staune ich aber – bist ja richtig lernfähig."

Emil war von Klein-Ludwig hellauf begeistert. Nicht zuletzt, weil er meinte, der Junge habe ihn angelächelt. Was er natürlich voller Stolz jedermann sogleich erzählte.

Als er auf die Säuglingsstation kam, war eine der Schwestern gerade am gehen – man hatte ‚Schicht-wechsel'. Und Emil bezirzte die Schwester, dass sie für ihn noch Blumen kaufen ging – mit einem Fünfmark-Stück half er erfolgreich ein wenig nach.

Um halb neun traf er bei seinen Schwiegereltern ein und bekam tatsächlich noch etwas zu essen – Pa hatte ihm eine Entenkeule warm stellen lassen.

Noch in der Klinik begann Hertha sich um Ludwig erste Sorgen zu machen – die Milch für den kleinen Mann wollte nicht so richtig einschießen. Die Schwestern und auch Professor Freiensten sahen das aber recht gelassen.

„Frau Walters, das wird schon. Sie müssen nur Geduld haben, Und dass Klein-Ludwig da beim Nuckeln gerne einschläft und nicht richtig satt wird – auch das ist normal. Legen Sie ihn einfach öfters an, dann bekommt er schon genug."

Hertha tat, wie ihr geheißen. Emil wunderte sich zwar, dass Hertha immer, wenn er kam, am Stillen war, meinte aber, das sei wohl Zufall. Lucie war da schon etwas nachdenklicher, sagte aber nichts.

Nach zehn Tagen wurden Hertha und ihr Ludwig entlassen – Emil und Lucie holten beide nach Hause, mit der ‚Droschke', wie Herthas Ma und Pa immer sagten ging's nach Tempelhof in die Schleiermacher Straße.

In der 3. Etage endlich angekommen, brüllte Ludwig aus Leibeskräften.

„Was hat der Junge denn?" meinte Emil fragen zu müssen.

„Entweder Hunger oder die Hosen voll." erwiderte Hertha. Lucie lächelte, wie sie es ja immer so schön konnte, irgendwie in einer Mischung aus maliziös und spöttisch, sodass Emil sich schon wieder unwohl zu fühlen begann.

Hertha legte ihn an, nach zwei Minuten hörte er auf zu nuckeln, war aber ruhig.

„Und von dem bisschen soll der satt werden?"

Lucie konnte sich nun beim besten Willen nicht mehr zurückhalten.

„Können ja nicht alle so verfressen wie Du sein." lächelte sie ihren Schwiegersohn an.

„Fangt bitte nicht schon wieder an, sondern seid mal bitte ausnahmsweise friedlich. Ich möchte für Ludwig und mich hier Harmonie haben." kommentierte Hertha das beginnende sprachliche Florett.

„Sag doch gar nichts." antwortete Emil.

„Na, Deine Frage zeugte nicht gerade von allzu viel väterlicher Weisheit. Aber vielleicht stellt die sich ja noch ein." Hertha wurde langsam gereizt.

Lucie lachte nun recht vergnügt. Dass ihre Hertha-Maus dem Emil mal ,contra' gab, gefiel ihr ausnehmend gut.

Nach wenigen Tagen oder besser gesagt Nächten hatte Emil mitbekommen, dass Hertha nahezu im Stundenrhythmus Ludwig die Brust gab.

„Bella das geht so nicht. Du räufelst Dich da auf und Ludwig wird so nie satt. Der ist ja richtig mager und die Waage zeigt doch eigentlich, dass er kein bisschen zugenommen hat."

„Hast ja Recht. Ich hoffe immer noch, dass der Milchfluss besser in Gang kommt. Lass es mich noch ein paar Tage versuchen, dann sehen wir weiter."

Hertha war froh, dass Emil nicht gleich wieder losgeschimpft hatte mit ihr, sondern anscheinend um sie beide wirklich ein wenig besorgt war.

Natürlich konnte Emil es nicht abwarten. Und so brachte er am nächsten Abend Emil Biedert's Kindernahrung in einer Dose angeschleppt, deren Inhalt von butterähnlicher Konsistenz war. Man sollte sie nur noch mit Wasser oder Milch verrühren.

Emil meinte es gut mit seinem Jungen – in das ebenfalls mitgebrachte Fläschchen rührte er in die Kindernahrung ordentlich Milch hinein, bohrte in den Schnuller ein großes Loch und begann Ludwig zu füttern.

Es dauerte keine fünf Minuten und das Fläschchen war leer. Ludwig machte noch ein Bäuerchen und schlief ein.

Nach einer halben Stunde war er wieder wach und brüllte wie am Spieß.

Emil nahm seinen Sohn auf den Arm und kaum hielt er Ludwig in der Senkrechten, erbrach der kleine Mann sich und verteilte sein kurz davor getrunkenes Fläschchen gleichmäßig auf seinen Vater sowie auf Fußboden und Teppich. Immerhin hörte er auf zu brüllen und war nun nur noch weinerlich.

„Wieso verträgt er das Zeugs nicht?" Emil klang recht gereizt.

„Wie hast Du's denn zubereitet?" entgegnete Hertha.

„Streng nach Gebrauchsanweisung."

„Zeig mal her. Du hast doch nicht etwa Milch genommen? Da steht nämlich, dass man die erst nach einem halben Jahr nehmen darf."

„Doch schon. Ich dachte, weil er so mager ist…"

„Ach Emil, was bist Du nur für ein blöder Kerl. Milch und dann noch in der Menge ist doch viel zu fett – da muss dem Jungen ja schlecht werden. Willst Du Ludwig umbringen?"

Emil schaute nun richtig betroffen – das hatte er natürlich nicht bedacht.

„Können wir uns auf etwas einigen?"

„Was denn?"

„Dass ab sofort nur ich mich noch um Emil kümmere und Du Dich immer dann, wenn ich darum bitte. Und seine Nahrung bereite nur ich zu. Versprochen?"

„Versprochen. Ach Bella – ich hatte es doch nur gut gemeint."

„Glaub ich Dir ja. Aber ein bisschen Verstand darfst Du ruhig auch nutzen. Viel hast Du da zwar nicht, wie wir gerade gemerkt haben, aber es bleibt ja unter uns. Und Ludwig kann ja noch nicht reden."

„Du erzählst es nicht Deiner Ma?"

„Lieber nicht. Die macht Dich sonst ‚links'. Und was sollen Ludwig und ich schon mit einem ‚gewendeten' Vater Emil anfangen."

„Danke liebe Bella."

Emil hielt sich tatsächlich an die Absprache mit Hertha und so kehrte bei der kleinen Familie in Tempelhof Ruhe und Frieden ein. Und da Hertha und Ludwig einen sehr zufriedenen und ausgeglichenen Eindruck machten, unterließ auch Lucie weitgehend alle spitzen Bemerkungen.

Ludwig gedieh mit der ‚künstlichen‘ Babynahrung ganz prächtig und er entpuppte sich als ein eigentlich immer fröhliches Kind – Geschrei gab es nur, wenn er Hunger hatte oder sich in seiner Haut nicht wohl fühlte, nämlich wenn er die Höschen voll hatte: Warm, feucht und gar klebrig mochte er offenbar nicht.

Emil war voller Stolz über seinen Nachkommen. Und wurde noch ein bisschen dicker, als er es ohnehin schon war. Aus seinen 200 waren 210 Pfund geworden. Und für ihn das Schlimmste – er musste seinen Schwiegervater bitten, ihm die Adresse seines Schneiders zu verraten, weil es für ihn keine Anzüge von der Stange mehr gab – es waren nun Anzüge nach Maß angesagt, die natürlich das Doppelte kosteten. Was Emil unheimlich wurmte.

„Bella, ich muss abnehmen. Ich kaufe mir ein Fahrrad und fahre dann ab sofort mit dem ins Büro. Bis ich auf 85 bis 90 kg runter bin."

„Wenn Du meinst. Gesünder wäre es sicher allemal." antwortete sie kurz und bündig.

Emil kaufte also ein Fahrrad. Marke ‚Wanderer‘, ein richtig schönes Tourenrad.

„Morgen wird es eingeweiht. Ich fahre einmal rund um den Wannsee." verkündetet er.

„Ich würde erst mal ein wesentlich kürzeres Stück fahren. Du bist das nicht gewöhnt."

„Dass Ihr Frauen immer alles besser wissen wollt. Red keinen Blödsinn. Ich fahre um den Wannsee und dabei bleibt’s."

„Tu was Du nicht lassen kannst. Aber jammre mir dann am Abend nicht die Ohren voll, weil Du Dich übernommen hast."

„Tue ich natürlich nicht. Ich werde um etliche Pfunde erleichtert nach Hause kommen. Und freue mich schon auf heute Abend.

Genauer auf Dich heute Abend. Und was ich da Schönes mit Dir vorhabe."

Frohgemut fuhr Emil am Morgen los. Wohl wissend, dass man den See nicht ganz umrunden könnte, aber er wollte an seinen Ufern hin- und zurückfahren, etwa 25 km, der Weg von zu Hause bis zum See und zurück kam noch hinzu, sodass er insgesamt etwa 30 km zurückzulegen hatte.

Die Wegstrecke hätte auch ein normal geübter Wanderer an einem Tag zu Fuß zurückgelegt. Aber für einen schwergewichtigen Mann, der seit fünfzehn Jahren nie mehr auf einem Rad gesessen hatte, war das Vorhaben schon eine gewisse Herausforderung. Zumal das Unglück es noch wollte, dass sich Emil einen ‚Platten' ausgerechnet am Hinterrad zuzog, den er wohl oder übel flicken musste, wenn er nicht etliche km sein Gefährt nach Hause schieben wollte.

Hertha war mit Ludwig zu ihren Eltern gefahren – sie machten eine Dampferfahrt auf der Havel.

Gegen fünf Uhr nachmittags waren die beiden Reuters mit Hertha und Ludwig in Tempelhof angekommen – von Emil kein Lebenszeichen.

Um halb sechs wurde Hertha etwas unruhig. Es wird doch nichts passiert sein?

„Da kommt ein alter Mann angehumpelt und schiebt ein Fahrrad. Das ist aber sicher doch nicht Dein Emil?" Vater Reuter hatte die Beobachtung vom Balkon der Wohnung aus gemacht.

„Um Gottes willen – das ist Emil!" rief Hertha ganz entsetzt. „Ich muss sofort runter. Passt Ihr bitte auf Ludwig auf?"

Milde und spöttisch lächelnd stellten sich Raimund und Lucie Reuter ihrer Tochter in den Weg.

„Was Du uns über die Vorgeschichte von Emils Ausflug erzählt hast, ist Anlass genug, dass Du hierbleibst. Der Junge muss auch mal was lernen. Und aus eigenen Fehlern lernt man bekanntlich am besten. Besonders wenn sie schmerzhaft zu sein scheinen." konstatierte Vater Reuter, Lucie lächelte – wie es schien, ein wenig schadenfroh - und dann prusteten alle drei los vor Lachen.

Man setzte sich wieder ganz entspannt zum Tee.

Es klingelte.

Hertha öffnete.

„Hast Du den Schlüssel verloren? Ach Du meine Güte, wie siehst Du denn aus? Ma, Pa, schaut mal. Der Emil kann ja gar nicht richtig laufen. Und total verdreckt sieht er aus. Was ist denn bloß passiert?"

„Na mein Junge, ist der Ausflug nicht ganz nach Plan verlaufen?" ließ sich Pa vernehmen. Und Ma ergänzte, wieder so richtig aufreizend, milde lächelnd:

„Hat da jemand den Mund zu voll genommen?"

Aber Emil fühlte sich so elend und geschafft, dass er die ‚Spitzen' der Schwiegereltern überhörte.

„Och das tut ja so weh!" jammerte Emil, breitbeinig nunmehr im Flur stehend.

„Wir gehen dann mal lieber." stellten Herthas Eltern fest.

„Mein Po – ich glaube, der ist eine einzige Wunde."

„Glauben nutz da gar nichts. Los, Hosen runter."

„Vorsichtig, das tut ja so weh!"

Hertha zog ihren Emil vorsichtig aus.

„Du merkst hoffentlich, wie behutsam ich das mache?"

„Hm?"

„Gut merken, wenn Du mich mal wieder ausziehen willst."

„Was soll das denn jetzt? Mir ist nicht nach Scherzen zumute."

„Ich meinte das auch durchaus ernst."

Als sie ihm vorsichtig auch die Unterhose runter streifte, konnte sie sich nicht zurückhalten. Sie musste die Situation einfach auskosten.

„Da ist ja nicht nur Blut, sondern auch alles bräunlich. War das Lokuspapier so knapp?"

„Bitte, bitte Bellachen, jetzt sei ein bisschen lieb zu mir. Und nicht noch spotten."

Sie hielt ihm die Unterhose vors Gesicht.

„Das ist kein Spott, sondern blutig ist das Ding und etwas vollgesch… ist sie auch. Und – huch – Dein ‚Gehänge' ist ja sooo klein und beinahe niedlich. Sieht fast aus wie bei Ludwig. Nö.

Eigentlich doch nicht – bei dem sieht das niedlich aus, bei Dir eher traurig. Kann das sein?"

„Bellalein bitte…"

„Sei nicht so wehleidig. Erst hast Du eine große Klappe und jetzt jammerst Du nur rum. Ich lass Dir jetzt die Wanne ein – lauwarm – und da weichst Du Dich schön ein. Und dann sehn wir weiter. Und ruf ja nicht nach mir! Weichen kannst Du alleine und ich muss mich jetzt um Ludwig kümmern."

Nachdem Ludwig sein Fläschchen getrunken hatte und wohl versorgt in seinem Körbchen lag, räumte Hertha die Küche auf, spülte das Geschirr vom elterlichen Besuch und überlegte, wie sie ihren Emil noch ein wenig ‚drangsalieren' könne, nicht richtig, aber doch ein wenig. Gerade so, dass er es merken würde.

Inzwischen hatte er zwei Mal gerufen.

„Das Wasser ist schon so kalt."

„Ich hoffe aber nicht, dass auch Dein Verstand durch das Fahrradfahren gelitten hat – da Deine Hände ja nur dreckig, aber nicht lädiert waren – meinst Du nicht, dass Du den Warmwasserhahn allein bedienen kannst?"

„Warum bist Du denn so biestig?"

„Ich bin nicht biestig, ich bin so, wie man sich als Frau einem Mann gegenüber verhält. Oder bist Du auf einmal zu einem Männlein geschrumpft?"

Emil richtete sich etwas mühsam in der Wanne hoch und kletterte heraus.

„Wo ist ein Handtuch?"

„Vor Deiner Nase auf dem Hocker."

„Trocknest Du mich bitte ausnahmsweise mal ab?"

„Na gut."

Um dann vor Lachen loszuprusten.

„Du bist ja wirklich ein kleines Männlein geworden. Sonst sieht das da unten bei Dir immer ganz anders aus, wenn Du nackig bist."

Emil musste zum ersten Mal seitdem er wieder zu Hause war, auch grinsen.

„Der wird schon wieder."

„Bist Du sicher? Oh – das sieht aber gar nicht gut aus. Zwei große offene Blasen, auf jeder Pobacke eine." stellte Hertha fest.

Sie bugsierte ihn auf sein Bett im Schlafzimmer.

„Dreh Dich bitte auf den Bauch und mach die Beine so weit auseinander, wie Du kannst, die Hautfetzen müssen weg, bevor ich da was versorgen kann. Und jetzt bleib so liegen, ich lege eben eine Hautschere in kochendes Wasser und dann schnipple ich los."

Fünf Minute später kam sie wieder rein. Mit Schere und Schreibtischlampe. „Sonst sehe ich nichts. Und schneide Dir sonst womöglich etwas ab, auf das Du so stolz bist."

„Ach Bellalein…"

„Ach Bellalein was?"

„Ich liebe Dich."

„Wow, das hast Du zum letzten Mal zu mir gesagt, als Du mich überredet hast, Dich zu heiraten. So eine Fahrradtour hat offensichtlich auch ihr Gutes. Aber davon hast Du wohl erst einmal genug. Ich hätte aber einen Verbesserungsvorschlag."

„Und der lautet?"

„Du lernst reiten. Kaufst Dir ein Pferd und reitest einmal nach Potsdam und zurück."

„Du bist gemein."

„So die Hautfetzen sind jetzt ab. Nun dreh Dich auf den Rücken, heb die Beine und mach sie wieder auseinander. Mensch stell Dich nicht so an. Das macht ja Ludwig schon besser."

„Jetzt bist Du aber richtig gemein."

„Überhaupt nicht mein Lieber. Aber ich muss Dich jetzt einpudern. Und zwar genau so, wie ich das bei Klein-Ludwig immer mache. Sonst kleben Dir morgen die Pobacken aneinander und der Arzt muss sie auseinander schnippeln. Willst Du doch sicher nicht?"

Nachdem Emil so wohl versorgt war, meinte sie nur noch zu ihm: „Eigentlich wolltest Du heute Abend doch etwas Schönes mit mir machen. Da wird wohl nichts draus. Hast Glück, ich bin auch viel zu müde."

Emil vertrieb am nächsten Tag im Büro für eine Woche den alten Bertram von seinem Stehpult und bat ihn, sich an seinen Schreibtisch zu setzen – er konnte für ein paar Tage einfach noch nicht wieder sitzen.

Und das Fahrrad benutzte er erst 1946 wieder.

Emil war mit seinem Dasein irgendwie nicht recht zufrieden. Er wollte mehr, er wollte nicht nur der beste Angestellte vom Alten und Schwiegersohn sein, er wollte selbst etwas verantworten.

Als er mit seinem Pa, wie er Raimund nannte, darüber sprach, lächelte der zunächst ein wenig maliziös:

„Mein Junge, Dir fehlt noch so einiges, um wirklich firm zu sein. Ja, ich gebe zu, der Besuch der Handelshochschule hat Deinen Horizont erweitert und in der Tat – dazu stehe ich – Du bist mein bestes Pferd im Stall und hast durchaus das Zeug dazu, mehr aus Dir zu machen. Wenn es Dir ernst ist, dann solltest Du erst einmal die Prüfung zum Vereidigten Bücherrevisor machen."

Emil hatte das Maliziöse geflissentlich überhört.

„Das traust Du mir zu?"

„Sonst würde ich es Dir nicht sagen. Mit solchen Dingen pflege ich nicht zu scherzen und in der Familie schon gar nicht."

Ein halbes Jahr später – Emil hatte fleißig gelernt, vor allem alles was Handelsrecht, Buchführung u. a. m. anging und dabei insbesondere auch die Gebiete außerhalb der Land- und Forstwirtschaft mit einbezogen – meldete er sich bei der IHK zur Prüfung an. Es gab nur zwei Termine im Jahr, weil auch ein Vertreter der Oberfinanzdirektion als Prüfer teilnehmen musste.

Im September 1932 war es soweit – Emil wurde aufgefordert, in einer bestimmten Woche die schriftlichen Klausuren zu schreiben, für den 3. Oktober war die mündliche Prüfung anberaumt.

Zwar hatte Emil etwas weiche Knie, als er zu den Klausuren ging und zur mündlichen Prüfung erst recht. Aber es ging alles ganz reibungslos: Am Abend des 3. Oktober 1932 durfte er sich eine neue Visitenkarte zulegen: ‚Emil Walters, Vereidigter Bücherrevisor‘.

Raimund Reuter lächelte wiederum, als Emil ihm die Urkunde zeigte, aber dieses Mal nicht maliziös, sondern fast schon gütig bis väterlich. Ob wegen der gerade anwesenden Damen oder aus sich heraus, konnte man naturgemäß nicht ausmachen.

„Sehr gut mein Junge. Nun hast Du es schriftlich, dass aus Dir vielleicht mal etwas werden wird. Und weil das ja sicher noch dauert, bekommst Du ab sofort 500 Mark mehr im Monat."

Lucie lächelte ihre Hertha an, Ludwig krähte vergnüglich vor sich hin und Emil strahlte.

„Strahlst ja wie ein Honigkuchenpferd." schmunzelte Hertha ihren Emil an. Was die Mutter zu dem Kommentar veranlasste:

„Nicht übertreiben Herthamaus, süß wohl eher weniger, Pferd ja, wenn auch nicht gerade ein Rennpferd." was allen Anwesenden ein lautes Lachen abverlangte.

Ludwig gedieh inzwischen prächtig, er wuchs zu einem süßen, kleinen Bengel heran. Und damit sie manchmal am Wochenende, wenn Emil zu Hause war, ein wenig Ruhe vor ihren Männern hatte, überredete sie Emil, mit Ludwig im Wagen spazieren zu gehen.

Natürlich hatte Emil erst einmal protestiert. Und zwar richtig. Laut wurde er mal wieder und richtig zornig. Aber Hertha setzte sich durch:

„Glaub ja nicht, dass Du nur dazu da bist, Kinder in die Welt zu setzen. Es fällt Dir wohl kaum eine Perle aus der Krone, wenn Du mit Deinem Jungen mal allein losziehst. Außerdem – wie soll der Bengel denn ein Verhältnis zu Dir entwickeln? In der Woche kommst Du erst abends nach Hause, gerade man, dass Du ihm gelegentlich mal ein Fläschchen gibst und vielleicht einmal im Monat windelst. Los zieh Dich jetzt an und dann raus mit Euch."

Das Wunder geschah – Emil parierte. Hertha vermutete, dass es mehr aus Angst geschah – sie könnte es ja ihrer Ma erzählen und die würde sich ihren lieben Schwiegersohn dann ein wenig ‚vorknöpfen'. Was er lieber nicht riskieren wollte.

Nach der 3. Ausfahrt hatte sich Emil an seine neue Verwendung bereits gewöhnt. Und dann passierte etwas, dass ihn mit seiner

Tätigkeit sogar aussöhnte. Einmal begegnete er einem anderen jungen Vater, der ebenfalls einen Kinderwagen vor sich herschob und dann begegnete er zwei sehr hübschen jungen Muttis mit Kinderwagen, die ihn ansprachen.

„Das ist ja ganz toll – ein Vater, der allein mit seinem Kind im Kinderwagen loszieht. Dürfen wir Ihnen gratulieren? Ihre Frau ist ja geradezu zu beneiden, so einen vernünftigen Ehemann zu haben." Und die andere ergänzte:

„Da hat mal einer das Beste aus Wilhelm Busch gemacht."

„Wie meinst Du das?" fragte die hübsche Blondine und ihre brünette Freundin antwortete:

„Vater werden ist nicht schwer, Vater sein dagegen sehr, hat der doch gesagt. Und der Herr" – gemeint war offenbar Emil – „hat den alten Spötter nun richtig widerlegt."

Emil war kurz davor rot zu werden vor lauter Stolz über so viel Lob.

„Darf ich denn mal zu Ihnen in den Wagen schauen?"

„Aber klar doch – wenn wir bei Ihnen reinschauen dürfen."

Wechselseitig wurden nun die Babys - Ludwig, ein kleiner Hansi und eine kleine „Sie" die Annegrete hieß - begutachtet und jeweils mit Lob überschüttet.

Emil blühte immer mehr auf und entwickelte seinen beeindruckenden Charme. Die zwei Frauen kicherten sogar ein wenig, weil Emil natürlich die Schönheit der Kinder pries und sogleich entsprechende Vergleiche mit den noch schöneren Müttern anstellte, aber die zwei waren ebenfalls voller Bewunderung für den so blendend aussehenden Vater.

Man unterhielt sich fast eine halbe Stunde, Emil wurde immer aufgekratzter, stellte sich schließlich sogar vor, die zwei Mütter murmelten ihre Namen und schließlich trennte man sich, nicht ohne die Hoffnung auszusprechen, sich gelegentlich einmal mit den Kindern wiederzusehen.

„Was ist denn mit Dir los? Du strahlst ja richtig." begrüßte Hertha Vater und Sohn, als beide nach Hause kamen.

Emil erzählte von seiner Begegnung mit den beiden Müttern. Hertha lächelte ein wenig versonnen. Und hatte dann plötzlich eine Idee.

„Wenn Du die zufällig mal wieder triffst – frag sie doch mal, ob die Familien nicht mal zusammen etwas unternehmen wollen."
„Hm. Mal sehen." antwortete Emil.

Nicht nur Ludwig, sondern auch Emil gedieh prächtig, zum Glück verteilten sich die Pfunde bei Emil ziemlich gleichmäßig, sodass er wie ein Mann wirkte, der vor Gesundheit geradezu strotzte. Hertha konnte ganz offensichtlich recht gut kochen. Und da er mittags im Büro fast täglich von seinem Schwiegervater zum Essen hochgerufen wurde, aß er täglich zweimal warm und das nicht zu knapp. Und die Küche seiner Schwiegermutter war noch um einiges reichhaltiger als Herthas, denn Raimund Reuter liebte gutes Essen über alles. Weshalb er auch ausgesprochen gern am Tag vorher schon bestimmte, was am nächsten Tag auf den Tisch kommen sollte. Und er soll tatsächlich zu seiner Lucie mal gesagt haben: „Lucie, morgen essen wir mal fleischlos – mach uns bitte eine Gans."

Wenige Wochen später begegnete Emil bei seinem sonntäglichen Spaziergang tatsächlich den beiden Freundinnen und ihren beiden Babys erneut. Und Herthas Anregung im Ohr, fragte er die jungen Damen, ob man nicht einmal mit den Familien etwas gemeinsam unternehmen wolle.
„Verstehen Sie mich bitte nicht falsch – aber wir Walters wohnen noch nicht so lange in Tempelhof und meine Frau würde sich sehr freuen, Sie und den jeweiligen Herrn Gemahl einmal kennen zu lernen. Was meinen Sie?"
„Von mir aus gern, liebe Freia. Was meinst Du?" antwortete Aurelia Mandelson.
„Ich würde mich auch sehr freuen, Aule." erwiderte Freia von Hunxleben.
„Aber lieber Herr Walters, wir müssen schon noch mal unsere Männer fragen."
„Aber selbstverständlich gerne. Darf ich Ihnen meine Telefon-Nummer geben?"
Emil kramte seine private Visitenkarte heraus, und überreichte jede der Damen ein Exemplar.

„Dürfen wir so neugierig sein und fragen, was Sie beruflich machen, Herr Walters?"

„Ich bin Vereidigter Bücherrevisor und arbeite in der Wirtschaftsprüfer-Kanzlei meines Schwiegervaters."

Frau von Hunxleben lachte ihn an: „Oh Herr Walters, da können Sie ja rechnen."

Emil grinste sie an.

„Na, so ein bisschen. Sogar Dreisatz geht bei mir ganz gut. Aber nun bin ich auch neugierig: Was machen denn Ihre Männer?"

„Meiner ist Rechtsverdreher. Huch – gut, dass er das nicht hört." meinte Freia von Hunxleben lachend. „Also Anwalt. Dafür ein ziemlich guter."

„Und meiner ist an der Berliner Universität. Professor für Germanistik. Rechnen kann der gar nicht, das überlässt er lieber mir. Vor allem wenn es ums Geld geht."

Ludwig brüllte inzwischen, sodass man sich schnell verabschiedete.

Zwei Tage später klingelte das Telefon bei Hertha.

„Guten Tag Frau Walters, hier spricht Aurelia Mandelson. Wir haben Ihren reizenden Gatten kennengelernt und von ihm gehört, dass wir uns mit meiner Freundin Freia von Hunxleben und unseren Männern mal zu einem Ausflug treffen wollen. Ist das richtig?"

„Oh, das freut mich aber Frau Mandelson. Mein Mann hat ja schon so viel von Ihnen erzählt. Sehr gern würden wir uns mit Ihnen und den von Hunxlebens treffen. Wie wäre es denn am kommenden Sonntag?"

„Oh je – da geht es leider nicht, weil mein Mann da noch auf einem Kongress in Zürich ist. Aber wie wäre es mit Sonntag in 14 Tagen?"

„Prima, abgemacht, liebe Frau Mandelson. Wollen wir vielleicht eine Dampferfahrt auf dem Wannsee machen?"

„Sehr, sehr gern, liebe Frau Walters. Und wenn das Wetter schlecht ist, treffen wir uns bei von Hunxlebens – die haben ein großes Haus mit Garten und sogar einem Teehäuschen mitten drin."

„Abgemacht. Und wegen des Wetters können wir ja am Sonntagvormittag noch einmal telefonieren. Ist Ihnen fünfzehn Uhr recht? Am Bootssteg?

„Alles klar, Frau Walters. Wir hören voneinander."

Als Hertha ihrem Emil von dem Telefonat abends erzählte, strahlte der richtig.

„Wenn Du mich nicht hättest, würden wir hier vereinsamen."

„Denkste – wenn ich Dich nicht mit Ludwig zusammen aus der Wohnung geprügelt hätte, hättest Du die nie kennen gelernt. Außerdem – wer hat denn den Vorschlag gemacht, dass wir uns mal treffen könnten? Plustere Dich also ja nicht so auf."

Der Ausflug wurde ein voller Erfolg. Man hatte den Dampfer unterwegs verlassen, war in einem Gartenlokal eingekehrt, Hertha hatte eine große Decke ausgebreitet, auf der die Kinder spielen sollten – alle drei noch in einem Alter, wo sie mit den anderen noch nicht richtig spielen konnten, aber sie betasteten sich ein wenig, krabbelten putzmunter hintereinander her.

Die Erwachsenen unterhielten sich bestens, die Männer erzählten ein wenig von ihrer beruflichen Tätigkeit, es stellte sich heraus, dass Aurelia auch wie Hertha Klavier spielte, Freia spielte Violine – so waren gemeinsame Interessen schnell ausgemacht.

Und wenige Monate später war man gut befreundet, war längst beim ‚Du‘ angelangt. Die Frauen trafen sich relativ häufig und spätestens alle zwei Wochen waren die Familien alle gemeinsam beisammen.

Von Hunxlebens hatten auch einmal eine größere Einladung gestartet und jeweils Eltern und Schwiegereltern mit eingeladen – auch der Tag wurde ein voller Erfolg. Und von Hunxleben wechselte wenige Tage später sogar seinen Berater und wurde Mandant beim Raimund Reuter. Emil hatte so für einen weiteren Mandanten in der Kanzlei seines Schwiegervaters gesorgt.

Die Nazis machten sich zu der Zeit jeden Tag ein bisschen mausiger. So nannte Lucie das. Und weil sie nie ein Blatt vor den Mund zu nehmen pflegte, schwitzte Raimund mitunter Blut und Wasser. „Sei bloß vorsichtig mit Deinen Worten." versuchte er sie zu warnen. Aber Lucie fand das alles eher komisch als besorgniserregend.

Emil sah das dagegen eher entspannt.

„Da ist wenigstens mal einer, der eine klare Vorstellung hat, wo es in unserm Land längsgehen soll. So schlecht, wie Ihr den immer alle macht, ist der gar nicht."

Raimund und Lucie schüttelten den Kopf.

„Das ist aber nicht Dein Ernst?"

„Doch, durchaus." konterte Emil, worauf sich eine recht heftige Debatte über Pro und Contra der Nazis ergab. Lucie und Raimund sahen die zunehmende Brutalisierung auf den Straßen, wie die Menschen dem ‚Rattenfänger' zujubelten. Emil wollte nur das Positive sehen – dass er Arbeitsplätze versprach, die SA-Horden missbilligte er auch, sah darin aber mehr eine vorübergehende Erscheinung, die wieder verschwinden würde, wenn Hitler erst mal an der Macht wäre.

1933 hatte Hitler es geschafft. Raimund und Lucie sahen darin eine Katastrophe, Emil fand es prima, dass es nun endlich wieder aufwärts gehen würde in und mit Deutschland.

Was er irgendwie nicht so ganz dabei realisiert hatte, war die Tatsache, dass Herthas und seine besten Freunde ziemliche Probleme mit dem auf einmal geforderten Ariernachweis hatten.

Für die beiden Mandelsons war die Sache dabei noch relativ einfach und klar – dass sie Juden waren, ergab sich schon aus ihrem Namen. Und Aurelia und Hans Mandelson hatten irgendwie den richtigen Instinkt zur rechten Zeit entwickelt. Hans wurde an der Uni inzwischen mehr und mehr angefeindet. Zwar stand der Dekan noch auf seiner Seite, aber der Rektor war Nazi aus tiefster Überzeugung. Und machte aus seiner Abneigung gegen den Kollegen Mandelson keinen Hehl.

Der Dekan bestellte Mandelson zu sich.

„Lass uns ein wenig spazieren gehen, Hans. Ich habe heute so Kopfschmerzen."

Kaum waren sie draußen vor dem Gelände der Uni wurde der Dekan deutlicher.

„Hans ich habe vom Rektor erfahren, dass Du nächste Woche Deine Professur verlierst. Du weißt warum. Ich kann Dir leider nicht helfen, aber noch etwas für Dich tun. Sag jetzt nichts – ich habe hier einen Pass für Dich und Aurelia. Frag nicht, wo ich ihn herhabe. Ich soll morgen zu einem Vortrag nach Wien fahren. Da ich aber morgen mit einem Herzinfarkt in die Charité eigeliefert werde, musst Du an meiner Stelle fahren. Bevor die Uni das richtig mitbekommen hat, und jemand anders schicken kann als Dich, der Du ja mein offizieller Vertreter bist, seid Ihr längst in Wien.

Seht zu, dass Ihr beide mit Eurer kleinen Annegrete in die Schweiz kommt."

„Meinst Du es ist so schlimm?" fragte Mandelson den Freund.

„Es ist noch schlimmer – bitte glaub es mir."

Feodor von Hunxleben wähnte sich hingegen ziemlich sicher. Er war einer der Staranwälte, zwar war seine Frau Halbjüdin, aber er meinte, man würde ihn schon in Ruhe lassen.

Emil empfand Mandelsons Flucht als völlig übertrieben. Gut die Nazis hetzten zwar gegen die Juden und gelegentlich gab es von den braunen Schlägertrupps auch mal Übergriffe auf Geschäfte mit jüdischen Inhabern. Aber wenn Hitler sich erst einmal eingearbeitet haben würde, wäre es mit solchen Auswüchsen ganz sicher schnell vorbei.

Emil fühlte sich von der NSDAP so enthusiasmiert, dass er ohne irgendeinem etwas zu sagen, Mitglied in der Partei wurde.

Als er es ‚beichtete', meinte Hertha zu ihm nur:

„Du wirst ja wissen, was Du da getan hast. Hoffentlich wirst Du den Schritt nie bereuen."

Raimund und Lucie waren stocksauer.

„Das wird Dir noch leidtun. Ich habe Dich bisher für einen Menschen mit Verstand gehalten – habe mich wohl geirrt." so Lucie.

„So, wie der und sein Pack sich aufführen, mein Lieber, wird das in einer Katastrophe enden. Und mehr möchte ich zu dem Thema nicht hören. Eine Bitte noch, oder besser noch, eine dringende

Empfehlung: Behalte den Schritt für Dich. Und vor allem – kein Wort gegenüber den Mandanten. Ich möchte nicht wegen Deiner durch Sturm und Drang ausgelösten Fehlentscheidung Mandanten verlieren. Haben wir uns verstanden?"

„Ja, Pa." Emil war ziemlich kleinlaut geworden.

Ende 1933 wurde Emil immer unruhiger. Das Verhältnis zu seinen Schwiegereltern war inzwischen weniger herzlich geworden.

„Was haben die nur?" fragte er Hertha, eigentlich gar keine Antwort erwartend.

„Das fragst Du noch? Du weißt doch, wie sie über die Nazis denken. Und Du machst Dich zum Parteigenossen. Ich finde da sind meine Eltern doch noch ganz friedlich zu Dir."

Emil ging darauf nicht ein. Stattdessen sprach er ein anderes Thema an.

„Ich mag hier nicht mehr länger in Berlin sein. Und schon gar nicht mehr für Deinen Vater arbeiten. Ich will endlich auf eigenen Beinen stehen."

„Und wie denkst Du Dir das?"

„Ich habe mich mal umgehört. Wir könnten in Kassel eine Landwirtschaftliche Buchstelle kaufen. Die hat ungefähr 50 Mandanten, natürlich alles kleinere Betrieb als bei Pa, aber das könnte man ja ausbauen."

„Ich kann Dir da schlecht raten. Dafür habe ich zu wenig Ahnung. Wenn Du das wirklich wagen willst, könnte ich unsere Buchführung machen, so wie ich sie früher bei Pa auch gemacht habe."

„Hm. Die Sache hat nur einen Pferdefuß."

„Und der wäre?"

„Solche Betriebe werden meist auf Rentenbasis verkauft und erworben. Die Frau will aber 35.000 Mark auf einmal."

„So viel? Das haben wir doch gar nicht."

„An und für sich ist das sogar ziemlich wenig, denn verrentet, kann das unter Umständen viel mehr kosten, vor allem, wenn die Frau lange lebt. Aber das Geld haben wir wirklich nicht."

„Soll ich mal mit Ma und Pa reden?"

„Würdest Du das tun? Du weißt ja, ich habe momentan wegen der Parteigeschichte nicht so gute Karten."

„Jammer nicht, bist Du selber schuld. Kannst ja wieder austreten."

„Das wäre wohl keine so gute Idee. Die können glaub ich recht nachtragend sein. Vielleicht würde ich es jetzt auch nicht mehr tun, also in die Partei eintreten."

„Woher der Sinneswandel, mein Herr Gemahl?"

„Spotte Du nur. Ich hatte gedacht, das mit den Schlägertrupps würde jetzt aufhören, aber das wird ja sogar täglich schlimmer. Deshalb."

„Ja, ja, der Wahn war kurz, die Reu ist lang. Ich rede mal mit den Eltern."

Umzug

Hertha konnte, wenn es darauf ankam, recht diplomatisch sein. Und so erzählte sie ihren Eltern erst einmal von Emils Bauchschmerzen wegen seines Parteibeitritts.

„Na gut, dass er langsam wieder zur Vernunft kommt. Aber nun soll er mal schön die Suppe auslöffeln, die er sich da eingebrockt hat. Austreten und das jetzt – das wäre wohl kaum sinnvoll." Herthas Eltern waren da ganz einer Meinung. Und dann begann Hertha ganz vorsichtig mit dem anderen Thema. Und Raimund und Lucie hörten sehr aufmerksam zu.

„Dass Emil nicht für immer bei mir bleiben würde, war mir schon klar, als ich ihn zum ersten Mal sah und bevor er bei mir als Stift anfing. Insofern überrascht mich das überhaupt nicht. Aber warum fragt der Kerl mich nicht selbst? Hat er Dich etwa vorgeschickt?"

„Jein. Ich hab's ihm angeboten, mal die Lage zu sondieren. Und da Ihr ja wegen der Nazis nicht so gut auf ihn zu sprechen seid, hat er sich halt nicht getraut."

Raimund läutete nach dem Dienstmädchen.

„Ja bitte Herr Reuter?"

„Herr Walters möchte bitte zu uns hochkommen. Sofort."

„Ich geb gleich Bescheid."

Fünf Minuten später kam Emil hoch, ausgesprochen bescheiden wirkend, kein bisschen aufgeplustert, wie sonst so oft, er wusste nämlich nicht, wie die Stimmung so war. Er sollte das auch nicht wissen, nicht umsonst war das Dienstmädchen beauftragt worden, Emil hoch zu bitten. Vater Reuter wollte nicht, dass Hertha womöglich schon etwas andeutete.

„Nun erzähl mal, was Ihr da vorhabt." ließ Pa sich vernehmen. Und Emil berichtete ganz sachlich und emotionslos, warum er in die Selbstständigkeit strebte, warum es Kassel sein könnte, wie die Konditionen des Erwerbs der Buchstelle sich darstellten.

„Hast Du schon die Bilanzen der Frau gesehen, die da verkaufen will?"

„Ja, ich habe sie sogar dabei, d.h. sie liegen unten bei mir im Büro."

„Dann hol sie bitte hoch Ihr Frauen kocht jetzt mal einen Tee, Ludwig nehmt Ihr bitte mit und uns lasst Ihr mal für eine Stunde in meinem Büro allein." sagte der Vater ziemlich bestimmt.

„Der Dicke macht das schon." flüsterte Ma ihrer Tochter zu.

Nach zwei Stunden tauchten beide wieder auf.

„Die Kinder werden nach Kassel übersiedeln, Lucie. Kannst schon mal nach Zugverbindungen schauen, wenn Du die Drei dann besuchen willst."

Nun, ganz so schnell, wie gedacht, ging der Umzug doch nicht vonstatten.

Zwar war der Kauf der Buchstelle in Kassel relativ schnell über die Bühne gegangen, aber bevor ein Umzug der Familie in Frage kam, musste Emil in Kassel eine Bleibe für die Familie finden und vor allem auch geeignete Büroräume, denn die Verkäuferin hatte ihren Beruf bei sich Zu Hause in ihrem Häuschen ausgeübt, da konnte und wollte Emil nicht arbeiten.

Büroräume hatte er schnell gefunden, in einer Seitenstraße von der Wilhelmshöher Allee. Es war eine schöne 4-Zimmer-Wohnung im Erdgeschoß. Wenn man die Wohnung betrat, gab es eine große Diele, die zugleich als Wartezimmer für die Mandanten hergerichtet wurde, es gab für Emil einen sehr schönen und repräsentativen Raum, in dem er ungestört arbeiten und auch mit seinen Mandanten würde sprechen können, ein kleineres Zimmer sollte für eine Art Bürovorsteher herhalten und der Rest für evtl. weitere Angestellte. Die Küche ließ er als Abstellkammer für Akten herrichten. Und voller Stolz hatte er ein DIN A3 großes Messingschild fertigen lassen: ‚Emil Walters – Vereidigter Bücherrevisor – Landwirtschaftliche Buchstelle'

Nachdem Emil etwa sechs Wochen zwischen Berlin und Kassel hin und her gependelt war – ein bis eineinhalb Tage arbeitete er noch im Büro des Schwiegervaters – wurde er auch mit einer Unterkunft für die Familie fündig. Ihm war in einer genossenschaftlichen Neubausiedlung in den sog. Riedwiesen in einem ruhigen Stadtteil von Kassel eine Doppelhaushälfte zur Miete angeboten worden. Und ohne seine Hertha zu fragen, hatte er einfach den Mietvertrag unterzeichnet und sie vor vollendete Tatsachen gestellt.

Als Herthas Mutter davon hörte, war sie hellauf empört.

„Spinnt der jetzt total? Ohne Dich zu fragen? Der soll mir mal kommen – den ‚mach ich links‘, worauf Du Dich verlassen kannst."

„Bitte nicht Ma, lass mich das Haus erst mal anschauen. Und wenn er da wirklich etwas ganz Unmögliches gemacht hat, kannst Du ihn Dir immer noch vorknöpfen."

„Worauf Du Dich verlassen kannst."

Das ‚links machen‘ fand dann doch nicht statt, denn Hertha fand das Haus ganz allerliebst. Und sie berichtete nach ihrer Rückkehr ganz begeistert: Zwei große Zimmer mit einem Balkon, eine gut begehbare Garderobe, daneben ein Gäste-WC, zusätzlich eine riesige Diele und natürlich die Küche im Erdgeschoß, drei Zimmer und ein großes Bad in der ersten Etage und nochmal zwei weitere Zimmer im zweiten Stockwerk, reichlich Kellerräume mit sogar zwei richtig großen Zimmern und einer weiteren Toilette und nicht zuletzt ein sehr schöner großer Garten.

„Sollte Dein Filou da etwa mal auf Anhieb etwas Vernünftiges angestellt haben?" Mutter Reuter war ihrem Schwiegersohn gegenüber nach wie vor skeptisch. Seine Eskapaden mit jungen Frauen ehedem, hatten sich irgendwie in ihrem Gedächtnis eingebrannt.

Aber nachdem sie zusammen mit ihrer Tochter das Haus selbst in Augenschein genommen hatte, war sie recht zufrieden.

„Dicker, hol schon mal die Brieftasche raus – da müssen wir nochmal ein wenig helfen." bereitete sie Herthas Vater – auf ihre Art durchaus schonend – darauf vor, dass es da noch einiger Investitionen bedürfte. Vater Reuter seufzte und sagte gar nichts, als er Lucies Blick bemerkte.

Am Wochenende trat der ‚Familienrat' zusammen, um über das Finanzielle zu beratschlagen.

Vater Raimund Reuter eröffnete das Gespräch.

„Emil hat von mir für die Buchstelle 35.000 Mark bekommen. Hertha haben wir eine Aussteuer bezahlt – das waren fast 10.000 Mark. Und jetzt braucht Ihr nochmal 5.000 für Emils Büro und mindestens weitere 5.000 für Euer Heim. Kinder, ich habe das Geld einfach nicht. Wie soll das gehen?"

Betretenes Schweigen.

„Dann muss ich eben einen Bankkredit aufnehmen." ließ Emil sich vernehmen.

Mutter Lucie lächelte höchst amüsiert.

„Was meinst Du denn, Kindchen?" fragte sie ihre Tochter.

„Ich weiß nicht so recht. Mit einem Riesenberg an Schulden anzufangen, finde ich nicht so toll. Ich versteh aber doch nicht so viel davon. Sollen das doch die Männer unter sich ausmachen."

„Das könnte denen so passen. Kommt überhaupt nicht in die Tüte."

„Was soll das denn nun?" ließ sich Raimund vernehmen.

„Ach Kinder – wenn Ihr mich nicht hättet."

„Hm?" reagierten Hertha, Raimund und Emil fast unisono.

„Dicker, jetzt will ich Dir mal was sagen. Die 35.000 hast Du Emil nur geliehen, zwar zinslos, aber das Geld bekommst Du zurück. Die Aussteuer zählt überhaupt nicht, weil Du Deiner Tochter in den rund zehn Jahren, wo sie Deine Buchführung gemacht hat, kein Gehalt gezahlt hast. Die Sozis nennen das Ausbeutung. Im Klartext hat sie also ihre Aussteuer selbst bezahlt. Und wenn Du den Kindern jetzt nochmal 10.000 gibst, ist das nun endlich die Aussteuer bzw. der Gegenwert."

„Moment mal, ich habe die Aussteuer doch aber bezahlt."

„Hast Du mein Lieber, hast Du. Aber eigentlich von ihrem Geld. Hättest Du die ganze Zeit jemanden für Deine private Buchführung eingestellt, wäre das sogar teurer gewesen –oder?"

„Aber es ist doch von meinem Konto runter?"

„Wurde auch höchste Zeit."

„Und wo soll ich das Geld hernehmen, bitteschön?"

„Von Deinem Konto."

„Da ist aber so viel gar nicht drauf. Und die Angestellten wollen schließlich auch ihr Gehalt."

„Mensch Dicker, es reicht. Zier Dich nicht wie die Zicke am Strick. Verkauf z. B. Deine Singer-Aktien, dann kannst Du alles mühelos bezahlen."

„Die dienen unserer Alterssicherung."

„Quatsch, dafür hast Du doch die Lebensversicherungen."

Nun ging Hertha dazwischen.

„Könnt Ihr nicht mal aufhören, zu streiten? Das ist ja fürchterlich."

„Kleines, halt Dich zurück, wir sind kurz vor dem Durchbruch! Schau mal, Deinem Vater ist schon die Zigarre ausgegangen." erwiderte sie lachend. Und auch Raimund musste jetzt lachen.

„Wir machen das folgendermaßen. Die 35.000 vergessen wir jetzt mal – Emil, die zahlst Du in Raten von 300 Mark monatlich zurück. Ich wollte mir eigentlich mal neue Büromöbel leisten. Dann kann Emil meine alten Möbel übernehmen. Da er noch wenig verdient, sind neue Möbel für ihn nicht so reizvoll. Ich kann die Ausgaben nämlich steuerlich geltend machen. Und insgesamt bekommt Ihr nochmal 5.000 für Euer Heim. Einverstanden?"

Raimund Reuter schaute sehr zufrieden mit sich selbst in die Runde. Emil und Hertha strahlten vor Freude, Lucie lächelte ihren ‚Dicken' in einer Mischung von maliziös, milde und spöttisch an:

„7.500."

„Bitte? Es war doch von 5.000 die Rede."

„Hast schon richtig gehört. 7.500."

„Und wieso bitteschön?"

„Weil Deine alten Büromöbel höchstens 2.500 wert sind. Und da Emil 5.000 gebraucht hätte, musst Du die 2.500 eben wieder drauflegen. Ganz einfach."

„Lucie, Deine weibliche Logik kann ich zwar nicht nachvollziehen, aber meinetwegen. Ich zieh Dir die 2.500 vom Wirtschaftsgeld ab."

„Kein Problem, Dicker, ich hänge Dir dann den Brotkorb ein bisschen höher. Wird sowieso Zeit, dass Du wieder etwas abnimmst."

„Was soll das denn heißen?"

„Wir gehen ab morgen dreimal in der Woche zum Aschinger. Ich mag Erbsensuppe. Und die Schrippen da sind doch köstlich."

Raimund musste jetzt laut loslachen, die anderen stimmten ein. Das Eis war gebrochen.

Lucie hatte inzwischen geläutet. Als das Dienstmädchen hereinkam, orderte sie eine Flasche Champagner und vier Gläser.

„Trinkst Du den nicht immer, wenn Odile Dir beim Schuhputzen hilft?"

„Ja mein Lieber. Künftig wird es wohl nur noch ein simpler Sekt sein. Wir müssen jetzt ja sparen."

„Musst Du immer das letzte Wort haben?"

„Will Dich ja nicht enttäuschen."

Ludwig war inzwischen zu einem süßen kleinen Lausebengel herangewachsen. Hertha und Freia waren längst gute Freundinnen geworden und sie waren fast täglich mit ihren Kindern zusammen – meistens bei Freia, weil es da mehr Platz gab und die beiden Jungs toll im von Hunxlebenschen Garten rumtoben konnten.

Das Glück der Freundschaft neigte sich nun aber seinem Ende zu.

Freia war inzwischen etwas unruhig geworden wegen ihrer Abstammung. Und vertraute sich Hertha an.

„Liebe Freia, ich glaube nicht, dass Du je wirklich in Gefahr sein wirst. Aber wenn es wirklich gefährlich für Dich wird – lass es mich wissen. Ich werde zusammen mit meinen Eltern und vielleicht sogar auch zusammen mit Emil einen Weg finden, wie wir Dir helfen können."

Anfang Oktober 1934 war es soweit – der Umzugswagen war beladen und startete gegen elf Uhr vormittags nach Kassel.

Hertha wäre lieber erst im Frühjahr umgezogen. Sie war inzwischen wieder schwanger und hätte gern auch ihr zweites Baby in Berlin zur Welt gebracht, aber dann hätten sie noch bis zum Mai warten müssen und für die vielen Monate doppelt Miete zahlen müssen. Hertha sah ein, dass das etwas zu viel an Aufwand gewesen wäre und sie wollte auf keinen Fall ihren Vater bitten, ihr weitere 3.000 Mark zu spendieren.

Die junge Familie lebte sich recht gut ein, sowohl in ihrem neuen Haus als auch in der Stadt selbst, zumal sie sehr, sehr nette Nachbarn hatten. Ein älteres Ehepaar namens Strießer, er war ebenfalls wie Emil Freiberufler. Er arbeitete als Vermögensberater von Magda Henschel und hatte es in der Funktion offenbar zu einigem Wohlstand gebracht, denn er hatte in Kassel noch zwei weitere Häuser, eins ganz in der Nähe, das sich noch im Bau befand und in das Sohn und Schwiegertochter einziehen sollten und ein weiteres Mehrfamilienhaus in Wilhelmshöhe, einem der vornehmsten Viertel der Stadt. Außerdem fuhr er ein relativ großes Auto, einen Fiat Ardita 518 C Berlina, den er erst im Jahr zuvor gekauft hatte.

Emil musste sich auch ein Auto zulegen, das er in der Tat dringend brauchte, weil er seine Mandanten, kleine und größere Bauern in ganz Hessen, per Bahn beim besten Willen nicht besuchen konnte. Und so erwarb er auf Strießers Rat einen NSU-Fiat 1000, ein Lizenz-Nachbau des italienischen Fiat 508 Balilla. Der Nachbar zur Linken fuhr ebenfalls schon ein Auto, einen Opel – er war Geschäftsführer eines Kasseler Versorgungsbetriebes.

So gab es dann immerhin in der ganzen Siedlung mit etwa 100 Doppelhaushälften drei Autos.

Der erste Winter wurde für die Walters eine ziemliche Umstellung. Das nordhessische Klima war sehr viel rauer als das in Berlin – die Folge war, dass Ludwig ständig mit einer Erkältung zu tun hatte und Hertha und Emil sich mit Schnupfen, Husten, Heiserkeit brav abwechselten. Im Winter darauf hatten sie sich aber schon ganz gut akklimatisiert – die Erkältungen hielten sich im normalen Rahmen.

Hertha war voller Sorge. Ihr Frauenarzt hatte ausgerechnet, dass ihr zweites Kind am 1. April geboren würde.

‚Das Kind wird ja dann ein Aprilscherz! Nein, bitte, bitte nicht! Dann komm lieber einen Tag früher oder einen Tag später – aber nicht ausgerechnet am 1. April.' sprach sie dem kleinen Wesen in ihrem Bauch gut zu. Aber ob das etwas nutzen würde?

Wenige Tage zuvor war Emil nach Berlin gefahren und hatte Ludwig bei seiner Omi und seinem Opa abgeliefert.

Er war gleich am nächsten Morgen wieder zurück gefahren – irgendwie war er wegen Hertha doch recht unruhig.

Die sich immer besorgter zeigte – nicht über die anstehende Geburt, sondern wegen des 1. April. Ihr Emil versuchte sie zu trösten, so gut er das eben konnte.

„Aber Bellalein, darauf kommt es doch nun wirklich nicht an. Hauptsache, der Junge ist gesund."

„Quatsch nicht Emil, mir ist das wichtig. Und wie kommst Du darauf, dass es schon wieder ein Junge wird?"

„Das fühle ich eben."

„Seit wann fühlst Du denn mal was?"

„Seit ich Dich liebe."

„Übernimm Dich bloß nicht dabei." spöttelte sie zurück.

„Wie meinst Du das?"

„Seit 1927 ist es immerhin das dritte Mal, dass Du das sagst."

Pünktlich um kurz nach zwölf setzten am 1. April mittags die Wehen ein. Hertha litt entsetzlich. Weniger wegen der Wehen – ja, die hatten es schon ganz schön in sich – sondern wegen des Datums.

Kaum im Roten-Kreuz-Krankenhaus angekommen, wurde sie gleich in den Kreißsaal gefahren. Wo sie den ganzen Tag über Schwestern und der Hebamme zwischen den Wehen klar zu machen versuchte, dass es für die werdende Mutter ganz schrecklich sei, ‚einen Aprilscherz' auf die Welt zu bringen.

Anfangs lachten die so angesprochenen, aber allmählich begriffen sie, dass die werdende Mutter tatsächlich wegen des 1. April voller Sorge war.

Am 2. April 1935 morgens um halb eins brachte Hertha ihr Kind zu Welt – es war wieder ein Junge. Als sie sich von den Strapazen der Geburt ein wenig erholt hatte, kam strahlend die Hebamme mit dem kleinen Bündel im Arm zu ihr:

„Sehen Sie, Frau Walters, nun haben Sie einen gesunden Buben geboren und das am 2. April. Nun müssen Sie aber wirklich zufrieden sein."

„Aber so kurz nach Mitternacht? Stimmt das auch wirklich?"

„Aber, aber, Frau Walters, hier wird doch nicht gemogelt. Nein – nie im Leben würden wir da mogeln." und lächelte dabei ein wenig hintergründig, wie Hertha meinte.

„Ist schon recht." murmelte sie leise und schlief vor Erschöpfung sofort ein.

Für Emil war es die natürlichste Sache der Welt, nun einen zweiten Sohn zu haben. Und als Hertha – die zweite Geburt hatte sie sehr viel mehr mitgenommen, als die erste – nach zehn Tagen nach Hause kam, nahm der Vater sofort das Regiment in die Hand. Mit dem Stillen des kleinen Halvar - standesamtlich wurde er mit den Namen Halvar sowie Oskar und Sigmund angemeldet - tat sich Hertha wieder sehr schwer. Hertha und Emil fanden, dass Halvar so schön ‚nordisch' klang.

Emil entschied ohne viel Federlesens, dass er mit der Flasche großzuziehen sei. Hertha wusste, sich zu wehren hatte keinen Zweck. Und sie hatte ja auch tatsächlich nicht genug Milch für ihn.

Nachts war Halvar immer ausgesprochen unruhig – gegen ein Uhr, spätestens zwei Uhr morgens weinte er regelmäßig. Hertha gab ihm dann immer ein Fläschchen. Was aber Emil fuchsteufelswild machte.

„Der Junge muss lernen, durchzuschlafen. Ich will nicht, dass er uns terrorisiert – ab sofort kommt er nachts in den Keller, da kann er sich ausbrüllen. Wirst sehen, in einer Woche spätestens hat er es begriffen."

Es gab nun seit längerem einen handfesten Krach zwischen Hertha und Emil. Aber wie eigentlich immer, setzte sich Emil durch: Er wurde derart jähzornig, dass sie nachgab. Mit der Folge, dass Hertha kaum noch schlief – gegen ein Uhr nachts schlich sie sich in den Keller, gab Halvar ein Fläschchen.

Nach zwei Wochen kam Emil dahinter und meinte nun, mit Hertha richtig toben zu müssen. Aber dieses Mal setzte sie sich durch.

„Ich mache das als Mutter so, wie ich das für richtig halte. Und wenn Dir das nicht passt, fahre ich für das nächste halbe Jahr mit Ludwig und Halvar zu meinen Eltern – dann kannst Du sehen, wie Du hier zurechtkommst. Haben wir uns verstanden?"

Als Emil merkte, dass sie die Drohung wahrmachen könnte, gab er endlich nach.

Damit die Stimmung wieder ein wenig besser wurde, versuchte sie anschließend, ihn etwas zu besänftigen.

„Ich weiß, dass Du es verdammt schwer hast momentan. Und Du brauchst Deinen Schlaf. Aber versteh bitte auch, dass ich es bin, der sich in erster Linie um unsere Kinder kümmert."

„Ist ja gut." war alles, was ihm zur Erwiderung einfiel. Und zugleich sah er seine Schwiegermutter vor sich, wenn sie von all dem erfahren würde – sie würde ihn derart fertigmachen, dass er richtig kleinlaut werden würde und wahrscheinlich würde Herthas Pa sich auch noch auf die Seite der Frauen schlagen.

Hertha hatte ihren Emil davon überzeugt, dass die Unterhaltung des ganzen Hauses für sie einfach zu viel wurde. Waschen, bügeln, kochen, putzen, einkaufen, die Buchführung für Emils Betrieb, sich um Ludwig kümmern, d.h. auch mit ihm spielen und dann noch den kleinen Halvar zu umsorgen, überstiegen ihre Kräfte.

So kam täglich eine Frau ins Haus, um ihr einige der Arbeiten abzunehmen.

Emil fiel praktisch für jede Hilfestellung zu Hause aus. Er fuhr morgens um acht ins Büro, kam mittags kurz zum Essen nach Hause und arbeitete dann wieder bis abends. Zwar war er immer zum Abendbrot wieder zu Hause, setzte sich aber nach dem Essen fast regelmäßig wieder an den Esstisch, um die täglich in zwei Aktentaschen mitgebrachten Unterlagen für seine Mandanten zu bearbeiten.

Er fühlte sich dabei ziemlich elend, denn er musste feststellen, dass die Mandanten zwar seine Arbeit lobten, aber keineswegs bereit waren, seine Rechnungen zu bezahlen.

Beiläufig musste er feststellen, dass seine Vorgängerin, von der er die Buchstelle erworben hatte, ihren Jahresumsatz regelrecht ‚geschönt‘ hatte, sie hatte nämlich Forderungen an Mandanten nicht als Forderungen, sondern als Einnahmen gebucht. Eigentlich also ein schon kriminelles Vorgehen – aber wie sollte er da von der Verkäuferin je wieder Geld hereinholen, zumal die sich aus Kassel längst abgesetzt hatte. Und ihm war auch klar, dass sie ihr Geld sofort verschwinden lassen würde, wenn sie erfahren würde, dass Emil gegen sie vorgehen wollte.

Emil besprach die Angelegenheit mit seinem Schwiegervater – er suchte seinen Rat.

„Mit so etwas hätte ich auch nicht gerechnet, Emil. Aber Du hast Recht, gegen die Frau etwas zu unternehmen, bringt nichts. Wir machen das anders. Ich steige bei Dir als stiller Teilhaber ein. Dann kann ich Euch steuerlich unschädlich unter die Arme greifen und die Rückzahlung der 35.000 setzten wir fürs erste aus. Was meinst Du?“

„Vielen, vielen Dank, Pa. Nur weiß ich nicht, wie lange es gehen soll, bis der Laden bei mir läuft.“

„Das weiß man vorher nie, Emil. Aber jetzt aufgeben, wäre töricht. Du solltest wenigstens drei Jahre durchhalten und dann prüfen wir die Situation erneut.“

„Meinst Du?“

„Emil, als ich anfing hatte ich gerade mal einen Mandanten. Dann wurden es zwei und heute sind es so konstant zwischen fünfzehn und zwanzig. Und wenn mal zwei oder drei von meinen Mandanten ade sagen, werde ich nervös. Gut, das sind Großbetriebe. Du hast sehr viel mehr, die Du auch bauchst, weil der einzelne Betrieb für Dich weniger abwirft. Dein Problem ist die Zahlungsmoral Deiner Mandanten. Da musst Du ansetzen und dann werden es sicher auch mal noch ein paar Betriebe mehr werden. Du wirst das schaffen, glaub mir.“

Emil rackerte sich wirklich ab – er wollte es dem ‚Alten' unbedingt beweisen, dass er auf eigenen Füßen stehen konnte.

Die Zugehfrau, die jeden Tag kam, um Hertha zu helfen, war keine Lösung – sogar Emil sah das ein, denn seine Oberhemden wurden an den Manschetten schon gar nicht mehr richtig sauber und die Stärke in Kragen und Manschetten ließ auch sehr zu wünschen übrig. Sie hatten mehrfach die Putzhilfe gewechselt, aber richtig zufrieden waren sie nicht. Und so beschlossen sie, im ganzen Reich in der Hauszeitschrift der Raiffeisenbanken eine Anzeige aufzugeben, um eine Wirtschafterin mit Familienanschluss einzustellen.
Das Echo auf die Anzeige war erfreulich – insgesamt trudelten innerhalb von vier Wochen achtzehn Bewerbungen ein, von denen drei in die engere Wahl kamen.

Sie entschieden sich für eine 30-jährige junge Frau aus Niedersachsen. Sie hieß Hilmtraud Schultheiß und ließ sich Hille nennen, wie aus den Unterlagen hervorging.
Als sie eines Tages kam, um sich vorzustellen, war sie Hertha auf Anhieb sympathisch. Sie sprach ein einwandfreies hochdeutsch mit norddeutschem Tonfall, war schlank, sah gesund und kräftig aus und wollte alles erklärt haben, was sie an Arbeiten machen sollte. Die Arbeiten empfand sie als selbstverständlich und schließlich meinte sie noch, sie würde auch gern kochen – Frau Walters möge ihr nur sagen, was auf den Tisch kommen sollte und wie sie es zubereiten solle. Sie hätte zu Hause bei ihren Eltern auch immer gekocht.
Als Emil mittags nach Hause kam, unterhielt er sich ebenfalls mit ihr – ein Blick zu seiner Bella genügte ihm: Die und keine andere sollte es sein.
Emil besprach dann noch ihr Gehalt – 150 Mark im Monat bei freier Kost und Logis - mit Familienanschluss wie in der Anzeige avisiert. Und als Hille dann hörte, dass sie auch die Mahlzeiten mit den Walters gemeinsam einnehmen würde, strahlte sie richtig.

Ihr Zimmer im zweiten Stock des Hauses gefiel ihr ausnehmend gut.

„Wann können Sie den anfangen, Hille?"

„Sie würden mich also nehmen?"

„Ja, sogar gern."

„Wenn Sie wollen, sofort. Ich müsste nur eben meinen Koffer vom Bahnhof holen. Und am Wochenende müsste ich noch einmal nach Hause fahren, um meine restlichen Sachen zu holen."

„Das geht in Ordnung. Die Fahrkarte nach Hause und wieder hierher, zahlt Ihnen natürlich mein Mann." Und zu dem gewandt sagte Hertha dann:

„Nimm Hille jetzt doch mit zum Bahnhof, dann kann sie noch ihren Koffer holen."

„Ich habe noch einen besseren Vorschlag: Geben Sie mir den Aufbewahrungsschein, Hille, dann hole ich Ihr Gepäck ab und bringe es heute Abend mit."

Als Emil losgefahren war, weckte Hertha die Kinder von ihrem Mittagsschläfchen. Ludwig stand am Gitter in seinem Bettchen. Er war schon ein großer Junge – das Gitter ging dem 5-Jährigen nur noch bis zum Bauch. Als Mutter und Hille in sein Zimmer kamen, schaute er auf Hille.

„Wer bist Du?"

„Ich bin die Hille."

„Besuchst Du uns?"

„Nein, ich bleibe jetzt hier bei Dir und Deinem Brüderchen und der Mutti und dem Vati. Ich helfe Euch bei der vielen Arbeit."

„Spielst Du mit mir?"

„Ja, aber nur ein bisschen. Und die Mutti muss es erlauben."

Da Hertha über den kleinen Dialog lächelte, empfand Ludwig das als Zustimmung.

„Dann musst Du mich jetzt anziehen."

Mit Halvar entwickelte sich keine Unterhaltung, aber offenbar gefiel Hille ihm auch, denn normalerweise weinte er beim Anblick eines fremden Gesichts so ganz in seiner Nähe. Stattdessen schaute sie mit großen runden Augen an. Und als Hille sich ihn auf den Schoß setzte, um ihm seine kleinen Schuhe anzuziehen, zog er sich an ihr hoch und umklammerte ihren Hals.

„Erobern Sie Kinderherzen immer so schnell, wie bei meinen Jungs?"

„Keine Ahnung Frau Walters, ich war ja noch nie in Stellung und bei uns zu Hause – na ja, das kann man wohl nicht recht vergleichen."

Für die ganze Familie erwies Hille sich als Glücksgriff. Sie arbeitete von früh bis spät, nie war ihr etwas zu viel, an ihrem freien Tag in der Woche war sie meist nur ein paar Stunden weg und verschwand dann in ihrem Zimmer, wobei sie fast immer Näh- und Stopfarbeiten für ihre ‚Herrschaft' mit aufs Zimmer nahm.

Beide Kinder hatten sie innig in ihr Herz geschlossen, Hille war fast wie eine zweite Mutter für die Jungs. Zumal sie mit den Kindern auch ganz gern spielte, sofern die Arbeit ihr dafür Zeit ließ. Und besonders Halvar kletterte gern auf ihren Schoß, um sich ein wenig erzählen oder vorlesen zu lassen.

Hertha war ein ganz klein wenig eifersüchtig – manchmal hatte sie den Eindruck, dass die Kinder Hille mehr zugetan waren als ihrer Mutter.

Jugendjahre

Inzwischen war Emil mit der Entwicklung seines Betriebs recht zufrieden. Eigentlich war er sogar sehr zufrieden, denn inzwischen verdiente er richtig Geld.

Seine säumigen Mandanten hatte er alle nach und nach aufgesucht und mit ihnen gesprochen. Es stellte sich heraus, dass die meisten nicht zahlten, weil Emils Vorgängerin sie nie gemahnt hatte. Emil machte ihnen aber klar, dass er für sie ja recht gute Arbeit leistete, was er ihnen sogar nachweisen konnte: Die zuständigen Finanzämter waren mit den von Emil für seine Mandanten erarbeiteten Unterlagen zufrieden, meist akzeptierten sie auch die abgegebenen Steuererklärungen und Emil sagte den Mandanten vorher, wie viel Steuern sie zahlen müssten. Die waren dann immer ganz überrascht, dass das auf die Mark genau stimmte.

Außerdem hatte sich bei den Landwirten Emils Arbeitsqualität herumgesprochen und so hatte er eine ganze Reihe von neuen Betrieben auch hinzugewonnen.

Es gab nur einen Mandanten, der grundsätzlich erst nach der zweiten Mahnung zahlte, also ein halbes Jahr später. Schließlich hatte Emil den auch ‚weich‘ bekommen: Er hatte nie gezahlt, weil er Emils Mahnbriefe so gerne las. Die seien schon fast literarisch wertvoll, erklärte ihm der alte Baron von Gelsa.

„Wissen Sie Herr Walters, wie Sie da das drohende Leid Ihrer Angestellten und das bevorstehende schreckliche Elend ihrer Familie fast schon lyrisch beschreiben – das ist so köstlich, also darauf möchte ich nicht verzichten. Wissen Sie was, stellen Sie Ihre Rechnung 5 % höher aus und ich zahle dann ohne Murren – aber erst nach der zweiten Mahnung. Dabei bleibt's. Soviel Spielraum hat Ihre Gebührenordnung doch ganz sicher.“

Natürlich hatte Emil nun auch mehr Angestellte einstellen müssen und auch zwei Lehrlinge. Und als Bürovorsteher hatte er eine

Frau eingestellt, etwas jünger als Hertha mit einem kurzgezwir-
belten Bubikopf und einem hochgeschnürten Busen.

Manchmal brachte Emil Lilo Hossang mittags mit zum Essen.
Hertha fand sie anfangs ganz sympathisch. Sie war alleinstehend
und lebte mit ihrem Vater zusammen. Sie versuchte immer wieder, auch mit Ludwig und Halvar warm zu werden. Vergeblich.
Wenn Ludwig sie sah, verdrückte er sich umgehend in sein Zimmer oder verschwand irgendwo im Garten, wenn sie zu Halvar
ging, der in seinem Babywagen im Schatten eines Kirschbaums
selig vor sich hin brummelte, fing der sofort laut zu brüllen an,
sobald er Lilo erspäht hatte.

Emil nahm Lilo Hossang immer öfter mit zu seinen Mandanten.
Und plötzlich fiel Hertha wieder ein, dass ihr Emil dem anderen
Geschlecht gegenüber schon immer recht aufgeschlossen war.
,Sollte da etwa…' dachte sie, verbannte ihr Misstrauen aber sogleich wieder. Als sie dann aber auf einem von Emils Anzugja-
cken mit einem etwas raueren Stoff ein blondes kurzes und ge-
kräuseltes Haar entdeckte, war ihr Misstrauen sofort wieder da.
Und es fiel ihr in diesem Zusammenhang auch ein, dass Emil
abends sehr viel zurückhaltender war als früher.

Sie stellte Emil zur Rede.

„Emil, kann es sein, dass Du mit Lilo gerade ein kleines Techtelmechtel beginnst?"

Emil explodierte sofort.

„Du spinnst ja, was bildest Du Dir denn da ein? Das ist eine in-
fame Unterstellung!" brüllte er los.

„Und wie kommen dann Haare von Lilo auf Dein Jackett?"

„Weiß ich doch nicht."

„Dann solltest Du mal darüber nachdenken. Es wird Dir sicher
eine Erklärung einfallen? Oder möchtest Du, dass meine Mutter
etwas mitbekommt?"

„Willst Du petzen?"

„Also ist da etwas. Denn petzen kann ich ja nur etwas, was wirklich vorgefallen ist."

„Stell Dich doch nicht so albern an. Also, wenn Du's genau wissen willst – sie hat neulich geheult wie ein Schlosshund, weil ihr

Vater so krank ist. Und da hat sie sich an mich gelehnt. Wahrscheinlich kommen da die Haare her."

„Na, dann ist's ja gut mein Lieber."

Emil wollte gerade aufatmen. Aber Hertha legte noch ein wenig nach:

„Bring die Lilo Hossang bitte nicht mehr mit zum Essen. Wenn Du möchtest, dass wir gemeinsam zu Mittag essen."

„Wie soll ich ihr denn das klarmachen?"

„Dein Problem. Versuch's doch einfach mit der Wahrheit."

Zwei Tage später rief Emil zu Hause an, um Hertha etwas wegen der privaten Buchführung zu sagen. Und meinte dann ganz selbstverständlich: „Lilo Hossang kommt heute mit. Was gibt es denn zum Essen?"

„Salat, dann Deutsches Beefsteak und hinterher Kompott."

„Sehr schön, wir kommen um ein Uhr wie immer."

Als Emil mit Lilo das Haus betrat, waren weder Hertha noch die Kinder da.

„Wo ist denn meine Frau?" fragte er Hille.

„Sie hatte solchen Hunger, dass sie mit den Kindern schon gegessen hat. Sie sind jetzt alle spazieren."

Emil kochte vor Wut, ließ sich aber nichts anmerken.

Als er abends nach Hause kam, wollte er sogleich loslegen und seinem ‚Bellalein' klarmachen, dass er der Herr im Hause sei.

Weit kam er nicht, denn Hertha sagte nur ziemlich kühl und herablassend:

„Vorsicht, denk an Deinen Blutdruck. Ich hatte Dir klar und deutlich gesagt, dass ich die Dame hier nicht mehr sehen will. Daran hast Du Dich gefälligst zu halten. Dass Du da mit der ‚rummachst' ist schon schlimm genug, aber verschon gefälligst Deine Familie damit."

Und dann schob sie ihm von einem Gasthof bei Fulda eine Rechnung hin über eine Übernachtung für zwei Personen, zwei Abendessen und zweimal Frühstück.

„Hast Du sicher vergessen, mir für die Buchführung zu geben. Übrigens morgen Nachmittag kommt meine Mutter für ein paar

Tage. Hol sie bitte um 16.30 am Hauptbahnhof ab. Gute Nacht. Du schläfst übrigens heute im Wohnzimmer."

Nun regte sich Emil in der Tat so auf, dass er aussah, als würde er gleich einen Schlaganfall bekommen.

„Ich denke nicht daran. Was soll denn die Hille da denken?"

„Du, doof ist die nicht. Die hat das längst spitzgekriegt und selbst auf dem Dorf bei ihr zu Hause hat man schon mitbekommen, dass Männer mitunter zu Seitensprüngen neigen. Aber gut, wenn Dir das so wichtig ist, kannst Du auch im Schlafzimmer übernachten. Ich werde es entsprechend vorbereiten."

Hertha war anschließend mit Hille in den Vorratskeller gegangen und hatte die Abdeckplatte von der Kartoffelkiste hochgetragen – sie war aus Sperrholz und mit ihrer Größe von 1m x 1,50 m genau richtig.

Als Emil abends ins Schlafzimmer kam, traute er seinen Augen nicht. Hertha schlief tief und fest auf ihrer Seite und zwischen ihrem und seinem Bett stand von der Erde bis zur Höhe der Bettdecke besagte und gut gereinigte Sperrholzplatte, sodass er nicht einmal einen Arm zu ihr strecken konnte.

Am nächsten Morgen war er relativ friedlich.

„Die Platte muss aber weg, wegen Ma." meinte er.

„Die Platte bleibt."

Herthas Ma hatte die Platte natürlich entdeckt. Als sie ihre Tochter fragend anschaute, grinste sie ein wenig.

„Emil macht sich immer so breit und liegt halb in meinem Bett."

Und als abends alle schlafen gingen, pflaumte Lucie Emil an:

„Wer zieht denn immer die Platte weg?"

Emil lächelte etwas gequält und zugleich erleichtert – letzteres, weil Hertha der Mutter offenbar nichts von ‚der Sache' erzählt hatte.

Hertha lächelte nur sehr fein und sagte nichts. Die Mutter hatte aber ernsthaft auch keine Antwort erwartet.

Ludwig war ein sehr ruhiges und ausgeglichenes Kind. Er spielte zwar sehr gern mit den anderen Kindern in der Siedlung, aber er konnte sich auch sehr gut allein beschäftigen. Er war gern in Garten, hatte sich hinter der elterlichen Garage eine kleine Hütte gebaut, kletterte sehr gern auf Bäume und von da aus aufs Garagendach, was der Vater zwar streng verboten hatte, die Mutter aber mit gemischten Gefühlen tolerierte und Hille richtig gut fand. Sie schimpfte deshalb auch nicht, wenn er total dreckig wieder hereinkam und fand es überhaupt nicht schlimm, wenn Ludwig mal wieder einen Baum heruntergerutscht war und mit einem Riss in der Hose auf dem Boden landete.

„Dein Vater wird heut Abend schön mit Dir schimpfen!" meinte Hertha dann zu ihrem Sohn, aber Hille ergänzte das auf ihre Weise:

„Bis der wieder zu Hause ist, habe ich die längst wieder in Ordnung gebracht. Pass mal auf – der Vater merkt das gar nicht."

Mit seinem kleinen Brüderchen konnte Ludwig meistens nichts Rechtes anfangen – der Altersunterschied war mit fünf Jahren einfach zu groß. Wenn beide gelegentlich bei schlechtem Wetter zusammen im Kinderzimmer spielten, gab es in aller Regel spätestens nach zehn Minuten ein Mordsgeschrei: Klein-Halvar wollte partout gerade das haben, was Ludwig sich soeben zum Spielen genommen hatte. Und stimmte ein großes Geheul an, wenn er nicht umgehend vom großen Bruder das erhielt, was der gerade in den Fingern hatte. Meistens gab Ludwig dann nach.

Als Ludwig 6 Jahre alt geworden war, wurde er natürlich eingeschult. Da Emil unterwegs bei seinen Mandanten war, musste Hertha ihren Jungen allein am ersten Unterrichtstag begleiten. Hille passte derweil auf Halvar auf. Der gerade zu entdecken begann, dass man nicht nur auf allen Vieren krabbeln, sondern auch auf seinen zwei Beinchen wie die Großen laufen konnte. Nichts war mehr sicher vor dem kleinen Mann und am liebsten zog er sich an einer Tischdecke hoch. Da gab es schon mal Gebrüll, wenn die Tischdecke nachgab und er sich auf einmal im Dunkeln wieder-fand, weil er sich die Decke ungewollt über sein kleines Köpfchen gezogen hatte. Zum Glück hat er aber nie einen noch gedeckten Tisch erwischt.

In den ersten Wochen gingen Hertha oder Hille immer mit zur Schule, dann protestierte Ludwig aber eines Tages ziemlich heftig:

„Ich will alleine gehen. Bin doch kein kleines Baby mehr wie Halvar."

Da er ein recht besonnener Junge war, wurde sein Wunsch erfüllt. Zwei Wochen lang ging man etwa zweihundert Meter hinter ihm her, um zu sehen, ob er alles richtig machte. Und entsprechend wurde er auch abgeholt.

Ludwig ging übrigens recht gern zur Schule und war ein richtig guter Schüler. Und er akzeptierte es sogar, wenn auch schweren Herzens, dass er nach dem Unterricht noch seine Hausaufgaben machen musste, bevor er wieder spielen durfte.

Zwischendurch versuchte der gute Emil sich auch erzieherisch bei seinen Söhnen. Mitunter auch unfreiwillig. So hatte er einmal beschlossen, Holz zu hacken, um etwas für die Koksheizung zum Anheizen zu haben. Damit Hertha und auch Hille ihre Ruhe hatten, nahm er seine Jungs mit in den Garten. Sie waren auch ausgesprochen brav und hatten sich in sicherer Entfernung aufgebaut, um dem väterlichen Tun respektvoll und bewundernd zuzuschauen.

Etwa beim fünften oder sechsten Scheidt, den es zu spalten galt, rutschte Emil mit dem Beil aus, das in seinem Schuh landete und im Leder einen schönen Riss hinterließ, aus dem nun vorsichtig etwas Blut quoll. Emil schrie laut auf vor Schmerz und Schreck – die Söhne standen völlig verstört am Rande.

„Vati, warum machst Du das?"

fragte der Große ganz arglos und kaum war die Frage ausgesprochen, hatte Emil schon ausgeholt und ihm eine Ohrfeige verpasst, dass Ludwig auf dem Hosenboden saß. Er schnappte noch nach Luft, um loszubrüllen, doch Halvar kam ihm zuvor – ob des für ihn unbegreiflichen Geschehens brüllte er los, so laut er konnte. Was Emil nun zu viel war – er schnappte sich den Jüngsten und haute ihn ein paar Mal kräftig auf den Po. Sein Tun laut und deutlich kommen-tierend:

„Nun hast Du wenigstens Grund zum Schreien!"

Die ob des unüberhörbaren Gebrülls ihrer drei Männer höchst irritierte Hertha war inzwischen herbeigeeilt. Sie machte ihn nach entsprechender Versorgung der selbst zugefügten Blessur ziemlich ‚zur Minna‘, weil er seine Kinder so misshandelt hatte. Ohne jeden Grund, wie sie meinte.

„Wenn Du zu blöde bist für so eine Arbeit, überlass sie Hille. Aber lass Deine Wut nicht an den Kindern aus."

Bei einer anderen Gelegenheit wurde Emil ziemlich kleinlaut. Er war mit dem Auto losgefahren, um im Büro noch ein wenig zu arbeiten. Und wollte so ganz nebenbei auch gleich demonstrieren, was für ein toller Vater er wäre: Er schnappte sich seine beiden Söhne, verstaute sie im Auto – Ludwig vorn auf den Beifahrersitz, Halvar wurde im Fonds platziert. Emil hatte ihnen versprochen, dass sie im Büro etwas malen könnten.

Nach zwei Stunden hatten alle drei ihre Werke vollbracht – Emil war mit dem ‚Büroquatsch‘ fertig und Ludwig und Halvar hatten jeder ein paar Gemälde gefertigt, die zu Hause an die Mutter und Hille verteilt werden sollten.

Als Emil aus der Ruhlstraße in die Wilhelmshöher Allee einbiegen wollte, musste er eine Zwangsbremsung vollziehen, um nicht mit einem anderen Auto zusammenzustoßen. Das Blech blieb heil, aber Ludwig landete mit dem Kopf in der Windschutzscheibe und Halvar mit dem gleichen Körperteil in der Rücklehne des Vordersitzes. Der Erfolg väterlicher Geistesgegenwart war beeindruckend. Ludwig blutete heftig aus der Nase, außerdem zierte ihn eine prächtige Platzwunde an der Stirn, Halvar hatte es nur an der Stirn erwischt – dort wuchs ihm eine allmählich blau anlaufende dicke Beule. Beide Söhne waren so geschockt, dass sie ganz vergaßen, schmerzgeplagt loszubrüllen.

Vater Emil konnte sich nicht einmal richtig aufregen – er nahm es gottgegeben hin, dass der Wagen vorn ein wenig rot verfärbt wurde, weil sein Taschentuch nicht ausreichte, vor allem das aus der Nase strömende Blut gänzlich aufzunehmen. Während Hille, zu Hause angekommen, die beiden Jungs ‚verarztete‘, schimpfte Hertha entsprechend mit Emil. Der, wie sie später mal lachend berichtete ,sooo klein mit Hut' war und höchst ungewohnt ganz brav alle Vorhaltungen einsteckte.

Mehr oder weniger hatte Emil seine Mitgliedschaft in der Nazi-Partei vergessen oder zumindest verdrängt. Vielleicht auch deshalb, weil er dank seines Fleißes mit dem Betrieb Fuß gefasst hatte und inzwischen sehr gut verdiente. Aber nach der Nacht vom 9. zum 10. November 1938 wurde er hellwach...
Innerhalb einer Woche ermordeten damals die Nazis 400 Menschen, steckten sämtliche Synagogen im Reich in Brand, tausende Geschäfte, Wohnungen und jüdische Friedhöfe wurden zerstört. Es war nichts anderes als eine organisierte und gelenkte Gewaltmaßnahme gegen Juden im gesamten Deutschen Reich. Ab dem 10. November wurden ungefähr 30.000 Juden in Konzentrationslagern inhaftiert, von denen Hunderte ermordet wurden oder an den Haftfolgen starben. Dass dies der Übergang von der Diskriminierung der deutschen Juden seit 1933 zur systematischen Verfolgung wurde, die knapp drei Jahre später in den Holocaust mündete, konnten wohl zu der Zeit nur Eingeweihte ahnen.
Emil meinte, dass Hitler und seine Partei so etwas nicht im Entferntesten hatten ahnen lassen, als er der Partei beitrat. Er hatte von seinen Schwiegereltern inzwischen gehört, dass mehr und mehr ihrer guten Freunde in Berlin über Nacht einfach verschwanden, aber bisher hatte er immer gemeint, die wären vor den Nazis geflohen und befänden sich in Sicherheit, weil sie in Deutschland nicht mehr so gern gesehen waren. D.h. er meinte, es sei allen so wie ihren Berliner Freunden Hans und Aurelia Mandelson gegangen.
Nun wusste er es besser. Er nahm seine Schreibmaschine zur Hand und schrieb nur einen kurzen Brief an die Ortsgruppe der NSDAP in Kassel Kirchditmold mit dem Inhalt, dass er mit sofortiger Wirkung seinen Austritt aus der Partei erklärte. Er schickte den Brief, das war in der Satzung der Partei so vorgesehen, als Einschreiben.

Er hatte mit Hertha darüber nicht gesprochen – es war wieder mal einer seiner Alleingänge. Aber ihm war jetzt wohler.

Drei Tage später klingelte der Postbote in den Riedwiesen. „Heil Hitler und hallo Frau Walters. Ich habe da einen Einschreibbrief für Sie. Der konnte nicht zugestellt werden, weil keiner da war, der ein Einschreiben annehmen durfte. Adé – äh, meine natürlich Heil Hitler und einen schönen Tag noch." Und schon war er wieder weg.

Als Emil mittags nach Hause kam und den Brief sah, war er etwas ratlos.

„Sprich mal mit Pa darüber." meinte Hertha, nachdem sie von Emil aufgeklärt worden war.

„Mach ich."

Als Pa von der Odyssee des Briefes hörte meinte er am Telefon nur:

„Junge, ich habe Dir damals gesagt, was ich von der Partei halte. An meiner Meinung hat sich da nichts geändert. Und Du weißt, dass Ma meine Meinung teilt. Es mag ja mutig sein, was Du da gemacht hast und es zeugt von - wenn auch später - Einsicht, aber dass Du zum Selbstmord neigst, war mir neu."

„Was meinst Du denn damit?"

„Wenn der Brief korrekt angekommen wäre, säßest Du jetzt wahrscheinlich bei der Gestapo zum Verhör. Und kämest bestenfalls ins Gefängnis. Deine Buchstelle wärst Du los und Hertha dürfte wahrscheinlich zwangsverpflichtet in einer Fabrik arbeiten."

„So schlimm sind die ja nun nicht."

„Schlimmer Emil. Danke Gott auf Knien, dass der Brief zurückkam. Heb ihn gut auf. Aber gut versteckt. Man weiß ja nie." Emil folgte dem Rat.

„Vielleicht hat er ja Recht. Es hat halt nicht sollen sein." schloss er das Kapitel gegenüber Hertha und sich selber ab.

Nachdenklich war Emil eigentlich schon etwas früher geworden, hatte die erhaltenen Informationen durch seine viele Arbeit aber wieder tief in seinem Unterbewusstsein versenkt.

Hertha hatte ihm von einem Anruf ihrer gemeinsamen Berliner Freundin Freia erzählt. Freia von Hunxleben war ja Halbjüdin. Und ihr Mann, der Berliner Anwalt hatte unter dieser Tatsache ziemlich zu leiden – seinen Mandanten wurde von den Nazis recht massiv bedeutet, man möge sich von dem Herrn Rechtsanwalt von Hunxleben lieber fernhalten – er sei nämlich mit einer Jüdin verheiratet.

Als er sich bei der Anwaltskammer beschwerte, lächelte man ihn freundlich an.

„Herr Kollege, wir wissen natürlich, dass Ihre Frau nur Halbjüdin ist und gegen die falsche Behauptung, sie sei Jüdin, können wir leider nichts machen. Aber wenn Ihnen an Ihrem Beruf so viel liegt, sollten Sie sich von Ihrer Frau scheiden lassen. Das wäre durchaus im Sinne unserer Rassegesetze und wir könnten Sie dann voll rehabilitieren."

Feodor von Hunxleben besprach sich mit seiner Frau und sagte ihr, eine Scheidung käme für ihn nicht in Frage.

„Erstens lieben wir uns doch, zweitens habe ich da so ganz dunkel etwas von ‚guten Tagen' und ‚schlechten Tagen' in Erinnerung und für unsern Hansi würde auch eine Welt zusammenbrechen."

Da die Nazis wussten, dass Freias Mutter obendrein Mitglied der jüdischen Gemeinde in Berlin gewesen war, stand zu befürchten, dass Freia womöglich den Judenstern würde tragen müssen und schlimmstenfalls sogar deportiert würde.

Ihre Eltern hatten eine solche Entwicklung kommen sehen und waren inzwischen über Holland nach England emigriert.

Dieser Bericht war Emil anlässlich der Progromnacht im November spontan wieder eingefallen.

1938/39 zeichnete es sich allmählich ab, dass Hitler anfing größenwahnsinnig zu werden. Und wenige Wochen, bevor er die Wehrmacht in Polen einmarschieren ließ, bekam Emil seinen Einberufungsbefehl. Komischerweise aber nicht zur Wehrmacht, sondern zur Polizei.

Er hatte nur drei Tage Zeit, alles zu organisieren. Pa würde sich auch um seine Buchstelle kümmern und Hertha unterstützen.

In einer Polizeikaserne in Kassel wurde er eingekleidet und geschult. Er lernte schießen – aber vorerst nur mit einer Pistole. Immerhin durfte er als Parteigenosse und Familienvater abends immer nach Hause kommen.

Am 1. September 1939 marschierte die Wehrmacht in Polen ein, am 3. September bekam Emil zusammen mit einem ‚Leidensgenossen‘, einem Versicherungsvertreter aus Kassel, den Marschbefehl nach Polen. Er schrieb regelmäßig Feldpostbriefe – Hertha antwortete immer und berichtete zum einen von den Kindern, zum anderen vom Betrieb. Sie hoffte, dass er Weihnachten Heimaturlaub bekommen würde, aber es blieb bei der Hoffnung. So feierte sie das erste Mal in ihrem Eheleben Weihnachten allein mit den Kindern.

Ende April kam Emil für ein paar Tage nach Hause – anschließend musste er wieder los – dieses Mal nach Norwegen, er wurde dort in Grong stationiert. Und wie zuvor in Polen, hatte er wieder Glück: Er wurde in der Etappe eingesetzt und musste verwaltend tätig sein. Vor allem bei der Polizei waren Kriegsverpflichtete mit etwas Vorbildung rar gesät. Und nur gelegentlich hatte er nachts mal Objekte zu bewachen.

Den Fronturlaub wollte Emil nutzen, um mit seinen Söhnen etwas zu unternehmen. Er beschloss, mit ihnen Maikäfer zu sammeln. So war er am letzten Sonntag vor seiner Rückkehr an die Front in Norwegen mit ihnen losgezogen. Es war ein Jahr, in dem es unheimlich viele Maikäfer gab, die voller Wonne die Bäume kahl fraßen. Vater war mit ihnen zum Herkules hochgefahren, mit der Herkulesbahn, einer Straßenbahn, bei der die Wagen damals noch hinten und vorne offene Perrons hatten. Auf der Hinfahrt hatten sie sich draußen hinstellen dürfen, aber auf der Rückfahrt bestand der Vater darauf, im Wageninnern zu sitzen. Der Grund war sehr einfach: Sie hatten einen ganzen Schuhkarton voller Maikäfer gesammelt und Halvars Pistolentasche von seiner Spielzeugpistole war auch noch mit den Krabbeltieren gefüllt worden. Und Karton und Pistolentasche und außerdem sich selber festzuhalten, wäre wohl nicht gut gegangen, weil die Bahn ziemlich heftig schaukelte und rüttelte.

Und es kam, wie es kommen musste – Halvar krabbelten die lieben Tierchen aus der Pistolentasche und Ludwig verrutschte der Deckel seines Schuhkartons ein wenig.

So gelang es etwa 10 bis 20 der lieben Tierchen, die Freiheit wieder zu erlangen. Und das nicht etwa krabbelnd, sondern die meisten starteten sofort, flogen wie wild im Wagon herum und umkreisten nun mit relativ lautem Gebrumm sämtliche Fahrgäste. Es waren zwar nicht sehr viele – außer den Waltersschen 3 Männern vielleicht noch 5 oder 6 weitere Passagiere.

Einer Frau flog ein Käfer ins Gesicht, sodass sie wie wild um sich schlug. Eine andere war auserkoren, dass ihre Schulter als Landeplatz diente – auf der weißen Bluse hinterließ das goldige Tierchen einen hübschen dunkelgrünen Fleck – es war entweder sehr aufgeregt oder es hatte Durchfall oder es verspürte nach der wiedererlangten Freiheit nur den Drang, sich zu entleeren.

Die dermaßen bekleckerte Dame fing sogleich an fürchterlich zu schimpfen, obwohl sie gar nicht hatte merken können, dass sie bekleckert war.

„Das ist ja fürchterlich, können Sie nicht besser aufpassen auf Ihre Kinder, so eine Zumutung. Laufen Sie gefälligst, anstatt ordentliche Bürger belästigen zu lassen!"

Inzwischen war der Schuhkarton wieder dicht verschlossen, aber die Pistolentasche hatte nun mal ein paar Schlitze und ihr Inhalt hatte sich inzwischen fast halbiert – bis zur Talstation der Tram würde sie sicher leer sein. Halvar war den Tränen nahe und auch Ludwig schaute ziemlich ernst – er fürchtete ein Donnerwetter des Vaters wegen seiner Unachtsamkeit mit dem Deckel des ihm anvertrauten Kartons. Aber Vater reagierte unerwartet völlig anders. Ja, er schimpfte richtig laut los, aber nicht mit seinen Söhnen, sondern mit den übrigen Fahrgästen, vor allem aber mit der Frau, die es gewagt hatte…

„Sein Sie bloß still. Anscheinend haben Sie keine Kinder. Sonst würden Sie nicht so ein Gesums wegen der paar Maikäfer machen."

„Das ist ja unerhört – erst benehmen sich Ihre Bälger nicht und jetzt noch frech unverschämt werden. Statt sich zu entschuldigen."

„Werden Sie bloß nicht hysterisch, Sie…"

Weiter kam er nicht, denn inzwischen war die Schaffnerin aufgekreuzt.

„Was ist denn hier für ein Geschrei?"

Die Frau klärte sie auf. Vater wollte gerade ergänzen, aber die Schaffnerin hatte inzwischen schon gesehen, was los war. Und grinste ein wenig, riss sich aber zusammen und schimpfte nun auf die Frau los.

„Meine Güte – wegen so'n bisschen regen Sie sich auf? Und machen so'n Theater? Schämen sie sich. Die Maikäfer sind doch völlig harmlos," – inzwischen hatte sie sich einen gefangen und auf die Hand gesetzt und streichelte ihn mit der Fingerkuppe – „wenn's Ihnen nicht passt, steigen Sie an der nächsten Station aus. In ner halben Stunde kommt die nächste. Haben wir uns verstanden?"

Auf einmal war das Eis irgendwie gebrochen, die Leute fingen an, erst ein wenig zu glucksen und schließlich lachten alle Fahrgäste, mit Ausnahme der bekleckerten Schimpferin. Sie wagte nur noch eine halblaute Äußerung:

„Na, ist doch wahr, man wird doch noch mal was sagen dürfen."

Zu Hause hatten sie bei ihren Nachbarn, die einen Stall voller Zwerghühner in ihrem Garten hielten, die verbliebenen Maikäfer verfüttert – die Jungens waren tief beeindruckt, wie schlau die Hühner waren – die pickten erst alle Käfer tot und begannen erst dann, sie zu fressen.

Als Belohnung bekamen die Kinder 5 Eier geschenkt, Ludwig 3 und Halvar 2. So hatte in der gesamten Familie jeder zum Abendbrot ein gekochtes Ei: Die Eltern, Ludwig und Halvar und Hille natürlich auch. Hilla hatte die Zwergeier prima hinbekommen.

Wieder in Norwegen hatte Emil viel Freiheit und da er durch sein heimatliches Einkommen zu den wohlhabenderen Polizisten zählte, konnte er auch manches kaufen, was es in Deutschland inzwischen nicht mehr gab. So erstand er seine erste goldene Armbanduhr für sich – Hertha hatte ein solch gutes Stück schon vor Jahren von ihren Eltern bekommen - und für das Büro zwei große lederne Aktentaschen.

Gesundheitlich ging es Emil zu der Zeit bereits miserabel. Fast täglich plagten ihn fürchterliche Gallenkoliken. Zwar versuchte man, ihm im Lazarett zu helfen, aber es nützte alles nichts – im September 1940 wurde er aus dem Polizeidienst mit dem Zeugnis entlassen, dass er kriegsdienstuntauglich sei.

Hertha war entsetzt, als sie ihren Emil vor sich sah – der 110-kg-Mann war zu einem Skelett abgemagert. Er wog noch 65 kg.

Die Ärzte empfahlen die Herausnahme der Gallenblase, wiesen aber darauf hin, dass dies eine sehr schwere Operation sei, die auch tödlich verlaufen könne. Gerade diese OP bewirke häufig schwere Entzündungen.

Emil lehnte dankend ab. Er quälte sich durch die Kriegsjahre und sein Zustand besserte sich erst lange nach Kriegsende.

Als Emil noch in Norwegen war, bekam Hertha eines Tages einen Anruf: Es war Freia.

Sie erzählte Hertha in knappen Worten von der neuesten Entwicklung: Ihr Mann hatte zu seinem eigenen und Freias Schutz einen Aufnahmeantrag in die NSDAP gestellt. Der war mit dem Hinweis abgelehnt worden, dass er ja mit einer Jüdin verheiratet sei. Er solle sich scheiden lassen und unter Beifügung der Scheidungsurkunde einen neuen Antrag stellen. Man hatte ihm bei der Gelegenheit auch gleich gesagt, dass in etwa vier Wochen eine neue Verordnung herauskommen würde, nach der Halbjuden, bei denen ein Elternteil Mitglied in der jüdischen Gemeinde sei oder gewesen war, als Volljuden angesehen würden und dann den Judenstern tragen müssten und irgendwann auch in ein ‚Umerziehungslager' deportiert würden. Ob sein Sohn auch davon betroffen sein würde, sei noch nicht ganz klar.

„Hertha, was soll ich nur machen. Bitte, bitte hilf uns."

„Das ist ja so was an furchtbar, liebe Freia, ich kann das kaum glauben. Klar helfe ich Dir, wo bist Du denn?"

„In Berlin bei Feodor."

„Kann ich Dich da anrufen?"

„Besser nicht. Kann sein, dass wir schon abgehört werden. Ich telefoniere jetzt bei einer Nachbarin, der Frau von Moers. Die ist zwar schon 83 inzwischen, aber hellwach."

„Gib mir mal die Nummer."

Freia diktierte Hertha die Nummer. „Freia, ich kümmere mich sofort um Dein Problem. Ich rufe Dich heute Abend oder morgen früh unter der Nummer wieder an, bis dahin habe ich eine Lösung."

„Danke liebe Hertha."

„Du weinst doch nicht etwa, Freia? Verschieb das mal auf morgen. Vielleicht sind das dann Freudentränen."

Hertha ging sofort zu Hille.

„Hille, Sie müssen mal auf die Kinder aufpassen. Ich muss mich um eine Berliner Freundin kümmern."

„Klar doch, Frau Walters. Kann ich sonst noch dabei helfen?"

„Vorerst nicht. Ich hoffe ich bekomme das Problem allein geregelt."

Hertha rief danach sofort ihren Vater an und schilderte Die Lage Freias und ihres Mannes.

„Pass auf Herthamaus. Ich brauche zur nachhaltigen Lösung des Problems mindestens eine Woche, schlimmstenfalls einen Monat. Ich habe da schon eine Idee. Freia soll sofort mit ihrem Jungen zu Dir fahren – sie muss von ihrem Mann weg. Die Kerle sind in der Lage und greifen schon mal vorab zu. Gerade weil von Hunxleben so ein Top-Anwalt ist. Den möchten die nämlich nur zu gerne wieder für ihre Zwecke einspannen. Alles klar?"

„Ja, Pa. Danke und gib Ma einen Kuss von mir."

Am frühen Abend rief Hertha Frau von Moers an.

„Kann ich wohl Freia von Hunxleben sprechen?"

„Kenne ich nicht. Wer sind Sie überhaupt?"

Hertha versuchte, die übervorsichtige alte Dame aufzuklären. Die danach sehr beruhigt war.

„Freia ist nicht hier. Ich nehme an, sie ist zu Hause. Ich mach jetzt mit dem Hund einen Spaziergang. Und der verdammte Köter wird dann zu Hunxlebens reinlaufen, sodass ich da klingeln muss, um mich zu entschuldigen. Rufen Sie um halb neun an, dann ist Freia hinten durch den Garten durch die Kellertür bei mir. Toll, dass Sie ihr helfen, Frau Walters."

Pünktlich wie vereinbart rief Hertha wieder an.
„Moment, Frau Walters, ich übergebe."
Sie erzählte Freia vom Ergebnis ihres Telefonats mit ihrem Vater.
„Du fährst morgen früh, nachdem Hansi schon in der Schule ist, dort vorbei und holst ihn ab – ihr habt einen Termin beim Kinderarzt. Dann fahrt Ihr sofort zum Bahnhof Zoo und nehmt den Bad Wildunger Bäderexpress. In Hannover habt Ihr einen Lokwechsel – da hast Du genug Zeit, um mich anzurufen, dass ihr den Zug erwischt habt. Ich hole Euch dann in Kassel am Bahnhof ab. Alles klar?"
„Ja schon, liebe Hertha, aber das ist doch alles sehr gefährlich."
„Überhaupt nicht. Ich kann doch mal Besuch von einer Freundin aus Berlin haben? Und ich muss mich doch nicht um die Ariernachweise meiner Freunde und Bekannten kümmern? Da soll sich gefälligst die Polizei drum kümmern, aber ich doch nicht."
„Aber was ist mit Hansi? Wieso ist der nicht in der Schule?"
„Der hatte doch Typhus und ist noch Rekonvaleszent."
„Und wo ist das Attest?"
„Liebe Freia, Du nervst. Das kommt morgen zu mir mit der Post. Mein Vater macht das mit einem Kinderarzt. Den er noch aus seiner Studienzeit kennt. Und noch etwas – stell Dich bitte seelisch darauf ein, dass Du Fedor vorerst nicht wiedersehen kannst. Sag ihm auch bitte nicht, wo Du hinfährst. Ist zu gefährlich – falls die Gestapo Interesse an dem Fall findet."
„Das ist ja alles so schlimm, Hertha. Aber Du hast wohl recht."
„Sag Feodor, dass Du und Hansi über Freunde in Sicherheit gebracht werdet. Er müsse sich absolut keine Sorgen machen. Und falls er gefragt wird – Du bist mit Deinem Sohn abgehauen – als er abends aus der Kanzlei heimkam, wart Ihr weg. Er kann dann

ja die Vermutung äußern, Ihr versuchtet Euch zu Deinen Eltern im Ausland durchzuschlagen. Und nun mach's gut bis morgen und grüß Frau von Moers von mir."
Hertha wusste nicht so recht, ob sie Hille einweihen sollte. Schließlich entschloss sie sich doch dazu.
Als die Kinder abends im Bett waren, erzählte sie Hille von den Nöten ihrer Freundin. Und Hille hatte dabei einen ganz roten Kopf vor Aufregung bekommen.
„Frau Walters da müssen Sie sich keine Sorgen machen. Meine Schwester und meine Mutter halten von den Nazis auch nichts. Und für Ludwig ist das ganz toll, wenn er einen Spielfreund zu Hause hat."

Freia blieb genau zehn Tage bei Hertha. Dann kam ihr Vater, offiziell um sich um die Buchstelle zu kümmern, aber eigentlich nur, um Freia klar zu machen, dass es brenzlig würde für sie und ihren Sohn.
„Frau von Hunxleben, die Gestapo war wohl bei ihrem Mann und hat ihn ein wenig ausgehorcht, wo Sie denn geblieben sein könnten. Und dabei haben die sich wohl auch nach allen derzeitigen und gewesenen Freunden der Familie umgeschaut. Der Name Walters ist dabei auch gefallen. Sie müssen also anderswo untertauchen – leider bin ich noch nicht so weit mit meiner Dauerlösung für Sie. Mir will da einfach nichts einfallen."
„Mir aber, Pa." lächelte Hertha. Stand auf und ging in die Küche, wo Hille noch arbeitete.
„Hille, können Sie mal eben reinkommen?"
Als nun alle beisammen waren, schilderte Hertha in aller Kürze das Problem. Hille lächelte dazu.
„Meine Schwester hat zu Hause im Haus noch zwei leere Kammern, Frau von Hunxleben. Die können Sie gerne haben. Nur groß draußen rumlaufen können Sie nicht, in unserm Dorf gibt es nämlich auch ein paar Oberbonzen und die werden dann gleich furchtbar neugierig. Das wäre wohl nicht so gut."
„Hille, das würde Ihre Familie wirklich machen?"
„Die hassen die Nazis. Alle die in unserm Dorf was geworden sind, sind total angeberisch und arrogant geworden. Sind alles

doofe Luschen vorher gewesen. Und jetzt machen sie auf große Herren. Und dann noch ‚Heil Hitler' sagen. Heil sagen wir bei uns auch, aber nur zu unserm Heiland."

Hille hatte sich richtig ‚in Rage' geredet, wie man das bei ihr auf dem Dorf nannte.

„Und wie wollen wir das jetzt hinbekommen, dass man bei Ihnen Bescheid weiß, Hille?"

„Darf ich mal meine Schwester anrufen?"

Hille ging ins Esszimmer, wo das Telefon stand. Nach genau acht Minuten kam sie wieder herein.

„Frau von Hunxleben und Hansi sind bei mir zu Haus herzlich willkommen. Meine Schwester will aber auf Nummer ‚Sicher' gehen. Frau Walters – ich soll mitkommen. Sie möchte nämlich nicht, dass unsere Gäste gesehen werden. Wir fahren mit dem Zug bis Uelzen und dann mit einem Taxi bis kurz vor unser Dorf. Da steigen wir aus und warten am Königswäldchen. So heißt da ein kleines Waldstück. Meine Schwester fährt morgen früh gleich mit dem Pferdewagen dorthin und lädt ein Fuder Heu ab. Und wenn wir da warten, kommt sie mit dem Pferdewagen wieder hin, meine Schwester und ich laden das Heu wieder auf, Frau von Hunxleben und Hansi kommen unters Heu und dann fahren wir auf den Hof, machen wie immer hinter uns das Tor zu und dann sind wir da.

Und meine Schwester weiß auch schon, dass ich mit Bauer Busses Trecker am Donnerstag wieder nach Uelzen fahren kann – der muss da nämlich Saat-Getreide bei Raiffeisen holen."

Freia konnte nicht anders – sie musste einfach mal ein wenig weinen. Hertha tröstete sie.

„Alles wird wieder gut Freia, die Zeit geht auch vorbei. Der Feodor, meine Eltern, Hille und ich sowieso stehen fest zu Dir, da brauchst Du nicht zu weinen.

Pa war um etwas Sachlichkeit auf seine Weise bemüht.

„Hertha – ich fürchte, ich muss jetzt mal Emils Weinkeller inspizieren."

„Geh nur, Pa. Aber bring uns was Anständiges rauf."

Hilles Plan funktionierte sehr gut. Ludwig allerdings war bitter enttäuscht, dass sein gerade neu gewonnener Freund Hansi nicht mehr da war.

„Warum musste Hansi wieder nach Berlin?"

„Weil er da zur Schule gehen muss."

„Er hätte doch auch mit mir zusammen in die Schule gehen können."

„Dann wäre aber sein Vati ganz traurig gewesen."

Das leuchtete Ludwig schließlich ein.

„Vielleicht kommt er ja in den Ferien und besucht uns wieder."

Es war höchste Zeit gewesen, dass Freia mit ihrem Sohn verschwand, denn am Montag darauf kamen zwei Herren in langen Ledermänteln.

„Frau Walters, Sie hatten vor zwei Wochen Besuch?"

„Ja, eine Freundin von mir und meinem Mann aus Berlin hatte ich eingeladen. Wir hatten uns nach unserm Wegzug aus Berlin nicht mehr gesehen. Und ich wollte ihr immer mal zeigen, wo wir jetzt leben und arbeiten und vor allem wollte ich ihr auch meinen jüngsten Sohn, den Halvar, vorstellen."

„Schöner Name."

„Ja er klingst so rein und nordisch. Hatte ich meinem Mann vorgeschlagen, der ist nämlich ‚33er PG'. Aber das wissen Sie sicher?"

„Ja durchaus. Aber warum haben Sie die Frau nur eingeladen – die suchen wir nämlich. Die ist Jüdin. So eine richtige Judensau." meinte der eine fast lachend?"

„Was – die Freia soll Jüdin sein? Das glaub ich nie im Leben!"

„Können Sie ruhig, wenn wir das sagen. Und haben Sie sich denn nicht gewundert, dass sie ihren Sohn dabei hatte? Der müsste doch eigentlich in der Schule sein."

„Überrascht war ich schon, aber nur für einen Moment, denn sie sagte mir von sich aus, dass sie ihren Hansi dabei hätte, weil der wohl sehr krank war und erst zwei Wochen später wieder in die Schule müsse."

„Wo ist sie denn dann hingefahren?"

„Na wieder nach Berlin zurück. Ich hab sie sogar noch zum Bahnhof gebracht. Allerdings nicht noch auf den Bahnsteig. Ich musste dringend ins Büro meines Mannes. Der ist ja eingezogen und z. Zt. für unsern Führer in Norwegen."

„Na ja, angekommen ist sie in Berlin leider nicht. Sie haben auch keine Ahnung, wo sie sich jetzt aufhalten könnte?"

„Leider nein. Ich wäre gar nicht auf die Idee gekommen, dass da etwas nicht stimmen könnte."

„Gut Frau Walters. Wenn Sie etwas hören, melden Sie sich bitte sofort bei uns."

„Mach ich" erwiderte Hertha. Die Ledermäntel erhoben sich.

„Heil Hitler!"

„Heil Hitler."

Hertha überlegte sich, ob sie gleich nach Berlin fahren sollte, um Pa zu berichten. Aber das schien ihr zu gewagt. Freia wusste sie ja in Sicherheit und ihren Vater zu informieren – das wäre zwei Tage später durchaus noch ausreichend.

Raimund Reuter war unterdessen nicht untätig geblieben. Er hatte mit Lucie gesprochen – er wollte für ein paar Tage nach Ostpreußen reisen, um den ‚Casus belli' wie er die Geschichte mit den von Hunxlebens bezeichnete, dauerhaft zu lösen. Er hoffte, dass ihm Fürst Wendenfels helfen würde. Dass der nach wie vor dem Kaiserreich nachtrauerte, wusste er und dass der Fürst demzufolge alles andere als ein Freund der Nazis war, wusste er auch.

Inzwischen waren die Sommerschulferien da und weil Hertha ja mit den Kindern nicht verreisen konnte – die Arbeit in Emils Praxis ließ das nicht zu - hatte Hertha die Kinder in die Obhut ihrer Eltern gegeben.

„Du Dicker, so ganz alleine mit zwei Kindern – also das wird mir zu viel. Kannst Du Ludwig nicht wenigstens auf der Reise mitnehmen?"

„Ist gut, Lucie, mach ich. Da sieht der Junge gleich mal etwas von der Welt."

Fürst Wendenfels staunte nicht schlecht, als Herr Reuter mit seinem fast 9-jährigen Enkelsohn auftauchte. Aber irgendwie gefiel ihm der neunjährige Bengel.

„Ludwig, ich habe mit Deinem Opa zu reden. Wäre für Dich todlangweilig. Ich rufe jetzt den Erwin, das ist mein Diener, und der bringt Dich dann zu Herrn Laurich. Herr Laurich ist der Verwalter hier von dem Gut. Der hat auch einen Sohn, der ist zwar schon zwölf, aber der wird Dir alles, was es hier zu sehen gibt, zeigen. Vor allem die Tiere. Und die Ställe und die Scheunen. Einverstanden?"

Ludwig hatte ganz leuchtende Augen bekommen und strahlte den Fürsten an.

„Ja gerne Herr Fürst." Warum der laut loslachte, verstand er nicht. Sein Opa klärte ihn auf.

„Ludwig der Fürst heißt nicht so, sondern er ist ein Fürst. Und einen Fürsten redet man deshalb nicht mit ‚Herr Fürst' an, sondern man sagt da ‚Durchlaucht'." Ludwig wurde jetzt ein bisschen rot.

„Das ist schwer zu verstehen. Aber weißt Du Ludwig, wir machen das anders. Du nennst mich einfach Onkel Egenolf. So heiße ich nämlich mit Vornamen, so wie Du der Ludwig bist."

„Aber Durchlaucht…" wollte Ludwigs Opa dazwischen gehen, doch weiter kam er nicht.

„Das ist so in Ordnung Herr Reuter. Und Sie sagen ab sofort Wendenfels zu mir. Lange genug kennen wir uns nun doch schon."

Inzwischen war Diener Erwin erschienen, Ludwig hatte gar nicht bemerkt, dass Fürst Wendenfels geläutet hatte.

„Sie wünschen Durchlaucht?"

„Das ist der junge Herr Ludwig Walters. Bringen Sie ihn bitte zu Laurich. Der oder sein Sohn sollen Ludwig alles zeigen, was es so Sehenswertes auf dem Gut gibt."

„Sehr wohl Euer Durchlaucht. Wenn der junge Herr mir bitte folgen will?"

Drei Tage verbrachten Raimund Reuter und sein Enkel auf dem Hof. Ludwig war hellauf begeistert. Mit dem Sohn des Verwalters verstand er sich bestens, der führte ihn tatsächlich überall herum, zeigte ihm die Pferde – Ludwig lernte dabei, dass es Reitpferde und Ackerpferde gab – er zählte insgesamt über zwanzig Stück, dann sah er die riesigen Ställe für die Kühe, die aber alle draußen auf den Weiden waren. Es sollten insgesamt fast zweihundert sein. Die Schweinemästerei gefiel ihm weniger gut, weil es da doch sehr streng roch.

In den Scheunen kletterten die Jungs natürlich ganz nach oben und sprangen dann runter wieder ins Heu, das schon für die Fütterung bereit lag und dann kam vielleicht das mit Schönste, was sein neuer Spielkamerad Wolfgang zu bieten hatte – sein Vater hatte ihm mit Erlaubnis des Fürsten in einer riesigen, uralten Linde ein tolles Baumhaus gebaut. Dort verbrachten die beiden Jungens fast zwei der drei Tage und spähten mit einem alten Fernglas in die weiten Felder.

Ludwig hatte ein Paradies kennen gelernt.

Sein Opa war natürlich etwas unruhig. Aber der Fürst beruhigte ihn, gar nicht merkend, dass es für den Großvater eher beunruhigend war:

„Sie müssen sich um Ludwig nicht sorgen. Der ist bei Wolfgang und seinen Eltern bestens versorgt, er bekommt genug zu essen und wenn sie ihn sehen würden, würde Sie sicher der Schlag treffen, denn wie ich die beiden Jungs kenne und einschätze, sind die so verdreckt vom Spielen, dass Sie am Verzweifeln wären, lieber Reuters. Und keine Sorge - Frau Laurich schrubbt die Bengels von oben bis unten ab, bevor sie ins Bett müssen. Lassen sie dem Jungen mal die Freiheit. Das Sch…-Jungvolk kommt noch früh genug."

Raimund Reuter musste sich wohl oder übel fügen.

Er hatte die Tage bestens genutzt. Als er dem Fürsten Freias und Feodors von Hunxlebens Geschichte erzählte, hörte der sehr aufmerksam zu. Und sagte einen Moment gar nichts, als er seine Erzählung beendete, sodass Raimund schon unruhig werden wollte.

Aber dann lachte Wendenfels auf einmal.

„Die Welt ist doch ein Dorf. Mensch Herr Reuter, die Freia kenne ich noch als kleines Mädchen. Klar tu ich was für die. Diese Nazi-Brüder mal an der Nase herumführen zu können – einfach herrlich. Und den Mann von ihr kenne ich auch. Ist mein Berliner Anwalt."

„Sie können und wollen da wirklich helfen?"

„Aber ja. Und ich habe auch schon eine Idee, wie. Wie lange kann sie da noch bleiben, wo Sie sie jetzt versteckt haben?"

„Ich denke mal ein bis zwei Wochen. Aber mehr wird kritisch."

„Das reicht dicke. Passen Sie mal gut auf, Reuter. Die Freia braucht eine neue Identität. Als Freia von Hunxleben kann sie hier nicht leben. Das fiele ganz schnell auf. Ich habe aber so einige ganz gute Kontakte. Sie muss einen anderen Namen bekommen und ihr Hansi natürlich auch. Also müssen neue Papiere her. Und zwar echte. Ich brauche unbedingt zwei Passbilder von der Freia. Wie schnell kann ich die haben?"

„Darf ich mal mit Berlin telefonieren?"

„Gerne. Warum, wenn ich fragen darf? Und mit wem?"

„Mit von Hunxlebens Nachbarin. Über die laufen alle Telefonate. Die ist auch so eine glühende Verehrerin unseres geliebten Führers und 83 Jahr alt."

„Worauf warten Sie?"

Zehn Minuten später kam Raimund Reuter zurück.

„Frau von Moers wird in der nächsten halben Stunde zurückrufen. Sie geht durch den Garten zu Herrn von Hunxleben und fragt ihn, ob er Passbilder von seiner Frau hat."

„Das ist gut. Hoffentlich hat der Mann welche. Sie fahren morgen nach Berlin zurück und schicken mir ohne jedes Begleitschreiben die beiden Fotos. Den Rest erledige ich hier. Sobald ich alles an Dokumenten für Freia zusammenhabe, schicken Sie sie her. Lieber noch wäre mir, Sie würden sie selbst herbringen. Ich rufe Sie an und sage Ihnen, wie der neue Name lautet. Und sage Ihnen dann am Telefon, Sie sollten die vergessenen Unterlagen bei mir abholen und bei der Gelegenheit Frau X und ihren Sohn Y mitbringen – meine Frau wartet schon auf ihre neue Gesellschafterin."

„Hat Frau X, wie Sie sie jetzt nennen, dann schon die neuen Papiere?"

„Nein. Die hat Sie – falls Sie kontrolliert werden sollten, hier bei Ihrem letzten Besuch vergessen. Die Nazibrüder würden sie dann bei mir selbst abliefern dürfen – wäre mir ein richtiges Vergnügen."

„Und was sagt die Fürstin dazu?"

„Sie freut sich auf die neue Gesellschafterin. Mensch Reuter – ich mach so etwas nicht zum ersten Mal. Etwa die Hälfte des Hauspersonals ist neu. Meist so ähnliche Fälle wie der mit den von Hunxlebens."

„Und wann und wie erfahre ich den neuen Namen von Freia von Hunxleben?"

„Durch Feodor von Hunxleben – er wird ihn über Frau von Moers erfahren, wenn Sie mir deren Telefon-Nummer jetzt geben."

„Ich glaube, Herr von Wendenfels, dann ist jetzt alles geklärt."

Es klappte dann tatsächlich alles so, wie besprochen. Feodor von Hunxleben hatte tatsächlich noch ein paar Passbilder von seiner Frau gehabt und so wurde Freia von Hunxleben von heute auf morgen zu einer Frieda Henzler mit einem unehelichen Sohn namens Hans, genannt Hansi. Frieda hatte einen sonst untadeligen Lebenslauf mit entsprechenden Zeugnissen. Selbst einen Arierausweis hatte man beschafft.

Beide waren, so wie gekommen, von Hilles Schwester auf genauso abenteuerlichem Weg wieder nach Uelzen gebracht worden, hatten dort einen Zug nach Hannover genommen und von da nach Berlin, wo Raimund Reuter sie abholte. Sie fuhren direkt in seine Wohnung, wo Lucie ein schönes Abendessen vorbereitet hatte. Feodor von Hunxleben war ganz ‚zufällig' auch anwesend. Dass es das letzte Mal für viele Jahre sein sollte, dass die Eheleute noch einmal zusammen waren und Hansi seinen Vater sah, ahnte da noch niemand.

Die Fahrten mit der Bahn verliefen ganz ohne Kontrollen, Fürst Wendenfels holte Herrn Reuter und Frau Henzler nebst Sohn selbst am Bahnhof ab und brachte alle sofort in sein Schloss, wo die Fürstin bereits alle erwartete. Für Frieda Henzler und den 8-jährigen Sohn wurde es eine recht anstrengende Begegnung, denn sie musste alle Papiere sorgfältig studieren und sich mit ihrer neuen Identität vertraut machen. Und Hans in all das einweihen und ihm vor allem begreiflich machen, warum das alles notwendig war.

Am nächsten Tag fuhr Raimund Reuter nach Berlin zurück, einen sehr fröhlichen Fürsten zurücklassend, der ganz gelöst wirkte, weil er den Nazis mal wieder einen Streich hatte spielen können. Und das noch, indem er zusätzlich zwei Menschen in Not hatte helfen können.

Die Fürstin und die nun bürgerliche Frieda wurden übrigens sehr, sehr gute Freundinnen, der Altersunterschied spielte keine Rolle und Hans verlebte bis 1944 recht unbeschwerte Jugendjahre, getrübt nur von wöchentlichen Treffen des Jungvolks und zum Schluss noch der HJ.

Lucie und auch Hertha waren höchst froh und dankbar, dass Mutter und Sohn nun endgültig in Sicherheit waren.

Da die Nazis Feodor von Hunxleben seit dem Verschwinden von Frau und Sohn nicht mehr recht über den Weg trauten und er sich auch konstant weigerte, seine Ehe annullieren zu lassen – eine Scheidung war ja nicht möglich – nahmen sie auf ihre Weise Rache: Feodor von Hunxleben wurde zur Wehrmacht einberufen und umgehend an die Ostfront geschickt. Mit der ausdrücklichen Weisung der Gestapo, den Mann möglichst in vorderster Frontlinie einzusetzen.

Er geriet dort bei einem Einsatz in einen Hinterhalt von Partisanen, bei dem er schwer verletzt wurde. Im Lazarett konnte man zwar sein Leben retten, aber er verlor ein Bein – es war von einer Handgranate so zerfetzt worden, dass es amputiert werden musste.

Da Emil wegen seines miserablen Gesundheitszustandes ja wieder zu Hause war, nahm er sich manchmal auch richtig Zeit für seine Söhne. Und der guten Tradition früherer Jahre folgend, wollte er auch wieder einen Osterspaziergang machen.

Es war wohl Ostern 1943, als er wieder loszog. Ludwig wusste mit seinen 13 Jahren natürlich schon von der väterlichen Marotte, Halvar als 8-jähriger ‚Bub' war aber noch ziemlich ahnungslos. Und vor allem soweit, dass er das Wort ‚Bub' zutiefst verabscheute und wenn jemand ‚Bübchen' sagte, konnte er auch schon mal richtig zornig werden. Die Mutter hatte es erlebt, als sie während des väterlichen Fronteinsatzes einen professionellen Fotografen aufgesucht hatte, um von sich und ihren Söhnen für den Vater ein Foto fertigen zu lassen. Als die 3 sich hübsch in Positur gesetzt hatten, sagte der Fotograf zur Mutter:

„Das Bübchen sollte vielleicht ein wenig freundlicher dreinschauen." Halvar dabei ansehend.

Halvar brüllte den Mann an:

„Bin kein Bübchen! Bin ein Junge!"

So entstand ein Foto mit freundlich lächelnder Mutter, normal aussehendem Ludwig und finster dreinschauendem Halvar.

Aber nun war der Osterspaziergang angesagt. Mit den Worten „Vom Eise befreit sind Flüsse und Bäche..." aus Goethes Faust verabschiedete er sich zu Hause von seiner Hertha und Hille und zog mit den Jungen los. Die Taschen mit hart gekochten Eiern, und auch noch ein paar Schokoladen-Eiern und Fondant-Halbeiern wohl gefüllt. Irgendwie bekamen die Eltern der beiden Jungs es immer noch hin, auch in den ersten Kriegsjahren noch hinreichend ‚Naschwerk' zu organisieren.

Vater achtete sorgfältig darauf, dass die Kinder ja nichts merkten, wenn er immer mal ein Ei seitwärts in die Büsche praktizierte und der Jubel der Kinder war entsprechend groß, wenn sie dann die vom Osterhasen ‚versteckte' Gabe entdeckten und in einem kleinen Korb einsammelten.

Ludwig wusste schon ziemlich genau, dass es keinen Osterhasen mehr gab und man da Vaters Werk wieder einsammelte. Aber Halvar war noch ziemlich ahnungslos. Zwar zweifelte er immer schon mal ein wenig an der Existenz von Weihnachtsmann und Osterhasen, aber sicher war er sich keineswegs.

Etwa 2/3 des geplanten Weges hatte man bereits hinter sich gebracht, die Körbchen der beiden Jungens waren schon halb gefüllt. Und da passierte das ‚Unglück'.

Vater hatte gerade wieder ein Ei verstecken wollen – Halvar war ihm, eifrig suchend – ein paar Schritte voraus, als er sich unvermutet plötzlich umdrehte und das väterliche Tun erspähte.

„Vati, Vati, ich hab's gesehen! Ich hab's ganz genau gesehen! Du versteckst ja die Eier und gar nicht der Osterhase – es gibt also gar keinen Osterhasen, das bist ja Du!"

Vater wollte gerade zu einer Erwiderung anheben, wusste aber nicht so recht, wie, als Ludwig die Situation für des Vaters klärte: „Mensch Halvar, lass dem Vati doch den Spaß. Hauptsache er merkt sich, wo er die Sachen alle hinschmeißt, damit wir alles wieder nach Hause kriegen."

Vater war so ‚verdattert', dass er gar nichts mehr sagte, den Spaziergang abbrach und völlig am Boden zerstört zu Hause ankam – er hatte nicht einmal geschimpft, als Ludwig grinsend neben ihm herlief und Halvar fröhlich singend „Es gibt ja keinen Osterhasen, es gibt ja..." vorneweg rannte, um der Mutter schon mal die neu gewonnene Erkenntnis vorab mitzuteilen.

Wohl auch kriegsbedingt, war es der letzte Osterausflug des Vaters mit seinen Söhnen. Und Mutter hat später mal erzählt, dass der Vater so verstört gewesen sei, dass er nicht mal über den misslungenen Osterbraten meckerte – das Fleisch war nämlich nicht weich geworden, was ihn sonst immer die Zornesader schwellen ließ.

Inzwischen hatte Hitler einen regelrechten Weltkrieg begonnen. Er hatte praktisch ganz Europa überrannt – vom Atlantik bis tief nach Russland hinein standen seine Truppen ebenso, wie in Griechenland und Nordafrika. Was die alliierte Gegenseite natürlich zu entsprechenden Maßnahmen ermunterte: Es kam zu einem regelrechten Bombenkrieg auf Deutschland. Zunächst waren die Ziele vor allem die Orte, an denen Rüstungsgüter produziert wurden, aber dann weiteten sich die Angriffe ganz bewusst auch auf zivile Ziele aus – man wollte auch die Zivilbevölkerung treffen und so demoralisierend wirken.

Auch Kassel wurde nicht verschont. Es hatte schon verschiedene Angriffe z.B. auf die Henschel-Werke und die Spinnfaser-AG gegeben, aber in der Nacht vom 22. zum 23. Oktober 1943 wurde Kassel praktisch dem Erdboden gleichgemacht. In der Altstadt kamen 7.000 Menschen ums Leben, die Bausubstanz wurde zu 97% zerstört, in den Außenbezirken waren 80% der Häuser zerstört oder unbewohnbar.

Die Nacht war auch für die Walters fürchterlich. Zwar hatten sie Glück, dass ihr Haus nur im Dach ganz oben von zwei Stabbrandbomben getroffen wurde, die obendrein dort stecken blieben und so kaum Schaden anrichteten. Aber direkt neben ihrem Haus an der äußeren Treppe, die vom Hauseingang runter zum Kellereingang führte, war ein Phosphorkanister aufgeschlagen. Der Phosphor lief die Treppe herunter und brannte lichterloh direkt am Haus. So wurde ihr Keller innen ganz gewaltig aufgeheizt und vor allem die Kinder hatten ganz fürchterliche Angst, der nun achtjährige Halvar am meisten. Aber der Vater konnte seine Jungs ganz gut trösten.

Etwa zwei Stunden später trauten sie sich heraus. Das Haus ihrer Nachbarn war abgebrannt, aber das Ehepaar hatte sich in den Garten retten können. Sie hatten um die Walters beinah mehr Angst gehabt als um sich selbst, weil der brennende Phosphor aus hundert Meter Entfernung den Eindruck erweckt hatte, als wenn es im Keller brennen würde.

Emil machte sich am nächsten Morgen zu Fuß auf den Weg, um nach seinem Büro zu schauen. Er kam am Nachmittag kreidebleich zurück: Neben dem Bürohaus war eine Luftmine explodiert – es hatte zwar nichts gebrannt, aber das Haus war wie ausradiert – er hatte nur unbeschädigt sein Türschild wiedergefunden.

Bevor er losgezogen war, hatten Walters lange mit Hille gesprochen. Hille hatte es ihnen fest zugesagt: Sie würde mit Ludwig und Halvar zu ihrer Schwester und Mutter auf das Dorf ziehen, um dort das Ende des Krieges abzuwarten. Dass auch ein kleines Dorf in der Lüneburger Heide bombardiert würde, war eher unwahrscheinlich.

Hertha, Hille und die beiden Kinder machten sich auf zum Bahnhof.

Natürlich auch zu Fuß. Die Straßen verwüstet, teilweise noch brennende Häuser, herumirrende Menschen, hin und wieder Reste von Brandbomben und aufgesprungenen Phosphorbomben und viele kleine Pakete - sehr viel später wurde den Kindern erst klar, dass es sich um Phosphorleichen handelte, die sich, als sie verbrannten, zu kleinen Paketen zusammenzogen.

Hille sagte zu Hertha, sie solle sich keine Sorgen machen, sie würde die Kinder heil in ihr Dorf bringen. Hertha wollte aber nicht zurückbleiben auch nicht, nachdem Hille und die Jungs einen Stehplatz in einem der ganz wenigen Züge gefunden hatten, der in Richtung Norden fuhr. Sie kletterte im letzten Moment einfach dazu und sagte mit Tränen in den Augen: „Ich kann nicht. Ich muss wissen, dass ihr alle in Sicherheit seid."

Sie kamen nur bis zur Werra, die Eisenbahnbrücke war zerstört. Es ging den steilen Bahndamm herunter, mit einem Boot über die Werra, auf der anderen Seite wieder hoch. Und wieder hatten sie Glück: Ein Personenzug fuhr in Richtung Hamburg. Aber nur mit Soldaten in Richtung Front. Zivilpersonen waren streng verboten. Als der Zug abfahrbereit war, ging eine Tür auf, zwei Soldatenhände streckten sich ihnen entgegen und zogen erst die Kinder, dann Hertha und Hille nach oben.

„Heldenmütter und Nachwuchs für den Führer – dafür muss man sich doch einsetzen." Er grinste dazu so, dass man genau wusste, was er davon hielt.

Eine halbe Stunde später wurde die Tür aufgerissen. Ein fescher junger Major kam herein, sah die Frauen und Kinder.

„Seid Ihr wahnsinnig? Keine Zivilisten, war der Befehl. Wer hat das verbockt und meinem ausdrücklichen Befehl zuwidergehandelt?"

„Zu Befehl Herr Major. Aber es handelt sich um Heldenmütter und Nachwuchs für den Führer – dafür muss man sich doch einsetzen. Und der Mann von der Frau da," er zeigte auf Hertha, weil die einen Ehering aufhatte, „ist Parteigenosse in Gold. Da dachten wir…" Dieses Mal hatte der Soldat ganz ohne Unterton gesprochen.

„Überlassen Sie das Denken lieber den Pferden. Die haben größere Köppe."

Der Major drehte sich um, knallte die Abteiltür zu und verschwand. Eine viertel Stunde später kam er zurück. „Gnä' Frau, nehme an, die jungen Herren haben Hunger." Er ließ ein Kommissbrot, ein halbes Pfund Butter und eine Wurst zurück. „Gute Reise."

„Der tut nur immer so schneidig. Wir mögen den alle recht gern. Der lässt sich nämlich notfalls für seine Leute in Stücke hacken. Aber jetzt hat er sich selbst übertroffen."

Hille hatte inzwischen begonnen, Stullen zu schmieren. Und bot den Soldaten auch etwas an.

„Kommt nicht in Frage. Wer weiß, wann Sie wieder was bekommen. Wir verhungern schon nicht. Dann wären wir nämlich als Kanonenfutter schlecht zu gebrauchen."

Sie kamen bis Hannover. Von da sollte der Zug nach Osten fahren. Aber sie wollten ja nach Uelzen. Von der Bahnhofsmission wurden sie in eine große Halle geführt – vollgestellt mit Feldbetten. Sie schliefen, todmüde von den Ereignissen erschöpft und hatten Glück – es gab keinen Fliegeralarm.

Hille begab sich am nächsten Morgen auf Erkundungstour – ob es irgendwo einen Zug nach Norden geben würde. Ihr wurde gesagt, dass in zwei Stunden ein D-Zug nach Hamburg fahren würde. Ob der auch in Uelzen halten würde, konnte man ihr nicht sagen.

Zu Hertha zurückgekehrt, beratschlagten die beiden Frauen und kamen überein, es zu versuchen.

Und wieder hatten sie Glück – sie kamen mit, mussten allerdings stehen. Denn der Zug war zum Brechen überfüllt. Die Kinder konnten immerhin auf den Koffern sitzen, Hertha und Hille wechselten sich ab, den dritten Koffer als Sitzplatz zu nutzen.

Und dann quetschte sich tatsächlich ein Schaffner durch den Gang.

„Wir wollen nach Uelzen. Hält der Zug da?"

„Nein, wir fahren durch, wenn die ‚Tommys' uns lassen. Aber in Lüneburg müssen wir halten, weil die Lok dann Wasser fassen muss. Lüneburg ist doch viel schöner als Uelzen."

„Aber wir wollen zu meiner Schwester und die wohnt nun mal in der Nähe von Uelzen und nicht in Lüneburg."

„Wo kommt Ihr denn her?"

„Aus Kassel."

„Oh je – gibt's das noch? Da habt Ihr ja einiges hinter Euch."

„Kann man wohl sagen."

„Willst Du wirklich nach Uelzen?" fragte er Halvar. Ludwig schien ihm für eine Ansprache schon zu groß. Halvar war ganz verdattert.

„Ich weiß nicht. Ich will zu Tante Anne und Bellermann."

„So, so. Und wer ist Bellermann?"

„Das ist ein großer Hund."

„Dann müssen wir wohl doch in Uelzen halten." Und dann raunte er den beiden Frauen zu:

„In etwa fünfzehn Minuten sind wir in Uelzen. Ich bleibe jetzt bei Euch. Und wenn ich ‚Jetzt' sage, zieht Ihr die Notbremse. Kenne die Strecke ziemlich genau – wenn es gut klappt, kommen wir sogar an einem Bahnsteig zum Stehen, wenn wir Pech haben, müsst Ihr dann in den Schotter aussteigen. Und ein paar hundert Meter laufen."

„Das ist doch aber verboten."

„Momentan ist alles verboten und alles erlaubt."

„Ich mach das für Sie."

Eine männliche Stimme hatte sich eingemischt – ein Soldat, der den linken Arm verbunden hatte und ihn in einer Schlinge trug.

„Mir ist halt ganz furchtbar schlecht geworden. Und da habe ich voll die Panik bekommen und den Nothalt ausgelöst." sagte er, Hertha und Hille anlächelnd. Und zu den Kindern gewandt, ergänzte er:

„Ihr müsst unbedingt zu Bellermann, das sieht hier doch ein jeder ein. Und Du Großer musst da die HJ auf Vordermann bringen. Für unsern geliebten Führer.", wobei er ziemlich eindeutig grinste.

„Das grenzt an Wehrzersetzung." tönte auf einmal eine Stimme. Ein kleiner, dicklicher Kerl, mit Parteiabzeichen auf dem Revers. „Halten Sie bloß die Klappe. Es gibt hier nämlich jede Menge Zeugen, dass Sie ohne jeden Grund die Notbremse gezogen haben. Und wieso sind Sie nicht an der Front? Habe ich Sie da nicht gerade sagen hören, dass Sie nicht an den Endsieg unseres glorreichen Führers glauben?"

Der Schaffner war jetzt richtig wütend. Der Parteigenosse wurde auf einmal kreidebleich – er fürchtete offenbar den Verrat.

„Alles klar?"

„Ja, ist ja schon gut. Ich meine ja nur."

Das Manöver klappte vorzüglich. Der Zug kam so zum Stehen, dass Hertha und die Kinder ganz am Ende des Bahnsteigs aussteigen konnten. Wie die Geschichte im Zug weiterging, war ihnen herzlich egal.

Auf dem Bahnhofsvorplatz setzten sie sich auf eine Bank, um zu beratschlagen, wie sie jetzt von Uelzen nach Nateln kommen sollten.

Hille hatte eine Idee.

„Ich bin jetzt mal für eine Stunde weg, Frau Walters. Die Zuckerfabrik ist nicht allzu weit weg von hier. Vielleicht finde ich da einen Bauern, der Rüben geliefert hat und wieder zurück will. Ich kenn die ja alle."

„Viel Glück, Hille, aber bitte nicht länger als zwei Stunden, weil ich ja überhaupt nicht weiß, wohin."

„Man keine Bange nicht."

Hille hatte einen Trecker gefunden, der aus Rätslingen kam – das war immerhin schon die halbe Strecke bis Nateln. Und sie hatte mit dem Arbeiter schon verhandelt. Für 100 Mark wollte er sie mitnehmen.

Und dann traute sie ihren Augen kaum – war das nicht Busses Erwin, der da mit zwei Anhängern mit Rüben ankam? Als der Hille sah, wäre er fast an eine Mauer gefahren.

„Jo, is det nich Timmermann Schultheißens Hille?" rief er ihr zu.

„Jo min Jong, det bin ick."

Und so sah Hertha nach etwa drei Stunden einen Lanz-Bulldog mit zwei Anhängern die Straße zum Bahnhof hochkommen – Hille neben dem Fahrer sitzend und fröhlich winkend.

Erwin Busse fuhr die vier bis vor die Haustür. Sie waren endlich angekommen in Hilles Elternhaus bei ihrer Schwester und der Mutter. Dass Hille mit den Kindern dort bis nach Kriegsende bleiben würde, ahnten sie durchaus, ob aber dann auch irgendwann einmal die ganze Familie wieder vereint sein würde, wagte damals niemand zu prophezeien.

Nach fast zwei Wochen fuhr Hertha wieder zurück nach Kassel. Es wurde eine wahrhaft abenteuerliche Reise für sie. Mutter Schultheiß hätte ihr gern ihr Fahrrad mitgegeben, aber Hertha hatte Fahrradfahren nie gelernt.

Mit dem Zug kam sie immerhin bis Braunschweig, saß dort dann aber wegen der Luftangriffe für ein paar Tage fest. Ein Kohlen-Lkw nahm sie schließlich mit, zum Glück durfte sie im Führerhaus mitfahren, denn inzwischen war es verflixt kalt geworden, es regnete immer mal, der Lkw brauchte Nachschub für seinen Holzgasgenerator. Der Fahrer war ein glühender Nazi, faselte immer wieder von Hitlers Geheimwaffen, die bald zum Einsatz kämen – Hertha fühlte sich mehr als unwohl. Er versuchte zwischendurch immer mal wieder ihre Gesinnung zu testen – er gab erst Ruhe, nachdem sie ihm berichtet hatte, dass ihr Mann ein ‚33'er PG' war.

Ab da taute er ein wenig auf, erzählte von seinem Fuhrgeschäft in Fritzlar, von seiner Familie, dass seine Frau dem Führer schon vier Kinder geschenkt habe – Hertha litt ziemlich. Immerhin – nach fünf Tagen Fahrt erklärte er sich kurz vor Kassel sogar bereit, Hertha nach Hause zu fahren.

Emil war unendlich erleichtert, dass seine Bella wieder da war. Er wollte dem Fahrer 200 Mark schenken, die der aber erst nicht annehmen wollte. Er nahm das Geld dann doch und ließ dafür zwei Zentner Kokskohle zurück.

„Hab ich unterwegs verloren." meinte er grinsend. „Heil Hitler!"

Emils Angestellte waren inzwischen wieder aufgetaucht – er hatte das Büro jetzt ins Haus verlegt. Das ehemalige Wohnzimmer wurde sein Büro, das daneben befindlich Esszimmer funktionierte er zu einem Büroraum für seine Bürovorsteherin um und zwei weitere Angestellte und zwei der großen Kellerräume wurden ebenfalls Büroräume. Der Betrieb konnte also schlecht und recht weitergehen.

Bombenangriffe gab es reichlich, oft war Emil vorwiegend damit beschäftigt, Draht-Plastik als Ersatz für zerborstene Fensterscheiben zu besorgen, er musste Dachziegel heranschaffen und die defekten Ziegel auf dem Dach selbst auswechseln. Dass er mal ein ganz passabler Handwerker werden würde, hätte er selbst nie geglaubt.

Von Bomben blieben Walters weitgehend verschont – nur zwei Mal musste Emil auf dem Spitzboden des Hauses brennende Stabbrandbomben löschen – mit einem Eimer Sand war der Schaden immer zu beheben, weil die Flammen so am besten erstickt wurden.

Hundert Meter von ihrem Haus entfernt hatten polnische Gefangene inzwischen einen tief in den Fels gehauenen Luftschutzbunker gebaut. Die Polen ließen die Kinder gern zuschauen, allerdings mochten sie die in ihren HJ-Uniformen weniger gut leiden, denn sie wussten ja nicht, dass die meisten von ihnen die HJ-Uniform tragen mussten.

Es war allen klar: Der neue Bunker war auf jeden Fall sicherer als der eigene Keller. Der schützte zwar vor normalen Bomben ganz gut, aber jede Luftmine würde so ein Haus wie das ihre einschließlich Keller dem Erdboden gleichmachen.

Anfangs gingen sie bei Fliegeralarm immer brav in den neu gebauten Bunker.

Als der Bunker das erste Mal bei einem Fliegeralarm genutzt werden sollte, wollten auch die polnischen Zwangsarbeiter mit hinein. Der Nazi-Blockwart wollte ihnen den Zutritt verwehren.

„Das Gesocks kommt hier nicht rein – für Untermenschen ist hier kein Platz!" brüllte er sie an.

„Was soll der Quatsch? Es ist genug Platz auch für die Leute. Gehen sie zur Seite, lassen Sie die Gefangenen rein!" brüllte nun Emil ihn an.

„Sie haben hier gar nichts zu sagen!" schrie er zurück.

„Tu ich aber. Die Leute kommen rein und damit basta."

„Ich zeige Sie an – Sie sind ein Verräter!"

„Ich zeige Sie an, weil Sie Arbeitskräfte für den Endsieg unseres geliebten Führers der Vernichtung preisgeben wollen."

Der Blockwart wurde unsicher – und gab schließlich nach, die Polen durften auch in den Bunker.

Nach der Entwarnung kam ein alter Herr auf Emil zu, Herr Kutschner, ein Nachbar und pensionierter Oberstudienrat.

„Ich wusste gar nicht, dass Sie in der Partei sind, Herr Walters und so für den Führer einstehen."

„Na ja, Herr Kutschner, die Partei ist eine Jugendsünde und der Rest war Bluff."

„Dann bin ich irgendwie beruhigt."

Hille, die Kinder sowie ihre Schwester und die Mutter hatten weniger aufregende Erlebnisse.

Ludwig fuhr jeden Tag mit dem vom Holzgasgenerator angetriebenen Postbus aufs Gymnasium nach Uelzen, Halvar ging auf die Dorfschule.

Für Ludwig war das alles zwar nicht sehr anstrengend, aber viel Zeit für irgendwelche Spiele blieb ihm auch nicht.

Meistens kam er erst am Nachmittag gegen drei Uhr aus Uelzen zurück und musste dann seine Hausaufgaben machen. Zwei Stunden brauchte er dafür im Allgemeinen. Zweimal in der Woche kam dann noch die HJ dazu. Ludwig mochte das militärische Getue bei der Hitlerjugend zwar überhaupt nicht, aber sich dem zu entziehen, war unmöglich.

Nur sehr selten war er mal mit dem Geschehen dort zufrieden. Der Schießunterricht machte ihm Spaß, vor allem auch, als sie manchmal mit einer richtigen Maschinenpistole üben durften. Aber exerzieren auf dem Sportplatz, das Singen der Hitlerlieder und ähnliche Rituale hasste er zutiefst.

Immerhin konnte er aber auch manchmal mit zwei anderen Jungs in seinem Alter, die ebenfalls aufs Gymnasium gingen, seine Zeit so gestalten, wie er es mochte.

Albert war ein Arztsohn, ein Spätgeborener, denn der Vater war schon 66 Jahre alt und musste so nicht an die Front. Hermann hieß der andere Gefährte – er war der Sohn des Großbauern Busse.

Die drei hielten zusammen wie Pech und Schwefel. Alle drei wurden in 1944 stolze 14 Jahre alt und hatten so in etwa die gleichen Interessen: Die Betäubungsmittel von Alberts Vater, Zigaretten und die ersten Interessen für Mädchen.

Albert hatte für sie beim Vater jede Menge aus dem Arzneischrank geklaut. Als der Krieg zu Ende war, hatte Ludwig in seinem Gepäck für Kassel eine kleine Zigarrenkiste mit Morphium und Zyankali beisammen. Als Hertha und Emil das ‚Mitbringsel‘ ihres Sprösslings damals entdeckten, gab es vor lauter Entsetzen nicht einmal Krach. Vater Emil versuchte Ludwig klar zu machen, dass er da eine Sammlung beisammenhabe, um mindestens zwanzig Familien umzubringen – ohne Protest übereignete er den Eltern die Sammlung.

Natürlich wollten die Jungs brennend gern wissen, was es denn mit Mädchen so auf sich habe.

Albert beschloss in Abstimmung mit Ludwig und Herrmann, mal mit dem Jungzugführer zu sprechen. Immerhin war der schon achtzehn Jahre alt.

Albert sprach das Thema zum Gaudi der anderen HJ-Jungens beim nächsten Treffen an. Und meinte, das besonders schneidig angehen zu müssen.

„Herr Jungzugführer, der Ludwig, der Herrmann und ich möchten gerne wissen, was es eigentlich mit den Mädchen so auf sich hat und was man mit denen macht und wie das so geht – na ja, Sie wissen schon."

Seine Stimme war immer leiser geworden.

Der Vater des Jungzugführers hatte einen Klumpfuß und arbeitete bei Hermanns Vater als Knecht. Und vielleicht deshalb reagierte er zunächst richtig sauer.

„Ihr Hampelmänner, was soll das hier bei der HJ? Euch muss ich wohl mal ein bisschen ‚schleifen', damit Ihr wieder klar denken könnt! Los runter auf die Knie! Ihr robbt jetzt drei Mal quer über den Sportplatz. Los, los!"

„Das wird Dir noch leidtun." murmelte Ludwig als Schwächster von den Dreien.

Ludwig erzählte von der Schleifaktion Tante Anne.

„Was hattet Ihr denn ausgefressen, dass er so reagiert hat?"

„Wir haben ihm nur gesagt, er solle uns mal erklären, wie ein Mann mit einer Frau ein Baby macht." antwortete ein nunmehr puterroter Ludwig.

Tante Anne lachte jetzt.

„Komm mal her, ich erklär Dir das."

Und so wurde Ludwig aufgeklärt. Als sie mit ihrer Erklärung fertig war, ging sie zum Telefon und rief Bauer Busse an.

„Anne, ich sorg dafür, dass der Willi zu Dir kommt."

Zwei Tage später kommt Willi, der 18-jährige HJ-Führer hinten in die Küche bei Tante Anne rein.

„Heil Hitler Frau Bunke. Bauer Busse schickt mich zu Ihnen." Immerhin hatte er seine HJ-Mütze abgenommen.

„Ah – da bist Du ja Willi. Was hast Du denn da mit den Jungs neulich gemacht?"

„Was meinen Sie denn da?"

„Stell Dich nicht blöder an, als Du bist, Willi."

Inzwischen hatte er die Küchentür zu gemacht und stand direkt vor Tante Anne.

Und bevor er sich's recht versah, hatte sie ausgeholt und ihm eine schallende Ohrfeige verpasst.

„Du Dämlack, die war fürs doof anstellen und jetzt bekommst Du noch eine auf die andere Seite wegen Deines schlechten Gedächtnisses!" brüllte sie ihn an.

Willi war jetzt rot angelaufen vor Wut.

„Ich zeige Sie an, weil ich in Uniform bin, haben Sie den Führer besudelt – das wird Sie teuer zu stehen kommen!" brüllte Willi zurück.

„Mach bloß, dass Du rauskommst. Sonst erzähl ich überall rum, dass Du sturzbetrunken und mit offenem Hosenstall zu mir gekommen bist. Und dafür gibt es jede Menge Zeugen. Dann wird Dir Deine schöne Uniform unehrenhaft genommen und dann kannst Du in einem Arbeitslager für den Endsieg arbeiten, Du Idiot. Raus mit Dir!"

Blitzschnell hatte Willi den Ernst der Lage erkannt und wollte gerade zur Küchentür raus, als er einen kräftigen Tritt in seinem Hintern verspürte – Anne Bunke hatte ihm zu einem etwas schnelleren Abgang verholfen.

Willi sann auf Rache. Melden wollte er die Sache lieber nicht – er fürchtete die Zeugenaussagen – dass die erlogen waren, würde ihm keiner so recht glauben.

Die Rachegelüste wurden innerhalb von zwei Wochen immer schwächer. Aber dann hatte er doch eine Idee.

‚Sollen die Jungs doch Anschauungsunterricht bekommen, wie man ein Baby macht.' dachte er.

Er sprach also mit den Dreien.

„Morgen Abend versteckt Ihr Euch um neun Uhr auf dem Heuboden von Bauer Busse. Ich hab da ein Mädchen – da könnt Ihr dann zuschauen, wie man Babys macht. Aber seid ja still. Sonst lässt die mich nicht."

Die Jungens machten genau das, was Willi von Ihnen verlangt hatte, sie waren so aufgeregt, dass sie schon eine halbe Stunde früher Stellung bezogen, sich gut im Heu versteckten, aber jeder sich einen Sehschlitz einrichtete.

Wenige Minuten nach neun kam ein Mädchen in BDM-Uniform in die Scheune.

„Aber das ist doch die Marie, die Magd vom Busse." flüsterte Hermann.

„Sei still." flüsterte Ludwig zurück.

Marie begann sich auszuziehen. Als sie ganz nackt war, legte sie sich mit dem Rücken auf eine Decke, die sie aufs Heu gebreitet hatte.

„Die sieht ja toll aus." flüsterte jetzt Albert.

Hermann funkelte ihn an und legte den Zeigefinger auf den Mund. Alle drei hatten auf die Brüste und das Schamhaar des Mädchens gestarrt und wurden so unruhig, dass sie sich etwas anders hinlegen mussten.

Marie meinte etwas gehört zu haben, richtete sich auf:

„Ist da wer?" rief sie.

In dem Moment kam der Willi an.

„Ja ich" rief er, bereits seine Hose aufknöpfend.

„Hast Du mir was Schönes mitgebracht?" fragte Marie. „Los zieh Dich auch aus. Letztes Mal hast Du mir mit Deinem dämlichen Schulterriemen ganz schön wehgetan. So nicht noch mal."

„Stell Dich doch nicht so an."

„Entweder machst Du Dich jetzt auch nackig, oder ich zieh mich wieder an."

Willi blieb nichts anderes übrig, als sich seiner Uniform zu entledigen. Als er auch seine Unterhose ausgezogen hatte, sahen die Jungs Willis steil aufgerichtetes Glied.

„Komm mal zu mir Willilein."

Sie nahm sein Glied und steckte es sich in den Mund. Willi guckte auf einmal vor Vergnügen ganz komisch, wie die beobachtenden Jungs zu sehen meinten.

Dann ließ sie Willi wieder frei.

„Los, mach schon, jetzt will ich in Dich rein." säuselte Willi, aber Marie lachte ihn aus.

„Nix da ohne, lieber Willi"

„Ich hab aber kein Kondom mehr. Haben wir alle verbraucht."

„Dann wird das heute nichts mit uns." Marie blieb hart. Und dann holte Willi aus einer Hemdtasche doch ein Kondom. Marie riss die Packung auf, verpasste Willi einen heftigen Stoß, dass er auf dem Rücken lag. Dann setzte sie sich rittlings auf ihn und streichelte und knetete Willis gutes Stück.

Schließlich beugte sie sich zu seinem Glied herunter und streckte ihren Po so in die Höhe, dass Die drei Beobachter noch unruhiger wurden. Offenbar hatte sie es erneut in den Mund genommen. Aber dann schoss sie wieder hoch und die Jungs sahen, wie eine kleine Fontäne aus Willi herausspritzte, aber nicht gleichmäßig, sondern in Intervallen. Willi guckte inzwischen richtig blöde. Das war die überein-stimmende Meinung von Ludwig, Albert und Hermann, als sie eine Stunde später darüber sprachen.

„Bist ja heut richtig einer von der schnellen Truppe." kommentierte Marie das Geschehen. „Und was ist jetzt mit mir?"

„Komm mal her." lautete Willis Antwort und dann verschwand seine linke Hand zwischen ihren Beinen. Sie hatte inzwischen wieder sein erschlafftes Glied in die Hand genommen und begann es zu streicheln. Und die drei Jungs sahen voll Erstaunen, wie sich das wieder aufrichtete.

Marie nahm jetzt das Kondom, streifte es Willi über und setzte sich erneut auf ihn und senkte sich dann auf ihn herab.

Beide hatten jetzt hochrote Köpfe, Marie bewegte sich auf Willi auf und ab und auf einmal grunzte der Willi so komisch und die Marie seufzte ziemlich laut und dann war alles vorbei. Sie sah dabei richtig strahlend aus, aber der Willi verdrehte die Augen und sah plötzlich aus, ‚als ob er am besten in einer geschlossene Anstalt untergebracht würde', meinte Albert später.

Ludwig und seine Freunde wussten nun, wie Babys gemacht wurden – Ludwig wusste durch Tante Anne etwas mehr in Theorie – den Anschauungsunterricht hatten aber alle drei Jungs mit schlechtem Gewissen sehr schön empfunden.

Da Halbwüchsige in dem Alter gern angeben, konnten sie es natürlich nicht lassen, Marie gegenüber ein paar Andeutungen zu machen. Erst wollte sie es nicht so recht wahrhaben, aber als sie dann noch Willi im Heu erwähnten, war Marie schlagartig klar, dass sie und Willi beobachtet worden waren. Ihr fiel plötzlich das Geräusch wieder ein, unmittelbar bevor Willi in die Scheune gekommen war.

Sie beschloss, ‚den Stier bei den Hörnern zu packen'. „Woher wusstet Ihr denn, dass wir da waren? Das war doch kein Zufall."

„Der Willi hatte es uns gesagt, dass wir da mal zusehen könnten, wie Babys gemacht werden."

„Das hat der gesagt, ganz wirklich? Oder wollt Ihr ihm jetzt nur eins auswischen?"

„Nö hat er wirklich gesagt."

„Und hat es Euch denn gefallen, was Ihr da gesehen habt?"

„Oh ja – das war ganz toll!" Die Antwort kam fast im Gleichklang.

„Möchtet Ihr wohl auch mal machen."

„Klar."

„Müsst Ihr noch ein bisschen älter werden. Also, so 17 bis 18 solltet Ihr schon sein."

„Und würdest Du das dann auch mit uns machen?"

Marie musste jetzt laut lachen.

„Nein, das mach man nur mit einem Mann, den man richtig lieb hat."

„Du liebst also den Willi?"

„Inzwischen nicht mehr."

„Warum nicht?"

„Das versteht Ihr noch nicht. So, und nun geht mal schön spielen. Aber nicht mit kleinen Mädchen. Wehe Euch."

Wenige Tage später hatte sich Willi wieder mit Marie verabredet. Sie schien ihm dieses Mal kühler zu sein als sonst.

„Hast Du was? Ist was nicht in Ordnung?" fragte er.

„Wieso? Hab nichts."

Sie knöpfte seine Hose auf, sein Glied kam ihr förmlich entgegen geschnellt.

Sie streichelte es wieder einen Moment bevor sie es in den Mund nahm, um an ihm zu saugen. Und dieses Mal tat sie es anders als bisher – sie biss mit ihren Zähnen zu – erst ganz sacht, dann aber ein wenig fester.

„Marie, was machst Du – aua, Mensch das tut weh!"

Und dann jaulte Willi auf vor Schmerz – Marie hatte richtig fest zugebissen. Sie schmeckte auf einmal etwas Blut.

Willi krümmte sich vor Schmerz, hielt sein Glied mit den Händen umspannt.

Da seine Hose noch auf seinen Schuhen lag und wegen der Schmerzen, rannte er Marie nicht hinterher. Als sie am Scheunentor merkte, dass er noch mit sich beschäftigt war, rief sie ihm zu:

„Das war dafür, dass Du ein paar Jungs hast zusehen lassen, als wir neulich hier waren. Du bist der größte Schwachkopf, den ich je in meinem Leben gesehen habe. Und wehe, Du kommst mir noch mal zu nahe – ich werde dann steif und fest behaupten, dass Du mich vergewaltigt hattest. Im Umkreis von 100 km kriegst Du nie wieder eine ins Heu – ich sorge dafür, dass sich das dann rumspricht."

Als Willi sich abends zu Hause den von Marie angerichteten ‚Schaden' besah, konnte er an seinem guten Stück die Eindrücke von ihren Zähnen sehen. Es tat nach wie vor verflixt weh und seine Unterhose war sogar blutig.

Am liebsten hätte er Marie bei der Partei angezeigt – er hatte ja seine Uniform angehabt. Dann verwarf er den Gedanken wieder, denn die Verletzung hätte auf jeden Fall offenbart, dass er seine Uniform wohl kaum korrekt getragen hatte.

Für Halvar war die Zeit in Nateln das Paradies auf Erden. Die Schulaufgaben waren immer schnell erledigt - er war ein guter Schüler – und trieb sich eigentlich den ganzen Tag über draußen herum, meistens mit dem neu gewonnenen Freund Walters, aber oft auch mit anderen Kindern. Dass sie ganz selten auch einmal zu vernünftigem Tun angehalten wurden, merkten sie eigentlich nicht. Im Gegenteil empfanden die Kinder bei der Getreideernte das Aufstellen der Strohballen als schöne Abwechslung und Kühe hüten machte sogar richtig Spaß, auch wenn sie dabei von Bremsen und Mücken heftig gebissen und gestochen wurden.

Mädchen waren noch kein Thema – die waren allenfalls dafür gut, geärgert zu werden. Dass sie dabei auch mal übers Ziel hinausschossen, registrierten sie selten bis nie. So beschmierten sich die Jungs beim sommerlichen Baden in der Wipperau mal über und über mit schwarzem Schlick und rannten dann auf ein Mädchen zu, dass sich in zweihundert Meter Entfernung nackt gesonnt hatte. Sie hatte sich erschrocken in eine Decke gewickelt, die Jungs wickelten sie aus und fanden es herrlich, dass sie dabei so schön kreischte.

Oder sie liefen zur Wipperau-Brücke, um verbotenerweise dort das Stauwehr runterzulassen – so hatten sie ein herrliches Schwimmbad mit bis zu zweieinhalb Metern Tiefe – dass keines der Kinder ertrunken ist, grenzte an ein Wunder.

Übrigens hatte sich der Willi vor den Kindern auch ‚produziert'. Mit stolz geschwelltem Glied baute er sich vor ihnen auf:

„Da staunt Ihr, was? Ich bin schon ein richtiger Mann." und schaute dabei richtig blöde, wie Halvar und Walters hinterher meinten.

Gefahren kannten die Kinder nicht, oder sie wollten sie nicht sehen. Im Winter sich mit zehn Schlitten an einen Trecker zu binden, fanden sie großartig – vor allem der letzte Schlitten schleuderte so schön die ganze Straßenbreite rüber und nüber. Dass sich mal einer den Arm kräftig verstauchte – was machte es, er war in den Augen der Freunde ein Held.

Nach Kriegsende mit gefundener Munition zu spielen war natürlich besonders streng verboten. Umso mehr reizte es, damit zu spielen, die Patronen auseinander zu nehmen, das Pulver anzuzünden. Dass sie mit dem Pulver einer Panzerfaust beinah eine Scheune abgebrannt hätten, war sicher aufregend – aber es war ja gut gegangen.

Sie hörten damit erst auf, als eines Mittags ein Treckergespann mir drei schwer verletzten Kindern auf dem Weg ins Krankenhaus durch ihr Dorf fuhr – die totenblassen Gesichter und blutverschmierten Verbände der Kinder auf dem Anhänger waren ihnen dann doch eine Warnung.

So ging der Krieg an Nateln weitgehend vorbei. Erst als sie an einem Sonntagmorgen auf der Chaussee nach Uelzen einen Spaziergang machten und plötzlich englische Tiefflieger auf sie zurasten und zu schießen begannen, merkten sie, dass Krieg kein Spaß ist – sie sausten hinter Bäume in den Straßengraben, sodass keiner zu Schaden kam. Außer Halvar: Bei seinem Sprung in den Graben war er auf eine Baumwurzel geknallt und hatte sich das Knie ordentlich aufgeschlagen. Der große Bruder tröstete ihn.

Erwachsen

Am 8. Mai 1945 endete der Wahnsinn des 2. Weltkrieges mit der Kapitulation.

Selbst in Nateln war das eine etwas unruhige Zeit und für die ehemaligen Nazis sogar z. T. eine recht schmerzhafte.

Eines Tages liefen nämlich die ehemaligen Parteigenossen immer zu zweit nebeneinander in einer langen Reihe durchs Dorf. Eskortiert wurden sie von den nun frei gekommenen polnischen Gefangenen aus einem Nachbardorf, die mit langen Stöcken auf ihre ehemaligen Peiniger einprügelten.

Halvar fand das scheußlich, wenn es ihm auch ganz gut tat, seinen ehemaligen Lehrer darunter zu sehen, der jetzt mal den Stock zu spüren bekam, mit dem er immer die Jungs in seiner Klasse gezüchtigt hatte.

Ludwig ging es in der Zeit ziemlich dreckig. Er war ja nun schon fast 15 Jahre alt und dass er keineswegs aus Begeisterung in der HJ gewesen war, sah man ihm ja nicht an. Die Polen hatten sämtliche HJ-Angehörigen zusammen-getrieben und hoch in ihr ehemaliges Gefangenenlager gebracht, um dort von ihnen tiefe Gräben ausheben zu lassen. Zwar wurden die Gräben nicht gebraucht, aber die neuen Herren konnten mit langen Stöcken von oben auf die Halbwüchsigen prächtig einprügeln – auch Ludwig bekam da ganz schön was ab. Verletzt wurde ernsthaft zum Glück aber niemand – außer dem HJ-Führer Willi. Der meinte es besonders schlau anfangen zu können und ging am zweiten Tag nicht mehr hoch ins Lager. Er hatte sich versteckt. Dass ihn jemand verraten könnte, hatte er wohl für ausgeschlossen gehalten. Die Polen fanden ihn und droschen ihn so zusammen, dass er wirklich nicht mehr arbeiten konnte. Dass Marie ihn dann so lange pflegte, bis er wieder einigermaßen hergestellt war, meinte er als gutes Zeichen einer Versöhnung deuten zu müssen. Doch die ließ ihn voll abblitzen:

„Dass ich Dich gepflegt habe, ist Christenpflicht. Deine Mutter ist krank und Dein Vater zu blöd, um Dich wieder hinzukriegen. Meine Strafe hast Du bekommen. Und ich bin richtig stolz, dass Du da jetzt ein paar Narben von meinen Zähnen hast. Damals hätte ich Dir Dein Ding am liebsten abgebissen. Aber das war's mit uns Beiden."

„Geb's ja zu, war ziemlich blöde von mir. Und gestraft hast Du mich auch. Aber kannst Du nicht verzeihen?"

„Hab ich doch. Sonst hätte ich nicht die Barmherzige gespielt. Aber vor Dir als Mann fühle ich nur noch Ekel. Begreif das mal. Oder hat bei der Prügel, die Du da von den Polen bezogen hast, auch Dein Verstand gelitten? Viel war ja eh nicht davon da."

„Was soll das denn?"

„Dass Du bei der HJ warst, war ja unvermeidlich. Aber dass Du da Karriere gemacht hast, war schon reichlich dumm. Und dass Du am lautesten ‚Heil Hitler' geschrien hast – also das lässt sich nur mit dem Verstand eines Affen erklären. Aber entschuldige – ich wollte die Tiere nicht beleidigen."

Ohne seine Antwort abzuwarten, ging Marie aus dem Zimmer. Willi hat von da ab einen großen Bogen um sie gemacht.

Wenige Jahre später heiratete sie Bauer Busses Sohn, als der aus der Gefangenschaft zurück war. Sie wurde übrigens eine vorzügliche Großbäuerin. Als sie schon verheiratet waren, hat Willi dem Jungbauern Busse dann ‚gesteckt', dass Marie mal seine Geliebte gewesen sei. Busse hat seiner Marie aber mehr geglaubt – dass Willi sie nämlich damals vergewaltigt hatte.

Willi wurde kurz darauf von drei maskierten Männer fürchterlich zusammengeschlagen. Er hat nie erfahren, dass Busse einer von den Dreien war.

Zu essen hatten Ludwig und Halvar bei Bunkes eigentlich immer genug – der eigene Garten, ein Schwein und eine Kuh sowie Hühner, Enten und Kaninchen gaben genug her, um auch hungrige Kinderbäuche zu füllen. Und als dann nach Kriegsende die

Engländer in ihrem Haus ihre Feldküche einrichteten, ging es ihnen richtig gut.

Zu verdanken hatten sie den Umstand Tante Anne, die nämlich in den letzten Kriegstagen dienstverpflichtet wurde, das russische Gefangenenlager zu beaufsichtigen. Sie löste das Problem auf ihre Art: Der älteste von den Russen versprach, dass sie nicht fliehen würden, worauf Anne ihm den Schlüssel gab – sie sollten sich selbst abends einschließen und morgens zur Arbeit auf den Feldern der umliegenden Bauernhöfe wieder rauslassen.

Als nach dem Einzug der Engländer alle Deutschen im Dorf ihre Häuser verlassen mussten, stand auf einmal der alte Russe bei den Engländern und redete auf sie ein. Der Erfolg: Sie durften als einzige in zwei Räumen in ihrem Haus bleiben.

Inzwischen war es Oktober 1945 geworden. Tante Annes Mann war inzwischen auch wieder zu Hause – er kam als Schwerverletzter mit einer Rückenmarksverletzung im Rollstuhl zu seiner Frau zurück.

Eines Morgens lag Halvar noch im Bett, starrte die von einer Malerrolle gezierte Schlafzimmerwand an, als es plötzlich am Fenster klopfte. Dahinter stand ein vor Freude lachender hagerer Mann. Halvars Schreck legte sich sofort – er erkannte ihn.

„Vati, Vati, der Vati ist wieder da!" schrie er so laut, dass es wirklich jeder im Haus hören konnte. Tante Anne war als erste bei Halvar im Zimmer.

„Wo denn, ich sehe niemanden."

„Da, da am Fenster, da war er eben."

„Ach Junge…" Inzwischen waren auch Ludwig, Hille und Mutter Schulz im Zimmer.

Halvar wollte gerade anfangen zu weinen – er hatte es doch genau gesehen - als es hinten an der Küchentür klopfte.

Emil war wirklich gekommen, stand müde neben seinem alten Fahrrad, verdreckt, verschwitzt, abgemagert und elend aussehend – seine Galle machte ihm nach wie vor zu schaffen.

Er hatte es nicht mehr ausgehalten. Er wollte wissen, ob seine Söhne noch lebten, ob sie den Krieg überstanden hatten. Lange hatte er vorher mit Hertha darüber gesprochen, ob er es wagen sollte, ohne Papiere die verschiedenen Besatzungszonen zu durchqueren, ohne zu wissen, was mit ihm geschehen würde, wenn er erwischt würde.

Zwei Wochen war er unterwegs gewesen, meisten auf seinem Rad gefahren, nachts irgendwo in eine Scheune gekrochen, immer wieder den Besatzungssoldaten ausweichend. Manchmal hatte er Glück, dass ihn ein Lastwagen mitnahm.

Gelegentlich kam noch der ehemals gefangene Russe vorbei – er hatte Angst zu seinen Landsleuten zurückzukehren, denn es hatte sich herumgesprochen, dass Stalin die ehemaligen Gefangenen meist gleich nach Sibirien verfrachtete. Er sah in Ihnen nicht die Landsleute, sondern Verräter.

Ihn fragte Anne um Rat, wie sie eine Nachricht nach Kassel schicken könnten.

„Machen ich. Musst aber in Englisch sein. Und ganz klein."

Er meinte wohl, ein Telegramm in englischer Sprache mit ganz wenigen Worten.

Am nächsten Morgen schenkte Emil ihm seine letzte Packung Zigaretten. Er strahlte, nahm den Zettel:

„Ich machen."

Er hat die Nachricht wohl zu den Engländern gebracht, die das Telegramm tatsächlich annahmen und auch weiterleiteten. Es war zwar vier Tage unterwegs, aber Hertha erzählte später lachend:

„Da kam morgens ein Jeep vorbei und klingelte. Ich hatte solche Angst. Und dann stand da so ein Ami vor mir, auch noch ein Schwarzer, grinste und hielt mir einen Brief hin:

‚Hi Ma'm, it's a message for you. Enjoy your day. Bye.'

Und weg war er wieder. War ich vielleicht froh, als ich die Nachricht hatte."

Übrigens hat Tante Anne dafür gesorgt, dass der Russe beim Bauern Busse bleiben durfte. Er wurde der beste Knecht, den

Busse je gehabt hatte. Und Sergej hat es dann irgendwie hinbekommen, dass zwei Jahre später, 1947, seine Frau bei ihm aufkreuzte. Wie er das eingefädelt hatte, hat er nie erzählt. Natürlich wollten die Behörden die Frau gleich wieder zurückschicken. Aber Busse und Tante Anne haben es hinbekommen, dass sie dann doch bleiben durfte – sie übernahmen gemeinsam die Bürgschaft für die Frau.

Ludwig, Halvar und Hille waren inzwischen längst wieder in Kassel. Ludwig fand dies ganz wunderbar, er fand auf der Wilhelmschule schnell Freunde und die ganz unterschiedlicher Art. Er war inzwischen 16 Jahre alt und hatte einige Klassenkameraden, die im Weltkrieg bei der Wehrmacht gewesen waren und einige Erlebnisse mehr hinter sich hatten, als der wohlbehütet aufgewachsene Ludwig. Der älteste war ein 19-jähriger.
Einer seiner Klassenkameraden, Emil Weiß, Kriegs-teilnehmer und erst kürzlich aus der Gefangenschaft zurück, betrieb die Schule mehr so nebenbei. Der Vater war im Krieg vermisst, die Mutter hatte sich mit einem GI der US-Army auf und davon gemacht und Emil oblag es nun, den väterlichen Wäschereibetrieb weiterzuführen. Natürlich imponierte es den Jungen der Klasse, dass er jeden Morgen mit einem großem BMW zur Schule kam – dass der Direktor und die Lehrer entweder per pedes, per Fahrrad oder mit Zug und Straßenbahn zum Unterricht kamen, beeindruckte ihn überhaupt nicht. Und die Lehrer akzeptierten es sogar, wenn er bisweilen schon nach der zweiten Stunde wieder in seinen Betrieb fuhr.
„Tut mir leid, aber eine der großen Maschinen ist mal wieder ausgefallen – ich muss da hin und das wieder hinbekommen, sonst geht mir der Laden kaputt." war meistens die Begründung, die sogar stimmte.
Ein anderer Klassenkamerad, Konrad, Sohn eines noch in Gefangenschaft befindlichen Militärarztes, kam regelmäßig mit dem väterlichen alten Opel P4 in die Schule. Dessen Ansehen war

nicht ganz so hoch, weil er von den Erträgnissen seiner Pachteinnahmen für die väterliche Arztpraxis lebte. Und außerdem brauchte der Opel mehr Öl als Benzin, weil der Motor ziemlich hinüber war.

„Wo nimmst Du denn das ganze Geld her – erst fürs Benzin und dann noch für das Öl, das doch wahnsinnig teuer ist." Ludwig wollte es schon ganz genau wissen.

Konrad schmunzelte nur. „Wieso, das Öl kostet gar nichts. Hol ich mir immer bei den Amis. Die geben mir ihr Altöl gerne. Und das tut's für die alte Karre allemal."

Konrad und Emil kamen überein, mit ihren Autos in den Ferien nach Italien zu fahren. Jeder von ihnen nahm 3 Klassenkameraden mit. Ludwig durfte tatsächlich mitfahren.

Er hatte ein wenig geflunkert und den Eltern gesagt, dass er auf einer CVJM-Freizeit sei.

Die zwei Autos kamen tatsächlich fast bis nach Sizilien. Da man sie nicht dorthin übersetzen lassen wollte, mussten sie wohl oder übel die Rückreise antreten. Kurz vor Florenz gab zuerst – unfallbedingt, weil die Bremsen versagten – der BMW seinen Geist auf und noch vor dem Brenner wollte der Opel auch nicht mehr. Er verlor so viel Öl, dass er eine dicke Spur hinter sich herzog. Die Italiener beschlagnahmten das Gefährt und verboten die Weiterfahrt.

Immerhin hatten die jungen Männer eine Menge gesehen – Rom, Florenz, die Toskana und, und, und.

In Florenz mussten sie wohl oder übel ein paar Tage bleiben, denn der Wäscherei-Besitzer Emil hatte sich unsterblich in eine Francesca verliebt. Und die sich wohl auch in den Emil. Die zwei busselten den halben Tag miteinander und nervten die anderen Jungens entsprechend, aber der 19-jährige Emil meinte ganz cool:

„Ihr seid ja nur neidisch. Und offenbar unreif, von der Liebe habt Ihr nämlich keine Ahnung."

Der im Kriege in Nateln aufgeklärte Ludwig fragte dann ganz unschuldig:

„Und – schläfst Du auch mit Ihr?"

Emils Antwort:

„Der Kavalier schweigt und genießt."

Da die Reisegesellschaft völlig immobil geworden war, mussten sie per Anhalter zurückfahren. Abgebrannt bis auf den letzten Pfennig kamen sie mit einer Woche Verspätung wieder in Kassel an.
Hertha und Emil waren natürlich in heller Aufregung und waren kurz davor gewesen, ihren Sohn polizeilich suchen zu lassen. Aber da die gesamte Reisegruppe ‚überfällig' war, meinten sie, dass es vielleicht ein Problem mit dem Reisebus des CVJM gegeben habe.

Am Sonntagnachmittag kam Ludwig wieder zu Hause an. Die Eltern waren so froh, dass sie gar nicht so recht nachfragten, warum er erst so spät käme. Ludwig sagte etwas von kaputten Autos und Vater Emil meinte dazu nur:
„Siehste Bella, hab ich doch gleich gesagt, dass da was mit dem Bus sein könnte."
Ludwig unterließ jedwede weitere Aufklärung.

Zwei Tage später kam Emil wieder motorisiert zur Schule – er fuhr nun einen ausgemusterten Jeep. Konrad hatte ein altes Motorrad aufgetrieben und litt unter dem Statusverlust, weil es nur eine alte ‚98'er' Zündapp war. Für die angestrebte 250'er BMW fehlte ihm das Kleingeld.

Es war die Zeit, in der Ludwig entdeckt hatte, dass es auch Mädchen gibt. Und sehr bald hatte er seine erste und dann noch ganz viele Freundinnen. Er war ein mittelgroßer recht gutaussehender Junge geworden und hatte bei den jungen Damen durchaus Erfolg.

Viola Hendrika war die erste Freundin.
Sie hatte eine Figur wie ein Mannequin, eine bewundernswerte Oberweite und Ludwig war selig, dass er ein so schönes Mädchen erobert hatte. Und er meinte, dass eigentlich auch seine Eltern die junge Dame akzeptieren müssten. Der Vater war nämlich

Oberarzt am Roten Kreuz Krankenhaus gewesen, bevor er Militärarzt wurde. Er war noch in Gefangenschaft.
Anfangs hatten Hertha und Emil gegen die junge Dame auch nichts einzuwenden.
Ludwig ging viel mit ihr spazieren, natürlich Hand in Hand und er traute sich sogar, sie zu küssen. Was sie nur zu gern geschehen ließ – er lernte bei der Gelegenheit, dass man mit der Zunge eine Menge anfangen konnte.
Ludwig wollte dann auch ein wenig mehr. Und weil es Sommer war, schmusten sie auch schon mal auf einer schönen Waldwiese. Ludwig auf dem Rücken, zog er sie auf sich. Schob ihren Pullover hoch und knöpfte den BH auf. Und durfte ihre Brüste ein wenig streicheln. Aber als er dann versuchte, ihr den Rock hochzuschieben, um das Höschen auszuziehen, sträubte sie sich.
„Bitte, bitte nicht. Das kann ich noch nicht. Streicheln darfst Du, aber mehr nicht."
Und weil sie gemerkt hatte, dass Ludwig so gern mehr wollte, durfte er seine Hose aufknöpfen. Und sich streicheln lassen.

Hertha lernte dann die Mutter von Viola zufällig beim Kaufmann kennen. Und die beiden Mütter kamen ein wenig ins Plaudern.
Und Frau Hendrika erzählte so nebenbei – als Hertha ihr sagte, sie hoffe, dass ihr Mann bald entlassen werde,
„Och Frau Walters, das wünsche ich ihm auch. Aber so richtig berührt mich das eigentlich nicht – wir sind nämlich seit fünf Jahren geschieden. Er war damals mit einer Schwester fremdgegangen."

Das reichte, um Ludwig den weiteren Umgang mit Viola umgehend zu verleiden.
„Ludwig die ist nichts für Dich." stellte Vater Emil fest.
„Warum nicht? Ihr kennt sie doch gar nicht."
„Die Eltern sind geschieden. Unmöglich!" lautete der Kommentar von Mutter Hertha.
„Ihr spinnt ja."
„Werd nicht frech. Wir verbieten Dir den Umgang mit der."
Ludwig gehorchte. Ein Held war er nämlich nicht.

Ludwig war zwar ein wenig traurig, aber ein halbes Jahr später hatte er eine neue Freundin: Annegret Schiebler.

Er hatte sie über einen Klassenkameraden kennen gelernt – sie war bei der Großmutter zu Besuch in Kassel und lebte sonst im Schwarzwald. Ihre Eltern betrieben da eine Wäschefabrik.

Ludwig erlebte mit ihr das Gleiche wie mit Viola. Und war wieder ganz glücklich.

Annegret war eine bildhübsche 17-jährige, zwar ein ganz klein wenig ‚mollert‘, aber das machte sie durch ihr strahlendes Wesen wieder völlig wett.

Auch sie war nicht bereit, mit Ludwig zu schlafen, aber für Teasing und Petting war sie durchaus zu haben.

Hertha und Emil wollten das Mädchen gar nicht erst kennen lernen. Es reichte ihnen zu hören, dass der Vater Fabrikant war.

„Die passt nicht zu uns. Das sind Unternehmer, wir sind Freiberufler."

Wieder mischten sich die Eltern ‚erfolgreich‘ ein. Ludwig litt dieses Mal weniger, weil Annegret nach den Sommerferien wieder nach Hause in den Schwarzwald fuhr. Sie schrieben sich noch ein paar Mal, aber dann schlief die Beziehung ein – die Entfernung war zu groß.

Ludwig unternahm kurz vor dem Abitur einen erneuten Versuch, eine Freundin zu finden. Er lernte sie auf einer Klassenfete kennen, sie hieß Maria Schelling und lebte in Kassel bei ihrer Großmutter, weil die Eltern in Hamburg bei einem Luftangriff ums Leben gekommen waren. Die Oma war ausgesprochen wohlhabend, denn ihr Sohn, Marias Vater, war ein reicher Ölhändler gewesen – die Firma gehörte jetzt der Tochter, die Oma verwaltete das Vermögen.

Maria war eine rundum erfreuliche Erscheinung, traumhafte Figur, großartige Ausstrahlung, dunkle, fast schwarze, ganz lange Haare, die fast bis zum Po reichten und das mit einem ausgesprochen hübschen Gesicht. Wenn sie hohe Absätze trug, war sie ein paar cm größer als Ludwig.

Irgendwie hatten beide auf dem Klassenfest Feuer gefangen. Sie stand ebenfalls kurz vor dem Abi und war so alt wie Ludwig.

Kleiden sollte Maria sich stets nach der neuesten Mode – die Oma zog immer mit ihr los und beide kauften nur bei Heinzius und Sanders oder I.C. Schäfer, letzterer war auch ein Herrenausstatter.
Ludwig und Maria waren irgendwie ein aufregendes und Aufmerksamkeit erregendes Paar.
Was an ihr besonders beeindruckte, war ihre Bescheidenheit trotz des Geldes, über das sie verfügte. Zwar fuhr die Oma ein großes Mercedes-Cabriolet und pflegte mit ihrer Enkelin öfters auch mal nach Bad Wildungen oder Bad Pyrmont zum Essen zu fahren, aber Maria nahm das alles als eine Marotte von Oma so hin – brauchen tat sie selbst es jedenfalls nicht. Viel lieber trug sie einen einfachen Schottenrock und schlichte weiße Blusen oder einen Pullover, wenn es draußen kühl wurde. Die Oma litt ein wenig darunter.
„Wenn ich Dir nun schon die anständigen Klamotten kaufe, kannst Du sie auch mal tragen."
Maria verdrehte dann ein wenig die Augen: „Ach Oma, ich mach mir nicht so viel daraus, weißt Du doch."

Sie hatte viel Freude daran, mit Ludwig durch den Habichtswald zu streifen. Und war dann so schön verschmust, dass Ludwig immer ganz unruhig wurde. Aber so weit, wie bei Annegrete durfte Ludwig nicht gehen. Wenn er mehr wollte, blockte sie ihn immer ab:
„Bitte nicht Ludwig, ich glaube, meinen Eltern wäre das nicht recht gewesen. Und wenn die Oma da was merken würde, ich glaube, die würde mich noch im letzten Jahr in ein Internat stecken."
Ludwig musste das akzeptieren.
Gemeinsame Interessen hatten sie merkwürdigerweise relativ wenig, denn Ludwig überlegte damals bereits, eventuell Theologie zu studieren, während Maria in den naturwissenschaftlichen Fächern ein ‚As' war: Im Mathe, Physik, Chemie steckte sie

Ludwig locker in die Tasche. Dafür war Ludwig ihr in den ‚weichen' Fächern um Meilen voraus, wie Deutsch, Latein, Englisch und Religion.

Ihr Berufswunsch stand bereits fest.

„Mein Vater ist mit Öl groß geworden, ich hab seine Firma geerbt und da ich ja ein Einzelkind bin, muss ich mal was vom Geschäft verstehen. Kommt also nur Betriebswirtschaft in Frage, die mich eigentlich wenig interessiert oder Geologie. Und das will ich mal machen."

Die Eltern hatten zunächst nichts gegen Maria einzuwenden. Aber sie hörten sich ein wenig um. Und was sie da hörten und meinten in das Gehörte hinein interpretieren zu müssen, reichte aus, Ludwig den Umgang mit Maria zu verleiden.

„Die ist nur verwöhnt, so etwas kommt für Dich überhaupt nicht in Frage."

Wieder parierte Ludwig mit seinen inzwischen 19 Jahren widerspruchslos. Und da es wohl bei beiden nicht die ganz große Liebe war, fiel die Trennung nicht so sehr schwer.

Halvar registrierte es als 14-Jähriger mit Befremden und Erstaunen.

Und bemerkte jung, dreist und frech zu seinem Bruder:

„Mensch die sahen doch alle drei ganz toll aus. Warum lässt Du Dir das alles so einfach gefallen?"

„Weiß ich auch nicht. Will keinen Krach haben. Und so wichtig sind die Dinger ja nun auch wieder nicht."

Halvar war eines klar – wenn es mal bei ihm so weit sein würde, würde er sich nicht so reinreden lassen.

Ludwig war trotzdem ein wenig sauer auf seine Eltern. Und fing deshalb an, Bedingungen zu stellen, wenn die etwas von ihm wollten.

„Spinnst Du? Was soll das denn? Mein Herr Sohn, Du machst gefälligst das, was Deine Eltern Dir sagen. Wenn Du mal volljährig bist, kannst Du machen was Du willst. Aber auch nur eingeschränkt, solange Du von unserm Geld lebst."

Emil und Hertha waren sich ausnahmsweise mal einig.

Doch steter Tropfen höhlt den Stein: Die Eltern hatten da wohl etwas mit Mädchen befürchtet, er wollte aber nur zu Hause mal einen Herrenabend geben. So wie sein Freund und Klassenkamerad Albert das manchmal machte.

Sie stimmten also zu. Sie fuhren mit Halvar und Hille über das Wochenende nach Nateln, Ludwig hatte also ‚freie Bahn‘.

Es wurde wohl ein sehr schöner Abend. Es war die Klicke, die gleich nach dem Kriege mit zwei Autos in Italien gewesen war.

Als die Eltern mit Halvar und Hille wieder zurück waren, hatte Ludwig alles einigermaßen wieder aufgeräumt. Dass die väterlichen Weinvorräte arg dezimiert waren, hatte der Herr Papa vorausgesehen. Dass er etliche Flaschen an edlen Likören und Schnäpsen vermisste, konnte er nicht so genau einordnen – er war nicht sicher, ob die Sachen vorher schon aufgebraucht waren.

Das dicke Ende folgte dann in der laufenden Woche.

Sämtliche Topfpflanzen der Eltern begannen zu kränkeln. Hille konnte sich keinen rechten Reim darauf machen. Aber auch fleißiges Gießen half nichts – alle Gewächse gingen ein, darunter eine prächtige Zimmerlinde und ein großer Gummibaum.

Es gab ein elterliches Verhör, das mit einem Riesenkrach endete und dem Verbot, je wieder einen Herrenabend zu gestalten. Hilles Scharfsinn hatte nämlich Likör-Reste an zwei Topfrändern ausgemacht. Ludwig musste schließlich kleinlaut zugeben, dass man gegen Ende der Party einen chinesischen Abend gefeiert habe, also auf der Erde saß und beim Durchprobieren der väterlichen Schnapsvorräte die Reste aus den Gläsern jeweils bei den Pflanzen entsorgt habe.

Ludwig stellte seine Suche nach einer Freundin erst einmal endgültig ein. Vielleicht kam es ihm dabei auch entgegen, dass er wenige Jahre zuvor Mitglied im ‚Christlichen Verein Junger Männer (CVJM)‘ geworden war. Der die Jungendgruppe betreuende Pfarrer hatte ziemlichen Einfluss auf ihn – Ludwig wurde zunehmend frommer. Und legte da nach der Trennung von Maria nochmal ein wenig zu. Womit zwar weder die Eltern noch Halvar recht umgehen konnten, aber offenbar war es den Eltern lieber, als eventuelle Mädchengeschichten.

Halvar hörte seinen Bruder oft laut in seinem Zimmer beten. Ihm war das irgendwie ziemlich fremd. Aber da sich Ludwig sonst ganz normal ihm gegenüber verhielt, störte es ihn auch nicht sonderlich. Dass er jeden Sonntag allein in die Kirche zum 10-Uhr-Gottesdienst marschierte, akzeptierte er auch noch.
„Komm doch mal mit Halvar, da ist ein junger Vikar, der hält ganz tolle Predigten."
„Nö, mag nicht. Ich lese lieber."
Ludwig berichtete dann von den Predigten. Aber nur zwei oder drei Mal. Dann hatte Ludwig gemerkt, dass sein kleiner Bruder mit Religion nichts anzufangen wusste. Was sicher auch daran lag, dass die Predigten des Vikars streng theologisch und also für einen normalen Menschen kaum verständlich waren, weil ihnen jeder Bezug zum täglichen Leben fehlte.
Nach dem Abitur begann Ludwig dann tatsächlich mit dem Studium der Theologie. Wozu ganz sicher eine Menge Idealismus gehörte, denn Ludwig hatte ja auf einem Realgymnasium Abitur gemacht und daher nur das große Latinum erworben, aber nie ein Wort Griechisch gelernt. Hebräisch ebenso wenig. Und alle drei Altsprachen waren Voraussetzung, um zu gegebener Zeit das Studium abschließen zu können.
Ludwig stürzte sich also mit Vehemenz ins Altgriechische. Er paukte da wirklich wie irre, sodass er schon am Beginn des zweiten Semesters erfolgreich das große Graecum in der Tasche hatte. Er brauchte von der Wahnsinnspaukerei dann eine Pause – er besuchte also theologische Vorlesungen. Dabei immer das Damoklesschwert des Hebraicums noch vor Augen.
Er hatte in der Zeit viele Gespräche mit seinem CVJM-Pfarrer Michael Priedel geführt. Und gelangte dabei ganz allmählich zu der Erkenntnis, dass es vielleicht ebenso gut und richtig wäre, nach Gottes Wort zu leben, statt es zu verkünden. Wobei ihn das so sehr materialistisch geprägte Elternhaus mittelbar beeinflusste.

Im dritten Semester Theologie hatte er sich durchgerungen: Ludwig gab das Theologie-Studium auf und schrieb sich bei der juristischen Fakultät ein.

Hertha und Emil waren sofort einverstanden –Emil, weil er insgesamt hoffte, dass Ludwig mal in seine Praxis einsteigen würde, Hertha vor allem, weil ihr das Leben eines Pfarrers völlig fremd war. Als Ludwig mit ‚theol.' begann, hatte sie gemeint:
„Ich komme mir vor wie eine Henne, die ein Entenküken ausgebrütet hat."
Emil sah es gelassen und kommentierte nur:
„Von mir hat er das nicht."
Was Hertha süffisant lächelnd zu der Ergänzung veranlasste:
„Wirklich nicht."
„Was soll das denn nun heißen?"
„Dass Dein Abstand zur Religion etwa so groß ist wie die Entfernung von der Erde zum Mars."

Die Entscheidung für die Juristerei wurde also allseits gut geheißen. Nur der Opa meinte leise lächelnd zu Ludwig:
„Jurist Junge, Jurist? So etwas wird man nicht, so einen hält man sich."
Ihm wäre es lieber gewesen, Ludwig hätte Nationalökonomie studiert. Also Volks- oder Betriebswirtschaft.

Ludwig begann mit der Juristerei in Göttingen, nach einem Semester wechselte er aber bereits an die Uni in Marburg.
Er war ein fleißiger Student, fest verankert in seinem evangelischen Glauben und ganz sicher auch dadurch gegen allzu viele Abwechslungen vom tugendhaften Pfad des Studierens gefeit.
Er ließ sich dann aber doch durch eine studentische Verbindung keilen. Natürlich eine christliche Verbindung, den Marburger Wingolf.
Da machte er brav alle Veranstaltungen mit, lehnte es aber strikt ab, auf dem Verbindungshaus auch zu wohnen – die Ablenkungen schienen ihm da zu groß.

Halvar war zehn Jahre alt gewesen, als er aus Nateln wieder zurück nach Kassel kam und kam dann auch auf das Gymnasium, auf dem sein fünf Jahre älterer Bruder bereits in die Untersekunda ging.

Das Gymnasium war für ihn von Anfang an der reinste Horror. In Nateln war er immer einer der drei besten Schüler der Klasse gewesen, jetzt gehörte er auf einmal zum letzten Fünftel. Die Paukerei mochte er überhaupt nicht, er war ‚die große Freiheit‘ als Junge auf dem Lande gewöhnt und sollte nun auf einmal richtig und konzentriert und systematisch pauken!
Er litt entsetzlich. Und kam in puncto Noten man immer gerade so eben mit. Die Note ‚gut‘ war bei ihm eine Rarität, ‚ausreichend‘ die normale Note, ‚befriedigend‘ gab es nur selten und ein paar ‚mangelhaft‘ bekam er auch verpasst. Und so bekam er – d.h. genau gesagt seine Eltern – ab Sexta bis zum Beginn der Oberstufe regelmäßig einen ‚Blauen Brief‘ mit allerdings wechselndem Inhalt: Mal hieß es ‚Die Versetzung erscheint ausgeschlossen‘, beim nächsten Mal ‚Die Versetzung ist ausgeschlossen.‘
Ein klein wenig mehr strengte er sich dann immer an – er wollte schließlich nicht sitzen bleiben. Schon weil er die Dresche des Vaters fürchtete. Und so wurde er man gerade so eben noch versetzt: Die beiden fünfen in Mathe und Latein konnte er mit Deutsch, Musik, Sozialkunde und Kunst ausgleichen.
Kurz vor der mittleren Reife bekam Halvar dann einen regelrechten Koller: Er wollte von der Schule abgehen, um ins Ruhrgebiet zu gehen – er hatte beschlossen Bergmann zu werden.
‚Da verdient man wenigstens ordentlich.‘
Immerhin – das von den Eltern ausgelöste verbale Trommelfeuer und Ludwigs Vorhaltungen zeigten Wirkung: Er blieb auf dem Gymnasium.
Dafür waren es die Lehrer aber leid mit ihm. Sie hatten einfach genug von dem ‚Saisonarbeiter‘ Halvar Walters und schickten erstmals seit der Sexta keinen blauen Brief an seine Eltern. Das war zwar nicht korrekt, aber sehr wirkungsvoll. Halvar meinte nämlich, dass es dann ja um ihn so schlecht nicht stehen könne,

also brauche er sich auch nicht noch einmal besonders anzustrengen. Mit dem Ergebnis, dass er nicht versetzt wurde, die Klasse also noch einmal wiederholen durfte.

Das elterliche Donnerwetter war gewaltig. Und doch auch wieder erträglich im Vergleich zu den früheren Auseinandersetzungen, insbesondere als er in der Kopfnote ‚Betragen‘ seines Zeugnisses sich ein ‚ausreichend‘ eingefangen hatte.

Der fehlende blaue Brief hätte zwar ausgereicht, um die Lehrerschaft vor einem Verwaltungsgericht nicht gerade gut aussehen zu lassen, aber Hertha und Emil waren schnell übereingekommen, dass die erteilte Lektion ihrem Sprössling sicher dienlicher sei, als eine gerichtlich erzwungene Versetzung.

Und so wurde Halvar zwar ein Repetent wider Willen, aber es ging von da an mit der Schule einigermaßen glatt, sodass er sich nicht mehr wegen blauer Briefe rechtfertigen musste.

Emil Walters war zwei Jahre nach Kriegsende entnazifiziert worden. Einer der Nachbarn hatte die Geschichte mit den polnischen Arbeitern vor dem Luftschutzbunker vor der Spruchkammer erzählt, Emil konnte den zurückgesandten Brief mit seiner Austrittserklärung vorlegen und da sonst nichts Nachteiliges über ihn bekannt geworden war, stufte man ihn als ‚Mitläufer‘ ein und 3.000 Mark Geldstrafe durfte er auch noch an die Staatskasse überweisen.

„Oh Bella, bin ich froh, dass der Spuk vorbei ist. Da sind wir wirklich noch mit einem blauen Auge davon gekommen.“

„Ich freu mich auch Emil. Aber das Ganze hätte wirklich nicht notgetan. Warum musstest Du damals bloß in die Partei eintreten.“

„Weiß ich heute auch nicht.“

„Weil Du ein Idiot warst. Und übrigens immer noch bist.“

„Wieso das denn?“

„Für wie blöd hältst Du mich eigentlich. Glaubst Du denn, ich hätte nicht gemerkt, dass Du mit der Elly Hossang noch immer ein Techtelmechtel hast? Du kündigst ihr jetzt oder ich gehe mit Halvar zu meinem Vater nach Berlin zurück. Ludwig ist ja schon im Studium. Aber ohne Dich. Ich habe damit nur wegen des Spruchkammerverfahrens gewartet. Die Frau ist imstande und hätte Dir ohne weiteres was angehängt."

„Aber wer soll dann bitte schön sich um die Angestellten kümmern? Sie anleiten? Ich muss sehen, dass die Buchstelle wieder flott wird."

„Ist mir egal, stell jemand anderen ein, am besten einen Mann. Und Emil, es ist mir ernst. Bitterernst sogar."

Elly Hossang hatte Emil mittlerweile entlassen – sie trug es mit Fassung, war aber voller Hass gegen Hertha. Was sich daran zeigte, dass sie sie bei den Mandanten schlechtmachte, so gut es in den verbleibenden Wochen noch ging.

Einer der Mandanten sprach Emil auf seine ,intrigante' Frau an. Emil klärte ihn auf. Und stellte ,seine' Elly zur Rede.

„Elly, wenn Du das nicht wieder klar ziehst bei meinen Mandanten bekommst Du ein Zeugnis, dass kein Hund mehr einen Knochen von Dir nimmt."

Sie ,stellte klar', schrieb den Mandanten einen Brief, dass sie sich da etwas missverständlich ausgedrückt habe, weil sie eine private Auseinandersetzung mit Frau Walters gehabt hätte.

Emil hatte inzwischen mal wieder mit seinem Schwiegervater gesprochen.

„Pa, was meinst Du? Sollte ich nicht auch Wirtschaftsprüfer werden? Oder wenigstens Steuerberater?"

„Na endlich. Habe schon lange gedacht, Du solltest noch so eine Prüfung machen. Ich meine aber, Wirtschaftsprüfer wäre in Deinem Fall nicht das Richtige."

„Wieso nicht?"

„Weil Deine Mandanten dann eher in Dir einen für ihre Belange überqualifizierten Berater sehen würden. Und so falsch ist das auch nicht, weil Du keine Kapitalgesellschaft hast, die Du beraten sollst. Steuerberater wäre genau richtig, meine ich. Aber komm mir bitte nicht mit einem Helfer in Steuersachen."

„Nein, den will ich auch nicht. Das ist eher etwas für einfache Buchhalter oder ehemalige kleine Finanzbeamte. Aber das mit dem Steuerberater werde ich machen – ich glaube, Pa, Du hast da ganz Recht."

Zehn Monate später fuhr Emil nach Frankfurt und stellte sich vor der Prüfungskommission der Oberfinanzdirektion der Prüfung.

Sie waren acht Prüflinge, nur zwei bestanden die Prüfung: Emil zählte dazu.

Als er Pa davon erzählte, lachte der nur.

„Bei den Wirtschaftsprüfern ist die Durchfallquote noch höher."

Emil hatte für die Hossang einen Mann eingestellt. Einen ehemaligen Wehrmachtsangehörigen und geprüften Bilanzbuchhalter. Leider war er schon Ende 50. Er war ein souverän arbeitender Büroleiter, auch von den Angestellten voll akzeptiert – leider wurde er nach zwei Jahren schwer krank und schied aus Emils Betrieb wieder aus.

Nachfolger wurde wieder eine Frau, Lene Reuting, etwa Mitte 40. Sie hatte bisher bei einem Kollegen von Emil in Hannover gearbeitet und wollte sich gern nach Kassel verändern, um in der Nähe ihrer wenige Kilometer nördlich von Kassel lebenden Mutter zu sein.

Fachlich erwies sich Frau Reuting als Glücksgriff, vor allem auch, weil sie sehr viel Geduld und Fingerspitzengefühl gegenüber den Mandanten an den Tag legte. Emil war immer sehr viel kürzer und ergebnisorientierter mit seiner ‚Kundschaft' umgegangen, sodass es Emil einigermaßen verblüffte, wenn er den einen oder anderen Mandanten im Wartezimmer sitzen sah.

„Möchten Sie zu mir?" fragte er und erhielt recht oft die Antwort: „Nein, nein Herr Walters, ich will zu Frau Reuting."

Emil und Hertha taten sich schwer miteinander. Er hatte eigentlich ständig schlechte Laune, gab seiner Bella mittags einen Stapel Belege und rastete fast aus, wenn sie die nicht noch am gleichen Tag verbucht hatte.

Gesundheitlich ging es ihm inzwischen wieder blendend, die Gallenkoliken waren schnell vergessen, nachdem es wieder gut und reichlich anständige Lebensmittel zu kaufen gab. Die Übellaunigkeit mit seinem gesundheitlichen Zustand zu erklären oder gar zu entschuldigen schied somit aus. Vielleicht war es das, was man Jahrzehnte später ‚Midlife-Crisis' nannte.

Die mittäglichen und abendlichen Unterhaltungen im Hause Walters drehten sich fast nur um Emils Betrieb, dabei vor allem ums liebe Geld und das Elend, wenn einige Mandanten mal wieder säumig waren mit dem Bezahlen der Rechnungen.

„Mensch Emil, stell Dich nicht so an – bisher haben immer noch alle bezahlt. Und das wird auch dieses Mal nicht anders sein."

Ob er sich dadurch beruhigt fühlte, war vorher nie so ganz auszumachen. Meist tobte er dann erst richtig los:

„Ihr habt ja keine Ahnung, wie schwer es ist, Geld zu verdienen – Ihr könnt ja nur welches ausgeben."

Hertha pflegte dann immer besser zu schweigen.

Sowohl Ludwig als auch Halvar fanden diese ständigen Auseinandersetzungen ganz schrecklich. Beide versuchten ihnen auszuweichen – wohl jeder auf seine Art. Ludwig hatte es da relativ gut, weil er inzwischen ja sein Abi hatte und dem häuslichen ‚Getümmel' durch das Studium entkommen konnte, Halvar hingegen, bekam alles hautnah tagein, tagaus mit. Aber auch er versuchte, so gut es ging, bei Unternehmungen mit seinen Klassenkameraden, gelegentlichen Tanzfesten, u.a.m. dem häuslichen Umfeld auszuweichen. Meistens klappte es ganz gut.

Erfahrungen

Ludwig war mit seinem Jurastudium gut vorangekommen. Erst hatte er die sog. kleinen Scheine in BGB, HGB und Strafrecht auf Anhieb geschafft, es folgten nach einigen Semestern in den Fächern die ‚großen' Scheine. Bis auf den im Strafrecht, schaffte er sie ebenfalls im ersten Anlauf, aber im StGB musste er zwei Mal ran.

Er betrieb das Studium recht ernsthaft, die einzige Abwechslung, die er sich gestattete, waren die wöchentlich mehrmaligen abendlichen Zusammenkünfte in seiner Wingolfsverbindung.

Einer seiner Bundesbrüder, Harald Baker, ein Pfarrerssohn, brachte zu einem der Feste der Verbindung seine Schwester mit. Er studierte Medizin, vor allem aber lebte er für seine Verbindung, genoss das von den Alten Herren der Verbindung ausgeschenkte Freibier ausgiebig, sodass er bei seinen Studien immer man gerade noch so mitkam.

Es war eine Tanzveranstaltung, zu der er sein liebreizendes Schwesterlein Lene, eine gelernte Kindergärtnerin, mitbrachte. Sie war eigentlich eine bildhübsche Blondine, aber recht stämmig gebaut. Und als Halvar sie ein halbes Jahr später zum ersten Mal kennenlernte – Ludwig hatte sie nach Hause mitgebracht, um sie den Eltern vorzustellen - empfand er sie als ziemlich vorlaut und frech.

Aber inzwischen war etwas geschehen, von dem selbst Ludwig gemeint hätte, ihm würde so etwas nie passieren: Er hatte sich in die dralle Deern verliebt. Und war so verliebt, dass er sie liebevoll Lenchen nannte. Und Lenchen fand den ‚cand. iur.' Ludwig wohl auch recht attraktiv und so wurden die beiden ziemlich schnell ein Paar.

Lenchen hatte Ludwig in seiner Frömmigkeit irgendwie davon überzeugt, dass der liebe Gott den Menschen die Liebe mit auf den Lebensweg gegeben hatte, insbesondere auch die körperliche. Und dass nur diese frömmelnden Bundesbrüder und ihr leiblicher Bruder vorneweg einem weis zu machen versuchten, dass man das erst tun dürfte, wenn man verheiratet wäre und dies natürlich mit dem Segen der zuständigen Amtskirche.

Ludwigs Bedenken waren beim Anblick seines Lenchens in paradiesischem Zustand schnell zerstreut. Sie lehrte ihn die Liebe, seine Irritation ob ihrer Kenntnisse waren schnell zerstreut: Sie lieh ihm ein Exemplar eines Aufklärungsbuches und sagte, sie habe das alles dem Buch entnommen. Und die theoretischen Grundkenntnisse hatte er ja als 14-jähriger in Nateln kennengelernt.

Lenchen ließ es zu, dass Ludwig erst einmal das praktizierte, was er als Junge damals gesehen hatte, aber sehr bald machte sie ihm klar, dass andere Stellungen doch auch recht vergnüglich seien. Eine Auffassung, die Ludwig durchaus zu teilen geneigt war.

Ihr Bruder Harald, meinte etwas mitbekommen zu haben und war um die Tugendhaftigkeit seines vermutlich sündhaften Schwesterleins recht besorgt. Er nahm all seinen Mut zusammen und sprach Ludwig darauf an. Natürlich sehr verklausuliert, wie es anno 1956 noch üblich war.

Ludwig stellte sich dumm, und vermittelte Harald den Eindruck, als ob er gar nicht wüsste, wovon der sprach.

In seiner Verzweiflung wandte sich Harald an einen älteren Bundesbruder, der Theologie studiert hatte, kurz vor dem Examen stand und der ‚Senior' der Verbindung war.

Der sprach mit Ludwig dann Klartext. Nur hatte Ludwig so viel Freude mit seinem Lenchen, dass er nicht bereit war, darauf zu verzichten. Auch nicht als besagter Bundesbruder dem durchaus frommen Ludwig verhieß, dass Gott sein Tun schärfstens missbillige und er sich schon mal auf entsprechende Höllenqualen einzustellen habe.

„Mensch Ludwig, ich will Dir doch nur helfen."

Ludwig blieb eisern.

„Weißt Du, Herbert, ich habe da eben eine etwas andere Auffassung, als die Amtskirche, die Du mir da gerade vor die Nase hältst. Ich meine, der liebe Gott hat den Menschen die Liebe mit auf den Lebensweg gegeben, insbesondere auch die körperliche. Und ich meine mich zu erinnern, dass Gott die Welt erschaffen hatte, bevor es die evangelische Kirche gegeben hat. Du redest doch nur so, weil es die Kirche Dir so vorgibt. Oder hältst Du es für tugendhafter, es Dir selbst zu besorgen?"

Nun wurde der Herbert ziemlich rot, Ludwig befürchtete erst, weil er zornig würde, merkte dann aber, dass er wohl ins ‚Schwarze‘ getroffen hatte mit seiner letzten Bemerkung.

„Dir ist nicht zu helfen. Mach, was Du willst. Das aber wenigstens mit Verantwortung."

„Worauf Du Dich verlassen kannst."

„Und wenn Du Hilfe brauchst Ludwig, lass es mich wissen."

Ludwig nervte es inzwischen, dass Lenchen und er sich immer an der Vermieterin seiner Bude vorbeimogeln mussten, und so suchte er in der Altstadt von Marburg eine sturmfreie Bude, die er auch fand. Und natürlich bekam Lenchen den Zweitschlüssel für seine Wohnung.

Anfangs war Ludwig natürlich voller Sorge gewesen, dass sie womöglich schwanger werden könne.

„Bist ein lieber Dummer. Brauchst Dir keine Sorgen zu machen, Mein Frauenarzt hat mir ein Pessar eingesetzt – also kann nichts passieren.

Lenchen wollte ihren Job zu Hause kündigen und sich eine Stelle als Kindergärtnerin in Marburg suchen. Doch da wurde Ludwig etwas nachdenklich.

„Wie soll das gehen? Irgendwie muss ich ja auch mal mein Studium zu Ende bekommen und da können wir ohnehin nicht jeden Tag zusammen sein. Ist zwar schön mit Dir, meist sogar sehr schön, aber Du hältst doch auch nichts von einem ewigen Studenten."

Lenchen schaute ernst, sehr ernst sogar. ‚Bitte, bitte, jetzt keine Tränen.‘ dachte er gerade.

„Gut, dann sind wir aber immer an den Wochenenden zusammen."

„Oh ja, gerne." erwiderte er und dachte an Samstag und Sonntag, so wie bisher meistens. Zwar kam er dadurch an den zwei Tagen nicht mehr zum Arbeiten, aber er meinte, das sei schon in Ordnung.

Es war an einem Herbstwochenende, als er Lene seinen Eltern vorstellte.

Sie hatte irgendwie den richtigen Instinkt gehabt, wie sie sich seinen Eltern präsentieren sollte. Hübsch, aber nicht zu hübsch angezogen, und in der Unterhaltung offen und unvoreingenommen wirkend. Am zweiten Tag ihres Besuchs taute sie dann zunehmend auf. Und wurde immer offener und vielleicht sogar ein wenig dreist.

Vater Emil war begeistert. Er empfand ihre Schlagfertigkeit als amüsant und hatte seine helle Freude daran, mit einer attraktiven jungen blonden Frau geistiges Florett zu fechten. Mutter Hertha lächelte zwar amüsiert mit, wurde der ,Deern' gegenüber aber zunehmend reservierter. Sagte aber – wie immer – natürlich nichts. Sie gelangte zu der festen Überzeugung: ,Die liebt Ludwig nicht, die will nur eine attraktive Partie machen.'

Als sie am Sonntagabend nach Braunschweig zurückgefahren war, wollte Ludwig natürlich wissen, was die Eltern denn von seiner Eroberung dachten.

„Die ist goldrichtig, die sagt auch mal was und lachen kann man bei der auch. Also, Ludwig, die gefällt mir." War der zusammenfassende Kommentar Emils, der dabei ganz sicher auch an Halvars Freundin dachte, die ihm so still, verschlossen, ja beinah unnahbar vorkam. Und obendrein in seinen Augen mit ihren knapp 50 kg spindeldürr war.

Hertha sagte nach wie vor nichts

„Mutter, sag doch auch mal was." bat Ludwig.

„Ja sie scheint ganz nett zu sein. Mir ist sie aber zu – ja, wie soll ich sagen – zu burschikos."

Dass Ludwigs Lenchen bisweilen auch einen ganz besonderen Humor entwickeln konnte, merkte er Weihnachten.

Er hatte es hinbekommen, dass sie am ersten Weihnachtsfeiertag wieder in sein Elternhaus kommen durfte. Und sie brachte jedem der Walters, auch Hille, ein kleines Geschenk mit – in Form von selbst gebackenen Plätzchen, die sogar samt und sonders liebevoll verpackt waren. Auch Ludwig bekam davon, natürlich die größte Portion. Außerdem noch eine sehr schöne lederne Brieftasche. Und zusätzlich noch – Ludwig rauchte seinerzeit noch – eine Dose mit ‚Players Virginia‘, Ludwigs bevorzugter Zigarettenmarke.

Ludwig strahlte, dass sie ihn so liebevoll bedacht hatte und war dann recht überrascht, als er die Zigarettendose öffnete: Sie enthielt nochmal – Kekse.

Vater Emil brüllte fast vor Lachen, Mutter Hertha lächelte ein wenig gequält, wie es schien und Ludwig stammelte nur: „Bist ja sehr um mich besorgt.‟

Ein halbes Jahr später, als sie sich längst getrennt hatten, sagte Hertha dann einmal zu Ludwig: „Du, damit war für mich alles klar. Mit der Lene, meine ich. Man kann Witze über sich selbst machen, auch über nicht Anwesende, aber nicht über und mit seinen Freund, wenn alle anderen es mitbekommen. Das war voll daneben. Na ja, wie heißt doch das hübsche Sprichwort? Pfarrerskinder und Müllers Vieh geraten selten oder nie.‟

Ludwig hatte nach wie vor ein recht erfülltes Liebesleben. Nur allmählich rückte der Examenstermin näher und er wurde langsam nervös. Vor allem, weil er nicht mehr so richtig zum Pauken kam.

Lenchen hatte vor einigen Monaten aus ihrer Vollzeitstelle in Braunschweig eine Halbtagsstelle gemacht und kam so schon immer donnerstags nach Marburg – Ludwig meinte aber, auf die Dauer sei ein 4-tägiges Wochenende Zuviel des Guten. Zumal Lene am liebsten zweimal täglich ‚kuscheln‘ wollte, wie sie es nannte.

Ludwig meinte das Problem auf seine Weise lösen zu können: Die Juristerei lässt sich am besten im Suff ertragen. Er dachte, mit etwas Wein falle ihm die Paukerei leichter. Etwa vier Wochen vor Abgabe der großen Hausarbeit für das Erste Staatsexamen merkte er, dass das wohl doch ein Irrtum war.

Lenchen, das er zwar mochte und in das er so verliebt gewesen war, aber letztendlich doch nicht wirklich liebte, wurde ihm mit ihrer bisweilen nymphomanischen und dann auch mal ziemlich deutlich in dieser Richtung ausgeprägten Verhaltensweise einfach zu viel. Er machte ihr unmissverständlich klar, dass sie überzogen hatte und er sich trennen wollte.

Er hatte die ‚Aussprache‘ lange vor sich hergeschoben, aber als sie dann am Donnerstag wieder angereist war und er fünf Minuten nach ihrer Ankunft mitten im Formulieren der Hausarbeit von seinem paradiesisch gekleideten Lenchen verführt werden sollte, sagte er nur:

„Zieh Dich wieder an. Ich muss in einer Woche abgeben, da hab ich wirklich keine Zeit für sowas."

Sie machte ihm keine Szene.

„Das war's dann wohl? Hat Spaß gemacht mit Dir, Ludwig, wirklich. Und ein bisschen was gelernt hast Du ja auch bei mir. Warst glaub ich noch Jungfrau, stimmt's? Kriege ich noch einen Kuss zum Abschied? Dann zieh ich mich auch brav wieder an und werde mal nach meinem versoffenen Brüderlein schauen, bevor ich wieder nach Hause fahre."

Sie bekam den Kuss und merkte, dass Ludwig mit seinen Gedanken ganz woanders war, denn als sie sich an ihn drückte, merkte sie, dass er sie ‚unten rum‘ gar nicht drückte.

„Leb wohl Lenchen. Und danke für alles. Und auch, dass Du jetzt keine Szene machst."

„Schon gut. Szene kann ich nicht so gut. Und die große Liebe war's ja wohl bei uns beiden nicht. Viel Glück fürs Examen."

Einige Monate später gratulierte sie Ludwig mit einem Brief zum Examen. Ihr Bruder hatte es ihr erzählt.

Bei der Gelegenheit teilte sie ihm auch mit, dass sie einen jungen Studienrat kennen gelernt habe. Sie wollten bald heiraten. ‚Und der Horsti hat auch mehr Zeit für mich als Du – Lehrer arbeiten ja nur halbtags.' schrieb sie ihm. Und er solle ihr keinesfalls antworten, weil der Horsti so eifersüchtig sei.

Vater Emil begann inzwischen mit der Lene Reuting dasselbe Spielchen, wie vor einigen Jahren mit Elly Hossang. Nur, dass es dieses Mal offenbar nicht so einfach war für ihn, denn Frau Reuting zierte sich wohl anfangs für eine ganze Weile.

Hertha war dahintergekommen, weil Emil mal wieder etwas unvorsichtig war. Wieder waren es Quittungen, die er vergessen hatte, aus seinen Anzügen heraus zu nehmen. Und besonders peinlich – nicht Hertha hatte sie entdeckt, sondern Hille, als sie seine Anzüge ausbürstete. Sie legte sie Emil ganz arglos auf seinen häuslichen Schreibtisch, wo Hertha sie entdeckte.

Sie sagte nichts, wusste es aber so einzurichten, dass der gute Emil sie fand, als sie neben ihm stand. Und als Emil sie hastig in seine Tasche stecken wollte, meinte sie zu ihm:

„Na, versuchst Du, Dein schlechtes Gewissen in der Hosentasche verschwinden zu lassen? Ich werde wohl mit der Reuting ein klärendes Wörtchen reden müssen. Mal sehen – wahrscheinlich fahre ich danach für ein Weilchen zu meinem Vater nach Berlin. Hille wird sich schon um Halvar kümmern. Ist Dir doch recht? Dann hast Du freie Bahn – wenn sie Dich noch an sich ranlässt."

„Bellachen, bitte, das ist nicht so, wie Du glaubst. Wirklich nicht. Nun mach bitte kein Drama daraus."

„Die Reuting wird's mir schon sagen, was los ist."

„Lass das, bitte, Bella."

„Weißt Du Emil, spiel mir bitte keine Komödie vor. Seit wir verheiratet sind, bist Du hinter anderen Frauen her. Das war damals vor dem Kriege schon so, als Du mit der Blondine in Misdroy zu der Landzunge rausgeschwommen bist und ihr da nackt gebadet habt. Mensch, das hab damals nicht nur ich gesehen, sondern eine ganze Menge anderer Leute auch. Und dass Du wie ein Gockel hinter Strießers Schwieger-tochter her warst, war auch nicht zu übersehen. Danach die Elly Hossang und jetzt die Reuting. Es reicht mir. Ich werde schon deshalb mit der Reuting reden, um nicht wie eine Idiotin dazustehen."

„Dann tu, was Du nicht lassen kannst – sie wird Dir schon sagen, dass Du Dich irrst. Aber jeder blamiert sich so gut, wie er kann." brüllte Emil abschließend und knallte die Tür zum Wohnzimmer zu.

Hertha hat tatsächlich mit Lene Reuting gesprochen. Sie stritt natürlich alles ab, brach aber dafür in Tränen aus und meldete sich zwei Wochen krank. Für Hertha kam die Reaktion einem Geständnis gleich.

So ganz abhold war Ludwig Mädchengeschichten aber doch nicht. Einer seiner Freunde hatte nämlich zwei Schwestern und die ältere, etwa drei Jahre jünger als Ludwig, gefiel ihm recht gut. Aber umgekehrt konnte sie wohl an Ludwig nichts finden und so kamen die beiden auch nicht zusammen.

Einige Jahre zuvor war die jüngere Schwester von Ludwigs Freund eines Tages bei Halvar aufgekreuzt und hatte ihn gebeten, zusammen mit ein paar Klassenkameraden an einer Tanzveranstaltung ihrer Klasse teilzunehmen, weil da wohl einige der Mädels gerade ‚solo' waren. Halvar kam der Aufforderung nur zu gerne nach und lernte dann an dem Abend tatsächlich ein Mädchen kennen und lieben. Er verliebte sich unsterblich in ‚seine' Giselle und ihr war es mit Halvar wohl ganz ähnlich ergangen. Die Zwei waren ab jenem Septemberabend 1955 unzertrennlich.

Ganz im Stillen beneidete Ludwig seinen kleinen Bruder ein wenig, weil der noch als 20-jähriger Primaner die große Liebe seines Lebens gefunden hatte. Er selbst hatte wohl noch nie richtig geliebt und er hatte inzwischen sogar ein wenig Zweifel, ob ihm so etwas überhaupt je widerfahren würde.

Zwar war Ludwig Halvars Giselle zu zart und ein stilles Mädchen war sie obendrein auch noch. Aber dass sie verdammt hübsch war und ein unheimlich strahlendes Wesen hatte, musste er neidlos anerkennen. Und dass sie geradezu ‚leuchtete', wenn sie ihren Halvar ansah – das gefiel Ludwig ganz besonders.

Ein bisschen lächeln hatte er müssen, als Halvar gleich nach seinem Abi zu ihm kam und anpumpen wollte.

„Du Ludwig, kannst Du mir wohl 60 Mark pumpen? Brauch ich für Giselle."

„Hm…?

„Na, wenn ich jetzt ins Studium gehe, wollte ich ihr was richtig Schönes schenken. Ich habe da in der Stadt eine so schöne Halskette gesehen. Ich habe aber nur noch 20 Mark. Und 70 Mark soll sie kosten."

„So'ne Kette schenkt man doch nicht einfach so?"

„Nö, stimmt schon. Aber die soll ja auch nicht nur mal ‚eben so' ein Geschenk sein, sondern ich will mich mit ihr jetzt heimlich verloben."

„Weißt Du was, Halvar? Ich glaube, Ihr Zwei liebt Euch wirklich und ich finde die Idee gut. Richtig gut sogar. Klar bekommst Du die 60 Mark. Und 10 lege ich noch drauf, damit Ihr ein Glas Sekt darauf trinken könnt. Mir gefällt Deine Giselle auch ganz gut, ist ein richtig nettes Mädchen. Mir wäre sie nur zu dürr."

Als er Halvar die 70 Mark überreichte, meinte er dann nur noch: „Kannst Dir mit der Rückzahlung Zeit lassen. Bin grade ganz gut flüssig. Und noch ein Rat: Lass ja die Eltern nichts mitbekommen von Eurer Verlobung – kennst die ja, ich glaube, die würden ziemlich ausrasten."

„Woll wahr, Ludwig. Hatte ich auch nicht vor. Und vielen Dank für den Kredit."

„Schon gut, Junge. Weiß die ‚Angebetete schon von ihrem Glück?"

„Nö, natürlich nicht."

„Und wenn sie Dich auslacht?"

„Tut sie ganz sicher nicht."

„Sehe ich auch so. Erzählst Du mir hinterher, wie sie es aufgenommen hat? Natürlich keine Details."

„Mach ich."

Da sich Giselle und Halvar schon am nächsten Tage trafen, ließ Halvars Bericht nicht lange auf sich warten.

„Wie hast Du's denn angestellt?" fragte Ludwig.

„Och ich hab sie in den Arm genommen und gefragt, ob sie mich mal heiraten wolle. Und da hat sie mich angestrahlt und mir ins Ohr geflüstert:

„Klar will ich das."

„Und dann?"

„Was und dann."

„Na mit der Kette. Ob Ihr schon miteinander geschlafen habt, interessiert mich nicht."

„Ach so. Ich habe ihr gesagt, sie solle mal die Augen zu machen und dann habe ich ihr sie umgelegt. Und als sie die Kette dann gesehen hat, hat sie noch mehr gestrahlt. Na und dann habe ich halt gesagt, dass wir jetzt heimlich verlobt wären. Und weil Du es so genau wissen willst – dann haben wir uns geküsst. Ziemlich lange sogar. Und schlafen miteinander, ist bei ihr nicht. Ich würde ja gern, aber sie will nicht."

„Kluges Mädchen ist sie offenbar auch noch." schloss Ludwig die Unterhaltung der Brüder.

Ein Jahr zuvor wollte Emil Walters das Provisorium seines Büros zu Hause aufgeben und mietete wieder in der Stadt eine Büro-Etage an, dieses Mal in der Friedrich-Ebert-Straße. Das Haus – es gehörte einer Versicherung - hatte sogar schon einen Fahrstuhl. Das Büro befand sich in der dritten Etage, die er sich mit der Praxis einer Krankengymnastin teilte.

Hertha war das alles sehr recht. Dann bekam sie Emils Liaisons wenigstens nicht mehr mit. Der war inzwischen vorsichtiger geworden – die ‚Arie' mit der Reuting war die letzte, die ihr zu Ohren kam.

Zwar musste er immer mal Ausschau halten, ob er denn noch attraktiv für andere Frauen wäre, aber irgendwie war er dann doch auch wieder ein Familienmensch und seiner Bella und auch seinen beiden Söhnen in seiner etwas rauen und polternden, mitunter jähzornigen Art durchaus zugewandt.

Und da er es vor dem Kriege ja schon einmal versucht hatte, wiederholte er es jetzt – er machte Hertha den Mund wässrig, doch ein schönes Haus zu erwerben oder auch zu bauen.

Hertha fand die Idee großartig, nicht zuletzt, weil sie hoffte, ihren Emil dann auch in seiner Freizeit einigermaßen gut beschäftigt zu wissen. Und so sah sie seine Verhandlungen mit der Genossenschaft, die von ihnen bewohnte Doppelhaushälfte in den Riedwiesen zu erwerben, durchaus mit gemischten Gefühlen.

Emil hatte überhaupt kein Verständnis dafür, dass die Genossenschaft ihm die kalte Schulter zeigte und auf keinen Fall bereit war, ihm die derzeit bewohnte Haushälfte zu verkaufen.

„Das sind ja alles Idioten, borniert Blindgänger sind das – für das Geld, das ich Ihnen biete, können die glatt drei neue Häuser bauen. Aber gegen Doofheit kämpfen Götter selbst vergeblich!" tobte er zu Hause herum.

Hertha sah das mehr mit einem innerlichen Schmunzeln. Sie konnte es sich nämlich viel eher vorstellen, ein Haus nach ihren Wünschen zu bauen.

Emil gab seinen Versuch, die genossenschaftliche ‚Latifundie' zu erwerben, auf. Und begann sich über einen Makler nach zum Verkauf stehenden Häusern umzuschauen.

Auch der Versuch scheiterte kläglich. Entweder stimmte die Lage nicht oder die Häuser behagten vom Grundriss her nicht, meist fanden Hertha und Emil beides nicht passend.

„Ich zieh doch nicht nach Bettenhausen. Und dann sind das ja die reinsten ‚Kabachen', die da angeboten werden. Und das für mein Geld? Bellachen – wir bauen selber – was meinst Du?"

Sich etwas zierend, weil Emil ja doch immer sehr aufs Geld schaute, meinte sie dann:

„Ich fürchte, Du hast Recht, Emil. Aber wir sollten es ruhig bescheiden angehen. So einen Prunkbau haben wir ja nicht nötig."

Die zarte Spitze mit der Bescheidenheit überhörte Emil – er war viel zu sehr Feuer und Flamme, jetzt etwas nach seinen Wünschen zu gestalten. Von denen seines ‚Bellachens' war nicht die Rede.

Ludwig hatte sein Studium fertig und lebte wieder im Elternhaus. Stören tat es ihn nicht im Geringsten, denn von Frauen hatte er erst einmal die Nase voll. Dafür genoss er die Referendarzeit umso mehr. Da man damals noch in einer Zeit mit Moralvorstellungen lebte, erlebte er beruflich bisweilen auch recht Amüsantes. Eine Minderjährige hatte ein Kind bekommen und das Jugendamt hatte versucht, den Vater ausfindig zu machen – einmal wegen Verführung einer Minderjährigen und zum anderen um ggf. Unterhaltszahlungen für das frisch geborene Baby zu erwirken.

Der Richter gab sich alle Mühe.

„Nun sagen Sie uns doch mal, wer der Vater ihres Kindes ist."

„Herr Richter ich weiß es nicht."

„Kindchen Sie müssen das doch wissen. Es ist Ihnen doch klar, dass Sie hier unter Eid stehen? Und dass Sie ins Gefängnis müssen, wenn Sie nicht die Wahrheit sagen."

„Ich weiß es aber wirklich nicht."

„Und warum nicht?"

„Es war doch dunkel. Und im Dunklen hab ich die Motorradnummer nicht lesen können."

Die mit schönste Station seiner Ausbildung erlebte Ludwig beim Kleinen Amtsgericht in einer Kleinstadt an der Eder. Der leitende Richter war Herr von Schlettheim. Ludwig war tief beeindruckt, denn niemals pflegte Herr von Schlettheim eine Verhandlung vor elf Uhr vormittags anzusetzen.

„Darf ich fragen, Herr von Schlettheim, warum Sie immer erst ab 11 Uhr verhandeln?"

„Nun Sie Naseweis, damit Sie hinreichend Zeit haben, meine Urteile schriftlich zu formulieren."

„Aber das machen Sie doch immer selber in der Verhandlung."

„Ach so, stimmt ja. Also, damit Sie's wissen. Von 7 bis 10 Uhr gehe ich immer an die Eder zum Angeln. Morgens beißen die Fische am besten. Wollen Sie mal mitkommen? Aber wehe Sie reden auch nur ein Sterbenswörtchen in der Zeit."

Ludwig verzichtete und war über die Fähigkeit des Richters voller Hochachtung, die mündliche Urteilsverkündung sogleich mit der schriftlichen zu verbinden. Er diktierte nämlich das Urteil noch in der Verhandlung dem Schriftführer direkt in den Block. „Im Namen des Volkes. Ausrufezeichen. Absatz. In dem Rechtsstreit, neue Zeile mittig gesetzt Müller gegen Müller, bitte nicht das Wort ‚gegen' schreiben – Sie wissen ja stattdessen Punkt, Schrägstrich, Punkt, ergeht folgendes neue Zeile mittig geschrieben Urteil Doppelpunkt, Absatz, Die Klage wird abgewiesen Punkt. Die Kosten des Verfahrens trägt der Kläger Punkt, Absatz. Die Klage ist zulässig Komma, aber nicht begründet Punkt, neue Zeile..."

Die Anwälte kannten die Marotte längst, schmunzelten und bewunderten insgeheim den Richter, der druckreif diktieren konnte. Nur bei Strafprozessen hatte der Amtsanwalt anfangs gemosert, hatte sich aber auch inzwischen längst daran gewöhnt. Von Schlettheim hatte den jungen Amtsanwalt über seine Brille hinweg streng angesehen:

„Schon mal was von richterlicher Unabhängigkeit gehört, junger Mann?"

Ludwig hatte inzwischen auch das große, das zweite Staatsexamen mit ‚Befriedigend' bestanden. Wobei man wissen muss, dass es bei den Juristen bestenfalls alle fünf Jahre mal ein ‚Gut' und alle zehn bis fünfzehn Jahre ein ‚Sehr gut' gab.

Und er hatte es sich in den Kopf gesetzt, Staatsanwalt zu werden. Was aber nicht so einfach war, denn der Staatsdienst war heiß begehrt, und derzeit überbesetzt, d.h. Ludwig hätte eine längere Wartezeit in Kauf nehmen müssen, u. U. sogar mehrere Jahre. Aber er meinte nun auch mal Geld verdienen zu sollen und beschloss so, eine anwaltliche Tätigkeit aufzunehmen. Er beantragte seine Zulassung als Rechtsanwalt, die ihm auch umgehend erteilt wurde. Nur hatte er damit noch nicht einen einzigen Mandanten.

Emil triumphierte innerlich ein wenig.

„Komm doch zu mir in die Praxis Junge. Ich habe ziemlich oft auch knifflige Rechtsfragen bei meinen Auftraggebern und gehe bisher damit immer zum Anwalt Meyerling – das Geld können wir uns doch sparen. Und wenn Du inzwischen etwas von Buchhaltung, Bilanzen und Steuerrecht mitbekommst, ist das doch sicherlich nicht so verkehrt. Und kommt Dir zu gegebener Zeit bei einer Bewerbung in den Staatsdienst zupass. Als Staatsanwalt oder auch als Richter könntest Du gleich als Experte für Wirtschaftssachen reüssieren. Was meinst Du?"

„Muss ich mal drüber schlafen."

„Tu das mein Junge."

Zwei Tage später sagte Ludwig seinem Vater zu. Der ihm hocherfreut über die Entscheidung ein Gehalt von 1.201 Mark zusagte mit dem Bemerken, durch die eine Mark würde er nicht sozialversicherungspflichtig. „Du willst doch nicht mal dem Staat auf der Tasche liegen?"

So blieb Ludwig weiter zu Hause bei seinen Eltern wohnen, quasi im ‚Hotel Mama', d.h. genau besehen im ‚Hotel Hille', weil Hille ja die ganze Walterssche Familie versorgte.

Und da er seit der Geschichte mit Lenchen Baker von Frauen nach wie vor ‚die Nase pleng' hatte, wie sein Opa es in bestem berlinerisch umschrieb, stand von häuslicher Seite aus auch nicht zu befürchten, dass er da in irgendeiner Form unter Druck geraten könnte.

Kurz zuvor hatte bei den Eltern die aufreibende Grundstückssuche begonnen. Da war es so ähnlich, wie mit den zum Kauf stehenden Häusern.

Über einen seiner Mandanten erhielt Emil die Information, dass dessen Hausarzt oben am Brasselsberg von seinem Vater ein riesiges Grundstück geerbt hatte mit einem Haus, das er selbst bewohnte. Dem Arzt ging es als Allgemeinmediziner materiell nicht gerade besonders gut und er hatte obendrein seinem Sohn einen kleinen Bungalow auf das Grundstück gesetzt. Er war daher ziemlich knapp bei Kasse.

Emil setzte sich mit ihm in Verbindung. Und tatsächlich, es klappte: Hertha und Emil konnten von dem Mann 2000 m^2 Land erwerben, ein sehr schönes, sonniges Grundstück, allerdings musste für die Zuwegung von der parallel verlaufenden Bergstraße eine Brücke über einen Bach gebaut werden.

Es war das erste Mal, dass bei Emil und Hertha der Verstand etwas auf der Strecke blieb, denn das Grundstück war alles andere als billig, musste noch voll erschlossen werden und die Brücke zur Straße war auch noch zu bauen. Insgesamt kostete sie das ‚Vergnügen' fast neunzigtausend Mark. Emil seufzte und zahlte.

„Das holen wir beim Bau des Hauses wieder rein." versuchte Hertha den angetrauten Ehemann zu beruhigen.

„Meinst Du?" fragte der etwas zaghaft zurück. Es war eine rhetorische Frage, der echte Zweifel war unüberhörbar und Hertha dachte nur so ganz im Stillen: ‚Nun wird er auch bei seinen Verehrerinnen etwas zurückhaltender sein. Und sich weniger großzügig und spendabel verhalten.'

Halvar, der ja inzwischen in Göttingen angefangen hatte Betriebswirtschaft zu studieren, bot den Eltern an, eine Skizze zu fertigen. Ein Haus mit zweieinhalb Etagen, oben die Schlafzimmer, ganz oben je ein Zimmerchen für Ludwig, Hille und ihn selbst, im Parterre die Wohnräume.

„Gar nicht so schlecht." lobte Emil seinen jüngsten Sohn. „Ich zeige das mal dem Brensbach, der versteht ein bisschen was davon."

Brensbach war einer seiner Mandanten, ein recht wohlhabender Malermeister, der sein Geld vor allem damit verdiente, dass er auf Bundesstraßen und Autobahnen die weißen Striche zog.

„Ich schau mir das mal in Ruhe an, Herr Walters. Sie sind ja morgen ohnehin wieder bei mir."

Emil war's zufrieden.

Als er am nächsten Tag in den Brensbachschen Betrieb kam, saß da noch ein älterer Herr.

„Herr Walters, das ist der Herr Schottess. Mein Architekt, der mein Haus gebaut hat und oben, wo Sie jetzt Ihr Grundstück gekauft haben, hat er auch ganz viele Häuser und Villen gebaut. Mit dem sollten Sie sich mal in Ruhe unterhalten."

„Es freut mich sehr, dass wir uns kennen lernen, Herr Walters. Ich habe mir Ihre Skizze mal angesehen. Die ist gar nicht so schlecht. Vielleicht ein wenig zu armselig für das Viertel in dem Sie bauen. Dürfte ich Sie denn mal zu Hause aufsuchen, damit wir das alles in Ruhe besprechen können? Und es wäre doch sicher sehr schön, wenn auch Ihre Frau Gemahlin dabei wäre."

Der Mann gefiel Emil und am nächsten Nachmittag besuchte Herr Schottess Hertha und Emil in den Riedwiesen.

Er brachte schon mal eine Skizze mit. Natürlich eine von ihm gefertigte. Die fanden beide natürlich sehr viel schöner als Halvars Entwurf.

Schottess erhielt noch am selben Tag den Auftrag. Zwei Tage später kreuzte er wieder auf. Mit einer eineinhalbgeschossigen Villa im Gepäck. Einschließlich Grundstücksskizze und wie das Haus in das Grundstück einzupassen sei.

Hertha und Emil waren hin und weg, hatten über dem Plan schon ganz rote Köpfe bekommen.

„Was kostet denn so etwas?"

„Oh gnädige Frau, Herr Walters, das ist gar nicht so teuer, wie Sie wahrscheinlich befürchten?"

„Das heißt?"

„Ich schätze mal so um die 50.000 Mark."

Die Bauherrschaft strahlte, ließ sich aber nichts anmerken.

„Dann planen Sie das doch mal konkret durch."

Eine Woche später kam Herr Schottess mit einer großen Rolle. Der Esstisch wurde ausgezogen und dann ‚zauberte' der Architekt sein Werk hervor.

Wirklich eine Villa vom feinsten. Da Hertha ihn noch hatte wissen lassen, dass sie eine begehbare Anrichte, einen Hauswirtschaftsraum neben der Küche sowie eine Speisekammer haben wollte und noch ein begehbarer Schrankraum im Schlafzimmer vonnöten sei, waren die Wünsche schon eingearbeitet. Die Terrasse nach Süden hatte einen großen überdachten sowie einen gleich großen freien Teil, das Dach war mit Buntsandsteinsäulen abgestützt, die geradezu hochherrschaftlich aussahen und auf der Zeichnung mit Efeu umrankt waren. Dass dort die Regenfallrohre der Dachrinnen herunter geführt wurden, verdeckte der Efeu natürlich. Der Eingang hatte einen schönen Windfang, in-

nen gab es ein geräumiges Treppenhaus. Unten gab es die Wohnräume mit Küchenteil sowie je einem Zimmer für die Söhne des
Hauses und einem Waschraum, daneben das Gäste-WC. In der
ersten Etage hatte Herr Schottess die Schlafzimmer sowie Hilles
Zimmer und ein Arbeitszimmer für die ‚Dame des Hauses' sowie
das Bad geplant. Und ein Raum konnte, so gewünscht, später
noch oben zusätzlich ausgebaut werden.
Nach drei Stunden intensiver Unterhaltung sagten Hertha und E-
mil ‚Ja'. Der Kostenvoranschlag betrug 54.000 Mark. Von Halvars Entwurf war nicht mehr die Rede und ihre Skizzen aus der
Vorkriegszeit hatte Hertha längst vergessen.

Ab Baubeginn kam Herr Schottess einmal in der Woche vorbei,
um die Feinheiten abzustimmen. Was jeweils mit einigen zusätz-
lichen Wünschen der Bauherrschaft verbunden war. Schottess
verließ somit immer strahlend das Haus in den Riedwiesen.
Etwa in der zwölften Bauwoche ließ Herr Schottess dann durch-
blicken, dass die Zusatzwünsche alle beauftragt seien, leider das
Vorhaben nun aber geringfügig teurer werde.
Auf den fragenden Blick von Hertha und Emil hielt Herr Schottess eine flammende Rede. An deren Ende kam dann die neue
Zahl: 75.000 Mark.
Hertha wurde rot, Emil blass.
„Kann man da noch wieder abspecken?"
Herr Schottess war ein guter Verkäufer. Ein sehr guter sogar. Er
betonte nämlich, wie wunderbar das Haus werden würde, wie
glücklich und zufrieden sie sein würden in dem neuen Heim und
dass sie doch sicher nicht das Parkett und ansonsten die Sohlenhofener Platten durch Stragula ersetzen wollten. Aber man könne
vielleicht noch den Handlauf am Treppenhaus statt in Schmiede-
eisen durch eine etwas einfachere Konstruktion ersetzen.
„Ich rufe Sie nachher an, Herr Schottess. Ich muss das noch einmal durchdenken."
Kaum war Schottess draußen, legte sich Emils Blässe – er wurde
jetzt puterrot und fing sogleich an zu toben.
„Das ist ja der helle Wahnsinn! Bella, das geht so nicht. Und
überhaupt – Du mit Deinen Extrawünschen – die ruinieren mich.

Aber Geld spielt ja keine Rolle bei uns. Ihr müsst es ja nicht verdienen!"

Nach einer guten Viertelstunde war der Zorn verpufft. Zumal Hertha ihren Emil noch darauf hingewiesen hatte, dass er selbst unten in den Wohnräumen das Parkett haben wollte und er auch die erste Wahl bei den Sohlenhofener Platten durchgesetzt hatte.

„Ich sehe ein, dass das so zu teuer wird. Vorschlag zur Güte: Nur das Wohnzimmer bekommt Parkett, bei den Sohlenhofener Platten nehmen wir 2. Wahl – die sieht ohnehin viel schöner aus, weil die kleinen Fehler den Boden lebendiger aussehen lassen und der Rest des Hauses bekommt echtes Linoleum. Das ist zwar wegen der Bohnerei mehr Arbeit für Hille, aber wir haben ohnehin ja auch eine Menge Teppiche liegen. Was meinst Du?"

„Bist ja direkt mal zu gebrauchen. Bin einverstanden."

„Werd nicht unverschämt, Emil. Ich bin ja wohl ohnehin die Vernünftigere von uns beiden."

„Dann merkt der Kerl auch gleich, dass wir nicht Geld ohne Ende haben."

„Na siehst Du. Und an den Vierwaldstädter See müssen wir auch nicht jedes Jahr in den Urlaub fahren – ich finde es in Nateln bei Hilles Schwester ohnehin viel schöner. Und wenn wir was Besonderes machen wollen, fahren wir mal nach Bad Bevensen oder nach Hannover."

„Bis ja doch die Beste."

„So so."

Die Welt war also wieder einigermaßen heil und in Ordnung. Dachten Hertha und Emil wenigstens. Emil zahlte brav immer alle Baurechnungen und musste feststellen, dass nach Fertigstellung des Rohbaus die um 5.000 Mark heruntergehandelten 75.000 alle waren.

Es war ein Krisengespräch notwendig. Herr Schottess wand sich wie ein Aal. Und musste schließlich damit herausrücken, dass das Vorhaben aufgrund der vielen Teuerungen nun doch nicht für 70.000 Mark zu erstellen sei. Und nachdem vor allen Emil insistiert hatte, rückte der mit einer neuen Zahl heraus: 110.000 Mark.

Emil und Hertha waren so perplex, dass sie nicht einmal richtig schimpfen mochten. Emil rannte nur aus dem Zimmer und Hertha wurde es sterbensübel.

Emil trommelte die Familie zusammen. Einschließlich Ludwig, Halvar und Hille.

„Kinder" begann Emil, alle meinend, „so leid es mir tut, aber ich werde das Haus als Bauruine stehen lassen, Das ist einfach zu teuer. Das übersteigt unsere Verhältnisse bei weitem. Ende der Durchsage."

Betretenes Schweigen.

Ludwig meinte nur:

„Eigentlich ist es doch in den Riedwiesen sehr schön."

Halvar: „Da hat er recht.

Und Hille ganz praktisch:

„Es geht mir ja bei Ihnen sehr gut. Und mein Gehalt brauche ich ja eigentlich gar nicht. Sie können gerne auch mein Sparbuch nehmen, Herr Walters."

„Das ist ja alles gut und schön, nur macht das leider den Kohl nicht fett."

Und dann lächelte Hertha so irgendwie in einer Mischung aus fein- bis hintersinnig:

„Sag mal Emil, übertreibst Du nicht ein wenig. Und bitte brüll nicht gleich wieder los. In aller Regel wird die Qualität Deiner Argumente nämlich durch Lautstärke nicht gerade besser."

„Was redest Du denn da für einen Quatsch. Also da muss ich ja richtig an mich halten."

„Das wäre wirklich mal angebracht. Einmal kannst Du bei der Kurhessischen Landbank Deinen Kredit aufstocken…"

„Bist Du wahnsinnig?"

Weiter kam er nicht, denn Hertha fuhr ganz unbeirrt fort:

„Und wenn wir uns das nicht leisten können, verkauf einfach ein paar von Deinen Aktien. Zum Beispiel die BASF-Aktien. Das dürfte schon reichen."

„Ach ja? Merkst Du gar nicht, dass Du keine Ahnung hast? Die sind doch unsere Alterssicherung!"

„Ach ja? Und warum hast Du dann noch Lebensversicherungen? Ich dachte, die seien für unser Alter. Kann man die übrigens nicht auch beleihen?"

„Du hast wirklich keine Ahnung."

Emil hatte überhaupt nicht bemerkt, dass Hertha genau so argumentierte, wie ihre Mutter vor Jahren, als es darum ging, von ihrem Vater Geld anlässlich ihres Umzugs von Berlin nach Kassel zu bekommen.

„Ich glaube, ich habe mehr Ahnung, als Dir lieb ist. Und besser wäre es, Du würdest mal wieder Deinen Verstand zu Hilfe nehmen. Glaubst Du denn im Ernst, Du kannst die Bauruine für 75.000 Mark verkaufen? Willst Du die zum Fenster rausschmeißen? Seit wann bist Du denn so großzügig? Und im Übrigen – ich will nicht mehr in den Riedwiesen leben. Ich will das Haus, was wir jetzt angefangen haben. Und wenn Du meinst, Du hättest wirklich kein Geld, gehe ich nach Berlin zu meinem Vater."

Wie oft hatte Hertha ihm schon mit Berlin gedroht, nie hatte sie es wahrgemacht, aber jedes Mal geriet Emil wieder in Sorge, sie könnte es wahrmachen. Und früher, als seine Schwiegermutter noch lebte, deren Spott und jetzt der Verachtung des Schwiegervaters ausgesetzt zu sein, fand er schlimmer als alles andere.

Mit Schottess redete Emil dann sehr ernst. Er drohte ihn zu verklagen, wenn das Vorhaben noch einen Pfennig teurer würde als die avisierten 110.000. Zunächst versuchte er, sich herauszuwinden, aber Emil blieb hart. Und Schottess wusste durchaus, dass ihn so eine Klage zwar nicht viel Geld kosten würde, aber ihm war klar, dass Emil seinem Ruf als Architekt ziemlich schaden könnte.

Emil verkaufte tatsächlich ein paar seiner Aktien. Die Endabrechnung ergab ziemlich genau 120.000 Mark. Zuzüglich der 90.000 für das Grundstück waren es also 210.000 Mark geworden.

Im August 1956 bezogen sie das Neue Haus, das der Vater dann 1986 verkaufte – ein Jahr, nachdem die Mutter gestorben war.

Onkel und Vater

Ludwig hatte sich inzwischen sehr gut im väterlichen Betrieb eingearbeitet. Und wurde meistens auch von seinem Vater mit seiner Arbeit akzeptiert. Aber er setzte ihn dann schließlich ganz gehörig unter Druck – Ludwig sollte auch die Steuerberaterprüfung machen. Vom ursprünglich geplanten Wechsel in den Staatsdienst war nicht mehr die Rede.

Dass die Prüfung alles andere als einfach war, wusste Vater Emil genauso gut wie Ludwig. Aber der meinte, wenn man sich ordentlich darauf vorbereitete, sollte die Prüfung zu schaffen sein. Über ein Jahr lang büffelte Ludwig für die Prüfung und glaubte, ziemlich fit zu sein, als er sich eines Tages auf den Weg nach Frankfurt machte, um sich dort vor einer Kommission der Oberfinanzdirektion den Prüfern zu stellen.

Es wurde ein Fiasko – man ließ Ludwig mit Pauken und Trompeten durchrasseln. Von acht Prüflingen hatte nur einer bestanden.

Am Boden zerstört, wollte Ludwig sich auf die Heimfahrt begeben, vorher aber noch in der Kantine eine Kleinigkeit essen und etwas trinken.

Als er die Kantine betrat, sah er einen der Prüfer dort an einem Tisch sitzen – alleine.

Ludwig steuerte auf den Mann zu.

„Darf ich mich zu Ihnen setzen?"

„Klar, warum denn nicht. Schätze mal, Sie wollen mir noch ein paar Fragen stellen, Herr Walters?"

„Gerne, wenn ich darf."

„Dann schießen Sie mal los."

„Warum bin ich durchgefallen? Offen gestanden – so schlecht fand ich mich gar nicht. Und der eine ältere Kollege, der bestanden hat – ich fand, der war auch nicht besser als ich."

Der Prüfer grinste Ludwig freundlich an.

„Nun, da haben Sie sich gerade selbst die Antwort gegeben – und sogar die richtige."

„Hm…?"

„Na, Sie haben doch das Alter angesprochen."

„Ja schon. Aber verstehe ich Sie da richtig?"

„Tun Sie Herr Walters."

Und nach einem fast nicht enden wollendem Schweigen fuhr der Prüfer fort:

„Herr Walters, sie sind Anwalt. Das etwa seit zwei Jahren. Und so lange arbeiten Sie auch in der Praxis – bei Ihrem Vater, wenn ich es aus den Akten recht in Erinnerung habe. Zwei Jahre sind viel und wenig. Für eine fundierte Berufserfahrung sind zwei Jahre wenig bis nichts. Insbesondere, wenn man dabei berücksichtigt, dass Sie zwar ein ganzes Jurastudium hinter sich gebracht haben – das sind so etwa 5 bis 6 Jahre einschließlich Examen. Aber in steuerrechtlichen Belangen, in Betriebswirtschaft, haben Sie praktisch keine fundierte Erfahrung. Was meinen Sie?"

„Gut, das kann man so sehen. Aber kommt es denn nicht auf das an, was man in der Prüfung zeigt?"

„Auch, lieber Freund, auch. Aber eben auch auf Erfahrung. Als Jurist ist Ihnen ja der Begriff des Ermessensspielraums bekannt. Den haben wir heute genutzt."

„Wenn ich also in einem Jahr wiederkomme, ginge alles glatt?"

„Wohl eher nicht. Ab vier Jahren sähe es für Sie als ‚Vollmatrose' sicher ganz manierlich aus. Aber auch nur, weil Sie Akademiker sind. Sonst wären es wohl eher acht bis zehn Jahre."

„Vielen Dank für Ihre Offenheit – dann sehen wir uns in zwei Jahren wieder."

„Ich sehe schon – wir haben uns verstanden. So, ich muss jetzt los. Und grüßen Sie Ihren Herrn Vater und Ihren Herrn Großvater von mir. Die zwei imponieren mir nämlich."

„Oh, Sie kennen die Beiden?"

„Ja. Ich habe als Leitender Regierungsdirektor bei der OFD in meinem ganzen Berufsleben drei Verfahren verloren. Eins ging auf das Konto Ihres Herrn Papas, der von seinem Schwiegervater begleitet wurde. Der ist wirklich ein Profi gewesen."

„Er ist leider schon tot. Wussten Sie, dass er einer der ersten sechs Wirtschaftsprüfer im großdeutschen Reich war?"

„Nein, das wusste ich nicht. Aber es passt zu ihm."

„Auf Wiedersehen – Ihre Grüße richte ich gerne aus."

„Tschüs Herr Walters. Und wehe ich sehe Sie früher als in zwei Jahren!"

Ludwig hatte sein Missgeschick bald verdaut, auch weil sein Vater ihn in seiner poltrigen Art doch recht wieder aufbaute. Zunächst hatte der sich wahnsinnig aufgeregt, als er hörte, warum sein Sohn die Prüfung nicht bestanden hatte.

„Das lassen wir uns nicht gefallen! Der Manilers spinnt wohl. Dagegen prozessieren wir!"

„Vater, das lassen wir schön bleiben. Ich bin hier der Jurist. Und es ist meine Prüfung. Wir haben keinerlei Chance, vor Gericht mit einer Klage zu obsiegen, weil es bei der Bewertung der Prüfungsergebnisse einen weiten Ermessensspielraum für die Prüfer gibt. Und denen einen krassen Ermessensmissbrauch nachzuweisen, ist schier unmöglich. Ich kenne nur einen Fall, wo einer solchen Klage stattgegeben wurde: Da hatte mal ein Prüfling, der durchgefallen war, ein Verhältnis mit der Frau des Prüfers, der auch noch so dämlich gewesen war, unter Zeugen zuzugeben, dass er den Kandidaten deshalb hat durchrasseln lassen."

Ludwig fing nach eineinhalb Jahren wieder an mit der Büffelei. Dieses Mal betrieb er seine Vorbereitungen sehr viel systematischer – er hatte ein Fernrepetitorium ausgegraben, nach dem er sich vorbereitete.

Genau zwei Jahre und drei Monate später stand Ludwig erneut vor der Prüfungskommission – dieses Mal bestand er die Prüfung. Von insgesamt neun Kandidaten, bestanden dieses Mal zwei.

Manilers war wieder einer der Prüfer gewesen – er ließ sich nicht den geringsten Hauch anmerken, dass er sich mal vor gut zwei Jahren mit Ludwig unterhalten hatte.

Ludwig ging wieder in die Kantine – dieses Mal etwas später, weil der telefonische Vorabbericht bei den Eltern etwas länger ausgefallen war.

Manilers hatte ebenfalls die Kantine der OFD angesteuert und wollte gerade gehen. Als er aber Ludwig sah, setzte er sich wieder, ihn zu sich heranwinkend.

„Na bitte, Herr Walters, warum nicht gleich so?"

„Sagten Sie nicht wegen nur zwei Jahren?"

„So etwas soll ich gesagt haben? Übrigens vor zwei Jahren waren Sie besser als heute."

„Wieso das denn, Herr Manilers?"

„Oh, meinen Namen kennen Sie jetzt auch. Hat der Herr Papa wohl voller Triumph ausgeplaudert?"

„Ausgeplaudert ja, aber ohne Triumph."

„Natürlich war Ihr Wissen heute fundierter, aber Ihr Auftreten war längst nicht so locker wie damals. Heute waren Sie verdammt verkrampft. Noch ein bisschen mehr und ich hätte in der Kommission zu tun gehabt, die andern zu überzeugen, dass es nur Nervosität und nicht Unsicherheit gewesen wäre. Aber Schwamm drüber. Nur der Erfolg zählt. Und ich müsste es ja nicht sagen – ich tu es aber trotzdem: Ich glaube, Sie werden mal ein ganz passabler Steuerberater. Ihr Vater kann stolz auf Sie sein. Und jetzt muss ich los. Gruß zu Hause!"

„Tschüss Herr Manilers!" konnte Ludwig noch gerade rufen.

Halvar hatte mit seinen Eltern wegen Giselle eine ziemlich heftige Auseinandersetzung gehabt – sie meinten, dass die so ruhige und ausgeglichene Giselle etwas zu verbergen habe.

„Nur Du bist zu blöde das zu merken – und außerdem – hast Du schon mal gesehen, dass ein Ackergaul und ein Rennpferd zusammenpassen?"

Halvers Antwort war kurz und knapp ausgefallen:

„Ihr könnt machen, was Ihr wollt, Giselle und ich bleiben zusammen."

Doch der Vater meinte, er dürfe nicht lockerlassen.

Die Walters wollten in die Ferien fahren. Ludwig hatte sich selbständig gemacht, war mit seiner Kirche und Pfarrer Priedel unterwegs – Die Eltern, Hille und Halvar beschlossen, zu Tante Anne nach Nateln zu fahren, um dort zwei Wochen Urlaub zu machen.

Giselle machte ebenfalls Ferien – zusammen mit ihrer Mutter im 20 km entfernten Bevensen. Selbstredend hatte Halvar es eingefädelt, dass Giselle sie besuchen kam – 20 km mit dem Bus waren ja nicht so sehr weit.

An einem Samstag war es dann so weit – Giselle kletterte vergnügt aus dem Bus, sie umarmte ihren Halvar mit einem Küsschen. An den Fenstern bewegten sich nämlich nahezu ringsum die Gardinen, sie hatten also ‚Publikum‘ bei ihrer Begrüßung.

Es waren nur fünf Minuten Fußweg von der Bushaltestelle bis zu Tante Annes Haus. Normalerweise betrat man immer hinten herum über den Hof zur Küchentür das Haus, aber Tante Anne hatte alles fein hergerichtet und so gingen alle vorn herein. Sie strahlte Giselle gleich ganz herzlich an – es war deutlich zu spüren, dass sie Giselle auf Anhieb mochte. Dann kamen die Eltern und Hille aus dem Wohnzimmer und begrüßten ebenfalls, anschließend ging‘s an den gedeckten Kaffeetisch.

Nach dem Kaffeestündchen und hinreichendem Small Talk zogen Halvar und Giselle noch ein bisschen los - er wollte ihr wenigstens einen Teil der Stellen zeigen, wo er als Junge immer so gern gespielt hatte. Und dann war schon wieder alles vorüber, Giselle musste wieder zum Bus.

Kaum zurück, setzte sich Halvar zu den anderen, die noch alle um den Kaffeetisch herumsaßen.

„Also da hast Du Dir aber ein tolles Mädchen angelacht – die ist ja so etwas an nett!“ strahlte Tante Anne Halvar an. Bevor er darauf eingehen konnte, fuhr der Vater zu Tante Anne gewandt sogleich dazwischen:

„Da kann man ja zu viel kriegen – die soll nett sein? Also, damit das mal klar ist, die ist ein falscher ‚Fuffziger‘, nur mein Herr Sohn ist zu blöd, das zu kapieren. Merkst Du es denn nicht,“ fuhr

er dann zu Halvar gewandt fort, „dass die ihr wirkliches Ich verbirgt und Dir nur was vormacht? Was weißt Du denn überhaupt von ihr? Und im Übrigen passt ihr überhaupt nicht zusammen."
Halvar war wohl ziemlich rot geworden – ganz sicher nicht vor Scham, sondern aus Wut und wollte gerade loslegen mit einer passenden Antwort. Aber Tante Anne war schneller.
„Ich will Ihnen mal was sagen, Herr Walters, da sind Sie aber gehörig schief gewickelt. Und nun hören Sie mir mal gut zu."
Tante Anne fing an, sich so richtig in Rage zu reden und vor lauter Aufregung sprach sie dann in einer Mischung aus hoch- und plattdeutsch weiter:
„Ich habe selten ein so hübsches und liebenswürdiges und liebenswertes Ding gesehen, wie Halvars Giselle. Die ist ruhig, wohlerzogen und plappert nicht albern rum, bildhübsch ist sie außerdem und Halvar ist zu beneiden. Aber bei dem Vater wird sie sich's dreimal überlegen, ob sie bei Halvar bleibt. Wenn die mal wirklich zusammenbleiben, werden Sie ja ein Albtraum für seine Giselle. Sie sollten sich schämen, für das, was Sie da gesagt haben und sich besser dafür entschuldigen. Und wenn Sie das nicht tun – damit das mal klar ist, dann will ich Sie in meinem Haus nie mehr sehen!"
Letzteres hatte sie mit ziemlich schneidender Stimme gesagt, stand dann auf und ging in die Küche.

Halvar war völlig perplex, weil er Tante Anne so nicht kannte und eine so lange Rede an einem Stück von ihr noch nie gehört hatte. Und so rutschte ihm nur raus:
„Siehste!"
Vater Walters war völlig verdattert. Er hatte ja nun mal einen ziemlich bestimmenden Charakter und Widerspruch konnte er überhaupt nicht vertragen. Und wahrscheinlich hatte ihm in den letzten 30 Jahren seines Lebens noch niemand derart massiv die Meinung gesagt. Und schon gar nicht eine Frau und obendrein noch eine ganz einfache Frau.
Er holte tief Luft, sprang auf und rannte raus – zur Vordertür und nicht durch die Küche – er wollte Tante Anne ganz offensichtlich nicht begegnen.

Die nachmittägliche Hochstimmung war natürlich dahin. Hille schaute Halvar kurz an und ging dann in die Küche zu ihrer Schwester. Und Mutter saß ziemlich traurig da, sagte gar nichts. Halvar fragte sie nur leise:

„Warum ist er nur so, was hat er denn gegen Giselle? Was er da gesagt hat, glaubt er doch wohl selber nicht? Warum wollt Ihr uns denn unbedingt auseinander-bringen?"

Aber seine Mutter schwieg weiter und sagte nur:

„Ach Junge."

Halvar wollte dann auch in die Küche gehen, wo sich Hille und Tante Anne über das Vorgefallene unterhielten. Blieb aber im Flur stehen, um zu hören, was sie sagten.

„Aber er kommt doch so sehr gern hierher, weil er sich hier so wohl fühlt. Und tief dankbar ist er uns auch, weil die Kinder hier sein durften im Krieg – das kannst Du ihm doch nicht so einfach jetzt nehmen!" hörte er Hille sagen. Und dann Tante Anne:

„Hast Du ne Ahnung, was ich kann! Das Mädchen ist so was Liebes, am liebsten würde ich die mal in den Arm nehmen. Von mir aus kannst Du sagen, was Du willst – entweder er dreht klein bei oder er braucht nicht mehr zu kommen."

Das klang gut und Halvar ging in die Küche. Tante Anne kam gleich, strahlte ihn an, legte den Arm um ihn und meinte:

„Lass man, den kriegen wir schon wieder hin, wenn er nicht selbst zur Vernunft kommt."

Tante Anne sollte Recht behalten. Nach einer guten Stunde war der Vater wieder da, diesmal kam er zur Küche rein, ging auf Tante Anne zu und meinte: „Na, habt Ihr Euch beruhigt? Hab wohl ein bisschen übertrieben vorhin."

Und da inzwischen gerade alle in der Küche versammelt waren, fuhr er dann zu Halvar gewandt fort: „Also von mir aus könnt Ihr zusammenbleiben. Und im Übrigen – warum verlobt Ihr Euch eigentlich nicht?"

Sehr viel später erzählte Mutter dann, dass er wohl deshalb gegen die Verbindung war, weil er sie nicht eingefädelt hatte und obendrein Giselle ihm so zart und zerbrechlich vorkam. Er war es gewohnt, alles zu bestimmen und dass da einer der Söhne und dann auch noch der Jüngste sich einfach selbständig machte, das wollte ihm einfach nicht gefallen. Ludwig hatte schließlich auch immer pariert.

Der hatte mit Mädchen nach wie vor nichts im Sinn. Wenn man ihn darauf ansprach, antwortete er stets nach dem gleichen Schema – bei den Eltern sagte er, ‚warum soll ich's mit einer halten und mit allen verderben', Halvar gegenüber war er etwas offener:

„Kommt schon noch. Bin doch erst Anfang 30."

„Aber das ist doch so wunderbar, wenn da eine Frau um einen ist."

„Also ein bisschen Erfahrung habe ich da ja auch. Und daher weiß ich, dass eine Frau auch ganz schön anstrengend sein kann."

„Versteh ich nicht. Giselle ist überhaupt nicht anstrengend. Ich glaube, wenn man die richtige gefunden hat, strengt da nichts an – da ist es einfach nur schön."

„Kann ja sein, dass Du Recht hast. Aber lass mal, irgendwann werde ich auch noch heiraten."

Ludwig hätte zu gern gewusst, ob Halvar und Giselle wohl schon so beieinander waren, wie er vor Jahren mit der Lene Baker. Aber er fragte nie – wahrscheinlich, weil er ahnte, dass er keine ehrliche Antwort bekommen hätte.

Es war die Zeit, in der er sich außerhalb des Büros entweder mit der Kirche beschäftigte oder bei seinem besten Freund, Heinz-Wilhelm und seiner Frau war.

Der war lange vor dem Abi von der Schule abgegangen, hatte als einseitig Hochbegabter eine Elektronik-Lehre mit ‚Sehr gut' bestanden und war, seinem Vater folgend, zur Bahn in den Gehobenen Dienst gegangen.

Seit fast vier Jahren war er mit Irmtraud glücklich verheiratet, einer recht hübschen jungen Frau, die viel gesunden Menschenverstand hatte und den auch durchaus überzeugend zu nutzen wusste. Sie hatten einen etwa 3-jährigen kleinen Jungen.

„Mehr werden es nicht – hat der Arzt gesagt." hatte Irmtraud mal verkündet. Was Heinz-Wilhelm mit den Worten kommentierte: „Da können wir unbesorgt üben, gell Irmi?"

Die wurde feuerrot und antwortete nur:

„Schäm Dich. Was soll der Ludwig denn nur von uns denken."

„Was ihm als Junggeselle alles Feines entgeht. Wenn Du so weitermachst," fuhr er an Ludwig gewandt fort, „endest Du noch als Hagestolz."

„Blödmann." war Ludwigs kurze Antwort.

Etwa alle 6 – 8 Wochen luden Irmtraud und Heinz-Wilhelm auch Halvar und Giselle zu sich ein. Natürlich auch Ludwig, der sich, mit zwei Paaren zusammensitzend, bisweilen wie das fünfte Rad am Wagen vorkam.

Als Ludwig mal wieder an einem Samstagnachmittag allein bei den Juningers war, meinte Heinz-Wilhelm zu ihm:

„Warum heiraten die Beiden eigentlich nicht?"

Er hatte offenbar Halvar und Giselle als selig strahlendes Ehepaar vor Augen.

„Na, weil sie beide noch studieren. Wie soll das denn gehen? Und die können doch erst mal ihr Studium fertig machen."

„Und wenn was passiert?" fragte Irmtraud jetzt.

„Was soll denn passieren?"

Sie lachte laut auf.

„Na, was wohl? Du glaubst doch nicht im Ernst, dass die zwei noch nie miteinander geschlafen haben?"

„Eigentlich doch."

„So, so. Also die Meinung über Deinen kleinen Bruder und Giselle in allen Ehren. Aber wenn ich mir die Giselle so anschaue – Du, die sieht nicht mehr wie ein kleines unschuldiges Mädchen aus, sondern wie eine richtige Frau. Einerseits strahlend und glücklich, aber manchmal dabei auch ein wenig ängstlich wirkend."

„Also Irmi ich glaube, da bildest Du Dir ganz schön was ein. Die wären ja komplett verrückt die Zweie. Und wie ich Halvar kenne, hätte der viel zu viel Schiss, dass Giselle schwanger werden könnte."

Nun musste auch Heinz-Wilhelm etwas sagen – es zerriss ihn schon fast, was sein Freund Ludwig da von sich gab.

„Ludwig, so naiv kannst Du doch gar nicht sein. Denk doch mal an Dich und Deine Lene damals. Und tu jetzt ja nicht so, als ob Ihr da nur Händchen gehalten hättet. Sei ehrlich – die hatte was ganz Anderes in ihrer Hand gehalten, was Du höchst vergnüglich fandst. Und hat es dann losgelassen, damit Du damit woanders hinkonntest."

Ludwig wurde auf einmal ziemlich rot. Und um seine Gesichtsfarbe wieder zu normalisieren, ergänzte Irmtraud:

„Ist doch völlig normal. Wir leben doch nicht mehr wie vor sechzig Jahren."

„Meint Ihr wirklich?"

„Meinen wir. Und wir meinen auch, wir sollten mal ernsthaft darüber nachdenken, wie wir denen helfen können."

Ludwig musste auf einmal lachen.

„Warum lachst Du so?"

„Muss grade an meine Verbindung denken und was meine Bundesbrüder damals so sagten, als ich mit der Lene zusammen war. Die wollten mir auch helfen – nämlich dabei, die Finger von ihr zu lassen. Genauer gesagt ging es denen nur um einen Finger."

Nun wurde Irmi etwas rot.

„Du bist mir ja einer. Solch frivole Reden aus Ludwigs Munde? Wer hätte das gedacht."

Nachdem sie ein wenig hin und her geflachst hatten, fragte dann Ludwig:

„Und wie stellt Ihr Euch das vor, es hinzubekommen, dass die heiraten können?"

„Musst mit Euern Eltern reden." meinte Heinz-Wilhelm.

„Die meinen doch dann, mich zum Psychiater schicken zu müssen. Und warum überhaupt das Ganze?"

„Komm, kneif nicht. Möchtest Du so ganz plötzlich mal eben Onkel werden?"

„Vielleicht nicht unbedingt. Aber ich würde es aushalten."

„Lieber Ludwig, sollte es dem fleißigen Kirchgänger und Pfarrer-Priedel-Verehrer womöglich entgangen sein, dass es nicht um ihn geht? Sondern um Halvar und Giselle? Und um Deine Eltern? Die würde doch der Schlag treffen, wenn Giselle schwanger würde. Und wie Giselles Eltern reagieren würden, weiß ich nicht. Aber dass sie ihre dann noch ledige Tochter sogleich selig in die Arme schließen werden, scheint mir eher unwahrscheinlich."

„Ihr könnt ganz schön nerven. Wisst Ihr das eigentlich?"

„Nö. Tun wir doch gar nicht. Wir wollen Dich doch nur ermuntern, etwas Gutes zu tun."

„Also, wenn der Halvar wirklich schon so ganz richtig mit der Giselle zusammen ist – ich glaube, die passen dann doch auf, nehmen also ein Kondom oder sowas."

„Also wir mögen die Dinger überhaupt nicht. Ist nämlich wie mit Schaftstiefeln bei 30° C im Sand. Aber Du hast das sicher mit Lene immer so gemacht."

„Mensch könnt Ihr hartnäckig sein."

„Können wir."

„Also gut – ich versuche es. Noch heute Abend, weil Halvar zu Hause bei Giselle ist. Und Ihr gewährt mir Asyl, wenn die Eltern mich rausschmeißen."

„Klar, aber die werden sich hüten."

Nach dem Abendessen ließ es sich zu Hause insofern ganz gut an, als Hille sich in ihr Zimmer verzogen hatte, um zu stopfen. So saß Ludwig allein mit den Eltern zusammen. Mutter hatte sich ein Buch vorgeknöpft, Vater raschelte sich noch durch die FAZ.

„Sagt mal, was haltet Ihr eigentlich davon, aus unserm Brautpaar ein Ehepaar zu machen?"

Ludwig hatte fast den Eindruck, die Eltern hätten die Frage gar nicht gehört, so intensiv war ihr Schweigen. Allerdings hatte

Mutter das Buch auf den Couchtisch gelegt und Vater die Zeitung neben sich auf dem Teppich deponiert.

„Emil, lass das – die Druckerschwärze färbt auf dem Teppich doch ab. Wie oft soll ich Dir das noch sagen."

Er reagierte überhaupt nicht auf den Vorwurf seiner Eheliebsten, schaute jetzt aber zu Ludwig.

„Hab ich da eben richtig gehört?"

„Habt Ihr."

„Meinst Du aber nicht ernsthaft."

„Seht mal, die zwei kennen sich jetzt doch schon sechs Jahre – da wäre das doch nicht schlecht? Übrigens habe ich gerade von Heinz-Wilhelm gehört, dass die Frau eines Kollegen von ihm ein gesundes und kräftiges 7-Monatskind bekommen hat."

„Ich glaube, Du spinnst, Junge. Vergiss es einfach. Die sollen mal schön ihr Studium fertig machen. Dann können sie heiraten. Ist dann immer noch früh genug. Dein Bruder soll mal schön seinen Hormonspiegel im Zaum halten."

„Na, wenn Ihr meint?"

Ludwig stand auf, um in sein Zimmer zu gehen, schloss die Wohnzimmertür hinter sich, blieb aber hinter der Tür stehen, um zu hören, was die Eltern jetzt wohl sagten.

„Ludwig ist doch sonst ganz normal. Nun sag doch auch mal was."

„Ich glaube nicht, dass Halvar schon etwas Intimes mit Giselle hat. Aber Dein Hormonhinweis war so etwas von daneben – also ich fass es nicht."

„Wieso?"

„Mensch Emil, tu nicht so blöde. Denk mal dran, was Du so getrieben hast. Du hast Dich doch ständig mit Mädchen und Frauen rumgetrieben und dabei ganz sicher nicht nur Händchen gehalten. Bist ja heute noch fast hinter jeder Schürze her."

„Also, ich habe nie eine Frau unglücklich gemacht."

„Ach – Emil, der perfekte Liebhaber? Dass ich nicht lache."

„Kannst Du mir wirklich glauben. Ich habe vor der Ehe nichts mit anderen Frauen gehabt."

Hertha beschloss jetzt, ihren ‚Göttergatten‘ ein wenig vorzuführen.

„Lüg mich jetzt bitte nicht an. Warum musste ich mich denn dann von Dir entloben?"

„Da hast Du mit Deiner Mutter damals maßlos übertrieben."

„Wirklich? Ma hatte nach meiner Trennung von Dir einen Detektiv auf Dich angesetzt – nachdem der Dich – ich weiß es nicht mehr genau – zwei oder drei Mal mit einer Frau in einem Stundenhotel hat verschwinden sehen, hatte meine Mutter die Beaufsichtigung beendet."

Es stimmte kein Wort von dem, was Hertha soeben gesagt hatte, aber sie wollte mal bluffen. Und ihr Bluff war erfolgreich.

„Was – nachspioniert habt ihr mir damals? Das ist ja unmöglich! Ich verbitte mir das!"

Emil war jetzt so wütend, dass er gar nicht merkte, dass er anfing Unsinn zu reden.

„Wenn der Bengel es nicht aushält, kann er ja in einen Puff gehen, aber er soll gefälligst seine Giselle in Ruhe lassen!"

„Du bist sowas von unmöglich – ich geh rauf zu Hille. Wer so etwas von sich gibt, wie Du eben, der ist nicht mehr normal."

Ludwig hat es gerade noch in sein Zimmer geschafft, ohne dass jemand bemerkte, dass er gelauscht hatte.

‚Was man da doch noch alles über seine Eltern lernt.', dachte er im Stillen.

Als er wenige Tage später Irmtraud und Heinz-Wilhelm von seinem ‚Flop' erzählte, meinten beide übereinstimmend, dass bekanntlich nur steter Tropfen den Stein höhle.

„Du muss das Thema immer wieder ansprechen – erfinde doch noch ein paar 7-Monatskinder – das macht Deine Eltern sicher nachdenklich."

Halvar und Giselle ahnten von alldem nichts. Und als Halvar dann von einem Studienkollegen berichtete, dass der jetzt schon heirate, war er ganz arglos. Emil kannte dessen Vater, die Familie wohnte in der Nachbarschaft. Er erkundigte sich. Erst druckste der Vater des Kommilitonen ein wenig herum, aber dann antwortete er doch sehr offen:

„Was sollten wir machen, Herr Walters, seine Freundin erwartet ein Baby."

Ludwig sprach das Thema erneut bei den Eltern an. Und erzählte ganz beiläufig von einem weiteren Sieben-Monatskind. Hille war dieses Mal dabei.
„Och das kommt doch oft vor, dass die ersten Kinder einen besonders zähen Lebenswillen haben. Bei uns zu Hause in Nateln, kommen die ersten Kinder fast immer nach sieben Monaten."
Das Thema war ‚gesetzt' – es ‚arbeitete' in den Eltern.

Halvar hatte damals gleich nach dem ersten Semester Betriebswirtschaft überhaupt keine Lust auf das Studium. Und es gelang ihm tatsächlich, dank Ludwigs intensiver Vorarbeit bei den Eltern, auf Medizin umzusteigen. Dass er hierfür nicht den Hauch einer Begabung hatte und der Wechsel eigentlich nur aus Protest gegenüber seinem Elternhaus vollzog, merkte er erst spät: Die fehlende Begabung nach sechs Semestern, als er durch das Physikum plumpste, den Protest realisierte er erst viele Jahre später.

Nach dem Ausflug in die Medizin, war er wieder zu den Wirtschaftswissenschaften zurückgekehrt – dieses Mal aber zur Volkswirtschaftslehre.
Giselle hatte sich nach ihrem Abi erst mit einem Pädagogikstudium anfreunden sollen, zog es dann aber vor, Pharmazie zu studieren. Die pharmazeutische Vorprüfung hatte sie mit einem sehr, sehr guten Ergebnis abgeschlossen, sodass sie sofort einen Labor- und damit Studienplatz an der Uni in Marburg erhielt, Halvar hatte für seine Diplomprüfung fast alle Scheine zusammen, sodass er sich nach dem nächsten Semester zur Diplomprüfung würde melden können.

Es war an einem Sonntag nach dem Mittagessen, die gesamte Walterssche Familie saß beisammen, um sich mit einer Tasse Tee oder Kaffee zu stärken. Giselle war auch schon dabei, die Eltern hatten sie zum Mittagessen eingeladen.

„Wie lange klebt Ihr jetzt schon zusammen?" fragte Vater Emil auf einmal, seinen Tee schlürfend.

„Emil, könntest Du Dich denn ein bisschen gewählter ausdrücken?" und zu Giselle und Halvar gewandt, fuhr sie fort:

„Er meint wohl, wie lange Ihr Euch schon kennt."

„Mutter, ob Du's glaubst oder nicht – wir haben die Frage schon verstanden." meinte Halvar.

Giselle hatte zu lachen angefangen, als sie den schwiegerelterlichen Dialog gehört hatte.

„Ach Ma, lass mal. Kennst ihn doch. Er meint es doch nicht so." sagte sie.

Halvar fuhr fort:

„Also aneinandergeklebt haben wir noch nie." Die Worte ließen Giselle direkt ein wenig rot werden. Halvar grinste ein wenig – ob sie wohl daran gedacht hatte, dass es manchmal schon ein wenig klebrig war? Er fuhr ganz unbeirrt fort:

„Du meinst sicher, wie lange wir uns schon kennen? Also ganz genau: Am 27. September werden es 7 Jahre sein."

„Wird Zeit, dass sich da was ändert. Ihr solltet endlich heiraten."

Halvar war fast fassungslos – er schaute zu seiner ebenfalls fassungslos und dabei doch strahlend aussehenden Giselle, Mutter lächelte so irgendwo zwischen vergnügt und hintersinnig, Hille stürmte in die Küche und Ludwig lächelte vergnügt vor sich hin. Halvar hatte sich nach etwa zehn Sekunden wieder im Griff.

Giselle strahlte jetzt richtig, war aber auf der anderen Seite von ihrer Arbeit im Semester so geschafft, dass sie sich gar nicht so richtig freuen konnte. Und so war es an Halvar, zu antworten.

„Das wäre natürlich toll, aber wir haben doch gar kein Geld für so etwas. Wie soll das denn nur gehen?"

„Och, ich hab Euch ja noch nie hängen lassen. Also Mutter und ich haben uns das so gedacht, dass Ihr jetzt heiratet, dann macht Ihr beide Euer Studium weiter. Du bekommst natürlich Dein Geld weiter von mir, Giselle bekommt ja auch Geld von ihren Eltern und dann sucht Ihr Euch eine Bude, wo Ihr beide drin wohnen könnt und hier bei uns bekommt Ihr oben Mutters kleines Zimmer und daneben ihr Arbeitszimmer. Denn bei Giselles Eltern habt Ihr ja keinen Platz."

Dass Vater alles perfekt mit Mutter durchdacht hatte, zeigte ihnen, dass der Gedanke schon ein Weilchen in ihnen ‚gereift‘ war. Und dass Vater an einem Stück einen so langen Satz von sich gab, war nichts Außergewöhnliches – Mutter kommentierte das immer als ‚dumm daher quasseln‘ oder ‚albern schwallen‘ – aber dass er einen so langen und konstruktiven Satz von sich gab, war sonst wirklich nicht seine Art.

Natürlich war Giselle und Halvar das alles sehr recht, nicht zuletzt, weil damit endlich das heimliche Getue mit ihrem Zusammensein ein Ende nehmen würde.

Schließlich fielen sich alle in den Arm, Ludwig und die wieder herbeigerufene Hille inklusive und Mutter fing dann gleich an, ihre Pläne auszubreiten.

Danach redeten alle durcheinander, und schließlich kam Halvar auch mal wieder zu Wort:

„Also, Giselle und ich müssen jetzt wohl mal zu ihren Eltern fahren, die wissen nämlich noch nichts und die müssen ja auch noch ‚ja‘ sagen."

„Ich glaub schon, dass die sich auch freuen." meinte Giselle.

„Meint Ihr, wir können jetzt gleich losfahren?"

„Aber ja, Kinder" meinten seine Eltern unisono. Und so sagten beide tschüs und zogen wohlgemut Richtung Haustür.

„Ihr dürft meinen Wagen nehmen!" rief ihnen sein Vater noch nach – das Angebot nahmen sie gerne an.

Kaum bei ihren Eltern angekommen, platzten sie gleich mit der Neuigkeit ins Haus. Und sie hatten den Eindruck, dass auch Giselles Eltern sich freuten, wenn auch ihre Mutter ein bisschen traurig ausschaute:

„Ach Kind, das ist so endgültig."

Bei der standesamtlichen Trauung waren nur die Eltern und beider Geschwister, Beate und Ludwig, letztere als Trauzeugen dabei. Das anschließende Mittagessen bei Halvars Eltern war wirklich gut, Hille konnte nämlich prima und sehr schmackhaft kochen.

Um 10 Uhr abends brachte er alle nach Hause – Giselle leider auch; ihm schien es, als ob ihre Schwester Beate triumphierend lächelte.

„Dein Schwesterlein studiert zwar Medizin, aber ihre Aufklärung scheint mir bei der Biene Maja stehen geblieben zu sein." merkte Halvar an.

„Schäm Dich." war Giselles Antwort.

Der nächste Tag, der Polterabend verlief recht stimmungsvoll. Hille hatte jede Menge altes Geschirr aus dem Waltersschen Fundus eingepackt und dann hatten alle vor der Wohnungstür richtig gepoltert, d.h. das ganze Porzellan auf den Steinfußboden geworfen. Giselle und Halvar hatten danach alles brav aufgekehrt – das sollte ja Glück bringen.

Am nächsten Tag in der Kirche war dann alles sehr feierlich. Und auch Vater Emil riss sich einigermaßen zusammen.

Im Schlosshotel angekommen, ging das junge Ehepaar erst einmal auf das gebuchte Zimmer, um seine Sachen für die Nacht und die am nächsten Vormittag anstehende Hochzeitsreise zu deponieren.

Es wurde so ein wenig eine kalte Dusche. Vater Emil hatte offenbar die billigste Zimmerkategorie ausgesucht. Klein, muffig und Fenster zum Innenhof, Betten hintereinander. Hätte es nur ein Bett gehabt, wäre es ganz sicher das typische Fahrerzimmer gewesen.

Als beide wieder unten bei der Hochzeitsgesellschaft waren, ließen sie sich erst einmal nichts anmerken, aber Halvar machte dann bei seiner Mutter eine Andeutung. So in der Richtung, das Zimmer sei ein wenig eng und armselig, vielleicht führen sie doch noch in der Nacht los.

Na, und da hat sich Hertha wohl ihren Emil mal an die Seite genommen.

„Hast Du Dir das Zimmer für die Zwei vorher mal angesehen?"

„Ja, warum?"

„Wirklich?"

„Na ja,…"

„Also nein. Lüg mich nicht an."

„Tu ich doch gar nicht."

„Doch, ich habe es mir angeschaut. Das ist kein Zimmer, das ist eine Absteige. Wenn mein Vater Dir so etwas zugemutet hätte, als Du noch Stift im 3. Lehrjahr bei ihm warst, hättest Du lauthals protestiert. Bring das bitte in Ordnung."

Nach zwanzig Minuten kam Emil zurück.

„Das Zimmer finde ich sehr schön. Alles klar?"

„Das hoffe ich sehr. Sonst kannst Du mich mal kennen lernen."

Emil grinste und ging zurück zur Hochzeitsgesellschaft.

Der Nachmittag ging ganz schnell herum und es wurde zum Abendessen gebeten. Das Menü war für damalige Verhältnisse feinste Küche – heute würde man es wohl eher als durchschnittlich charakterisieren.

Wohlgesättigt, gab es nun zwei Möglichkeiten nach dem opulenten Menu: Die erste, ein ausgiebiges Mittags-schläfchen, fiel aus, weil es ja schon Abend war. Blieb nur die zweite: Sich beim Tanzen so viel zu bewegen, dass man wieder einigermaßen zu sich kam.

Und so haben sie's gemacht, und zwar alle und das recht ausgiebig.

Normalerweise verabschiedet sich ja dann das Hochzeitspaar irgendwann, setzt sich ins Auto und entfleucht in den ‚Honeymoon'. Giselle und Halvar fanden die Tanzerei aber viel zu schön, um sich zurückzuziehen und so verkehrte sich die Zeremonie dahingehend ins Gegenteil, dass die Beiden bis zum Schluss blieben, die Eltern und alle Gäste vor dem Hotel verabschiedeten und dann erst auf ihr schönes Zimmer gingen.

Nach acht Tagen kamen sie von der Hochzeitsreise an den Bodensee zurück – wenige Tage später ging es wieder nach Marburg ins Studium – der Alltag hatte sie wieder.

Sie haben richtig fleißig studiert in ihrem ersten Semester als Eheleute und waren eigentlich richtig froh und glücklich. Giselle hatte nach wie vor sehr viel zu tun in und mit ihrem Studium und auch Halvar war richtig fleißig, denn ein Malheur à la Physikum sollte und durfte sich in der VWL auf gar keinen Fall wiederholen – schließlich war er jetzt verheiratet und da sollte man ja einmal eine Familie ernähren können. Zwar wollte Giselle ihr Studium auf jeden Fall auch zu Ende bringen, vielleicht auch noch anschließend die notwendige Zeit investieren, um ihre Approbation zu erhalten, aber danach dachten sie, sei es doch sehr schön, auch ein Kind zu haben.

Es kam dann aber ganz anders als geplant. Denn Giselle meinte eines Tages, entweder sei bei ihr etwas nicht in Ordnung oder sie erwarte ein Baby.
Halvar hatte da erst einmal mächtig geschluckt, denn ihm schossen dazu jede Menge Gedanken durch den Kopf – Giselles Studium, die Reaktion ihrer Eltern, wie das alles in puncto Geld werden solle, kurzum lauter Dinge, die bei ihm erst mal keine rechte Freude aufkommen lassen wollten.
Aber als Giselle dann ein paar Tage später vom Frauenarzt kam und der bestätigt hatte, dass da ein kleines Baby in ihr heranwuchs, versuchte er sich zu freuen und die ganzen negativen Gedanken zu verscheuchen. Was aber nur so halbwegs gelingen wollte, weil die ‚Beichte' zu Hause ja noch ausstand.

Halvar meinte Unterstützung sei sicher nicht schlecht – er weihte Ludwig ein. Der grinste ganz unfromm und fragte so ein wenig scheinheilig:
„War es denn schön?"
Nach etwa zehn Minuten meinte er dann aber:
„Klar helf ich Euch, wäre ja gelacht. Und dass Ihr geheiratet habt, da war ich ja auch nicht ganz unschuldig dran. Dass unser

Vater erst mal ausrastet – na ja, er kann halt nicht anders. Kennst ihn ja. Und er wird schon wieder zu sich kommen. Mensch – ich werde Onkel – habt Ihr prima gemacht!"

Das Gespräch mit den Eltern fiel dann noch etwas schlimmer aus, als erwartet. Zumindest anfangs. Denn Halvars Vater meinte wohl mal wieder, dass er ‚toben' müsse. Hille fühlte sich bemüßigt, eine höchst säuerliche Miene aufsetzen zu müssen und nur Halvars Mutter schaute einigermaßen normal, wenn auch ein wenig traurig.

Der Herr Papa führte sich auf, als ob Halvar ihn vorher hätte fragen müssen und schien beleidigt, dass er das nicht getan hatte. Sein Gebrüll gipfelte dann in der – wohl rhetorisch gemeinten – Frage:

„Hast Du schon mal was von Verhütung gehört? Gibt ja schließlich Kondome – oder? Wie denkt Ihr Euch das denn eigentlich?"

Halvar ‚haute' recht deutlich zurück.

„Von Verhütung haben wir durchaus schon gehört, aber was Du da so von Dir gibst, ist ja wohl das Allerletzte. Und damit Du's gleich weißt – wir finden barfuß laufen sehr viel schöner. Du bist wohl offenbar mehr für Gummistiefel, notfalls auch am Strand im Hochsommer."

Und dann fuhr Halvar ganz ruhig fort:

„Können wir in dieser Familie nicht ausnahmsweise mal vernünftig miteinander reden?"

Er stand auf und ging in sein altes Zimmer. Giselle war mitgegangen. Sie hatte sich das alles mit anhören müssen.

Sie kannte ihren Schwiegerpapa inzwischen aber ganz gut und da eine werdende Mutter offenbar auch an Selbstvertrauen gewinnt, meinte sie zu ihm:

„Lass mal, der beruhigt sich auch wieder und ich wette, in zehn Minuten spätestens kommt er und dreht klein bei."

Giselle sollte sich irren – er kam schneller – nach höchstens fünf Minuten.

„Nun kommt mal wieder rüber und lasst uns vernünftig miteinander sprechen."

„Bin ja gespannt, was Du darunter verstehst." So ganz konnte Halvar es nicht lassen.

Als alle wieder im Wohnzimmer versammelt waren, kam auch Ludwig dazu – er fand das alles offenbar ganz toll.

„Mensch Kinder, ich werde Onkel und nun freut Euch doch mal" fuhr er zu den Eltern gewandt fort, „ist doch prima, dass Ihr Großeltern werdet."

„Von wegen prima. Glaubt ja nicht, dass ich so eine Witzblattfigur von Opa werde, der vor seinem Enkelkind auf allen Vieren rumkriecht."

„Also Emil, das verlangt ja auch keiner" ergriff die Mutter die Initiative „Und nun erzählt mal, wie Ihr Euch das gedacht habt".

Endlich gab es zu dem Thema eine vernünftige Unter-haltung.

Giselle hatte gleich mit ihrem Professor gesprochen und der hatte ihr gesagt, sie sei eine supergute Studentin – hörte sie da zum ersten Mal – und sie solle ruhig so ähnlich wie im Mutterschafts-urlaub, etwa acht Wochen vor der Geburt zu Haus bleiben und wenn sie mit dem Kind aus dem Gröbsten heraus wäre, könne sie jederzeit wieder anfangen – er verspreche ihr, dass immer ein Laborplatz für sie zur Verfügung stehe.

„Na das klingt doch schon mal sehr, sehr gut – meint Ihr nicht auch?"

Ludwig fing an, sich warm zu reden.

„Und um Halvar braucht Ihr Euch ohnehin keine Sorgen zu machen – ich kenne unsern Kleinen schließlich genauso lange wie ihr. Der will nur noch eins: Fertig werden mit dem Studium, um Geld für seine Familie zu verdienen. Also Dein Baby, Giselle, das ist so'n richtiger kleiner Turbolader für Halvar. Sei ehrlich – hast Du das Baby absichtlich jetzt schon haben wollen?"

Giselle wurde jetzt so richtig schön rot. Ob aus Wut auf den – wie sie fand, ausgesprochen frechen Ludwig oder aus Verlegenheit, war nicht auszumachen. Und Ludwig fuhr ganz seelenruhig fort und ihr damit aus einer eventuellen Verlegenheit helfend:

„Also bei Licht betrachtet hat das kleine Wesen nur Vorteile für alle Beteiligten. Mutter, Vater, freut Euch. Ich bin auf jeden Fall jetzt schon stolz auf meinen ‚Onkel-Status'. Melde mich schon mal als Patenonkel an."

Mutter und Vater mussten jetzt lächeln. Und auch Hille merkte, dass sich der ‚Wind zu drehen' begann.

„Hört mal Ihr Bengels, kann es sein, dass Ihr Euch da abgesprochen habt? So nach dem Motto: Der Hauptschuldige geht erst einmal in Vorlage und der unbeteiligte Bruder holt dann alle schön auf den Teppich zurück?"

Ludwig, Halvar und auch Giselle antworteten unisono:

„Nööö!"

„Sag ich's doch Hertha."

„Und wenn schon – ich finde es toll, dass unsere Jungs so zusammenhalten. Sodass wir keinem böse sein können. Und Dir, Giselle, sowieso nicht. Du musst ja das Baby bekommen, dass Dir Halvar da aufgehalst hat."

„Du, Ma, da gehören aber zwei dazu. Und so ist jetzt nur das passiert, was wir eigentlich etwas später geplant hatten."

„Aber mit weiteren Versuchen könnt Ihr Euch ruhig Zeit lassen." ließ Vater Emil sich jetzt hören. Und ergänzte noch:

„Könnt ja über Verhütung mal nachdenken."

„Mal sehen – in den nächsten Monaten brauchen wir da wohl nichts – und wenn das kleine Wesen mal da ist, sehen wir weiter."

„Raus jetzt mit Euch. Oder wollt Ihr Giselles Eltern erst was sagen, wenn sie schon rundlich wird?"

„Ist ja gut, komm Giselle, auf zu den Kuhlmanns."

„Blödmann. Aber wir sollten jetzt wirklich fahren." erwiderte sie.

„Wenn die angehenden Eltern meinen, dass die werdende Mutter statt im standesgemäßen Mercedes des Vaters auch die Fahrt in meinem Käfer verträgt, dann könnt Ihr den gerne nehmen."

„Danke Brüderchen. Man soll kleine Kinder nicht zu sehr verwöhnen. Deshalb nehmen wir Dein Angebot gerne an."

Genau an dem Tage, als Halvar sich an der Uni zu seiner Diplomprüfung anmeldete, kam Giselles und sein Baby auf die Welt. Ein kleines Mädchen.

Vater Emil hatte ihn verständigt, dass er Giselle ins Krankenhaus gebracht habe und als Halvar spätabends in die Klinik kam, schlief Giselle schon tief und fest, aber seine Tochter zeigte ihm die Nachtschwester dann doch noch – ein süßes, kleines zartes Wesen, tief und fest schlafend. Halvar war stolz, froh und dankbar über das Töchterlein – dass sie Sanna heißen sollte, wussten da nur Giselle und er. In einem amerikanischen Roman hatten sie den Namen entdeckt, aber niemandem verraten.

Als wenige Monate später die Taufe anstand, meinte der Pfarrer den Namen monieren zu müssen.
„Liebe Frau Walters, lieber Herr Walters, es gibt doch so schöne christliche Namen – warum muss es da ein Name sein, der in unserer christlichen Kultur so gar keine Bedeutung hat?"
Die Diskussion ging ein bisschen hin und her, aber eigentlich ohne rechtes Ergebnis.
„Stell Dir vor, Ludwig, da mosert der Pfarrer doch tatsächlich an unserm ausgewählten Namen herum."
„Der spinnt ja. Aber lasst mal, ich kümmere mich darum. Seid Ihr denn absolut auf die Kirche und den Pfarrer fixiert?"
„Eigentlich nicht."
„Dann ist's umso einfacher. Ich rede mal mit meinem Pfarrer Priedel."

Ludwig erzählte ihm davon. Priedel meinte er wisse nicht so recht, ob er nur lachen solle oder empört zu sein habe.
„Ludwig sag Deiner Schwägerin und Deinem Bruder, dass ich das in Ordnung bringe. Und wenn ich das wider Erwarten nicht hinbekomme – ich taufe sehr, sehr gern auch eine kleine Sanna."
Nach wenigen Tagen bimmelte bei den Walters das Telefon – Pfarrer Reichardt war am Telefon und bat mit Herrn oder Frau Walters jun. sprechen zu dürfen.
Giselle war dann am Apparat und berichtete danach lachend, dass Reichardt gesagt habe, er habe nochmal nachgedacht und würde das kleine Mädchen sehr gern auch auf den Namen Sanna taufen.

Ludwig erzählte dann von Priedels Vorgehensweise.

Der habe dem Kollegen erst gefragt, ob das denn alles stimme, was er da gehört habe. Und als der bejaht habe, hätte er einfach geblufft: ‚Herr Kollege, wahrscheinlich sind Ihre Kenntnisse in altgriechisch und hebräisch etwas in Vergessenheit geraten – Sanna ist ein urchristlicher Name, der sich – darüber streitet man sich aber – von Sarah oder Susanne ableitet. Ich neige eher zur hebräischen Version, dann wäre Sanna die Urform von Susanne. Also Kollege Reichardt, ich verstehe Ihr Problem überhaupt nicht. Soll ich die kleine Walters taufen?‘

Worauf der dem Sinne nach geantwortet habe, jetzt, wo er es höre, falle es ihm auch wieder ein und natürlich würde er die Taufe sehr gern in seiner Gemeinde vollziehen.

Der Patenonkel Ludwig meinte daraufhin nur kurz und trocken zu Giselle und Halvar:

„Wenn Ihr mich nicht hättet."

Übers Taufbecken mochte Ludwig Sanna aber doch nicht halten.

„Das macht besser die Patentante. Und außerdem ist Beate Ärztin – der steht die Rolle viel besser."

Ein dreiviertel Jahr später hatte Halvar sein Diplom in der Tasche. Vor allem Giselle war heilsfroh, weil sie sich nun eine Wohnung weg von den Eltern suchen konnten.

Ludwig war inzwischen im väterlichen Betrieb fest eingearbeitet. Ob er mit seiner Rolle zufrieden war, wusste man nicht so recht. Wenn man ihn darauf ansprach, wich er immer ein wenig aus. Irgendetwas bedrückte ihn zwar, aber sprechen mochte er darüber nicht. Vielleicht, weil er lieber mit dem inzwischen zum Freund gewordenen Pfarrer Michael Priedel sprach?

„Ich fahr jetzt mal eine Woche in die Schweiz. Urlaub machen. Willst Du nicht mitkommen, Halvar?"

„Muss ich mal drüber nachdenken. Im Prinzip ja – warum eigentlich nicht?"

„Denken schadet nie, Brüderlein und frag auch Giselle, bist schließlich nicht Junggeselle wie ich."

Als er Giselle darauf ansprach, wurde die ganz ernst.

„Dein Bruder hat so viel für uns getan – also die eine Woche solltest Du unbedingt mitfahren. Und vielleicht bekommst Du ja heraus, was ihn manchmal so bedrückt. Und kannst ihn ein wenig auf die Sprünge helfen."

Ziel der Reise war ein kleiner See in der Schweiz. Wo sie in einem einfachen Gasthof Quartier nahmen. Zum Baden im See war es noch zu kalt im April, aber mit dem Ruderboot ein bisschen herum schippern war natürlich genauso möglich, wie die halbtägigen Wanderungen, die sie unternahmen.

Tatsächlich ‚taute' Ludwig ein wenig auf. Es fing ganz harmlos an, als er über Giselle, Halvar und nun auch die kleine Sanna sprach, wie gut es sei, dass sie jetzt nicht mehr bei den Eltern wohnten, dass sie eigentlich zu beneiden seien.

„Aber warum suchst Du Dir nicht auch eine Frau und gründest eine Familie?" fragte Halvar schließlich.

„Weiß auch nicht so recht. Weißt Du, durch Michael Priedel bin ich von all dem ein wenig abgekommen."

„Verstehe ich nicht. Der ist doch auch verheiratet. Und ich kann mir kaum denken, dass er Dir von einer Frau abrät."

„Natürlich nicht. Und er würde das wohl auch nie tun. Aber weißt Du, Halvar, das ist alles nicht so einfach. Du und Giselle habt unheimliches Glück gehabt, dass Ihr Euch schon in der Schulzeit kennen gelernt habt. Das hatte ich nicht."

„Und was war da mit Deinen Freundinnen? Der Viola Hendrika, der Annegret – Schiebler hieß die wohl – und der Maria Schelling? Das waren doch alles tolle junge Frauen. Oder Mädchen damals. Na und die Lene Baker später, als Du schon studiertest, die war doch ein – oh la la!"

Ludwig lachte.

„Also die Lene lassen wir mal beiseite, mit der wäre es nie was geworden. Entschuldige – im Bett war die toll, aber das wäre nichts für mich."

„Macht doch aber Spaß."

„Schon, aber nicht dauernd. Stell Dir vor, Giselle wollte pausenlos mit Dir was anstellen."

„Hm. Hast Du wohl recht. Sprich ‚weniger wäre mehr gewesen'."

„Bist ja doch ein schlaues Kerlchen."

Halvar wollte aber noch mehr aus Ludwig heraus locken, so ging er auf die Bemerkung gar nicht weiter ein.

„Und die drei anderen, die ich da aufgezählt habe?"

„Ach, ich weiß nicht, ob eine von denen da wirklich eine reale Chance für uns gewesen wäre."

„Hast Du's denn ernsthaft versucht?"

„Wohl nicht. Hab mich nicht recht getraut, glaub ich."

„Wegen Deines Glaubens, oder weil Mutter und Vater sich quergelegt hatten?"

„Vielleicht weniger wegen meines Glaubens. Gut, ich hätte das damals mit Michael bereden können. Der hätte mir wahrscheinlich gesagt, wenn ich sie wirklich lieben würde, solle ich mit ihr zusammenbleiben, nur nicht mit ihr schlafen – das setze Gotte Segen voraus."

„Also doch unsere Eltern?"

„Glaub schon, dass die einen entscheidenden Anteil daran hatten, dass ich's mit keiner ernsthaft versucht habe."

„Offen gestanden habe ich das damals schon nicht verstanden, dass Du da so gekuscht hast."

„Heute versteh ich das auch nicht mehr."

„Ich hatte mir damals fest vorgenommen, bei Giselle nicht klein beizugeben. Und Du weißt ja, dass sie alles versucht haben, uns auseinanderzubringen."

„Hab ich Dich ziemlich bewundert für Deinen Mumm mit Giselle."

„Du, ich glaub, das war bei mir alles ziemlich unbewusst. Wir haben uns halt sehr geliebt und ich wollte das nicht kaputt gemacht kriegen."

„Also hattest Du gar nicht vorsätzlich opponiert?"

„Glaube nicht. Ist mir aus lauter Liebe halt so passiert. Aber wieder zu Dir. Was willst Du nun machen?"

„Weiß nicht."

„Darf ich Dir mal ganz offen etwas sagen?"

„Nur los."

„Du hast Dich genau so wenig von den Eltern abgenabelt wie ich. Das einzige, was ich geschafft habe, ist Giselle zu heiraten. Und das wäre ohne Deine Hilfe auch nicht gegangen. Du hast das nicht geschafft, aber die Situation war bei Dir halt eine andere. Du warst nicht so doll verliebt wie Giselle und ich. Und da kam Dir Deine Religion ganz gelegen. Ohne ‚grünes drum herum gesprochen‘, hast Du Dich hinter ihr versteckt und damit den Kotau vor den Eltern wegen Deiner Mädchen vor Dir selbst gerechtfertigt. Stimmt‘s?"

„Na vielleicht ein bisschen in der Richtung. Das kann schon sein. Aber ich habe damals ja nicht wirklich unter den Trennungen gelitten."

„Aber jetzt leidest Du ein wenig, weil sich da so gar nichts mehr abspielt. Oder? Also ich meine mit einer Frau."

„Na, leiden ist vielleicht zu viel gesagt. Aber jemanden kennen zu lernen, wäre sicher ganz schön."

„Und wo liegt das Problem?"

„Dann verrat mir doch mal, wo ich und vor allem wie eine Frau kennen lernen soll. Die Mandanten haben alle Frauen, Mandantinnen haben wir keine. Und sonst? Keine Ahnung."

„Ich kann ja mal ein Inserat in einer überregionalen Zeitung aufgeben. In der ‚Zeit‘ oder der ‚Frankfurter Allgemeinen‘ oder in ‚Die Welt‘."

„Nee, Halvar, lass mal. Ich weiß nicht, ob das der richtige Weg ist. Und so alt bin ich ja noch nicht. Kommt Zeit, kommt Rat."

„Na, wie Du meinst, Brüderchen."

„Übrigens hatte ich mich schon mal nach einer umgeschaut. Aber davon habt Ihr alle nichts gemerkt."

„Und?"

„Was heißt da ‚und‘. Gehören ja immer zwei dazu. Also der gefiel ich wohl nicht so gut."

„Kenn ich die?"

„Glaube nicht. War die Schwester von einer Klassenkameradin von Giselle."

„Und was willst Du nun tun?"

„Erst mal abwarten."

In Ludwig ‚arbeitete‘ das Thema Frau und Familie schon ganz schön. Und war doch so schwer für ihn zu lösen, auch weil er es mit seinem ziemlich strengen Glauben verquickt hatte. Das Ergebnis dieser Kombination wurde vor allem Halvar erst nach Jahrzehnten klar: Ludwig war irgendwie zu der Überzeugung gelangt, dass für ihn nur eine äußerlich nicht allzu schöne Frau in Frage käme. Er meinte wohl unbewusst, er müsse für weniger attraktive Frauen parat stehen, eine gar hübsche oder schöne Frau, also eine ‚beautée‘ stehe ihm nicht zu – das habe Gott für ihn nicht vorgesehen. Und weniger attraktive Frauen seien auch religiösen Fragen eher zugetan – schon deshalb sei weniger reizvoll und eher verhalten attraktiv für ihn geradezu ausersehen.

Ludwig versuchte noch ein paar Monate das Thema durch seine Arbeit im väterlichen Betrieb zu verdrängen. Und man konnte durchaus den Eindruck haben, dass er Spaß an der Arbeit hatte. Nicht, dass Ludwig nicht auch gehörigen Ärger mit dem leicht cholerischen Vater hatte. Nur konnte er sich ganz gut zur Wehr setzen. Der Hinweis auf seine Anwaltsqualifikation genügte meist schon, den Vater wieder zu ‚besänftigen‘, denn der brauchte die Kenntnisse seines Sohnes relativ oft, wenn die Mandanten mal rechtliche Probleme hatten.

Ludwig wohnte nach wie vor bei den Eltern. Nicht, weil er das ‚Hotel Mama‘ als besonders erstrebenswert erachtete, aber bequem war es irgendwie doch – er brauchte sich nicht ums Essen zu kümmern, Hille richtete nach wie vor seine Wäsche und die Eltern ließen ihn weitgehend in Ruhe, wenn er abends in seinem Zimmer verschwand.
Und dann passierte plötzlich etwas, das sie erst gar nicht recht realisierten.
Er war nämlich auf einmal regelmäßig an den Wochenenden verschwunden. Vorher war das immer mal gelegentlich passiert, aber dass er an jedem Wochenende unterwegs war, hatte es noch nie gegeben.

Halvar hatte irgendwie bemerkt, dass sich sein Bruder zu verändern begann – er kam ihm irgendwie etwas ruhiger, ausgeglichener und zufriedener, manchmal fast schon strahlend vor.

„Ist da was mit einer Frau?" fragte er ihn ganz direkt.

„Wie kommst Du denn da drauf?"

„Och, nur so. Bist irgendwie anders als vorher. Vor allem montags. Und freitags immer schon ein bisschen wie weggetreten."

„Quatsch." meinte er, grinste dabei aber und fuhr fort:

„Wenn es je mal was zu erzählen geben sollte, erfährst Du's als erster."

Eine gute Woche später rückte er dann damit heraus.

„Was Du da vor ein paar Tagen gefragt hast – kann schon sein, dass da was dran ist. Und nun löchere mich nicht – der Versuch ist zwecklos."

Ludwig hielt Wort, er sprach mit seinem Bruder zuerst, lange bevor er den Eltern etwas erzählte.

„Ich habe jetzt eine junge Frau gefunden, die werde ich heiraten."

„Mensch, Brüderlein, gratuliere! Wer ist denn die Glückliche? Und wie und wo hast Du die denn kennen-gelernt?"

„Also sie heißt Ingelotte Caldstreich, lebt in München bei ihren Eltern, ist physikalisch-technische Assistentin, arbeitet bei Siemens. Und sie ist zwei Jahre jünger als ich."

„Und wie sieht sie aus? Hast Du mal ein Foto von ihr?"

„Jetzt nicht. Zeig ich Dir, wenn Vater heut Abend nach Hause fährt."

Auf dem Passfoto schaute eine nette junge Frau, verhalten lächelnd. Die Frisur allerdings so, wie man sie heute oft bei alten Frauen sieht: Kurze Löckchen irgendwie um den Kopf drapiert. Auf Halvar wirkte sie ganz nett, wenn sie auch nicht gerade wie ein Modell wirkte. Und von der Figur war naturgemäß nichts zu sehen.

„So, nun erzähl mal ein bisschen. Wie ist die denn so? Was sind die Eltern? Weißt ja, dass das bei Mutter vor allem wichtig ist. Und wie habt Ihr Euch kennen gelernt?"

„Also letzteres wollte ich eigentlich gar nicht erzählen. Versprichst Du mir, es für Dich zu behalten?"

„Versprochen."

„Als wir da in der Schweiz waren, hatten wir doch auch über Inserate gesprochen. Na ja, und das habe ich halt versucht. Übrigens in ,Christ und Welt', der Wochenzeitung, die Du ja auch kennst. Insgesamt habe ich mir fünf Frauen vorher angesehen und die sechste war es dann. Du ahnst ja nicht, was in so Inseraten gelogen wird. Angefangen von ,bildhübsch', was vielleicht der Realität nach der fünften Schönheits-OP nahe kommt über ,schlank', was sich in natura mit wohlwollend geschätzten neunzig Kilo darstellt bis hin zu ,groß und gut aussehend' und de facto 1,35 m Länge ergibt. Eigentlich wollte ich schon aufgeben. Und dann kam eben Ingelotte, wo auf Anhieb alles stimmte. Ihr Vater ist Diplom-Ingenieur, war übrigens auch Beamter, auch im Höheren Dienst, so wie Giselles Vater auch. Und was mir besonders an ihr gefällt, dass sie auch sehr, sehr christlich eingestellt ist."

„Das klingt doch alles ganz prima. Und wann heiratet Ihr?"

„Na, so ein wenig noch besser kennen lernen wollen wir uns schon noch."

„Und wie ist's mit verloben? Kennst doch den hübschen Spruch. Verloben heißt, sich rückversichern und dann in Ruhe weitersuchen."

„Das will ich mitnichten, kleines Brüderlein. Jetzt werde ich mal die Eltern ein wenig aufklären und dann sehn wir weiter."

Über das Ergebnis der Aufklärung erzählte Ludwig nichts. Und es interessierte Halvar eigentlich auch nicht. Ludwig war schließlich ein erwachsener Mann und so wie damals bei seinen Freundinnen, würden die Eltern sicher nicht reagieren. Und wenn doch, würde Ludwig es sich sicher nicht wieder gefallen lassen.

Er fuhr weiter an den Wochenenden nach München. Und geriet dann etwas unter Druck.

Seine Schwiegereltern in spe hatten ihn schon durchaus willkommen geheißen, aber Ingelottes Vater war sehr, sehr krank geworden – er hatte einen Schlaganfall gehabt. Zwar lag der schon fünf Jahre zurück, aber jetzt waren noch Herzprobleme dazu gekommen. Und so fragte er Ludwig ganz unverblümt und klar und deutlich eines Tages:

„Sagen Sie mal Herr Walters, wie ernst meinen Sie es eigentlich mit meiner Tochter. Bitte missverstehen Sie mich nicht, aber ich hätte insbesondere in meinem Zustand gern Klarheit darüber."

Ludwig war schon recht überrascht. Aber da er seine Ingelotte ja nun schon ein wenig näher kannte, übersah er es einfach, dass die ganz rot geworden war – nicht aus Scham über die väterliche Frage, sondern aus Zorn, dass der ihren Ludwig so unter Druck setzte.

„Gut, Herr Caldstreich. Ja, ich meine es ernst mit Ihrer Tochter. Und so möchte ich nun in aller Form Sie und Sie, Frau Caldstreich, um die Hand Ihrer Tochter bitten."

Ingelotte strahlte jetzt – Ihr Ärger war vergessen und nachdem sich alle in den Arm genommen hatten und man sich jetzt auch duzte – die Eltern wollten Mam und Pa genannt werden - wurde es ein sehr, sehr schönes Wochenende.

Als Ludwig am Sonntag spät abends aus München wieder zu Hause eintrudelte, unterrichtete er erst mal seine Eltern. Die ihm dann – etwas verhalten, wie Ludwig meinte – gratulierten.

„Wann lernen wir denn Deine Ingelotte mal kennen?"

„Wann immer Ihr wollt."

Am übernächsten Wochenende kam Ingelotte dann angereist. Ludwig hatte sie am Bahnhof abgeholt.

Die Arme war dann in Ludwigs Elternhaus nicht nur von seinen Eltern begrüßt worden, sondern Hille war natürlich auch dabei und Giselle und Halvar mit Sanna ebenso.

„Sie Ärmste – Ludwigs Eltern sollten sie kennenlernen und nun sind sie geradezu vom ganzen Clan mit ‚sechs Mann hoch' eingekreist."

Ingelotte schien das aber nicht zu stören. Sie lachte nur.

„Ist doch besser, alle auf einmal als ein Kennenlernen in Raten."

Man kam sich ein wenig näher, die Eltern boten ihr das ‚Du' an und verabredete, dass Ingelotte zwei Wochen später zusammen mit ihren Eltern kommen sollte. Einmal, damit man sich kennen lernte, dann aber auch, um schon mal über das Wie, Wo und Wann einer Hochzeit zu reden.

„Also Du gefällst mir besser. Mein Typ wäre sie wohl eher nicht – sie ist mir zu selbstbewusst. Aber eine recht gute Figur hat sie. Aber die Lockenfrisur…"
Giselle schaute ihren Halvar an.
„Ihr Männer seid doch furchtbar – immer nur das Äußerliche. Du kannst doch gar nichts sagen über sie? Und Ludwig hat da eine erwachsene Frau kennen gelernt. Wäre ja schlimm, wenn die so wäre wie ich damals mit 16."
„Sag doch gar nichts. Aber das Äußere spielt eben auch eine Rolle."
„Erstens tust Du es doch und zweitens – Deinen Bruder scheint sie richtig gut zu gefallen."
„Nun sag aber nicht, dass sie Dir richtig gut gefällt."
„Ich müsste sie näher kennen lernen, um mir ein Urteil zu bilden. Aber einverstanden: Eine Beauté ist sie nicht. Worauf es ja nun wirklich nicht ankommt. Und wie gesagt: Hauptsache, Ludwig gefällt sie. Können wir mal das Thema wechseln, Du äußerlicher Mensch Du?"

Zum Besuch von Ingelottes Eltern in Kassel kam es erst einmal nicht, denn Ingelottes Vater hatte einen erneuten Herzanfall. Dieses Mal war es ein echter Infarkt, den er trotz allen ärztlichen Bemühens nicht überlebte.
Etwa sechs Wochen nach seiner Beerdigung war Ludwig es leid.
„Ingelotte, ja, es ist schon schlimm, dass Dein Pa nun gestorben ist. Aber wir müssen doch deshalb jetzt nicht ein Trauerjahr bis zu unserer Hochzeit absolvieren?"
„Will ich natürlich auch nicht, Ludwig, aber ich muss es meiner Mutter schonend beibringen."

„Was hältst Du denn davon, wenn wir Deine Mutter nach Kassel umsiedeln? Dann muss sie nicht in München allein zurückbleiben. Meinst Du nicht, dass sie das unsere Hochzeit ein wenig leichter verkraften lässt?"

„Aber ich will auf keinen Fall, dass Mutti mit bei uns wohnt. Die mischt sich dann in alles ein und folglich hätten wir ständig Krach."

„Sie kann sich doch auch hier eine Wohnung mieten."

„Ich rede mit ihr."

Zwei Wochen später besuchten Mutter Caldstreich und Tochter Ludwigs Eltern.

Natürlich war der Tod des Ehemannes und Vaters das vorherrschende Thema. Aber Ingelotte hatte bei ihrer Mutter ganz gut vorgearbeitet und so wurde auch das Thema der Hochzeit besprochen.

Nach einer recht kurzen Verlobungszeit heirateten Ingelotte und Ludwig im Oktober 1963. Die Trauung vollzog natürlich Ludwigs alter Pfarrersfreund Michael Priedel.

Und alles ging so vonstatten, wie es die beiden angedacht hatten: Sie fanden in Kassel eine sehr schöne Terrassenwohnung direkt am Weinberg und Mutter Caldstreich zog ebenfalls nach Kassel – nach dem Tod ihres Mannes hielt sie nichts mehr in München.

Giselle hatte mal wieder Recht gehabt mit ihrem Hinweis, dass Ludwig seiner Ingelotte sehr zugetan sei, denn schon nach achteinhalb Monaten brachte Ingelotte ihr erstes Kind auf die Welt – ein kleines Mädchen, das auf den Namen Martina getauft wurde.

Ingelotte hatte natürlich auch bemerkt, dass Sanna, die erste Enkeltochter von Ludwigs Eltern deren ganzes Entzücken war. Und hatte gehofft, dass nun mit Martinas Geburt die Zuneigung entsprechend geteilt würde. Aber die Großeltern Walters taten sich schwer damit.

Und so lernte Ludwig eine ganz neue Ingelotte kennen. Die ihm nämlich ganz schön Vorwürfe machte, dass man Giselles Tochter ihrer Tochter vorziehe. Was sogar stimmte – nur was sollte Ludwig daran ändern?

Ingelotte ließ aber nicht locker und heizte ihrem Ludwig gehörig ein. Und da die Waltersschen Söhne ja beide den Eltern gegenüber nicht gerade zum Heldenmut neigten – Ludwig vielleicht noch etwas weniger als inzwischen Halvar – brachte Ludwig sehr, sehr vorsichtig das Thema einmal zur Sprache. Er hatte sich dabei im Stillen gedacht ‚lieber Krach mit den Eltern als Ärger mit der eigenen Frau'.

Das Ergebnis war ernüchternd: Mutter tat es als Unsinn ab und Vater meinte ebenfalls:

„Alles Quatsch. Und wenn es so wäre – ich lass mir doch von einer Schwiegertochter nicht vorschreiben, wie ich mich zu meinen Enkelkindern zu verhalten habe."

Aber ein ganz klein wenig hatten die Eltern wohl doch begriffen, dass an den Vorwürfen etwas dran sein könnte – sie gaben sich fortan Mühe, die beiden Kleinen möglichst gleich zu behandeln.

Ingelottes Kommentar war kurz und knapp:

„Man muss ihnen nur Dampf machen – dann geht es doch."

Ingelotte wollte unbedingt eine gute Schwiegertochter werden, d.h., in der Gunst der Schwiegereltern mit Giselle möglichst gleichziehen.

So kam es ihr gerade recht, dass sie drei Monate nach Martinas Geburt erneut schwanger wurde.

Im Oktober gebar sie einen kleinen Jungen. Er wurde auf den Namen Christian getauft. Ingelottes Glück schien vollkommen. Und welcher Großvater würde nicht einem Enkelsohn den Vorzug vor jeder Enkeltochter geben?

Doch irgendwie ging die Rechnung nicht auf. Einmal, weil Sanna nun mal der Sonnenschein blieb und vor allem, weil sie ihren Opa mit ihren inzwischen zweieinhalb Jährchen recht gut zu nehmen wusste und Martina hingegen mehr ein schüchternes, beinah verschüchtertes kleines Mädchen war. Und dass da nun ein Christian hinzugekommen war, änderte daran wenig bis nichts. Zumal der Opa es zwar schön fand, nun auch einen Enkelsohn zu haben, aber er dachte keineswegs etwa in Dynastien – er sah in dem Jungen nämlich nur das, was er war: Einen kleinen süßen Jungen, aber keineswegs eine Absicherung der Dynastie Waltersscher Steuerberater.

Es kam aber noch etwas Anderes hinzu – Ingelottes Schwiegermama war eine recht gute Beobachterin. Und musste konstatieren, dass Martina bei ihrer Mutter mit Christians Geburt mehr oder weniger abgemeldet war. Was der Omi nunmehr dreier Enkelkinder überhaupt nicht gefiel.

Selbst Halvar meinte, dass seine Mutter das ganz sicher mehr träumte, als dass es Realität war. Bis er dann wohl oder übel merken musste, dass sie leider doch recht hatte.

Er beobachtete nämlich eines Tages ungewollt, dass Ingelotte mal wieder in die Stadt wollte. Was ja nichts Verwerfliches ist, auch nicht mit zwei Kleinkindern. Nur hatten Ingelotte und Ludwig bei Anmietung ihrer Wohnung nicht bedacht, dass es zwar für einen gesunden Erwachsenen kein Problem ist, für das Betreten der Wohnung etwa dreißig ziemlich steile Stufen außerhalb des Hauses hinabzusteigen und bei deren Verlassen daselbst wieder besagte dreißig Treppenstufen hinaufzuklettern. Und das bei Wind und Wetter. Aber mit einem Baby im Babywagen und einem kleinen Mädchen von nicht einmal zwei Jahren, das sich eigentlich in einer Sportkarre am wohlsten fühlte?

So musste Halvar mit ansehen, wie seine Schwägerin Sohn Christian im Babywagen Stufe für Stufe hochwuchtend und eine schreiende Martina mit einer Hand neben sich die Stufen hochzerrend, Schritt für Schritt die Hürde der Treppe zu nehmen versuchte.

„Bleib stehen, ich helfe Dir!" rief Halvar ihr entgegen.

„Nicht nötig, geht schon. Machen wir immer so." lautete ihr Antwort. Natürlich ließ sie sich dann doch ganz gerne helfen.

„Mensch, Martina kann doch noch gar nicht richtig laufen – so Treppen schon mal gar nicht. Die ist doch noch viel zu klein."

„Quatsch, siehst doch, dass sie's schon kann."

„Warum lässt Du Dir denn nicht helfen?"

„Von wem denn? Mein Herr Gemahl kümmert sich ja um nichts, der hockt lieber im Büro, als sich um uns zu kümmern."

„Wie wär's denn mit einer Zugehfrau?"

„Hat Giselle eine?"

„Nee, die hat aber auch nur ein Kind. Und eine Wohnung, die man etwas leichter betreten und verlassen kann."

„Außerdem – was soll die denn kosten. Dein Vater hält meinen Mann ziemlich kurz, da ist keine Hille drin."

Halvar überhörte die Spitze mit Hille als Wirtschafterin bei seinen Eltern.

„Mir kommen gleich die Tränen. Ich meine die der Rührung über das schreiende Elend, in dem Ihr leben müsst. Trotzdem halte ich das, was Du Martina da zumutest für falsch."

„Weißt Du was, lieber Schwager, halt Dich da einfach raus."

„Worauf Du Dich verlassen kannst. Aber auch wenn Du platzt – den Mund lasse ich mir nicht verbieten und meine Meinung sage ich auch. Auch wenn sie Dir nicht passt. Übrigens – ist Ludwig da?"

„Natürlich nicht. Sonst hätte ich mich nicht so geschunden, sondern den ganz schön munter gemacht. Also mach's gut."

Als Halvar sich nochmal umdrehte, sah er Ingelotte, mit einer Hand den Kinderwagen schiebend und mit der anderen Martina halb neben, halb hinter sich her zerrend, die auf ihren kleinen und wie es ihm schien noch recht krummen Babybeinchen inzwischen laut brüllte.

Familientrubel

Halvar hatte inzwischen den väterlichen Betrieb verlassen – er hatte irgendwann genug von den täglichen Vorhaltungen seines Vaters, dass er keine Ahnung habe und eigentlich nichts könne. Er hatte wieder wie schon so oft lange mit Ludwig über all das diskutiert und den überzeugt, dass er in einen Staatskonzern wechseln wolle. Ludwig hatte für seinen Bruder die Lage bei seinen Eltern einmal mehr sondiert und sie schonend darauf vorbereitet, dass der jüngste Spross den väterlichen Betrieb wohl verlassen werde. Und zu Halvars großer Überraschung hatten sie schon nach einer halben Stunde zugestimmt. Sicher auch, weil Ludwig ja den väterlichen Betrieb mal übernehmen würde.

Giselle und Halvar zogen nach Düsseldorf – dort konnten sie eine kleine Wohnung finden. Zwar war Giselle wieder schwanger, aber beide freuten sich so auf ihr zweites Baby, dass die Enge kein Problem war, zumal Giselle geradezu perfekt organisieren konnte und ihnen in der Zweizimmerwohnung – zum Glück mit größerer Küche ein wunderschönes Zuhause ‚bastelte‘.

Zwangsläufig wurde ihr Kontakt in die alte Heimat etwas geringer – sie empfanden das sogar als ganz wunderbar. Und da mit dem Grad der Entfernung bekanntlich die Beliebtheit eines Menschen zunimmt, wuchs der Düsseldorfer Zweig der Familie Walters zum Liebling von Halvars Eltern heran und Giselle wurde ganz ungewollt mit Abstand zur Schwiegertochter Nummer Eins erkoren. Die Querelen der Vergangenheit, insbesondere zu der Zeit, als Giselle mit Sanna noch bei Halvars Eltern leben musste, waren vergessen.

Ingelotte litt entsprechend. Und konnte vor allem dem Ganzen nicht ausweichen.

Zumal Mutter Hertha ja regelmäßig in die Stadt zum Einkaufen fuhr. Und da Ludwig mit seiner Tochter und seinem Sohn ja in der Stadt lebte, schaute sie spätestens alle zwei Tage bei ihrer Schwiegertochter ‚nach dem Rechten', wie sie es nannte. Und hielt sich natürlich mit zwar gut gemeinten, aber sicherlich keineswegs immer guten Vorschlägen, wie Ingelotte den Haushalt zu führen, mit den Kindern umzugehen, ihren Mann besser zu versorgen hätte, nur sehr verhalten zurück.

Ingelotte kochte innerlich vor Wut, versuchte sich aber so gut es ging, zurückzuhalten – schon um des lieben Friedens willen.

Als ihr es einmal doch zu viel der guten Ratschläge war, wies sie ihre Schiegermama zart darauf hin, dass sie ihre Art, Haushalt und Familie zu ‚managen', von ihrer Mutter übernommen habe – es sei der gesamten Familie dabei sogar recht gut gegangen.

Der Hinweis war für Mutter Hertha nun schon eine Zumutung. Denn Emil und Hertha hatten zwar, weil sie die Mutter von Ingelotte war, zu der ein wenigstens passables Verhältnis aufgebaut, aber es war keineswegs so, dass man nun ein Herz und eine Seele gewesen wäre. Im Gegenteil – man meinte auf Mutter Caldstreich durchaus ein wenig herabsehen zu können. Und dass diese eine gute Ehefrau, Mutter und Hausfrau gewesen sein könnte, stellte man von den Walters her schlicht in Frage. Dass man das ernsthaft auch nicht annähernd beurteilen konnte, wurde schlicht ausgeblendet.

Hertha berichtete zunächst Emil, dann knöpfte sie sich ihren Ältesten vor. Einmal in der Woche kam er noch zum Mittagessen zu seinen Eltern und Hille und gerade heute war der Tag – ihr Tag.

Dank ihrer lebhaften Phantasie gelang es Hertha unschwer, vorab ihren Mann zur Gänze und ihren Sohn, der etwas später gekommen war, teilweise davon zu überzeugen, dass seine Ehe ja nun notgedrungen hingenommen werden müsse, aber die Schwiegertochter doch ein rechter Versager sei.

Ludwig blieb erstaunlich gelassen, verteidigte seine Ingelotte so gut er konnte. Und war dabei auch nicht gerade zimperlich.

Immerhin stammte Frau Caldstreich aus einer in Ostdeutschland alteingesessenen Fabrikantenfamilie – sie fuhr als Tochter vor dem Kriege einen großen Horch und hatte offenbar Geld ohne

Ende. Der Vater hatte wohl Essiggurken und Gemüsekonserven produziert.

„Die hatten schon richtig Geld, als Du Vater, noch als Stift beim Großvater gearbeitet hast. Und dass sie das jetzt alles an bzw. in der DDR verloren haben, kann man denen doch schlecht vorwerfen."

„Und wieso heiratet so eine dann einen kleinen Beamten?"

Ludwig drohte langsam seine Gelassenheit zu verlieren.

„Wieso kleiner Beamter? Immerhin war er Akademiker und dass er in den Staatsdienst ging, ist ja wohl kaum ein Charakterfehler. War Opa nicht auch mal im Staatsdienst? Und ansonsten – schon mal was von dem Wort ‚Liebe' gehört?"

„Wenn ich so einen Quatsch schon höre…"

Weiter kam er nicht, denn da war ihm etwas rausgerutscht, das Hertha hellwach werden ließ.

„Na, das ist ja interessant, Emil. Warum hast Du mich eigentlich geheiratet."

Vater Emils Stimme wurde nun ausgesprochen gereizt.

„Das war total was Anderes, zwischen Dir und mir."

„Das will ich aber auch schwer hoffen. Hast Du sonst noch etwas dazu zu sagen?"

Ludwig hatte genug von der Unterhaltung:

„Ich muss jetzt wieder ins Büro. Ihr könnt Euch ja in Ruhe weiterstreiten."

Er dachte gar nicht daran, ins Büro zu fahren – er fuhr zu seiner Frau, um ihr zu berichten. Dass Ludwig sie verteidigt hatte, nahm sie dankbar aber auch als selbstverständlich hin. Aber ansonsten begann sie, ihrem Ehegespons mal wieder ein wenig einzuheizen.

„Wenn Du das nicht fertigbringst, dann werde ich mit Deiner Mutter Klartext reden. Ich bin schließlich keine dumme Pute, die man mal eben so herumschubsen kann, wie es einem passt. Wenn Deine Mutter da nicht zur Raison gebracht wird, schmeiß ich sie raus, wenn sie das nächste Mal hier aufkreuzt."

„Erstens Liebling, wird sie so schnell nicht wieder herkommen, wenigstens nicht allein und zweitens werde ich ihr noch gelegentlich ein paar Worte zu dem allen sagen."

Ludwig hatte Glück – die Gelegenheit kam schon am nächsten Nachmittag. Hertha war extra ins Büro gekommen, um mit Emil einkaufen zu gehen. Ludwig bat seine Mutter in sein Büro.

„Um was geht es denn, wenn ich fragen darf?"

„Um Ingelotte und mich einerseits, um Dich und wohl auch Vater andererseits"

„Da bin ich aber gespannt. Ich habe da meine feste Meinung."

„Liebe Mutter Du hast nicht eine feste Meinung, sondern ein liebgewonnenes Vorurteil, das Du offenbar hingebungsvoll pflegst."

„Was soll das bitte? Und überhaupt, wie sprichst Du mit Deiner Mutter?"

„Klartext, wenn Du es genau wissen willst. Weißt Du, ich möchte Dich eigentlich nur sehr herzlich bitten, Ingelotte so zu akzeptieren, wie sie ist. Es mag ja sein, dass sie aus Deiner Sicht vieles falsch macht. Aber das ist Deine Sicht. Und die muss nicht unbedingt richtig sein. Aber – ich will Dir die gar nicht nehmen. Nur hör bitte damit auf, Ingelotte erziehen zu wollen. Sie ist ein erwachsener Mensch, sie ist Mutter zweier Kinder, meiner Kinder, und da braucht's Deine Versuche wirklich nicht."

„Kann sie denn überhaupt keine Kritik vertragen? Man wird doch nochmal was sagen dürfen, wenn es einem auffällt."

„Du verträgst doch auch keine Kritik. Höchstens die von Vater. Und das nicht aus Einsicht, sondern weil Dir nichts anderes übrig bleibt. Und wenn sich die Wogen wieder etwas geglättet haben, kannst Du durchaus auch mal etwas sagen, aber nicht in Deinem so gekonnt vorwurfsvollen Ton und mit tiefem Beleidigt-Sein, wenn Dein Rat nicht tränenreich sofort akzeptiert wird."

Inzwischen war Emil dazu gekommen, er hatte den Rest von Ludwigs Philippika noch so eben mit angehört.

„Sag mal, wie sprichst Du mit Deiner Mutter?"

„Deutlich, lieber Vater. Damit Ihr es endlich mal kapiert. Tut mir bitte den Gefallen und haltet Euch aus meiner Ehe raus. Das ist ganz allein meine Sache. Und vergesst bitte nicht, sowohl Ingelotte als auch Euer Sohn sind inzwischen erwachsen und leben so, wie wir es wollen. Ist das denn so schwer zu verstehen?"

„Na, da hat Dich Deine Frau ja ganz schön aufgehetzt gegen uns. Und das schluckst Du alles so?"

„Abgesehen davon, dass Ihr sicher selbst nicht glaubt, was Ihr da gerade sagt, habe ich eher den Eindruck, dass Ihr gerade hetzt. Nur gebt Euch keine Mühe - Ihr schafft das nicht, einen Keil in unsere Ehe zu treiben. Mehr habe ich dazu nicht zu sagen. Wolltet Ihr nicht einkaufen gehen?"

Ludwigs Eltern glaubten, ihren Ohren nicht zu trauen. So kannten sie ihren Ältesten nun wirklich nicht. Er war doch sonst immer gut zu beeinflussen gewesen. Und jetzt das? Es war schon schlimm genug, dass ihr Jüngster, Halvar, sich von ihnen im wahrsten Sinne des Wortes entfernt hatte. Aber jetzt auch noch Ludwig?

Sie beschlossen, erst einmal gar nichts zu erwidern. Und als Ludwig gegangen war, meinte Hertha nur:

„Der wird schon wieder zur Vernunft kommen. Mit Giselle und Halvar ist ja auch wieder alles im Lot."

„Stimmt. Komm jetzt, wir gehen erst mal ins Café Däche, bevor wir zum Lottermoser fahren. Meinst Du, wir sollten auch noch zu Klippert laufen und einen schönen Schellfisch kaufen?"

Weder Hertha noch Emil kamen auch nur im Entferntesten auf die Idee, dass sie an der Spannung massiv mitgewirkt, wenn sie nicht sogar ausgelöst hatten – sie waren der festen Überzeugung, dass Ingelotte eine schwierige Frau und als Mutter und Hausfrau völlig überfordert sei und sie es doch nur gut gemeint hätten.

Auch dass sich ihr Verhältnis zu Giselle und Halvar nach deren Fortzug wieder zum Guten entwickelt hatte, interpretierten sie als ihren Erfolg bei der Beeinflussung des jungen Ehepaares. Dass es schlicht nur darauf zurückzuführen war, dass die Beiden jetzt vier Autostunden entfernt lebten und sich damit jeglicher Aufsicht entzogen hatten, wäre ihnen nie in den Sinn gekommen.

Fast genau ein Jahr nachdem Ingelotte ihren Sohn auf die Welt gebracht hatte, wurde Giselles und Halvars zweites Kind geboren – wieder ein kleines Mädchen, das auf den Namen Nela getauft wurde. Weit ab von den Elternhäusern war das Glück der kleinen Familie vollkommen. Gleich nach der Geburt war Giselles Mutter angereist – Sanna war so lange bei Halvars Eltern, Hertha und Emil. Und wurde als Enkelkind Nummer 1 von denen und Hille recht verwöhnt.

Giselles Mutter half ihrer Tochter, bis sie wieder zu Kräften gekommen war – nach zwei Wochen fuhr sie wieder nach Hause und Halvar holte Sanna bei seinen Ettern wieder ab. Die ein ganz kleines bisschen eifersüchtig auf ihre kleine Schwester war – bisher galt ihr die gesamte Aufmerksamkeit der Mutter, jetzt musste sie sie mit dem Baby teilen, ja sogar noch ein wenig von ihrem Anteil abgeben, weil ein Baby nun einmal mehr Zuwendung und Aufmerksamkeit braucht, als eine Dreijährige.

Natürlich bekamen sie hin und wieder auch Besuch. Aber weil ihre Wohnung so klein war, quartierte der sich regelmäßig im ‚Hotel am Zoo‘, einem fünf Gehminuten von ihnen entfernt liegenden Hotel Garni ein.

Auf diese Weise blieben Halvar, Giselle, Sanna und Nela in der Waltersschen Familie die ‚No. 1‘.

Nach der kleinen Auseinandersetzung mit Ludwig zogen sich Hertha und Emil von Sohn, Schwiegertochter und den zwei Enkelkindern Martina und Christian ein wenig zurück. Was ja eigentlich durchaus in deren Sinne war.

Nur betrieben sie ihre Zurückhaltung dergestalt, dass sie vor allem Ingelotte stets den Eindruck zu vermitteln mochten, dass sie vergleichsweise zu ‚unsern Düsseldorfer Kindern‘ allenfalls zweitklassig war. Vor allem Hertha verstand dies meisterhaft, in dem sie bei gelegentlichen Besuchen Giselles Loblied in den höchsten Tönen sang und über Ingelottes Wirken für ihre Familie kein Wort sagte. So blieb das Verhältnis unterkühlt.

Zwar versuchte Mutter Caldstreich ihr Bestes, die unsichtbaren Wogen zu glätten, aber Hertha ließ sie stets kühl auflaufen.

Ludwig und Ingelotte versuchten, in puncto Entfernung ein wenig mehr an ‚Parität' zu Giselle und Halvar herbeizuführen, indem sie beschlossen, ebenfalls ein Haus zu bauen.

Hertha und Emil empfanden das als großartige Idee und suchten – und fanden – ein Grundstück ganz in ihrer Nähe. Da der Brasselsberg inzwischen zur einer der teuersten Wohngegenden von Kassel geworden war, fielen die Grundstücke entsprechend klein aus: in aller Regel waren es 500 – 600 m², 2000 m² wie es die Eltern hatten, waren unbezahlbar.

„Ludwig, wenn ich da in die Nähe zu Deinen Eltern ziehen muss, bleiben wir lieber in der Stadt wohnen. Das würde ja schlimmer, als es jetzt ist."

„Hast Du Recht. Aber was sagen wir ihnen?"

„Dass die Grundstücke zu klein sind und ein großes Grundstück zu teuer ist."

Hertha und Emil wollten das natürlich partout nicht einsehen.

„Wir hatten ein richtiges Haus erst, als wir schon Mitte, Ende fünfzig waren. Ihr könnt Euch doch auch mal ein wenig bescheiden."

„Wir schon." lautete Ingelottes Antwort. „Aber für die Kinder brauchen wir mehr Platz, d.h. einen anständigen, großen Garten. Und Euer damals angemietetes Haus in den Riedwiesen hatte doch wohl auch einen ziemlich großen Garten."

„Braucht Ihr doch gar nicht. Die Kinder können doch auch bei uns spielen."

Ingelotte schluckte jetzt richtig, Ludwig lächelte etwas gequält.

„Wisst Ihr, Ingelotte und ich möchten unsere Kinder schon gern selbst großziehen."

Emil war nun verärgert, Hertha beleidigt. Doch Ludwig und Ingelotte machte kurzen Prozess – sie kauften ein Grundstück mit etwa 1000m² in einem Vorort von Kassel, diametral entgegengesetzt vom Stadtteil Wilhelmshöhe – eine knappe Stunde Autofahrt durch die gesamte Stadt entfernt und dann noch ein paar km ins Land hinaus.

„Das warst doch nicht Du, mein Herr Sohn, sondern Deine Frau. Damit wir es ja recht weit von Euch haben, um unsere Enkelkinder zu sehen."

„Das meinst Du jetzt aber nicht im Ernst, Mutter? Also die Entfernung ist reiner Zufall und allenfalls eine angenehme Begleiterscheinung. Die Ihr Euch vor allem selbst zuzuschreiben habt. Uns ging es darum, in eine Neubausiedlung zu kommen, wo noch mehr junge Leute wohnen, die auch kleine Kinder haben. Hier bei Euch wohnen doch nur alte Leute."

1967 war ihr Haus bezugsfertig. Das Haus gefiel nicht einmal Giselle und Halvar – zu kleine Zimmer, alles so verwinkelt. Giselle meinte nur:
„Das war ja ein wirklicher Crack von Architekt. Den müsste man ja fast verklagen. Und das bisschen Garten ist nun für den Anbau von Mutter Caldstreich verbraucht. Also viel Platz haben die Kinder da wohl kaum zum Spielen. Du, Halvar – da gefällt mir unser kleines Reich in Düsseldorf ja besser. Und stell Dir vor, wenn Ingelotte mal die Butter vergessen hat. Selbst mit dem Fahrrad brauchst Du da bis zum nächsten Laden bergrunter mindestens zehn Minuten und zurück gut durchtrainiert wahrscheinlich zwanzig, weil's ziemlich bergauf geht. Ingelotte braucht sicher länger, denn Fahrrad gefahren ist die sicher das letzte Mal als Elfjährige."
„Hast Du etwa eine spitze Zunge?" fragte Halvar.
„Na ja, ist doch wahr."

Ingelottes und Ludwigs Rechnung ging auf. Mutter Hertha und Vater Emil ließen sich in dem neuen Domizil nur blicken, wenn sie eingeladen wurden. Was nur alle zwei Wochen entweder am Samstag oder Sonntag geschah und dann auch nur zum nachmittäglichen Kaffeestündchen.
Ein einziges Mal hatte Ingelotte zum Mittagessen eingeladen – es geriet fast zu einer kleinen Katastrophe. Auch Giselle und Halvar waren dabei gewesen. Es gab Schmorbraten mit Klößen und Rotkraut. Es war nicht grade ‚Haute Cuisine'.
Emil konnte sich nicht zurückhalten.
„Wo hast Du denn das Fleisch gekauft?"
Ingelotte wurde ein wenig rot – sie ahnte wohl, was kommen würde.

„Beim Metzger hier unten im Dorf."

„Na gut, dass wir in Wilhelmshöhe wohnen. Armer Junge."

Letzteres war an Ludwig gerichtet.

„Wieso fragst Du?" wollte Ingelotte wissen. „Und was heißt ‚Armer Junge'?"

„Na ja, das Fleisch kommt mir ein bisschen ‚wie gewachsen' vor. Und ein wenig fest ist es ja auch. Verwöhnst Du Ludwig immer so?"

„Vater, wir müssen sparen. Fleisch gibt es deshalb nur sehr selten und den Schmorbraten gab's im Angebot."

„Das erklärt alles. Hertha, denk bitte daran, mir für Ludwig morgen ein bisschen Pfeffer und Nelken mitzugeben. Wegen des Rotkohls. Ingelotte kann dann den Rest ein wenig nachwürzen."

Inzwischen sah Ingelotte aus, als wenn sie gleich der Schlag treffen würde. Zum Glück stand ihr Ludwig wieder ganz gut bei.

„Weiß gar nicht, was Du hast, Vater. Mir schmeckt es. Und Du kannst doch nicht im Ernst erwarten, dass meine Frau so kocht, wie Du es gewohnt bist. Und ich erinnere mich ganz gut, dass Giselles Küche auch nicht immer Deinen Beifall fand. Wir haben alle Tränen gelacht, als Halvar uns mal erzählte, als es bei ihr gefüllte Paprika gab. Dein Kommentar soll damals gelautet haben: ‚Schmeckt apart.' Und als Ihr mit dem Essen fertig wart, hast Du noch einen draufgesetzt: ‚Musst Du nicht wieder kochen.' Was sagst Du nun?"

Nun mussten alle lachen.

Mutter Hertha lächelte eher leicht amüsiert, als Ingelottes Mutter nun in die Unterhaltung eingriff:

„Weißt Du, Emil, uns Caldstreichs ist das Essen nicht so wichtig. Dafür waren wir alle immer gesund."

„So so. Also krank sind wir Walters aber auch nicht gerade. Deshalb kann man doch anständig kochen? Also, wenn Hille so kochen würde, müsste Hertha das wieder übernehmen."

„Nun lass gut sein, Vater. Wenn's Dir nicht schmeckt, bleibt wenigstens noch etwas für morgen übrig." wechselte Ingelotte das Thema.

„Kann mir gar nicht vorstellen, dass jemand immer so kocht." meinte Halvar später zu Giselle. „Dann lieber nur ne Wurststulle."

„Gut, war nicht gerade toll, der Braten. Aber so schlimm, wie Ihr darüber geredet habt, war er nun auch wieder nicht."

Der Braten war eigentlich nur ein Symptom. Und zwar für Ingelottes Sparsamkeit. Die nach und nach recht bemerkenswerte Formen annahm.

Sie hatte es sich angewöhnte, grundsätzlich nur das Billigste zu kaufen. Nicht nur bei den Lebensmitteln, sondern überhaupt.

In jedem Supermarkt kaufte sie möglichst nur Sonderangebote. Und wenn die Kartoffeln gerade zu teuer schienen, eilte sie zum Regal mit Nudeln, um dort die billigste Sorte zu erstehen.

Garderobe wurde nur im Schlussverkauf erstanden. Als ihr Vater gestorben war, musste Ludwig dessen alte Anzüge auftragen. Seine etwas größeren Schuhe stopfte sie für ihn vorne mit Seidenpapier aus, damit sie Ludwig passten. Wenn der meuterte, schmollte sie – er gab dann lieber nach.

Dass Vater Emil Mercedes fuhr, war ihr ein Dorn im Auge. Ihr Vorbild war da einer von den Mandanten, ein recht wohlhabender adliger Gutsbesitzer, der grundsätzlich nur einen VW Käfer sein Eigen nannte. Ludwig hatte entsprechend zu kämpfen, als er sich den kleinen Audi A4 kaufte.

Geschenke wurden von ihr auf Vorrat gekauft. Und dann in einer großen Kiste eingelagert, um bei Bedarf hervorgeholt zu werden. Als Sanna Jahre später heiratete und einen Wunsch zur Hochzeit äußerte, wurde der abschlägig beschieden: „Wir haben schon etwas für Euch."

Sanna und ihr Gerald staunten nicht schlecht, als sie das Geschenk auspackten: Eine Kompottschale mit sechs kleinen Tellerchen aus einfachem Pressglas. Sanna ‚entsorgte' die Gabe sofort für einen Flohmarkt – „So etwas verwenden wir nicht mal in der Küche." meinte sie kurz und trocken.

Und dann passierte etwas, was beinahe zur Trennung von Ingelotte und Ludwig geführt hätte.

Ludwig hatte sich an die Bescheidenheit seiner Frau längst gewöhnt. Und empfand sie inzwischen schon fast als Tugend. Dass es sich mehr um eine beinah krankhafte Sparsamkeit handelte, wollte er nicht wahrhaben. Zumal seine Schwiegermutter genauso lebte. Sie, die ja aus einem sehr wohlhabenden Elternhaus kam, hatte zwar einen Akademiker geheiratet, aber auch einen im Grunde genommen einfachen Beamten, der erst kurz vor seiner Pensionierung erstmals in seinem Berufsleben befördert wurde: Er wurde Oberregierungsrat.

Sie meinte daher wohl, nunmehr in Armut zu leben, zumal ihr gesamter ‚Reichtum‘ nach dem 2. Weltkrieg erst der SBZ und dann der DDR anheimfiel – der väterliche Besitz und die damit verbundenen Fabriken wurden zu ‚Volkseigenen Betrieben‘.

Sie wähnte sich daher ab 1945 als verarmt und wollte dies durch entsprechende Sparsamkeit wieder wettmachen. Sparen wurde ihr zur Tugend, die es auf die einzige Tochter zu übertragen galt. Was ihr offensichtlich auch prächtig gelungen war.

Halvar erzählte zu dem Thema mal einen Witz: Vermögensbildung ist der Aberglaube, dass man durch Sparen reich werden kann. Ingelotte und ihre Mutter lächelten nicht einmal.

Dass man als Beamter im höheren Dienst zwar keine großen Sprünge machen, aber sehr wohl vernünftig leben konnte, hatten Giselles Eltern bewiesen. Ihr Vater war ja mal Studienrat gewesen und sie hatten sogar zwei Töchter, die obendrein beide studieren konnten.

Ludwig wurde genau so sparsam. Da er gut und später sogar sehr gut verdiente, mehrte sich das Guthaben auf seinen Konten und auch seine Depotauszüge wiesen eine erfreuliche Steigerung auf.

Ingelotte ahnte von alldem nichts. Sie war ja nun mal als sparsames Beamtenkind aufgezogen worden und interessierte sich obendrein weder für Ludwigs Einkommen noch sonstwie sonderlich für Geld. Und meinte, als Ingelotte Walters, geb. Caldstreich, so leben zu müssen, wie sie es von klein auf gewohnt war.

Eines Tages hatte Ludwig zu Hause angefangen, seine eigene Steuererklärung vorzubereiten und so auch alle Konto- und Depotauszüge mitgebracht und auf dem häuslichen Schreibtisch liegen. Er war nochmal ins Büro gefahren – Vater Emil war beunruhigt, wegen des Testaments eines Mandanten und so hatte Ludwig wohl oder übel seine Arbeit unterbrechen müssen. Die Kinder waren bei der Oma in deren Souterrain-Wohnung. Ingelotte kam der Gedanke, die Pause zu nutzen, d.h. hausfraulich und tugendsam mal wieder gründlich überall Staub zu wischen. Auch auf Ludwigs Schreibtisch. Wo sie dann prompt seine Unterlagen entdeckte. Und bei deren Studium erst blass und dann rot wurde – vor Zorn und Enttäuschung.

‚Na warte, mein Lieber, das wird Dir noch leidtun.' dachte sie nur. Sie dachte den ganzen Nachmittag darüber nach, wie sie Ludwig ‚strafen' könnte, denn sie sah nur einen riesigen Vertrauensverlust: Ludwig hatte ihr die Vermögensverhältnisse verheimlicht, wogegen sie und auch ihre Mutter ihm alles an Arbeit überließen, was mit Geld zu tun hatte. ‚Er weiß über uns alles, wir wissen über ihn nichts.' schlussfolgerte sie.
Ludwig kam nach Hause. Und ging erst einmal zu seiner Schwiegermutter, um Martina und Christian hochzuholen.
Kaum hatte er die Wohnungstür hinter sich geschlossen, rief er ein fröhliches ‚Hallo' zu seiner Frau. Das Echo war schweigen.
„Ingelotte, wo steckst Du denn? Wir sind wieder da!" rief er dann.
„Schrei nicht so albern herum. Wo soll ich schon sein."
„Und warum antwortest Du nicht?"
„Warum wohl. Wüsste nicht, was wir noch groß zu reden haben."
„Darf ich fragen, was Dir die Stimmung so verhagelt hat, dass Du derart mies gelaunt bist?"
„Willst Du mich für blöd verkaufen? Guck gefälligst auf Deinen Schreibtisch. Vielleicht dämmert ja dem verehrten Herrn Gemahl dann mal was."
Inzwischen saß Christian in seinem Ställchen, Martina spielte auf der Erde und versuchte mit Christians Bauklötzen ein Puppenhaus zu bauen.

Ludwig schaute auf seinen Schreibtisch. Er sah nichts, was vorher nicht auch da war. Das einzige, was ihm auffiel war, dass alle Unterlagen jetzt schön aufgeräumt auf einem Stapel lagen.

„Weiß wirklich nicht, was Du hast. Aufgeräumt hast Du offenbar – hätte aber nicht notgetan, weil ich nach dem Abendbrot weiter daran arbeiten wollte."

„Du bist ja so etwas an scheinheilig, dusselig und blöd – ich fass es nicht."

„Was hältst Du denn davon, dass Du mir mal sagst, was Dich an meinem Schreibtisch stört? Was eigentlich los ist?"

„Du bist genauso ein falsches Ekel wie Dein Vater, weißt Du das? Und glaubst Du im Ernst, dass Du mich für dumm verkaufen kannst?"

„Du, es reicht langsam. Jetzt sag endlich was los ist, oder Du siehst nur noch die Schlusslichter von meinem Auto. Hier so nur mit Worten um sich hauen, ohne zu sagen, was los ist – das ist wohl typisch Caldstreichsche Manier?"

Ingelotte war nun so aufgeregt, dass ihr Hals mit großen roten Flecken übersät war.

„Warum verheimlichst Du mir, dass Du so viel Geld angespart hast? Dass Du einen dicken sechsstelligen Betrag auf der hohen Kante hast? Warum? Damit ich weiter ja jeden Pfennig umdrehen muss, weil wir sonst vorne und hinten nicht auskommen? Dass mir meine Mutter manchmal was geben muss, weil es bei mir nicht reicht? Findest Du das alles in Ordnung?"

„Seit wann interessierst Du Dich denn für unsere Vermögensverhältnisse? Als wir unsern Hausstand gründeten, habe ich Dich gefragt, was Du im Monat brauchst. Das hast Du bekommen. Und als die Kinder kamen wurde der Betrag aufgestockt – übrigens nach Deinem Wunsch. Und nun sag bloß nicht, Du würdest darunter leiden, dass Du immer nur das allerbilligste kaufst. Du bist nämlich geizig, weißt Du das eigentlich?"

Ingelotte unterbrach ihn.

„Das haben Dir Deine Eltern eingeblasen. Ich bin nicht geizig, sondern sparsam."

„Wie wär's denn, wenn Du erst mal auf das antwortest, was ich Dir gerade fragte? Deine Aggressivität ist so überzogen, dass Du vielleicht mal versuchen könntest Deinen Verstand wieder einzuschalten."

„Komm mir ja nicht so. Verstand habe ich mindestens so viel wie Du und…"

Ludwig ging dazwischen:

„Schön wär's ja. Bisher hatte ich auch immer den Eindruck. Aber soeben kommen mir doch erhebliche Zweifel, so wie Du Dich aufführst."

„Du bist nur ein dummer, borniert und arroganter Esel."

„Dein Ausflug ins Tierreich hebt die Qualität Deiner völlig haltlosen Vorhaltungen auch nicht."

„Dann sag doch mal, warum Du nichts von dem vielen Geld gesagt hast, das Du da angehäuft hast."

„Weil Du Dich nie – übrigens genauso wenig wie Deine Mutter – dafür interessiert hast."

„Lüg mir nichts vor! Was Du da gemacht hast, ist ein Vertrauensbruch, wie ich ihn mir schlimmer nicht vorstellen kann."

„Pass mal auf, Ingelotte. Ich gehe jetzt. Und heute komme ich auch nicht wieder. Vielleicht rufe ich Dich morgen an, ob Du da wieder normal denken kannst. Denn Dein Wutanfall ist schon ziemlich grenzwertig. Und notfalls bleibe ich ein paar Tage länger weg."

„Von mir aus bleib wo der Pfeffer wächst."

Und voller vermeintlicher Ironie ergänzte sie noch: „Läuft der kleine Ludwig jetzt zu Mami und Papi, um sich auszuweinen?"

„Hättest Du wohl gern. Ich fahre zu Irmtraud und Heinz-Wilhelm. Die ticken wenigstens normal."

Mit allem hatte Ingelotte gerechnet, aber nicht damit, dass Ludwig einfach gehen würde und zugleich ankündigte, über Nacht bei ihren Freunden zu bleiben. Ihr war nun ziemlich elend zumute, obendrein fing Christian an zu plärren und auch Martina wirkte ganz verschüchtert und hatte sich auf das Sofa in eine Ecke verzogen.

Plötzlich klapperte es an der Tür – Ingelotte hoffte, dass es Ludwig wäre, aber es war nur ihre Mutter.

„Was ist denn bei Euch los? Was hat Ludwig denn angestellt, dass ich Dein Geschimpfe noch unten bei mir gehört habe?"

„Hilf mir mal bitte mit Christian." war die Antwort.

„Du, ich hatte Dich noch etwas gefragt."

„Gleich."

„Gleich, wann?"

„Wenn die Kinder im Bett sind."

„Dann ist Ludwig doch wieder da."

„Der ist über Nacht weg. Einfach zu Irmtraud und Heinz-Wilhelm abgehauen."

„Und wieso das? Ist doch sonst so gar nicht seine Art."

„Wart's ab."

„Ich kann auch gehen, wenn Du so bist."

„Ich erzähl Dir ja gleich, was los ist. Aber die Kinder müssen ja nicht alles mitbekommen."

„Ich meine, das Schlimmste haben sie aber mitbekommen, nämlich Deinen Wutausbruch."

„Ach Mama. Ich bring jetzt die Kinder ins Bett. Schau inzwischen mal auf Ludwigs Schreibtisch."

Mutter Caldstreich tat, wie ihr geheißen. ‚Donnerwetter' dachte sie im Stillen, als sie die Zahlen las.

Als Mutter und Tochter die inzwischen vorbereiteten Schnitten verzehrten, redete sich Ingelotte wieder schön in ihren Zorn hinein.

„Und wo ist nun das Problem, das Dich so wütend macht?"

„Dass er es mir alles verheimlicht hat. Ich spare mich fast krank und ‚der da' häuft das Geld. Und die Wertpapiere. Man könnte fast den Eindruck haben, er spart, um mich loszuwerden, indem er damit abhaut."

„Also Phantasie hast Du ja. Leider zwar recht verquer, aber besser als gar nichts."

„Was soll denn die Bemerkung?"

„Dich nachdenklich machen. Hast Du Dir die Unterlagen genau angesehen?"

„Was ich gesehen habe, reichte mir."

„Ich würde an Deiner Stelle mal anfangen und intensiv darüber nachdenken, wie Du bei Ludwig wieder ‚Land gewinnst'."

„Ist das alles, was Dir dazu einfällt?"
„Ja. Und nun sieh Dir die Unterlagen gefälligst genau an. Dann weißt Du auch warum Du im Unrecht bist."

Ingelotte ging zum Schreibtisch. Schaute in die Unterlagen.
„Sehe nichts, was meine Meinung ändern könnte."
„Dann schau doch mal, auf wessen Namen die Konten lauten."
„Ja: Oh."
„Das heißt, von fünf Bankkonten lauten drei auf Deinen Namen und grob gerechnet gehören Dir davon dreifünftel. Nur das Depot lautet nur auf Ludwigs Namen."
„Aber da ist das meiste drauf."
„Stimmt. Aber das hatte Dein Vater bei uns auch so gemacht. Weil man sonst nämlich für jede Transaktion zwei Unterschriften braucht."
„Aber damit könnte er sich jederzeit auf und davon machen."
„Wenn Du weiter so zu ihm bist, wird es wohl eines Tages mal soweit sein."
„Hab ich denn nicht Recht?"
„Nur sehr bedingt. Hattet Ihr nicht ein gemeinsames Testament gemacht? Und da hat jeder von Euch von allem die Hälfte."
„Aber er hätte es mir sagen müssen."
„Dass Ihr langsam wohlhabend werdet? Hätte das etwas geändert? Würdest Du jetzt Kaviar und Champagner frühstücken?"
„Ach Mama."
„Und jetzt geh ins Bett und denk Dir was aus, wie Du Ludwig wieder besänftigst."
„Was würdest Du denn da vorschlagen?"
„Nichts, liebe Tochter, absolut nichts. Die Suppe hast Du Euch mit Getöse eingebrockt, nun löffle sie mal schön wieder alleine aus."

Ingelotte überlegte und überlegte, kam aber zu keinem rechten Entschluss. Sie wollte nicht ganz und gar ‚klein beigeben', sondern wenigstens zur Hälfte ‚Recht behalten'.
Sie war gerade eingeschlafen, als sie wieder wach wurde – Ludwig war kurz nach Mitternacht wieder zu Hause.

Er war doch nicht bei den Freunden gewesen, sondern hatte es vorgezogen, ins Kino zu gehen – zwei Filme hintereinander sah er sich an.

„Irmtraud und Heinz-Wilhelm hätten ja sonst unsern Knatsch mitbekommen. Das wollte ich dann doch nicht."

„Aber sagst Du mir in Zukunft immer mal, wie wir dastehen?"

„Nö – Du weißt ja, wo die Unterlagen liegen und kannst jederzeit reinschauen."

„Willst mich wohl noch ein wenig ärgern?"

„Da ich das eh nicht so gut kann wie Du – ich wüsste noch was Schöneres."

Die Welt bei Walters jun. nebst den zwei Kindern und Oma Caldstreich war wieder heil und in Ordnung. Das Verhältnis zu Walters sen. und Hille blieb unverändert – leicht unterkühlt und distanziert.

Die Düsseldorfer waren inzwischen umgezogen, denn Halvar sollte für sein Unternehmen mal zwei bis drei Jahre in einem Bonner Ministerium arbeiten. Im benachbarten Bad Godesberg fanden sie endlich eine größere Wohnung. Halvars Eltern kamen selten zu Besuch, meist nur, wenn der Vater zu einer Tagung der Steuerberaterkammer nach Bonn fuhr – sie wohnten dann immer im Hotel Dreesen. Giselles Eltern hingegen wohnten gern bei ihnen.

Weihnachten, Ostern, die Geburtstage der Eltern waren Tage, an denen der gesamte ‚Verein Walters und Co.‘, wie Vater Emil es nannte, sich in Kassel traf. Da kamen dann auch stets Ludwig mit seiner Familie und oft auch Frau Caldstreich und Giselles Eltern und Schwester dazu. Mit 15 Personen war das Walterssche Anwesen dann recht gut ausgelastet – viel hatte man voneinander daher nicht.

Halvar versuchte anfangs immer mal, mit seinem Bruder ein wenig reden zu können – aber das wollte nicht so richtig klappen. Ingelotte hatte ihre Abneigung gegen Ludwigs Eltern ein ganz klein wenig auf Giselle und Halvar übertragen – die beiden waren ja dank der Entfernung immer noch die Nummer ‚eins‘.

Ende Mai/Anfang Juni 1970 waren Ingelotte und Ludwig mal nach Bad Pyrmont gefahren. Ohne die Kinder, nur sie beide ganz allein – Ingeborgs Mutter hatte sich bereit erklärt, für ein paar Tage auf die Kinder aufzupassen – eine Nachbarsmutter nahm Martina jeden Tag mit in die Schule und lieferte sie zu Hause wieder ab.

Natürlich durfte Ludwig nicht über seinen Schatten springen – er hätte sie so gerne beide im Fürstenhof eingebucht, aber Ingelotte meinte, das sei viel zu teuer. Aber sie fanden dann doch eine hübsche kleine Privatpension, ganz in der Nähe des Kurparks.

Hertha hatte von der kleinen Reise Wind bekommen – Ludwig hatte dem Vater von dem geplanten Trip erzählt. Und nun meinte sie, wenigstens für einen Tag ihren Ältesten Sohn dort besuchen zu müssen. Emil war erst nicht abgeneigt, verzichtete dann aber auf den Ausflug, weil die Abwesenheit beider Chefs nicht opportun erschien. Als Ingelotte von dem Plan nach ihrer beider Rückkehr hörte, erschrak sie richtig. Und war froh und dankbar, dass daraus nichts geworden war.

Etwa fünf Wochen nach ihrer Rückkehr wurde Ingelotte etwas unruhig. Sie hatte die Tage mit Ludwig in jeder Hinsicht genossen und dachte, dass es ohne Vorsichtsmaßnahmen auch mal gehen müsse. Das war zwar richtig gedacht, hatte aber Konsequenzen. Ihr Frauenarzt bestätigte ihr, dass sie nochmals schwanger sei.

Sie war ein wenig im Zweifel, ob es richtig sei, mit Ende 30 noch einen kleinen Nachzügler zu bekommen, aber Ludwig strahlte so, dass sie es dann auch sehr schön fand, nochmal ein kleines Baby zu bekommen.

„Hat vielleicht auch sein Gutes – Deine Eltern haben dann noch ein Enkelkind mehr; vielleicht erhöht das ja unsern Stellenwert.“

Im März 1971 brachte Ingelotte ihr Baby auf die Welt – es war nochmal ein kleiner Junge. Laurens sollte er heißen. Und wieder war es Pfarrer Michael Priedel, der die Taufe vornahm. Und dabei mahnende Worte an die Taufgemeinde richtete, die, bedingt durch Ludwigs Vorarbeit, eigentlich an Hertha und Emil adressiert waren, die sich aber dadurch in keinster Weise angesprochen fühlten.

Laurens war noch kein viertel Jahr alt, als die Großeltern Walters Ludwig und Ingelotte klar machten, dass die Geburt eines weiteren Enkelkindes die Verhältnisse in keiner Weise geändert hätte. Sie sprachen nämlich mal über Testamente im allgemeinen und besonderen, meinten aber nur ihr eigenes. Und ließen dann so ganz beiläufig einfließen, dass die Kinderzahl selbstverständlich auf ein Testament keinen Einfluss habe – Kinder in die Welt zu setzen sei nicht ihre Entscheidung und ihnen seien die Familien Ingelotte und Ludwig auf der einen, Giselle und Halvar auf der anderen Seite natürlich gleich lieb. Und so ginge dereinst mal ihr Vermögen hälftig an die Söhne. Und falls diese schon gestorben sein sollten, hälftig an die drei Kinder von Ingelotte und Ludwig und die zwei Kinder von Giselle und Halvar.
Natürlich war das alles vorher abgesprochen. Denn Hille war offenkundig von den Eltern Walters im Vorfeld ein wenig beeinflusst worden:
„Ich habe ja meinen Neffen, der bekommt meine Haushälfte in Nateln, aber mein Geld geht auch mal halbe – halbe an die Kinder. Kinderkriegen kann ja wohl nicht prämiert werden."

Ingelotte war wahnsinnig enttäuscht, ließ sich aber nichts anmerken.
„Wie Ihr Euer Vermögen mal aufteilt, ist Eure Sache, da können und wollen wir keinen Einfluss nehmen." meinte sie nur.
Aber als sie dann mit Ludwig alleine war, kam ihre Enttäuschung doch deutlich zum Vorschein.
„Ludwig, Deine Eltern hassen mich offenbar so sehr, dass sie ihre Abneigung nun schon auf unsere Kinder übertragen. Findest Du das in Ordnung?"

„Nicht übertreiben, Liebes. Das ist doch alles ohnehin mehr theoretisch. Denn wenn der Erbfall eintritt, dürften Halvar und ich ja wohl noch am Leben sein. Und dann geht das Vermögen ohnehin halbe – halbe an ihn und an mich. Aufregen könntest Du Dich allenfalls, wenn wir schon tot wären – dann wäre eine Aufteilung 2/5 zu 3/5 schon gerechter."

Giselle und Halvar sprachen natürlich auch über die Sache.
„Dass die Eltern ständig auf Ingelotte herumhacken sehe ich mittlerweile mehr als kritisch – aber war diese Ankündigung heute wirklich nötig? Uns kann's ja für Sanna und Nela so nur recht sein. Aber unter Gerechtigkeit verstehe ich eigentlich etwas anderes. Und dass die Kinder von den beiden nun die Antipathie der Großeltern gegenüber der Schwiegertochter ausbaden müssen… Was meinst Du?" fragte Giselle.
„Lassen wir mal Ingelotte einen Moment außen vor. Unter Gerechtigkeit verstehe ich ebenso wie Du auch etwas anderes. Mich bedrückt dabei eigentlich eine ganz andere Sache."
„Und die wäre?"
„Dass da unbeabsichtigt von den Eltern ein Keil zwischen Ludwig und mich getrieben wird. Unsere Kinder werden bevorzugt, seine benachteiligt. Und ich schweige dazu. Das muss Ludwig doch nachdenklich stimmen. Und wenn wider Erwarten nicht, wird Ingelotte ihn schon entsprechend aufklären. Was ich übrigens gut verstehen könnte."
„Und nun?"
„Ich rede mal mit Ludwig."
Da Giselle und Halvar noch ein paar Tage in Kassel bleiben konnten, fuhr Halvar eines Vormittags ins Büro zu seinem Bruder. Der verhandelte zwar gerade mit einem Mandanten, aber eine Angestellte richtete ihm aus, dass er in etwa fünfzehn Minuten frei würde und sie dann reden könnten. Der Vater war zum Glück nicht da, er war zur Bank gefahren.

„Na Brüderlein, was verschafft mir die Ehre. Brauchst Du wieder Unterstützung?"

„Nee, Ludwig, die Zeiten sind ja zum Glück vorbei und so einigermaßen steh ich ja nun auf eigenen Beinen. Nein, ich wollte mit Dir nochmal über die Testaments-Arie reden, die die Eltern da am Sonntag vom Stapel gelassen haben. Irgendwie geht das gegen unsern Gerechtigkeitssinn."

„Och lass mal, was ist schon gerecht? Und dass Mutter und Vater gern ihre Vorurteile in den Rang absoluter Wahrheit erheben ist ja auch nichts Neues. Ich meine da das Verhältnis zu Ingelotte."

„Eben drum. Soll ich nicht mal mit denen reden?"

„Du, das ist lieb von Dir. Aber musst Du nicht. Und zwar aus drei Gründen."

„Die da wären?"

„Erstens geratet Ihr womöglich auch noch in ,Verschiss' und sie meinen Ingelotte und ich hätten Dich vorgeschickt. Muss ja nicht sein. Zweitens weiß man nicht, was da dann rauskommt. U.U. fällt ihnen dann ein, dass Mädchen den doppelten Wert von Jungens haben. Und drittens – glaubst Du im Ernst, die ändern ihre Meinung?"

„Zumindest würde ihnen klar, dass man die Dinge auch anders sehen kann."

„Lass man Halvar. Ich sag Dir jetzt was, was aber unter uns bleiben muss. Ingelotte ist eine vermögende Frau, denn Ihr Vater hat immer wie ein Hund gelebt und meine Schwiegermama lebt auch nicht anders. Ingelotte ist extrem sparsam – finde ich toll. Und ich habe inzwischen ganz schön was auf die Seite gebracht. Noch weiter fünfzehn Jahre so, dann braucht von meinen drei Kindern mal keins zu arbeiten, die können dann ganz gut vom Vermögen leben. Aber bitte kein Wort darüber zu Ingelotte. Mit der hab ich schon mal ganz schön Krach deswegen gehabt. Na ja, und zu den Eltern sowieso nicht. Versprochen?"

„Versprochen. Ist doch klar. Und Giselle und ich müssen kein schlechtes Gewissen haben?"

„Nein, wirklich nicht. Von uns allen seid Ihr doch die armen Schlucker. Bei der Company, bei der Du jetzt arbeitest, bist Du zwar einigermaßen sicher, aber zu Geld kommt man da wohl eher nicht. Kannst Dich ja anstrengen. Vielleicht wirst Du dann mal Vorstand."

Dazu lachte er Halvar strahlend an.

„Das war nicht nur ein Scherz. Ich halte nämlich eine ganze Menge von Dir. Und ein bisschen Wohlstand ist gar nicht zu verachten. Macht zwar nicht glücklich, beruhigt aber ungemein. Und wenn Du bei uns geblieben wärst, hättest Du uns glaube ich ganz schön aufgemischt."

„Weißt Du was, Bruderherz, ob Du's glaubst oder nicht – ich hab den Schritt mit meinem Jobwechsel noch nicht eine Sekunde bereut."

„Dann würde ich Dir auch die Freundschaft kündigen. Hab mich schließlich ganz schön eingesetzt damals, dass Du wechseln konntest."

„Warum bist Du eigentlich zum Vater gegangen und bist nicht der Theologie treu geblieben?"

„Ganz einfach. Man muss seinen Glauben nicht unbedingt zum Beruf erheben. Und dann hatte ich obendrein noch die Flause im Kopf, auf den Materialismus der Eltern ein wenig dämpfend wirken zu können. Das allerdings scheint nicht so ganz zu gelingen."

„Du Ludwig, das schafft glaub ich keiner. Dafür war Vaters Vorgeschichte zu krass."

„Da hast Du wohl Recht."

Die drei Kinder von Ingelotte und Ludwig waren ‚aus dem Gröbsten raus', wie sie es formulierten. Alle drei gingen inzwischen zur Schule, Martina und Christian inzwischen aufs Gymnasium, Laurens war auch eingeschult worden.

Die Familie lebte alles in allem sehr harmonisch zusammen.

Ziemlich plötzlich starb dann aber Ingelottes Mutter. Ihr Testament war für Ingelotte eine recht angenehme Überraschung – ihr Vermögen war sehr viel höher, als die Tochter es vermutet hatte. Ludwig schwieg zu dem Thema lieber, weil er die Zahlen seiner Schwiegermutter natürlich bestens kannte. Nur von den Goldmünzen, die sie in ihrer Wohnung versteckt gehalten hatte, wusste er nichts. Bei aller Trauer strahlte Ingelotte, als sie sie Ludwig zeigte. Es waren je 25 Krueger Rand und 25 Mapple Leaf, Gesamtwert nochmal 40.000 DM.

„Von denen weiß das Finanzamt nichts – die haben wir gerettet."
„Hast Du vergessen, dass ich Anwalt und Steuerberater bin? Ich möchte ungern wegen der paar Mark an Steuern meine Zulassung verlieren."

Es gab einen ziemlich heftigen Streit. Und wie eigentlich immer, gab Ludwig nach. Er beschloss erst einmal, von den Münzen nichts gewusst zu haben.

Ingelottes Mutter hatte aber auch noch ein Bankschließfach. Als sie es gemeinsam öffneten, staunten sie nicht schlecht: Es waren nochmal die gleiche Anzahl Goldmünzen, sämtlich in zwei Plastikhüllen mit der Aufschrift ‚Für Ingelotte nach meinem Tode von Papa'. Und schließlich fand sich noch etwas Schmuck, den Ingelotte noch gleich in ihrer Handtasche verstaute.

„Das hier können wir aber nicht verheimlichen – die Bank muss dem Finanzamt melden, dass es da ein Schließfach gab."

„Kommt überhaupt nicht in Frage" antwortete Ingelotte. Vor Aufregung und Zorn hatte sie wieder ihren fleckigen Hals bekommen.

„Mein Vater hat nicht sein Leben lang für mich gespart, damit es jetzt dem Staat in den Rachen geschmissen wird."

„Und wie denkst Du Dir das?"

„Sag mal, hilfst Du Deinen Mandanten auch immer so toll?"

„Was soll das denn nun?"

„Lass Dir was einfallen. Was, ist mir egal. Letztlich geht es auch um das Geld unserer Kinder."

Ludwig gab ein zweites Mal nach.

„Es waren wohl nur Zeugnisse und Urkunden im Safe."

So fertigte er mit entsprechend schlechtem Gewissen die Erbschaftssteuererklärung für seine Frau.

Während Ludwig den alltäglichen Ärger mit seinem Vater im Büro verkraften musste, betätigte sich Ingelotte unverdrossen in ihrem Haushalt. Dass sie eine wohlhabende Frau geworden war, hatte sie völlig verdrängt – sie lebte genauso bescheiden wie zuvor und sparte wo immer es ihr möglich erschien. Und beeinflusste natürlich Ludwig entsprechend. Nicht nur beim und am Essen, sondern auch in allem anderen – angefangen bei der Garderobe für sich und ihre Kinder bis hin zu den Urlaubsreisen.

Letztere gingen nach wie vor an die Ostsee nach Damp 2000 und weil für das Gepäck in einem kleineren Mittelklasse-Pkw mit zwei Erwachsenen und drei nun schon langsam groß gewordenen Kindern kein Platz war, musste Ludwig einen Anhänger für sein Auto kaufen. So zuckelten sie mit 80 km/h in den Urlaub und auch wieder nach Hause. Als Ludwig aber bei seinen Eltern fragte, ob er den Anhänger dort in der zweiten Garage unterstellen könne, wurde die Bitte abschlägig beschieden:

„Für das Ding haben wir keinen Platz, da stehen die Gartengeräte drin."

Was sogar stimmte: Es war genau ein Rasenmäher, elektrisch betrieben und ohne Antrieb.

Abschiede

Dass Emil sich nicht mehr ändern würde, war zu erwarten gewesen. Im Gegenteil – sein Verhalten war mit der Zeit immer unberechenbarer geworden.

Giselle und Halvar machten sich ziemlich große Sorgen. Hertha, Ludwigs und Halvars Mutter, ging es zunehmend schlecht. Nach Hilles plötzlichem Tod hatte Emil seiner Frau die Buchführung weggenommen und verlangt, dass sie ihn wieder bekochte. Es war offensichtlich – die Mutter war von der Hausarbeit, der sie sich zuletzt vor über vierzig Jahren gewidmet hatte, trotz Hilfe, mit ihren ja schon über 80 Jahren ganz einfach überfordert.

Immer wenn Giselle und Halvar in Kassel waren, sorgte der Vater dafür, dass sie ja nie mit der Mutter allein waren, denn sie wollte ihren Söhnen immer etwas erzählen und Vater versuchte das unbedingt zu verhindern.

Irgendwie fühlte sie sich ständig bedroht, ob durch den cholerischen Vater, haben sie nie erfahren können.

Dass er seine Frau durchaus auch schikanierte, war nicht zu übersehen. Wenn sie ihn z.B. bat, ihr doch ein Päckchen Binden mitzubringen – sie selbst konnte da schon längst nicht mehr einkaufen gehen – tobte er mit ihr wegen der 2,50 Mark und sie musste versuchen, dass die Zugehfrau ihr welche besorgte.

Eines Tages war sie dann nervlich wohl zusammengeklappt – und prompt sorgte Emil dafür, dass die Mutter in eine Nervenklinik kam.

Nach ein paar Wochen konnte sie wieder nach Hause. Und fühlte sich umgehend wieder bedroht, wie schon vorher. Und eines Tages rief sie dann bei Giselle an, ganz leise und kläglich:

„Bitte, bitte, Giselle komm und schütze mich."

Natürlich hätte sie auch bei Ingelotte anrufen können, aber zu ihr hatte sie kein rechtes Vertrauen. Mutter selbst hatte schließlich dafür gesorgt, dass das Verhältnis angespannt geblieben war.

Natürlich hatte sich Giselle nach dem ‚Notruf' gleich in den nächsten Zug gesetzt und half ihrer Schwiegermutter so gut sie konnte. Tatsächlich ging es ihr dann auch schnell etwas besser.

Kaum war Giselle wieder in Ludwigsburg, wo sie inzwischen zusammen mit Halvar lebte, musste Mutter ins Krankenhaus. Giselle fuhr wieder zu ihr. Und eines Morgens beim Frühstück fing Vater Emil dann plötzlich an, ihr ziemlich bös- und abartige Vorwürfe zu machen und das natürlich in brüllender Lautstärke.

Giselle konterte und das – was sonst gar nicht ihre Art war – mit schneidender Stimme:

„Du kannst von mir aus rumbrüllen, soviel Du magst und wo immer Du dazu Lust hast. Aber nicht in meiner Gegenwart und schon gar nicht zu mir. In dem Ton also bitte nicht, mein Lieber, den verbitte ich mir. Da kannst Du allein frühstücken." stand auf und ging in ihr Zimmer.

Da Vater Emil seit der Auseinandersetzung in Nateln mit Tante Anne so noch kein Zweiter, in diesem Falle keine Zweite gekommen war, schnappte er wohl ziemlich nach Luft. Und lief Giselle recht kleinlaut, aber mit hochrotem Kopf hinterher, um wieder ‚gut Wetter' zu machen.

Giselle gab dann nach, aber nur, weil er so aufgeregt wirkte, dass sie fürchtete, er stünde kurz vor einem Herzinfarkt.

Halvar fuhr am Wochenende ebenfalls nach Kassel. Giselle hatte ihm gegenüber angedeutet, dass Ludwig kaum Zeit hätte, sich um die Mutter zu kümmern. Außerdem unterstütze Ingelotte ihn nur sehr bedingt bezüglich Kontakten zu ihren Schwiegereltern.

Giselle meinte, sie sollten Mutter für ein bis zwei Wochen mit nach Ludwigsburg nehmen. Als der Vater davon erfuhr, bekam er einen richtigen Tobsuchtsanfall.

„Das kommt überhaupt nicht in Frage. Wenn Ihr das macht, sind wir geschiedene Leute, dann will ich Euch nie mehr sehen und, mein Herr Sohn, nimm das gleich auch zur Kenntnis – dann wirst Du enterbt."

Halvar hat es nie verstanden, warum er damals nachgegeben hatte, denn seinen Pflichtteil hätte ihm der Vater ohnehin nicht vorenthalten können.

Inzwischen hatten Giselle und Halvar herausgefunden – Ludwig wusste es schon seit längerem - dass der Herr Papa sich eine Freundin zugelegt hatte, Frau Elli Strießer. Die Eltern und auch Halvar kannten sie ja ganz gut. Ludwig und Halvar erinnerten sich – sie waren damals 9 und 4 Jahre alt – dass sie damals eine attraktive, schöne junge Frau und Freundin des Sohns der Nachbarn war und ihn später auch heiratete. Er studierte in Berlin Maschinenbau, war ein Luftikus und hätte nie sein Diplom geschafft, wenn nicht besagte Freundin Elli Martinali ihn entsprechend angespornt hätte.
Nach der Eheschließung landete der hoffnungsfrohe junge Mann irgendwo in der Automobilbranche, sie hatten einen Sohn, der später Jura studierte, während der Vater nach dem Kriege in Hannover bei VW einen Job fand. Nach seiner Pensionierung trennte er sich von seiner Elli, ließ sich sogar scheiden und besagte Elli lebte in einem der von den Schwiegereltern geerbten Häuser im vornehmsten Viertel von Kassel.

Zu ihr hatte Vater Walters nun offenbar erfolgreich wieder Kontakt aufgenommen – und genoss es sichtlich, von einer ca. 15 Jahre jüngeren Frau umschwärmt zu werden, statt sich um seine kranke Frau zu kümmern.
Dafür setzte er alles daran, ihr das Leben zur Hölle zu machen. Was ihm auch leidlich gelang, denn Hertha musste wieder ins Krankenhaus. Psychisch war sie auf jeden Fall am Ende – nicht nur das Gefühl des Bedrohtseins setzte ihr zu, sondern auch die panische Angst, Krebs zu haben – ihre Eltern waren beide daran ziemlich elend gestorben.

Und wieder fuhr Giselle, nachdem sie von Ludwig näheres gehört hatte, sofort nach Kassel. Und vom Bahnhof direkt ins Krankenhaus.

Als sie das Zimmer betrat, stand Vater Emil breitbeinig und breitschultrig mit seinen 100 kg (bei etwa 1.75 m Größe) am Bett der Mutter und war sichtlich peinlich berührt, als er Giselle sah. Sie gingen dann anschließend noch in eine Konditorei, um eine Tasse Café zu trinken, als der Vater ihr gegenübersitzend so ganz unvermittelt anmerkte:

„Aug in Aug mit meinem Feinde..."

Mutter Walters kam wieder nach Hause, sie wurde immer weniger und hinfälliger – Emil Walters brachte sie in ein Pflegeheim nach Hofgeismar. Wo sie sich mit einer anderen Frau ein Zimmer teilen ‚durfte'.

„Eure Mutter kostet mich jeden Monat ein Vermögen", schimpfte er, „Ihr wisst schließlich nicht wie schwer es ist, Geld zu verdienen."

Es war die alte Leier und offenbar war ihm entgangen, dass sowohl Ludwig als auch Halvar berufstätig waren, auch Geld verdienten und das keineswegs nur mit einer 35-Stunden-Woche.

Emil schaute zwei Mal in der Woche bei seiner Frau vorbei, ansonsten verbrachte er seine Freizeit mit Frau Strießer. Wobei dann auch gleich offenkundig wurde, dass er bereits seit längerem mit ihr regelmäßig in den Urlaub fuhr. Da mussten halt seine Besuche bei seiner Frau für ein oder zwei Wochen ausgesetzt werden.

Hertha wurde ‚immer weniger'. Essen mochte sie nicht mehr, auf jeden Fall war es immer viel zu wenig, um einigermaßen bei Kräften zu bleiben, geschweige denn wieder zu Kräften zu kommen.

Am 15. November 1985 starb sie.

Ludwig hatte es kommen sehen. Ingelotte nahm es eher gelassen.

„Ist für Deine Mutter sicher so das Beste. Dein Vater war ja alles andere als einfach für sie."

Giselle hatte Halvar wenige Tage vorher schon gesagt, dass es mit ihr zu Ende gehen würde, denn sie hatte bei ihrem letzten

Besuch der Schwester wohl geholfen, Mutter frisch zu machen und dabei gesehen, dass sie ganz abgemagert und hilflos war.

Ludwig hatte nach wie vor tagein, tagaus das Vergnügen, Vater Emil im Büro zu sehen.

„Sag mal Ludwig, so fit ist Vater doch gar nicht. Hat er tatsächlich noch mit den Mandanten zu tun?" hatte Halvar seinen Bruder damals eines Tages gefragt.

„Zwei Mandanten, auch etwa in seinem Alter, gehen wohl nach wie vor ganz gern zu ihm. Denen bin ich noch zu jung und unerfahren." erläuterte er seinem jüngeren Bruder süffisant lächelnd. „Aber sonst macht er eigentlich nichts mehr. Er liest lange und ausführlich Zeitung, löst Kreuzworträtsel und manchmal fährt er auch zur Bank. Na und sonst kümmert er sich um seine neue Flamme, die Frau Strießer. Mir ist das so nur recht – da stört er mich wenigstens nicht weiter."

Kurz vor Ostern 1987 rief Vater Walters in Ludwigsburg an, ob Giselle und Halvar nicht die Osterfeiertage in Kassel verbringen wollten. Mit Ludwig hatte er schon gesprochen – Ingelotte und die Kinder würden auch kommen. Natürlich sind sie hingefahren.

Da das Wetter sehr schön war, machten Vater, Ludwig und Halvar am Ostersonntag einen Spaziergang, die Frauen wollten das Mittagessen vorbereiten. Vater war alt geworden, sah schlecht aus und hatte große Probleme mit ständigen Darmblutungen und einem viel zu hohen Blutdruck. Und das Laufen fiel ihm sichtlich schwer, weshalb er ziemlich bald eine Bank ansteuerte, um auszuruhen. Die Söhne setzten sich zu ihm.

Und er erzählte ihnen dann so ganz beiläufig, dass er sein Haus verkauft habe und in eine frei gewordene Wohnung bei Frau Strießer einziehen wolle. Aber jetzt gleich nach Ostern müsse er erst einmal ins Krankenhaus, er müsse sich dringend am Bruch operieren lassen.

Giselle und Halvar waren schon wieder in Ludwigsburg, als Ludwig bei ihnen anrief, dass die Operation wohl ganz gut verlaufen sei, aber Vater habe im Krankenhaus schon drei Herzinfarkte bekommen und sei vor allem seelisch in einer schlechten Verfassung. Er liege da so hilflos in seinem Bett, gut verkabelt zwar, aber die Schläuche in der Nase plagten ihn wohl sehr.

Halvar beschloss, gleich am Samstag früh noch einmal zu ihm zu fahren und wollte ihm dann auch ein Kassettenradio von sich mitbringen einschließlich ein paar Kassetten, damit er seine geliebte klassische Musik hören könne.

Als Halvar am Freitagabend nach Hause kam, stand Giselle schon in der offenen Tür:
„Du brauchst morgen nicht nach Kassel zu fahren. Vater ist vor zwei Stunden gestorben."

Nun war also auch der Vater tot, beide Eltern lebten nicht mehr und bei aller Distanz, die da zu ihm bestand, ging das sowohl Ludwig als auch Halvar recht nahe. Er, der kräftige, bullige und stets polternde Mann, der so hart zu seinen Söhnen und vor allem auch zu seiner Frau gewesen war – so als hilfloser Greis wollte er wohl nicht mehr leben. Und konnte einfach sterben. Er hatte noch einen weiteren Herzinfarkt erlitten. Sicher waren die Ärzte daran nicht ganz unschuldig, denn sie hatten ihm alle Medikamente, die er bis dahin nahm, weggenommen und durch andere ersetzt. Aber für ihn war der schnelle Tod ein Segen.
Seine Beerdigung war noch trister als die der Mutter.

„Ich wüsste zu gern, warum unser Vater ein so ‚harter Knochen' geworden ist. Aber Du hast sicher auch keine rechte Erklärung dafür." meinte Halvar zu Ludwig.
„Genau wirst Du, werden wir alle, also Du und ich dies nie wissen. Aber die panische Angst, arm zu werden – die erklärt sich ganz sicher aus seiner Kindheit. Über Nacht arm zu werden, den Vater sterben zu sehen, zu erleben, dass die Mutter in der Fabrik arbeiten muss, um nicht mit ihren Kindern zu verhungern, vom Gymnasium abgehen zu müssen, weil der Verdienst der Mutter fürs Schulgeld nicht reicht – meinst Du nicht auch, dass solche Erlebnisse prägen?"

„Aber deshalb muss man doch nicht hart und ungerecht werden."

„Du, ich finde es ganz toll, dass Du versuchst, unserm Vater noch so etwas wie Gerechtigkeit zuteilwerden zu lassen. Aber der hatte doch noch mehr zu verarbeiten. Ich glaube, er hat wahnsinnig auch darunter gelitten, dass er seine Karriere doch weitgehend seinem Schwiegervater zu verdanken hatte. Was vielleicht noch nicht einmal unbedingt stimmt. Denn das, was er in Kassel geschaffen hat, war ganz sicher nicht mehr von ‚Schwiegervaters Gnaden.' Nur hat ihm das keiner gesagt. Und der Schwiegervater erst recht nicht."

„Stimmt. Und unsere Großmutter hat sogar noch immer auf ihm herumgehackt – nicht bösartig, sondern mehr spöttisch. Und Mutter hat ihm immer mal gedroht, mit uns zu ihren Eltern zurückzugehen."

„Siehst Du, da kam eins zu anderen."

„Na, und liebevolles für einander einstehen, Warmherzigkeit und solche Dinge hat er wohl kaum je erfahren. Vielleicht gibt es so gar nicht den einen Grund, der ihn so hart hat werden lassen, sondern es ist eine ganze Fülle von Gründen, die ihn da beeinflusst haben."

„Das wird sogar ziemlich sicher so sein."

Große Kinder

Ingelottes und Ludwigs Martina und Christian hatten 1982 und 1983 Abitur gemacht. Ob Laurens es dereinst auch mal schaffen würde, war höchst ungewiss. Er war der überaus geliebte Nachzügler seiner Eltern und wurde heiß und innig geliebt – und vor allem auch entsprechend verwöhnt. Die Warnungen von Ludwigs Eltern, dass sie sich da einen kleinen Plagegeist heranziehen würden, waren stets ungehört verhallt. Und so wurde Laurens in der Tat ein kleiner, großer Luftikus, zwar immer strahlend, aber nie etwas besonders ernst nehmend. Und Schule schon mal gar nicht.

Martina hatte das Abi zwar geschafft, war aber ein scheues, zurückhaltendes Mädchen geworden, das mit einer fast stets klagenden und schüchtern klingenden Stimme sprach, dabei oft noch rot wurde. Zu ihren Eltern hatte sie ein allenfalls verhaltenes, meist leicht gespanntes Verhältnis, denn Ludwig hielt von ihr wenig, Ingelotte ebenso, was sie ihr Kind auch spüren ließen. Dass die Tochter so geworden war, musste man ganz sicher ihren Eltern zuschreiben: Erst war es Christian, der der ein Jahr älteren Schwester gegenüber eindeutig bevorzugt wurde und später Laurens, der ‚süße Kleine'.

Immerhin hatte Christian ein sehr gutes Abitur hinbekommen, sodass er Biologie und Chemie studieren konnte, wie er es sich immer gewünscht hatte. Martina hingegen hatte keine besonderen Präferenzen für eine bestimmte Studienrichtung erkennen lassen und beschloss daher wie ihr Vater, Jura zu studieren.

Ingelotte runzelte die Stirn über Martinas Studienwunsch. Sie hatte sich für die Tochter eher einen praktischen Beruf vorgestellt, so wie sie einen solchen als junges Mädchen nach dem Abitur ergriffen hatte. Dass sie mal heiraten sollte und wie sie selbst Kinder haben würde, stellte sie sich zwar auch vor, hatte aber selbst ein wenig Zweifel daran: Martina war weder besonders hübsch noch charmant oder in irgendeiner Form besonders anziehend – sie war eher unscheinbar. Und Ludwigs Zutrauen in die Fähigkeiten seiner Tochter war durchaus überschaubar.

Über Christians Berufswahl war er ein wenig enttäuscht, weil er als sein Nachfolger im Betrieb ausschied. Und setzte so seine Hoffnungen auf Laurens. Obwohl ihm wohl durchaus auch bewusst war, dass Laurens zu jung und er, Ludwig, schon zu alt war, als dass es mit einer Betriebsübergabe hätte klappen können.

Laurens hatte – das stellte sich schon zeitig heraus – keinerlei Chancen, das Abitur zu schaffen. Da er der Liebling seiner Eltern war, nahmen die es eher gelassen, als er verkündete, mit der Mittleren Reife das Gymnasium verlassen zu wollen.

Geändert hatte er sich nicht – er war nach wie vor ein kleiner Strahlemann, zwar kleinwüchsig, aber dafür umso selbstbewusster. Und damit er nicht gar zu klein wirkte, trug er stets Halbschuhe, die innen einen Keil an der Ferse hatten, sodass er damit zwei bis drei Zentimeter größer war.

Ludwig gelang es immerhin, ihn dahingehend zu beeinflussen, dass er eine Lehre in einer landwirtschaftlichen Buchstelle absolvieren sollte. Er dachte an Vater Emil, der auch als Nichtakademiker ein sehr guter Steuerberater geworden war. In diesem Sinne sah Ludwig in seinem Jüngsten trotz des Altersunterschieds anfangs eine Zeit lang seinen Nachfolger. Er dachte daran, gegebenenfalls einen Helfer in Steuersachen einzustellen und mit dessen Hilfe die Zeit zwischen seinem Ausscheiden aus dem Betrieb und dem Hineinwachsen von Laurens zu überbrücken. Und damit Laurens nicht alles auf die leichte Schulter nahm, brachte er seinen Sohn bei einem Kollegen im nahegelegenen Hofgeismar unter.

Ingelotte war zu der Zeit schon seit längerem krank. Es hatte 1980 eine ganze Weile gedauert, bis die Ärzte dahinterkamen, dass sie an Darmkrebs erkrankt war.

Ludwigs und Halvars Eltern, waren so sehr gegen Ingelotte - und damit ein wenig auch gegen Ludwig - eingenommen, dass sie die Erkrankung erst einmal nicht ernst nehmen wollten.

„Das redet sie sich nur ein, um sich interessant zu machen. Und um bemitleidet zu werden." war ihr Urteil.

Ludwig war sauer auf seine Eltern. Und zwar richtig sauer.
„Pass mal gut auf, Vater. Und Du Mutter bitte auch. Wir wollen Euer Mitleid nicht und wir brauchen es auch nicht. Aber eins geht beim besten Willen nicht, dass ihr meine Frau und damit auch mich in einer sehr, sehr ernsten Situation herabwürdigt. Und das tut Ihr gerade. Entweder Ihr benehmt Euch Ingelotte und damit auch mir gegenüber normal, oder Ihr könnt mich als Euern Sohn abschreiben. Ich halte das aus. Und unsere Kontakte beschränken sich dann eben auf das allernotwendigste im Büro. Denkt mal darüber nach, wie unmöglich Ihr Euch im Grunde genommen verhaltet. Meldet Euch bei uns, wenn Ihr wieder zur Besinnung gekommen seid."
Bevor sich die Eltern von ihrer Überraschung über die Philippika ihres Ältesten erholt hatten, hatte Ludwig bereits die Haustür hinter sich zugeknallt und war mit seinem Auto verschwunden.

Die Kinder wurden größer, Ludwig gegenüber seinen Eltern sowie gegenüber Bruder und Schwägerin immer verschlossener und Ingelotte immer kränker.
Sie hatte mehrere Operationen hinter sich, einmal auch eine Chemotherapie – die ihr allerdings miserabel bekam – und mehrmals Bestrahlungen. Die Hoffnung auf Heilung hatten sie und Ludwig aufgegeben, immerhin sprachen die Behandlungen jeweils soweit an, dass es ihr danach anfangs immer für ein paar Monate, später für ein paar Wochen besser ging.

Natürlich erkundigten sich Ludwig und Ingelotte auch regelmäßig nach den beruflichen Fortschritten ihrer ‚glorreichen Drei'. Was in schönster Regelmäßigkeit zu ‚dicker Luft' führte.
Martinas Fortschritte in den juristischen Exerzitien waren mehr als überschaubar – es stellte sich im Laufe der Jahre heraus, dass sie auch nach 24 Semestern Jura keinen der ‚großen Scheine' erworben hatte und sich somit auch nicht zur ersten Staatsprüfung melden konnte.

Christian nahm sein Studium dagegen sehr ernst und machte entsprechend auch sehr gute Fortschritte. Nur verstanden seine Eltern von der Materie absolut nichts und so fiel auch das Lob für den Sohn entsprechend knapp aus.

Laurens absolvierte seine Lehre mit recht gutem Erfolg, und da er nach wie vor der Sonnenschein seiner Eltern war, widerfuhr ihm die entsprechende Anerkennung. Was sich meistens in entsprechenden Dotationen durch Ludwig niederschlug, der seinem Jüngsten einfach keinen Wunsch abschlagen mochte.

Martina hatte zwar keinen festen Freund, war aber trotzdem schwanger geworden – sie brachte ein kleines Mädchen auf die Welt. Wovon die Familie erst einmal nichts erfuhr. Ludwig hatte sie mit hinreichend Geld ausgestattet, sodass sie sich in Hannover eine Eigentumswohnung kaufen konnte. Und da ihr Ingelotte auch immer mal etwas mit Geld unter die Arme gegriffen hatte, konnte sie so recht und schlecht sich und ihre kleine Jenny über die Runden bringen.

Christian hatte inzwischen auch mitbekommen, dass es da Menschen zweierlei Geschlechts gab, aber so recht wusste er mit Mädchen nichts anzufangen. Nur ein Mal hatte er eine hübsche und durchaus selbstbewusste Französin aufgetan, mit der er auch ein Weilchen zusammen war. Aber da Christian mehr introvertiert veranlagt, seine Suzanne dafür umso extrovertierter ausgefallen war, sagte sie ziemlich unverblümt, was er zu tun und zu lassen hatte. Das empfand er anfangs wohl auch ganz aufmunternd, aber als sie dann immer mehr auch sein Alltagsleben dominieren wollte, wurde es ihm zu viel. Und der von ihr für sie beide festgelegte Urlaub zusammen mit ihren Eltern in der Bretagne brachte das Fass wohl zum Überlaufen – Christian sagte ‚Njet‘, woraufhin sie schmollte, es gab sich ein Wort das andere und er erklärte das Ende der Gemeinsamkeiten. Suzanne sagte Lebewohl und ward nie mehr gesehen. Christian war von da an nie mehr mit einer Frau zusammen.

Laurens dagegen war dem anderen Geschlecht sehr zugetan. Und sehr bald nach der Wiedervereinigung hatte er ein niedliches und gut proportioniertes Mädchen aus den neuen Ländern aufgetan und erklärte seinen Eltern in ihrem Beisein, dass er gedenke, seinen Schwarm namens Ingrid zu ehelichen.

Ludwig und Ingelotte versuchten gar nicht erst, ihn von dem Gedanken abzubringen. Und richteten eine sehr schöne Hochzeitsfeier aus, die man in Schloss Wilhelmstal feierte. Ludwig zahlte eine Aussteuer und damit die zwei einigermaßen vernünftig wohnen konnten, kaufte er ihnen ein Reiheneckhaus in einem Kasseler Vorort, in das sie voller Stolz einzogen und in dem Ingrid als – wie sie sagte, gelernte - Geschäftsfrau, sogleich einen Geschenke-Laden eröffnete. Es war so typisch ein Geschäft für lauter hübsche kleine Dinge, die man eigentlich nicht braucht. Natürlich durfte Laurens sich um die Bezahlung der eingekauften Waren kümmern und wurde ziemlich schnell finanziell ‚klamm‘. Er wandte sich an Ludwig.

„Ich glaube, Ingrids Idee mit dem Laden ist goldrichtig. Aber kannst Du mir nochmal ein bisschen unter die Arme greifen – in der Anlaufphase braucht's halt ein wenig mehr. Und da sind wir gerade arg eng."

„Wie wär's denn mit ein wenig Bescheidenheit? Wenn Du Deinen teuren japanischen Schlitten verkaufst, bekommst Du was."

„Aber ich zahl's Dir doch zurück."

„Wär ja das erste Mal, mein Bürschchen. Verkaufst Du nun die Karre – ja oder nein?"

„Wenn es denn sein muss."

„Muss es. Und zurückzahlen brauchst Du nichts. Das läuft à Konto Deines Erbanteils. Übrigens hast Du jetzt alles bekommen, was Dir zusteht."

„Und wieviel kannst Du mir jetzt noch auszahlen?"

„Höchstens 5.000."

„Ich brauche aber 10.000."

„So viel an Waren könnt Ihr doch gar nicht offenstehen haben."

„Aber ich brauch doch wieder ein Auto. Es wird auch wirklich ein ganz kleiner Wagen versprochen."

„7.500. Und nun troll Dich bitte. Und grüß mir Deine tolle Geschäftsfrau."

Gleich nach der Wende war Ingelotte damit herausgerückt.

„Du, Ludwig, da müsste doch eigentlich was zu machen sein. Ich meine mit den Fabriken meiner Großeltern, die damals alle enteignet wurden. Wäre doch toll, wenn Du da für uns noch ein wenig Geld rausschlagen könntest."

„Also toll sieht das alles ja nicht aus, aber ich kümmere mich mal darum."

Nach etwa einem dreiviertel Jahr hatte Ludwig es geschafft: Ingelotte bekam von der Treuhand, die in den neuen Ländern ja mit der Abwicklung des Staatseigentums betraut war, einen schönen sechsstelligen Betrag. Ludwig hatte plötzlich eine ‚vermögende' Frau, wie er lächelnd anmerkte. Was Ingelotte umgehend wieder etwas zornig werden ließ – ihr war sofort wieder die nun schon viele Jahre zurückliegende Auseinandersetzung über Ludwigs ‚gehortetes' Geld, wie sie es nannte, eingefallen.

Ein halbes Jahr später starb Ingelotte - der Krebs hatte doch gesiegt.

Solange Ingelotte noch lebte, hatte Ludwig irgendwie immer wieder gehofft, sie würden gemeinsam noch die Kurve kriegen, wie er es immer hoffnungsfroh genannt hatte. Aber sie war letztendlich zermürbt von dem jahrelangen Kampf. Die Kinder waren inzwischen groß, zwar waren sie nicht allzu lebenstüchtig, aber sie kamen irgendwie zurecht. Und dann hatte Ingelotte letztendlich gemeint, dass an der Zeit sei, dass auch ihr Ludwig ohne sie zurechtkäme. Und für sich erwartete sie ohnehin nichts mehr vom Leben.

Sie hatte sich gewünscht, dass die Trauerfeier vom Pfarrer der Nachbargemeinde gestaltet wurde. Das war ein wahrer Diener Gottes, der stimmlich und inhaltlich stets alles Leiden dieser Welt verkündete und irgendwie auch verkörperte. In seiner eigenen Gemeinde stand er mehrmals kurz vor dem ‚Rausschmiss' und schaffte es doch immer wieder mit einer hauchdünnen Mehrheit, dass der Kirchenvorstand ihn im Amt bestätigte – zuletzt aber nur, weil sehr viele Menschen entweder aus der Kirche aus-

getreten waren oder sich inzwischen zur Nachbargemeinde um-
orientiert hatten. Halvar hatte zu Giselle mal gesagt, dass ihm
von dem Salbadern des Mannes hinterher immer ganz schlecht
sei. Ludwig schaute ihn dann jeweils ganz vorwurfsvoll an, wenn
er etwas in der Richtung gesagt hatte, denn alles was Ingelotte
gut und richtig fand, gefiel ihm offenbar auch – wenn auch manches mehr und manches weniger.

So gut es eben ging, kümmerten sich Martina, Christian und Laurens um ihren Vater. Was nicht so ganz einfach war, denn Martina lebte in Hannover, Christian studierte in Würzburg und Laurens ‚kaute‘ an seiner Ehe.
Ludwig kam aber so einigermaßen allein ganz gut über die Runden, zumal er sich noch enger an die Kirche angeschlossen hatte
und diverse Bibelkreise besuchte. Anscheinend gab ihm die Kirche den Halt, den er suchte und auch brauchte.

Eines Tages bekam er dann doch mit, dass er durch seine Älteste
zum Großvater avanciert war. Eigentlich hätte man erwarten sollen, dass er sich über seine Enkelin freuen würde, aber er reagierte so schroff und ablehnend, dass das Verhältnis Martinas zu
ihrem Vater irreparabel zerstört wurde. Natürlich wollte er wissen, wer der Vater des Kindes sei, aber Martina war an dem
Punkt verschlossen wie eine Auster. Was allerdings wenig
nutzte, denn inzwischen pfiffen es die Spatzen von den Dächern,
dass wohl der etwa fünfzehn Jahre ältere Hausmeister der Wohn-
anlage, in die sich Martina vor Jahren eingekauft hatte, der Vater
des Kindes sei. Das alles war zu viel für Ludwig. Er zahlte ihr
den Rest ihres Erbes aus und beschied sie, dass er Tochter und
Enkeltochter nicht mehr zu sehen wünsche.
Es war die Zeit, in der Martina als Altenpflegerin arbeitete, um
etwas Geld in die Kasse zu bekommen. Aber auch dabei blieb sie
später nicht und zu einer Prüfung konnte sie sich nicht aufraffen.
Als Ludwig einen runden Geburtstag feierte, kam sie unaufge-
fordert mit Jenny angereist – „es geht mir nicht um meinen Vater,
aber ich wollte meine Geschwister mal wiedersehen."

Christian war mit dem Studium fertig – er hatte seine Promotion in Biochemie abgeschlossen, seine Arbeit war angenommen worden und nur das Rigorosum stand noch bevor – wenige Wochen später hatte er auch das bestanden und war nun stolzer ‚Dr. rer. nat.'. Er ging in die Pharma-Branche.

Laurens hatte das Abenteuer Ehe fürs erste beendet. Seine Ingrid hatte natürlich eine krachende Pleite mit dem Geschenke-Lädchen hingelegt und sie nahm es ihrem Mann ziemlich übel, dass der nicht bereit war, ihr das nächste Abenteuer zu finanzieren. Sie arbeitete zunächst als Verkäuferin in einem Möbelgeschäft in Kassel. Dort kündigte sie nach acht Wochen. Ihre Begründung:
„Ich hab bei denen durch mein Talent in sechs Wochen den Umsatz verdoppelt, aber die wollen mich nicht angemessen bezahlen. Müssen sie eben sehen, wie sie ohne mich zurechtkommen."
Laurens glaubte ihr nur die Hälfte. Was noch zuviel war, denn er hörte kurz darauf durch Zufall, dass man Ingrid noch in der Probezeit gekündigt hatte.
„Warum lügst Du mich so an?"
„Tu ich doch gar nicht."
Ihre Wahrnehmung war wohl gestört. Und von der Realität weit entfernt.
Sie bewarb sich wieder, dieses Mal bei einer Möbelkette. Man bot ihr einen Job in München an. Und wieder als Verkäuferin. Sie erzählte überall, dass sie in die Großstadt wechseln müsse – man habe ihr dort die Leitung des Kaufhauses angeboten. Mit der Aussicht auf einen Geschäftsführerposten, weil sie ja eine wirkliche Verkaufskanone sei.
Die Familie lächelte süffisant, Laurens war weniger ‚amused' bei dem Gedanken an eine Wochenendehe. Da Ingrid ja nur Samstagnachmittag und am Sonntag frei hatte, fuhr Laurens immer nach München. Mit seinem kleinen Austin-Mini – die Bahn war ihm zu teuer.
Einmal konnte er sich früher bei seinem Chef in Hofgeismar frei nehmen – er fuhr schon am Freitag nach München und wollte

Ingrid überraschen und in ihrem Geschäft abholen. Doch die war nirgends zu sehen. So sprach er einen älteren Verkäufer an.

„Die Ingrid Walters? Oh, tut mir leid, die ist schon vor einer halben Stunde gegangen. Mit unserm Abteilungsleiter."

„Wissen Sie wohin?"

„Ich glaube, die wollten zum Italiener an der Ecke gehen."

„Vielen Dank."

„Gern geschehen. Darf ich fragen, wer Sie sind?"

„Ich bin ihr Ehemann."

Der alte Verkäufer wurde rot, drehte sich um und ließ Laurens stehen.

Als er an die nächste Straßenecke kam, gab es dort zwei italienische Restaurants. Laurens beschloss, erst einmal in dem teureren zu schauen.

Ganz hinten in der Ecke saß ein einzelnes Pärchen – Ingrid mit einem anderen Mann, sie halb mit dem Rücken, eigentlich mehr seitlich zu sehen. Beide hielten sich an den Händen. Für Laurens ein Schock. Er rannte erst einmal heraus und kehrte bei dem andern Italiener ein – er konnte gut über die Straße den Eingang des anderen Restaurants beobachten.

Nach einer Pizza und einem Glas Rotwein fühlte er sich etwas besser.

‚Mal sehen, was daraus noch wird.' dachte er.

Eine Stunde später kamen beide heraus, Ingrid hatte sich bei dem anderen Mann untergehakt.

‚Nachrennen ist blöd. Ich warte noch eine halbe Stunde und dann fahr ich in ihre Wohnung. Bin gespannt, was sie mir da auftischen wird als Erklärung.'

Da Laurens zu Ingrids kleiner Wohnung einen Schlüssel hatte, klingelte er nicht. Und er hatte ein richtig doofes Gefühl, als er vor der Tür stand und ganz, ganz leise den Schlüssel hereinsteckte und es fertig bekam, die Wohnungstür geräuschlos zu öffnen. Drin hörte er Lachen und Kichern. Und rief dann ganz laut

„Überraschung! Ich bin's!"

und öffnete die Tür zum Wohn- und Schlafzimmer. Und was er dann sah, ließ ihm den Atem stocken: Seine Frau, seine Ingrid, pudelnackt auf dem Bett, gerade dabei, ihrem Lover die Hose öffnen zu wollen.

„Laurens, wo kommst Du denn her? Glaub mir, es ist nicht so wie Du denkst!"

„Was meinst Du denn, was ich denke? Ist wohl gerade ein Verkaufsgespräch für ein Bett?"

Dann drehte er sich um, knallte die Tür hinter sich zu rannte die Treppe runter zu seinem Auto und fuhr davon.

Er war selber über sich ganz erstaunt, dass er so schlagfertig reagiert hatte. Er hätte dem Kerl zu gerne noch eine reingehauen, aber der war mindestens dreißig Zentimeter größer als er – Laurens war klar, dass er in einer Prügelei den Kürzeren gezogen hätte.

Am Montag früh war er beim Anwalt. Ingrid versuchte zwar alles, um die Sache ungeschehen zu machen – „ich war doch immer so einsam ohne Dich" – aber Laurens blieb hart. Und da sie kein Geld für einen eigenen Anwalt hatte, waren beide ein halbes Jahr später einvernehmlich geschieden.

Giselle und Halvar hatten längst auch gebaut. Ein relativ kleines Haus, mitten im Odenwald. Sie fanden es herrlich, so ruhig auf dem Lande zu wohnen, fernab des Großstadttrubels. Sie nutzten es erst einmal nur an den Wochenenden und hatten noch eine Mietwohnung in Frankfurt, denn es war Halvar zu zeitaufwendig, jeden Tag drei Stunden im Auto zu verbringen.

Voller Stolz luden sie kurz nach der Fertigstellung - Ingelotte lebte da noch - Ludwig und seine angetraute Ehehälfte eines Tages übers Wochenende ein, um ihr Heim zu präsentieren.

„Sehr schön," lautete deren Kommentar, „aber viel zu weit ab vom Schuss."

Sie machten dann noch eine kleine Wanderung mit ihnen und kehrten in einem kleinen Gasthof ein. Halvar war entsetzt, Giselle runzelte die Stirn, Ingelotte war's zufrieden und Ludwig schwärmte – vom Essen, das sie zu sich nahmen. Die Beurteilung des bestellten Essens schwankte zwischen ‚Körperverletzung'

(Halvar) und ‚ganz wunderbar' (Ludwig). Ingelotte meinte, ihr Schnitzel schmecke ihr sehr gut, Giselle sagte sicherheitshalber gar nichts. Ludwigs hausgemachter Kochkäse – Halvar sollte mal probieren – schmeckte nur nach Natron.
Es zeigte sich einmal mehr, dass sich zumindest extreme Sparsamkeit und gute Küche offenbar ausschließen.

Ludwig fragte sich unterdessen, was er wohl falsch gemacht habe in der Erziehung seiner Kinder. Nur eine Antwort wollte ihm nicht einfallen. Und auch seinem Freund Heinz-Wilhelm vermochte es nicht, ihm da auf die Sprünge zu helfen.

Aber die Sache trieb ihn so um, dass er Halvar anrief. „Wann kommst Du mal wieder nach Kassel?"
„Weiß ich noch nicht. Was gibt's denn? Also wenn es sein muss, am kommenden Wochenende. Muss ich aber noch mit Giselle klären."

„Hör mal, das ist Dein Bruder. Natürlich fährst Du. Ich kann dann ja mal wieder bei Beate reinschauen."
„Hallo Ludwig, wir kommen am Wochenende. Ok?"
„Ja schon, aber ich wollte eigentlich mit Dir alleine sprechen."
„Will ich auch, Bruderherz. Giselle schaut nach ihrer Schwester. Aber wenn Du Lust hast, können wir ja abends essen gehen?"
„Freu mich, Halvar. Und danke schon mal, dass Du für einen alten Witwer gleich Zeit hast. Mit dem Essengehen können wir ja spontan entscheiden?"
„So machen wir's."

Sie fuhren mit dem Wagen nach Kassel. Die Fahrten waren sehr viel seltener geworden, nachdem sowohl Giselles Eltern als auch die von Ludwig und Halvar gestorben waren – die Bindung an die jeweiligen Geschwister war längst nicht so stark, wie die an ihre Eltern.
Halvar lieferte Giselle bei ihrer Schwester Beate ab, dann fuhr er weiter zu seinem Bruder.

Halvar war entsetzt, als er seinen Bruder sah. Irgendwie wirkte er elend und verhärmt, hatte offenbar ziemlich abgenommen und alles Strahlende, das er immer noch ein wenig gehabt hatte, war ihm abhanden gekommen.

„Mensch Ludwig, was ist denn los? Siehst ja aus wie ‚Braunbier mit Spucke'. Ist alles so schwer für Dich?"

Der Ausdruck Braunbier mit Spucke stammte noch von ihrer Mutter – sie hatte ihn immer benutzt, wenn einer ihrer Söhne mal mit Fieber erkrankt war und entsprechend elend aussah.

„Na ja, wie soll's schon gehen, so ganz allein und mit den Kindern, die mich doch ziemlich hängen lassen."

„Soll ich mal in die Küche gehen und Dir ein Vanille-Saucen-Süppchen kochen, so wie es Mutter und Hille immer machten, als wir noch klein waren und wenn es uns mal nicht so gut ging?"

„Nö, lass es lieber, ich glaub das nützt auch nichts. Und mit meinem Diabetes wär's wohl eh nicht das richtige."

„Dann erzähl mal."

„Hm – weiß gar nicht wie und wo ich anfangen soll."

„Am besten ganz von vorne. Ich hab alle Zeit der Welt und am besten, Du stellst Dir vor, ich wäre ein Kapuzinermönch mit einem langen Bart, dem Du jetzt beichtest."

Ludwig musste direkt ein wenig lächeln.

„Du und Mönch. Da lachen ja die Hühner."

„Nun los, lenk nicht ab."

„Also erstens ist es nach wie vor ganz furchtbar, dass Ingelotte nicht mehr da ist. Ich krieg da irgendwie die Kurve nicht so richtig."

„War die Liebe wirklich so groß"

„Das geht Dich nichts an. Brauchst gar nicht albern zu grinsen. Natürlich war sie manchmal schwierig. Und je kränker sie wurde, umso schwieriger war es. Aber trotzdem fehlt sie mir. Und ja – wir haben uns geliebt."

„Aber Du hast doch eine Menge, was Dich ablenkt. Deinen Beruf, den Bibelkreis, Dein sonstiges Engagement in der Gemeinde und Deine CDU hast Du doch auch noch. Kreisvorsitzender zu sein, fordert einen doch ganz schön."

„Also das mit der CDU hab ich drangegeben. Ging einfach nicht anders. Es war so viel Arbeit und auch Ärger, dass ich anfing, die Mandanten zu vernachlässigen. Aber das andere, also der Bibelkreis vor allem, lenkt durchaus ein wenig ab. Zumal da eine Frau ist, die auch alleinstehend ist und mit der ich mich oft und gern unterhalte."

„Wie alt ist die Frau? Und redet Ihr dann nur über Eure Bibelthemen?"

„Etwa so alt wie ich, genau drei Jahre jünger. Ja, die ist richtig nett. Und wir reden eigentlich über alles, was uns so durch den Kopf geht. Aber was sag ich da – das geht Dich doch gar nichts an. Oder?

„Ludwig, das ist doch nicht das Thema. Und denk an den Kapuzinermönch. Es ist zwar keine Beichte, aber doch so was Ähnliches. Und Absolution kriegst Du von mir sowieso nicht. Wir reden doch eigentlich nur, weil ich Dein Bruder bin und vor allem, damit Du nicht alles in Dich rein frisst."

„Hast ja Recht. Und das mit Ingelotte wird jetzt so ganz langsam ein wenig besser. Zumal ich ja auch immer mal mit Heinz-Wilhelm reden kann. Nein, was mich viel mehr umtreibt, sind die Kinder und hier vor allem Martina und ihre Tochter."

„Musst Du mir ein wenig näher erklären."

„Christian ist ja nun fertig, seine Promotion hat er erfolgreich abgeschlossen und er hat sich einen Job in der Pharmaindustrie besorgt. Was er da genau macht, weiß ich nicht. Aber er steht auf eigenen Beinen und von seiner Materie hab ich ohnehin keine Ahnung. Da drückt mich nur, dass er immer noch keine Freundin wieder hat und an eine Ehe ist da folglich nicht zu denken. Ich frage mich manchmal, ob wir da was falsch gemacht haben. Aber viel mehr treibt mich Martina um mit ihrer Tochter. Ihr Studium kann man wohl endgültig vergessen, dann hat sie sich das Kind andrehen lassen und wovon sie mal leben will, ist mir schleierhaft. Ihr Dasein als Altenpflegerin scheint mir auch eher eine Verlegenheitslösung zu sein und sonst ist sie nur Kettenraucherin und das war's. Wieso ist aus der bloß nichts geworden."

„Das fragst Du aber nicht im Ernst?"

„Was soll das denn heißen?"

„Nun explodier aber bitte nicht, wenn ich Dir da klar meine Meinung sage."

„Kommt drauf an."

„Nach meiner Meinung habt Ihr, also nicht nur Du sondern auch Ingelotte an Martinas Entwicklung ein gerüttelt Maß Mitschuld."

„Wieso das denn? Das ist doch purer Blödsinn."

„Ich fürchte nein. Und ich sag Dir auch, warum. Kaum dass Christian geboren war, wurde Martina nur noch ein Anhängsel. Christian wurde Euer Liebling, später mit Laurens Geburt wurde der Euer Sonnenschein. Von Martina war von da an nie mehr die Rede. Schon als Kleinkind habt Ihr sie nach Christians Geburt nur noch herumgeschleift, das hab ich selber mit eigenen Augen gesehen. Dass Ihr sie mal gelobt habt – Fehlanzeige. Wenn Ihr sie überhaupt mal wahrgenommen habt, dann höchstens, um mit ihr zu schimpfen. Gut, Ihr habt sie nie richtig fallen lassen, aber dass sie auch Euer Kind ist, dass Ihr sie genauso liebt, wie Eure Söhne, das habt Ihr Eurer Tochter nun wirklich nicht gezeigt. Und da wunderst Du Dich heute?"

„Das ist doch blühender Blödsinn, den Du da gerade verzapfst. Wer hat ihr denn die Wohnung in Hannover gekauft? Wer hat ihr denn monatlich Geld geschickt, damit sie über die Runden kam, wer hat denn…"

„Stopp mal Bruderherz. Da zählst Du gerade Dinge auf, die doch selbstverständlich sind. Die Wohnung war eine Vorauszahlung auf das, was ihr ohnehin mal zusteht, wenn auch Du mal nicht mehr bist. Und nach Ingelottes Tod stand ihr sogar ein Pflichtteil zu. Und Deine monatlichen Zahlungen waren zwar sehr hilfreich für sie, aber hättest Du nicht gezahlt, wäre sie zum Sozialamt gelaufen und das hätte sich das Geld bei Dir wieder geholt. Nein, es geht doch um etwas ganz anderes. Habt Ihr mit ihr gesprochen, als Ihr merktet, dass sie das Jurastudium nicht auf die Reihe kriegt? Hast Du sie ermutigt, dann wenigstens ernsthaft die Altenpflege zu betreiben? Habt Ihr sie in den Arm genommen, als Ihr gehört hattet, dass Ihr Großeltern geworden seid? Wenn ich es richtig mitbekommen habe, habe ich zumindest von Dir nur abfällige Bemerkungen gehört. Und das heißt für mich nichts anderes, als dass Ihr sie im Stich gelassen habt. Warum hat sie es

Euch wohl verschwiegen, dass sie ihre Scheine fürs Studium nicht geschafft hatte, warum hat sie Euch wohl verschwiegen, dass sie schwanger war? Ich könnte das noch fortsetzen. Ihr habt es ja sogar unterbunden, dass sie sich bei anderen Rat suchte. Ich erinnere mich noch sehr gut, dass sie mal ziemlich down und bedrückt war. Da war sie noch Schülerin. Ich bot ihr damals an, dass sie jederzeit zu mir oder auch zu Giselle kommen könne, wenn sie Rat brauche. Weißt Du, was das Ergebnis war? Sie war ehrlich und hat es Ingelotte erzählt. Und danach kam Martinas Antwort. Sie brauche meine Hilfe nicht, Patenonkel hin, Patenonkel her - sie habe ja ihre Eltern. Und bei alldem wunderst Du Dich heute, dass sie keinen Zugang zu Dir hat?"

„Das stimmt doch so alles nicht, Halvar. Nur mit einem hast Du Recht: Ich weiß mit ihr und dem Kind absolut nichts anzufangen. Sie sind mir völlig fremd."

„Und warum ist das so? Wie erklärst Du Dir das? Gut, nehmen wir an, es sei alles allein Martinas Schuld. Aber Mensch, ich bitte Dich – sie ist und bleibt Deine Tochter und die kleine Jenny ist Dein Enkelkind. Du bist ein erwachsener Mensch. Du hast Deine Frau verloren. Willst Du Deine Tochter auch verlieren? Geh auf sie zu, sprich Dich mit ihr aus, aber ohne Vorwürfe, wenn's geht, sonst machst Du alles nur noch schlimmer."

„Ich hab es schon mal versucht. Kurz bevor Ingelotte starb. Aber es hat nicht funktioniert."

„Wieso nicht?"

„Ich hatte mich mit ihr ein ganzes Weilchen unterhalten. Und sie auch gefragt, wie sie sich ihre Zukunft denken würde. Wir haben uns dann wieder nur gestritten."

„Was hat sie denn zu ihren Berufsvorstellungen gesagt?"

„Dass sie sich vorstellen könne, als Unternehmensberaterin zu arbeiten."

„Und wie hast Du das beurteilt?"

„Na ehrlich natürlich. Dass sie dafür auch nicht den Hauch einer Begabung habe und als abgebrochene Jurastudentin für sie auch keinerlei Chancen bestünden."

„Reife Leistung."

„Stimmt doch aber. Hätte ich sie anlügen sollen? Um so das Fundament für ihre nächste Enttäuschung zu legen?"

„Natürlich nicht. Aber ein bisschen Diplomatie wäre vielleicht angesagt gewesen."

„Hach, Du Schlaumeier. Und wie hätte die aussehen sollen?"

„Meinst Du das ernst? Na gut. Ich hätte ihr gesagt, dass das eine richtig gute Idee wäre. Aber sie müsse sich klar werden, ob sie dabei glücklich werden könne. Sie sei ja mehr introvertiert. Was keineswegs nachteilig sein müsse. Und es auch nicht sei. Aber Berater seien stets extrovertierte Menschen, die auf andere zugingen, denen was ‚verkaufen‘ wollten, nämlich ihre Ideen. Und die müssten alle hieb- und stichfest strategisch und mit Zahlen unterlegt sein. Und das wäre doch eigentlich nicht so ihr Ding. Sie sei doch jemand, der prima mit Menschen umgehen könne, jemand, der gern helfe – das wäre eine wirklich beneidenswerte Begabung. Und da sollte sie vielleicht mal überlegen, etwas in der Richtung zu machen. Die Altenpflege wäre schon ein guter Ansatz gewesen. Und wenn das mit alten und kranken Menschen nicht so toll wäre – wie wäre es denn mit Erzieherin?"

„Glaube nicht, dass das funktioniert hätte."

„Weiß ich auch nicht, Ludwig. Dafür kenne ich Martina zu wenig. Aber mit meiner Methode hätte ich sie jedenfalls nicht noch tiefer verletzt."

„Und was soll ich nun machen?"

„Versuchen, die Scherben einzusammeln und wieder ein ordentliches Verhältnis zu ihr herzustellen. Auf, auf nach Hannover, lieber Bruder."

„Ich kann das nicht."

„Würde ich an Deiner Stelle mal drüber nachdenken. Ob Du nicht kannst oder nicht willst. Und vielleicht solltest Du Dein ‚nicht-können‘ auch mal mit dem Ludwig Walters als Christ abgleichen."

„Das war jetzt aber ein wenig unfair – oder?"

„Finde ich nicht. Hör mal in Dich rein und überleg, was Dein Pfarrerfreund Michael Priedel Dir geraten hätte. Und was ist eigentlich mit Laurens? Über Christian haben wir gesprochen, über Martina und Jenny fast die ganze Zeit, nur was ist denn mit dem Jüngsten? Ist da denn die Welt heil und in Ordnung?"

„Ja und Nein. Dass er geschieden ist, finde ich nicht richtig. Aber sonst – ich glaube, der geht seinen Weg."

„Sei doch froh, dass er die Frau los ist. Oder sähest Du es als Christenpflicht an, auch nach Ehebruch und in flagranti erwischt, an der Frau festzuhalten? Aber es gibt dazu ja etwas in der Bibel, wenn ich mich richtig erinnere."

„Halvar, jetzt wirst Du langsam zynisch. Natürlich war das von seiner Ingrid nicht recht. Aber warum hat sie das gemacht? Da könnte ja auch Laurens ein wenig mit dran Schuld haben."

„Hör ich da etwa einen Hauch an Kritik an Euerm Sonnenschein heraus? Klar hat Laurens auch Schuld. Dass er nämlich das unternehmerische Genie seiner Eheliebsten nicht richtig erkannt hatte und nach deren Pleite und danach Rausschmiss als Verkäuferin nicht nochmals eine ordentliche Stange Geld von seinem Vater loseiste oder anständig Schulden machte, um der hochbegabten Unternehmerin zu einer neuen unternehmerischen Karriere zu verhelfen. So blieb der armen Ingrid keine andere Wahl – sie musste ihren Liebsten verlassen, um sich in München als Starverkäuferin neu zu verwirklichen. Dass sie da unendlich unter ihrer Einsamkeit litt, machte es wahrhaft unausweichlich, wenigsten unter der Woche sich einen Lover zuzulegen. Ts, ts, ts Laurens, Laurens Du bist der Schuldige. Und nicht die Ingrid."

„Du bist nicht nur zynisch, sondern triefst ja geradezu vor Sarkasmus. Was soll das, bitteschön?"

„Ich möchte Dich ja nur etwas nachdenklich stimmen, was die Mitschuld von Laurens an seiner gescheiterten Ehe angeht. Mensch Ludwig, mach die Augen auf – die war äußerlich ein hübsches Lärvchen und innerlich eine taube Nuss. Und sonst geht Laurens seinen Weg? Wirklich? Oder hoffst Du das nur. Oder ist alles, was der Sonnenschein macht gut und richtig?"

„Weiß ich doch auch nicht. Aber mit ihm komme ich wenigstens gut klar. Ja, er ist ein bisschen zu großzügig in puncto Geld, aber er hat ja nun seinen Anteil am Erbe bekommen und ich glaube, er hat es auch begriffen, dass es mehr erst mal nicht gibt. Und was ich von seinem Arbeitgeber in Hofgeismar höre, ist der recht zufrieden mit ihm, seine Prüfung vor IHK und Finanzamt hat er bestanden und missbilligen kann ich eigentlich nur sein finanzielles Gebaren. Z.B. bei seinen Autos. Aber da bist Du ja genauso verrückt."

„Nur mit dem Unterschied, dass ich es mir mittlerweile leisten kann. Laurens auch? Wenn, dann nur dank Deiner Dotationen. Ist im Übrigen erblich bedingt – Mutters Vater war ja auch immer etwas großzügiger. Der war immer ein wenig Vorbild für mich."

„Was hat das mit Laurens zu tun?"

„Ganz einfach – er hat die Großzügigkeit von seinem Urgroßvater geerbt."

Bindungen

Ludwig gab sich einen Ruck. Er löste am Bahnhof eine Fahrkarte nach Hannover – selbstverständlich 2. Klasse. Hätte es sie noch gegeben, hätte er auch die ,Holzklasse' gewählt.

,Man muss schließlich sparen. Für die Kinder. Und Ingelotte würde ganz schön schimpfen mit mir, wenn er jetzt anfinge, das Geld bei der Bahn zu verprassen.' waren so die Gedanken, die ihm durch den Kopf gingen, als er vom Schalter Richtung Bahnsteig lief.

Er fühlte sich eigentlich miserabel. Und hätte die Fahrt gern weiter vor sich hergeschoben. Sein Diabetes setzte ihm nämlich wieder arg zu, zwar spritzte er regelmäßig sein Insulin, war dann aber doch in puncto Essen recht unvorsichtig – er aß, was ihm schmeckte. Die Diät, zu der ihm der Hausarzt geraten hatte, lehnte er ab. Hielt sich nur gelegentlich daran. Momentan machten ihm seine Augen mal wieder zu schaffen – die Netzhaut wollte partout nicht so, wie er wollte: Sie begann sich mal wieder abzulösen. Morgen würde er zu seinem Augenarzt gehen, um sich wieder lasern zu lassen. Dass Diabetes und seine Augen etwas miteinander zu tun hatten, wollte er nicht wahrhaben.
Als Lektüre hatte er sich noch die ,Frankfurter Rundschau' gekauft. Das ehemalige CDU-Mitglied Ludwig driftete peu à peu immer mehr nach links ab – er war längst Wähler der SPD geworden. Als er Halvar ein Jahr später davon erzählte, spöttelte der nur:
„Wer jung ist und nicht SPD wählt, hat kein Herz; wer alt ist und immer noch SPD wählt, hat keinen Verstand. Ein Spötter hat es mal noch treffender formuliert: Der Sozi ist an und für sich nicht dumm, er hat nur sehr viel Pech beim Nachdenken. Stammt übrigens von Alfred Tetzlaff ubd nicht von mir."
Der Spruch hatte einen heftigen Disput der Brüder zur Folge – Ausgang unentschieden.

Früher hätte Ludwig sich auch die ‚FAZ' oder noch besser die ‚Welt' gegönnt, aber die ‚Rundschau' war dreißig Cents billiger als die ‚Welt' und sogar fünfzig Cents preiswerter als ‚FAZ'. Und vor allem war sie stramm links.

Ludwig hatte obendrein noch aus einem anderen Grund ein etwas schlechtes Gewissen – er fuhr nämlich mit dem ICE, der ja etwas teurer war, als ein IC oder Regionalzug. Aber er war morgens nicht so recht aus dem Bett gekommen, weil er sich so unwohl fühlte und jetzt war es schon fast ½ 11 Uhr. Und er wollte abends wieder zurückfahren. Und ein ICE ging alle zwei Stunden – der IC führ wesentlich seltener und braucht außerdem erheblich länger.
Um wenigstens die Parkplatzgebühren am Bahnhof Wilhelmshöhe zu sparen, hatte er fünfzehn Minuten zu Fuß entfernt geparkt. Und zermarterte sich nun das Hirn, ob er auch nicht vergessen hatte, den Golf abzuschließen.
‚Wird schon gut gehen.' beruhigte er sich selbst ein wenig.

Er hatte Martina vorher angerufen. Sie wollte nicht, dass ihr Vater zu ihr nach Hause in ihre Wohnung kam. Ludwig hatte das akzeptiert und sie gebeten, ihn am Bahnhof in Hannover abzuholen. Sie könnten sich ja dann ins Café Kröpke setzen.
„Du hast Dich doch bisher nicht um uns gekümmert. Wieso jetzt auf einmal?"
hatte sie ihn am Telefon gefragt. Und er hatte erwidert:
„Nicht jetzt am Telefon. Das bereden wir dann zusammen."
„In Ordnung." hatte sie gemeint.

Der Zug war pünktlich. Und Martina stand tatsächlich am Bahnsteig, um ihren Vater abzuholen, ohne Jenny, die im Kindergarten war, dafür aber mit Zigarette, einer Selbstgedrehten, wie er voller Befriedigung feststellte, weil die doch erheblich billiger waren als die normalen Fertigzigaretten.
Die Begrüßung fiel beiderseits recht kühl aus. Martina ließ sich ein wenig umarmen, ihr Händedruck war so sanft wie immer schon.

‚Das kann ja heiter werden.' dachte Ludwig.

Sie bekamen im Kröpke nach zehn Minuten Fußweg einen kleinen Tisch in einer Ecke. Waren also ganz ungestört. Ludwig hatte sich zwei Stück Kuchen geordert und ein Kännchen Café – seinen Diabetes hatte er sicherheitshalber verdrängt - Martina bestellte sich einen Toast Hawaii und ebenfalls Café.
„Warum bist Du eigentlich gekommen?"
Martina stellte die Frage zwar provokant aber mit ihrer wie immer so leisen, kaum hörbaren Stimme.
„Na ich wollte Dich mal sehen. Viel haben wir ja nicht voneinander."
„Das liegt ja wohl kaum an mir. Und Jenny interessiert Dich ja ohnehin nicht."
„Warum sagst Du so etwas?"
„Weil es die Wahrheit ist."
„Das weißt Du ganz genau?"
„Vati, ich hab zwar mein Jurastudium nicht fertig gemacht, aber ganz doof bin ich auch nicht. Und dass Du von mir nie etwas wissen wolltest, merkt sogar ein Blinder mit Krückstock. Und nachdem Ihr, also Mutti und Du von Jenny gehört hattet, war die Sendepause fast total. Also, warum bist Du hier? Um Dich davon zu überzeugen, dass Deine Tochter nichts taugt? Zu nichts nütze ist? Das habt Ihr mir doch von jeher klar gemacht."
„Sei doch nicht so wahnsinnig aggressiv, Marte."
„Ihr habt mich doch immer spüren lassen, dass ich als Mädchen nichts tauge. Und dass Ihr lieber einen Jungen gehabt hättet. Dass ich keinen Schwanz habe – das ist doch wohl nicht meine Schuld."
„Sagt doch auch keiner. Aber können wir nicht wenigstens mal versuchen, uns normal zu unterhalten? Dass Du mir z. B. erzählst, wie Du es mit Deiner Tochter machst, wie, wo und was Du arbeitest, wie Du Dir Deine Zukunft vorstellst?"
„Das interessiert Dich doch in Wirklichkeit gar nicht. Du nimmst ja nicht einmal Jennys Namen in den Mund. Du hast immer noch nicht mitgekriegt, dass meine Tochter, wie Du so schön sagst, Deine Enkeltochter ist. Und sogar Dein einziges Enkelkind. Wie

soll ich denn Dein vermeintliches Interesse ernst nehmen, wo Du nicht einmal eine Kleinigkeit für sie mitgebracht hast. Weißt Du, ich glaub Dir einfach nicht, dass Deine Fragen wirklich ernst gemeint sind. Und wenn ich Dir erzähle, was ich jetzt arbeite – Du rümpfst dann doch nur wieder die Nase, weil Du eine andere Vorstellung davon hast, was ich machen sollte. Also, was soll's?"

„Ach Marte, jetzt übertreibst Du doch maßlos."

„Tu ich nicht." zischte sie erbittert zurück, sich inzwischen die dritte Zigarette drehend.

„Als ich damals schwanger war, hätte ich Euch gebraucht. Aber Ihr wart so meilenweit weg von mir, dass ich mich nicht mal getraut habe, Euch davon etwas zu erzählen. Na, und als Ihr's erfahren habt, habe ich nur von Mutti ein paar Vorwürfe zu hören bekommen, die noch am Telefon. Und von Dir habe ich überhaupt nichts gehört. Schöne Eltern hatte ich da. Und Jenny tolle Großeltern. Bis zur Halskrause voller Vorurteile wegen eines ja unehelichen Kindes, von dem Ihr nicht mal wusstet, wer der Vater ist. Nun, später habt Ihr es geahnt. Und es stimmt, es war der Hausmeister. Na und? Übrigens - es war keineswegs so, dass er mich überreden musste. Und ich bin unendlich froh, Jenny zu haben. Und meine Arbeit – mir macht es Spaß, im Altenheim mit den alten Leuten umzugehen. Du wirst es nicht glauben, die bringen einem sogar Dankbarkeit entgegen. Das war von Euch ja kaum zu befürchten. Wahrscheinlich erlaubte Euer lieber Gott es Euch nicht, bei einer so missratenen Tochter."

Ludwig merkte allmählich, dass es mit einer Aussöhnung wohl nichts rechtes werden würde.

„Es mag ja sein, Marte, dass wir Fehler gemacht haben. Aber einfach hast Du es uns ja auch nicht gerade gemacht. Denk an das Studium. Ja und auch die Sache mit Deiner Tochter, war ja nicht so einfach für uns."

„Du Vati, es ist ja schön, dass Du zugestehst, dass Ihr etwas falsch gemacht habt. Aber merkst Du nicht, dass Du Jennys Namen schon wieder nicht in den Mund genommen hast? Sondern von ‚Deiner Tochter' gesprochen hast? Dass ich Euch nie etwas von mir und meinen Kümmernissen und Sorgen gesagt habe, das war, weil Ihr mich nie und niemals wirklich angenommen habt. Ich war da, das war halt nicht zu ändern. Aber erst war es Christian, der als Junge natürlich bevorzugt war und als Laurens dann noch dazu kam, seid Ihr doch völlig ausgeflippt – so ein liebes, goldiges Kerlchen. Der konnte machen, was er wollte, es war Euch immer recht. Selbst als er jede Menge Geld für Autos verpulvert hat, war das ok aus Eurer Sicht. Ob Du's wahrhaben willst oder nicht – Mutti war immer wahnsinnig streng zu mir, meine Brüder wurden dafür umso mehr verhätschelt. Und Du – hattest Du überhaupt einen eigenen Willen, solange Mutti noch lebte? Du hast doch nur gemacht, was sie wollte – hätte für Dich ja unbequem werden können."

„Du Marte, jetzt gehst Du langsam unter die Gürtellinie. Komm mal allmählich wieder zu Dir. Ich halte das für völligen Quatsch, was Du da eben erzählt hast. Deiner Mutter und mir warst Du immer genauso wichtig wie Deine Brüder. Woher stammt denn Deine Wohnung, woher kommt denn das Geld jeden Monat auf Deinem Konto?"

„Das ist jetzt aber nicht Dein Ernst? Meinst Du denn, Liebe, Zuneigung, Vertrauen, Geborgensein könne man durch Geld regeln? Quasi kaufen? Was Du da aufgezählt hast, ist doch nichts weiter als vorgezogene Erbmasse. Denn ich glaube kaum, dass Du mir das alles so geschenkt hast. Vielmehr ist es wohl so, dass das alles wie bei Laurens – bei Christian weiß ich es nicht – auf mein Erbe angerechnet wird. Stimmt's?"

„Aber ganz angenehm war es doch – oder?"

„Ja, es wurde vieles dadurch für mich einfacher. Aber Eure Anerkennung für mich und mein Tun wäre mindestens genauso wichtig gewesen. Aber da war ja nur Fehlanzeige.
Oh, Du schaust auf die Uhr. Ich muss auch los, Jenny im Kindergarten abholen."

„Eigentlich hatte ich gehofft, dass wir wieder ein wenig zueinander finden können. Aber das willst Du ja offenbar nicht."

„Jein Vati, zumindest nicht so, wie Du Dir das vorstellst. Zusammen eine Tasse Kaffee trinken und alles wieder wie gehabt und gut dreißig Jahre sind wieder gut gemacht. Sorry, das kann ich nicht. Aber vielleicht gibt es ja einen anderen Weg."

„Und der wäre?"

„Es wäre der Weg über Jenny. Lad uns mal öfter für ein Wochenende ein. Wir kommen gern. Und zeig Jenny, dass sie einen tollen Opa hat. Das könnte mich etwas geneigter machen, in Dir wieder einen wirklichen Vater zu sehen."

„Mal sehen."

Der Abschied fiel genauso distanziert aus, wie die Begrüßung. Martina stürmte Richtung Tram, Ludwig orderte ein Taxi, das ihn zum Bahnhof brachte.

Ludwig sprach auf sein Problem mit Martina in seinem Bibelkreis jene Frau an, mit der er sich so gut verstand.

Sein Telefonat mit Halvar hatte ihn ziemlich unbefriedigt gelassen, denn der hatte ihm zugeraten, Tochter und Enkeltochter einzuladen.

„Bei allen Vorwürfen, die sie Dir gemacht hat, Ludwig, sie hat Dir doch die Hand ausgestreckt. Und das sogar ziemlich weit. Und da zögest Du noch?"

„Halvar, ich kann das nicht."

„Du kannst das schon, aber Du willst nicht. Das ist ein himmelweiter Unterschied."

„Du verstehst mich einfach nicht."

„Das mag schon sein. Aber denk dran – Dein Kopf ist rund."

„Was soll das bitteschön?"

„Ganz einfach, da fällt es leichter, im Denken mal die Richtung zu wechseln. Nur das Brett vor Deinem Kopf – das musst Du schon selbst entfernen."

Ilona Breslautzer hörte sich Ludwigs Bericht aufmerksam an. Es wurde für ihn so eine Art von Generalbeichte über sein gesamtes Familienleben. Von der Heirat mit Ingelotte bis zu deren Tod. Wobei natürlich seine Kinder den mit größten Raum einnahmen. Den Mut dazu hatte er eigentlich nur gefunden, weil sie sich seit einigen Wochen duzten und Ilona ihm immer sehr aufmerksam zuhörte. Was ihr nicht schwer fiel, denn sie himmelte den nur zwei Jahre älteren Ludwig ziemlich an, der offenbar der erste Mann in ihrem Leben war, mit dem sie sich zu verstehen schien.

„Wenn ich Dich richtig verstanden habe, würdest Du schon auch zu Martina und der Kleinen wieder ein gutes Verhältnis haben wollen. Aber Du sagst, Du kannst das nicht. Warum Du es nicht kannst – dazu hast Du noch nichts gesagt."

„Ich weiß es doch auch nicht. Aber Ingelotte ging es mit ihr doch genauso."

„Ich glaube, jetzt verstehe ich das. Du meinst wohl, das sei eine Art Verrat an Deiner verstorbenen Frau, wenn Du Dich mit Eurer Tochter aussöhnst?"

„Weiß ich auch nicht. Aber so ein bisschen in der Richtung könnte es schon sein. Ich weiß ja nicht, wie sie sich da verhalten hätte."

„Jetzt mach ich Dir mal einen Vorschlag, Ludwig. Und dabei kommt es überhaupt nicht darauf an, ob Deine Tochter mit ihren Vorwürfen Recht hat oder nicht und es kommt auch nicht darauf an, dass Dein Bruder so etwas Ähnliches gesagt hat. Und – entschuldige – es soll jetzt auch nicht darauf ankommen, was Deine Frau da empfunden hat. Es kommt doch auf etwas ganz anderes an, nämlich die Vergangenheit zu begraben und nach vorn zu schauen. Und da Du die Versöhnung ja eigentlich willst, solltest Du unbedingt Martinas Angebot bei den Hörnern nehmen und sie und Deine Enkeltochter einladen. Und wenn Du es willst und es Dir dann leichter fällt – ich kann ja dabei sein."

„Und Ingelotte?"

„Ich glaube nicht, dass sie das als Verrat empfinden würde. Aber selbst wenn Du das befürchtest – Ludwig, Du lebst im hier und jetzt. Ingelotte ist gegangen. Und Du sollst sie ja nicht vergessen, sondern Dir all das Schöne und Gute, das Ihr zusammen hattet, in Dir bewahren. Und in den fast fünfunddreißig Jahren, die Ihr gemeinsam verlebt habt, gibt es doch so viel an Erinnerungen. Die Du ja nicht verdrängen oder gar bewusst von Dir wegschieben sollst. Aber ich glaube nicht, dass es richtig wäre, dass sie Dein jetziges und künftiges Leben bestimmen. Schade, dass Dein Pfarrer Priedel nicht mehr lebt. So wie Du ihn mir geschildert hast, würde der Dir ganz schön den Kopf zurecht rücken."

„Vielleicht hast Du Recht. Ich werde die zwei also zu mir einladen. Und danke für Dein Angebot, dabei zu sein. Aber ich glaube, den ersten Schritt muss ich wohl alleine tun. Und ich muss ja den Kindern erst mal verklaren, dass es da eine Ilona gibt, mit der ich arg gern zusammen bin."

Ludwigs Einladungen waren alles in allem erfolgreich. Das Verhältnis zwischen Vater und Tochter wurde zwar nie mehr ein besonders herzliches, aber man respektierte einander und konnte wieder so miteinander umgehen, dass es nie mehr zu ernsthaften Auseinandersetzungen kam. Ilona war mehrmals bei den Begegnungen dabei und übte auf Ludwig einen recht besänftigenden Einfluss aus. Sie sagte vor allem nie etwas Negatives, auch nicht über die kleine Jenny, die nicht allzu streng erzogen, dafür aber ‚in Freiheit dressiert' war: Wenn die zwei fort waren, wurde regelmäßig eine mehrstündige Aufräumaktion notwendig, weil die Kleine immer ein wenig ein *Tohuwabohu* angerichtet hatte.

Ludwig und Ilona waren sich inzwischen nähergekommen. Und er hatte mittlerweile soviel Abstand von Ingelottes Tod gewonnen, dass er Ilona eines Tages fragte, ob sie ihn heiraten wolle.
Sie hatte seinen Antrag wohl sehr, sehr gerne angenommen und Ludwig ging seitdem wie auf Watte. Zwar wähnte er sich unabhängig, aber es war ihm doch auch wieder wichtig, so etwas wie Zustimmung von seinen Kindern, aber auch von Bruder und Schwägerin zu erhalten.
Als er bei denen anrief, war Halvar gerade auf einer Geschäftsreise und so sprudelte er bei Giselle alles ins Telefon, was ihm mit seiner Ilona wichtig schien. Und natürlich wollte er, dass sich alle möglichst bald kennenlernten.
„Könnt Ihr nicht am Wochenende nach Kassel kommen?"
„Ich muss Halvar fragen, Ludwig, aber ich hoffe, es klappt. Manchmal haben die ja übers Wochenende auch mal eine Vorstandsklausur – dann müssten wir das noch mal eine Woche verschieben."

Es klappte mit der Fahrt nach Kassel zu Ludwig und seiner Angebeteten dann doch schon gleich am ersten Wochenende. Und

Ludwig hatte Giselle und Halvar gesagt, sie möchten gleich zu Ilonas Wohnung fahren, einer kleinen Parallelstraße zur Kölnischen Straße.

Um 15.00 sollten sie da sein, aber der Verkehr war erträglich gewesen und so waren sie schon fünf Minuten früher da – Giselle war zum Glück noch eingefallen, dass sich ein paar Blümchen für Frau Breslautzer vielleicht ganz gut machen würden.

Sie klingelten, der Türsummer schnurrte und kaum hatten sie die Haustür aufgedrückt, rief Ludwig schon herunter:

„Kommt rauf, ist gleich im ersten Stock."

Ludwig stand in der Tür, dahinter, erst einmal halb verdeckt, seine Ilona.

Man konnte sie durchaus als stattliche Erscheinung bezeichnen. Etwas ‚mollert' zwar, aber so etwas hatte Ludwig ja schon immer geschätzt. Ludwig strahlte, erst zu Giselle und Halvar, dann zu Ilona; er war sichtlich happy und sie irgendwie auch.

Die Wohnung war mit alten Möbeln ihrer Eltern voll- gestopft, sprich total übermöbliert – zu Kaffee und Kuchen musste man sich förmlich durchschlängeln, um zum Esstisch zu gelangen und wenn man seinen Stuhl zurückschob, musste man aufpassen, mit der Rücklehne nicht das dahinterstehende Möbelstück zu rammen.

Aber die Unterhaltung mit dem Brautpaar lief sehr zwanglos und Halvar und Giselle hatten tatsächlich den Eindruck, dass sich die Beiden bestens verstanden. Und dann berichtete Ludwig doch noch ein wenig darüber, wie sie sich so ihre nächste Zukunft vorstellen würden.

„Unser Haus hab ich gerade verkauft. Hab sogar einen ganz guten Preis dafür bekommen."

Halvar wurde richtig neugierig.

„Und nun ziehst Du hier bei Ilona ein?"

„Quatsch, das ist doch viel zu eng. Nein, ich habe uns hier ganz in der Nähe zwei Wohnungen gekauft, Ilona eine im ersten Stock und meine ist darunter im Erdgeschoß. Und mit Tiefgarage."

„Wie, wollt Ihr denn nicht zusammenwohnen?"

„Tun wir doch. Nur eben mit zwei Wohnungstüren. Brüderchen – stoße ich da gerade an die Grenzen Deines Horizonts?"

„Ich finde das prima." lächelte Giselle ganz versonnen, wie es Halvar vorkam und fuhr fort: „Hätt ich auch gern bei Deiner Schnarcherei."

Halvar beschloss, die in seinen Augen völlig unbotmäßige Bemerkung erst einmal zu kommentieren.

„Dass der Mann schnarcht, ist evolutionstheoretisch notwendig. Er schützt damit nämlich seine Frau nachts vor wilden Tieren."

Nachdem sich das Gelächter gelegt hatte, fragte er dann:

„Und wann zieht Ihr um? Und vor allem – wann heiratet Ihr nun?"

„Lente, lente Halvar. Umziehen werden wir in etwa vier Wochen. Und heiraten in heute genau acht Wochen. Also am Freitag haben wir die standesamtliche und am Samstag die kirchliche Trauung. Und klaro – Ihr seid herzlich eingeladen und Euer Erscheinen ist Pflicht."

„Letzteres ist akzeptiert, ersteres ist Euer Bier."

„Dann musst Du aber bei Dir sicherstellen, Halvar, dass Euer Vorstand Dich da nicht anders beschäftigt."

wandte Giselle jetzt ein.

„Das geht schon klar. Unser Vorsitzender ist da gerade im Urlaub. Wo wird denn gefeiert?"

Ludwig nannte ein Restaurant, das weder Giselle noch Halvar näher kannten.

„Würdest Du denn dann ein paar Worte für das Brautpaar finden, Halvar?"

„Nö. Aber für das frisch gebackene Ehepaar natürlich schon. Wer kommt denn alles zur Hochzeit?"

Ludwig zählte all seine Kinder auf, auch ein paar Verwandte von Ingelotte, natürlich seinen Freund Heinz-Wilhelm, auch Beate sollte dabei sein und dann folgten noch ein paar Namen, die weder Giselle noch Halvar etwas sagten.

Der Abschied gegen 18 Uhr war kurz und herzlich. Als beide wieder in ihrem Wagen saßen und auf die Autobahn auffuhren, fragte Giselle:

„Na, wie findest Du Ilona?"

„Schimpf aber nicht gleich mit mir. Also menschlich scheint sie sehr nett zu sein und offenbar mag sie Ludwig auch. Aber sonst."
„Nun rede schon."
„Ich finde sie nicht grade reizvoll. Um ehrlich zu sein, ich wäre nicht mal auf den Gedanken gekommen, mit ihr eine Tasse Kaffee trinken zu gehen."
„Bist doch ein schrecklicher Mensch. Immer nur das Äußerliche."
„Es gibt doch auch Frauen, die äußerlich und innerlich was her machen."
„Woll wahr. Aber Hauptsache ist doch, dass Dein Bruder sie so akzeptiert und mag, wie sie ist."
„Hast ja Recht. Und trotzdem – seitdem ihm meine Eltern als Teenager oder Twen seine wirklich blendend aussehenden Freundinnen vermiest haben und das mit der Lene Baker damals auch auseinander ging – ich glaube, seitdem meint Ludwig, stehe ihm eine auch äußerlich wirklich gut aussehende Frau nicht mehr zu."
„Bildest Du Dir da nicht nur etwas ein?"
„Ich glaube, eher nicht. Aber letztlich ist das ja nicht mein Problem."
„Stimmt."

Beruflich wurde es für Ludwig in der Zeit immer ‚enger'. Einmal war es Ingelottes früher Tod, der ihm zu schaffen gemacht hatte. Ihm war – ganz sicher auch deshalb – der Beruf immer unwichtiger geworden. Nun hatte sich obendrein in Kassel eine weitere Landwirtschaftliche Buchstelle niedergelassen, eine GmbH, die sich vor allem durch niedrige Honorare auszeichnete. Gut, Ludwig hatte nach dem Tod des Vaters seine Honorare schon mehrmals deutlich abgesenkt, nicht aus Zwang, sondern weil er es inzwischen als ‚unchristlich' empfand, den Mandanten mehr in Rechnung zu stellen, als er für sein bescheidenes Leben brauchte. Gemessen daran, dass Vater Emil in seinen besten Zeiten Gewinne von einer halben Million versteuern musste, genügte ihm davon ein Fünftel. Aber jetzt wurde es noch einmal deutlich weniger, weil ihm die neue Konkurrenz praktisch die niedrigeren Honorare diktierte.

Ludwig beschloss, die Buchstelle an die GmbH zu verkaufen. Deren Rechnung damit aufgegangen war – die Geschäftsführung ‚beichtete‘ ihm nach Unterzeichnung der Verträge, dass sie es auf den Erwerb der Waltersschen Buchstelle abgesehen hatten – deshalb die niedrigen, auch für sie kaum auskömmlichen Honorare.

Ludwig bekam noch einmal einen ganz ordentlichen Betrag ausgezahlt und erhielt einen 2-Jahresvertrag als Geschäftsführer. Was ihm sehr recht war – er wollte sich dann ohnehin zur Ruhe setzen.

Einige Zeit zuvor hatte Laurens mal darüber nachgedacht, die Praxis des Vaters zu übernehmen. Doch Vater und Sohn waren sich sehr schnell einig gewesen, dass das kaum funktionieren würde. Ludwig hatte noch die eigene Steuerberaterprüfung im Gedächtnis und dass die Prüfungskommission nicht nur auf die Qualifikation, sondern auch auf das Alter der Prüflinge und damit auf die Berufserfahrung achtete. Und Laurens mit seinen jetzt 26 Jahren brauchte da gar nicht erst anzutreten, zumal er ja ‚nur‘ eine Lehre und kein Studium nachzuweisen hatte. Gut, Laurens hatte unter Ächzen und Stöhnen ein Fachabitur nachgeholt, aber vor seinem 45. Lebensjahr sollte er es besser gar nicht erst versuchen. Zumal auch Ludwig ja nun schon 67 war und sein Berufsleben beenden wollte.

Laurens war außerdem ungeduldig. Er wollte nicht noch jahrelang ein kleiner Angestellter sein, nein, er wollte endlich mal richtig Geld verdienen. Und war deshalb nach München gegangen, wo er sich als Verkäufer bei einem Investmentfonds verdingte. Und ganz offenbar recht gut dabei verdiente. Und sich nicht nur mal gelegentlich eine Maß Bier leisten konnte, sondern auch kulturell das Münchener Leben genoss. Und da war ihm etwas ganz Wunderbares widerfahren – er hatte eine junge Frau kennen gelernt. Sie hatte irgendeinen Job im Staatstheater im

Backoffice – wenn die Familienmitglieder es recht verstanden hatte, war sie wohl Kostümbildnerin.

Sue entpuppte sich im Gegensatz zu seiner ersten Frau nicht als hübsches Lärvchen, sondern als gut aussehende junge Frau, die sich zwar selbstbewusst in Szene zu setzen wusste, das aber ganz offensichtlich auf einem durchaus erfolgreichen Hintergrund. Und so lernte die engere und weitere Familie eine tolle, wenn auch mollerte Frau kennen, in die Laurens sich hoffnungslos verliebt hatte. Aber das beruhte ganz offensichtlich auf Gegenseitigkeit.

Jetzt stand aber erst mal die Hochzeit von Ilona und Ludwig an. Da die Brautleute ja schon ein wenig ,reifer‘ waren, wurde auch das Hochzeitsfest entsprechend etwas verhaltener gefeiert, als es sonst bei jungen Leuten der Fall gewesen wäre.

Nach der kirchlichen Trauung hatte das Paar in das Stadthallen-Restaurant eingeladen.

Es wurde eigentlich eine ganz nette Hochzeit und so wie Halvar es versprochen hatte, hielt er auch brav seine Lobrede auf das junge, alte Ehepaar. Und weil eine Hochzeit ja ein vergnügliches Fest ist, hatte er sich überlegt, auch eine möglichst fröhliche Rede zu halten.

Was er auch ganz gut hinbekam, indem er alles ein wenig von der heiteren Seite betrachtete. Dass sie doch eine sehr moderne Ehe führten, weil heutzutage die Menschen ja schon oft ohne Trauschein in einer Wohnung leben, sie aber mit Trauschein in deren zwei. Dass Ilona es schwer haben werde, den Göttergatten morgens zum Brötchen holen zu schicken, weil der Auftrag ja nur telefonisch erteilt werden könne. Und wenn Ludwig keine Lust zu einem solchen Ausflug hätte, sie wohl oder übel mit dem Anrufbeantworter kommunizieren und notfalls die Brötchen abends aufbacken müsse. Na, und ein paar gute Ratschläge gab Halvar dann auch noch. Insbesondere für seinen Bruder. Die Walters neigten nämlich dazu, auch ungefragt ihre Lebenserfahrungen weiterreichen zu wollen. Oder bei jeder Gelegenheit und zu jedem Thema etwas zu sagen – das sei wahrscheinlich ebenso genetisch bedingt, wie die Leiden-schaft, die Angelegenheiten anderer völlig ungebeten regeln zu wollen. Ilona stehe somit vor einem breiten Erziehungsspektrum. Zumal Ludwig über ein ausgezeichnetes Gedächtnis verfüge, er jedoch etwas nachdenklich festgestellt habe, dass das seiner Mitmenschen mehr und mehr von seinem abweiche.

Und zu guter Letzt offenbarte Laurens bei dieser Gelegenheit, dass demnächst eine weitere Hochzeit anstehe – er wolle seine Sue heiraten. Was er sechs Wochen später in München in die Tat umsetzte.

Ende eines Lebens

Wenn man Ludwig auch Wochen, Monate und sogar Jahre später traf, machte er einen recht zufriedenen Eindruck. Die zweite Ehe bekam ihm gut und auch Ilona machte einen durchaus zufriedenen und glücklichen Eindruck.

Sie verreisten relativ oft. Anfangs immer noch mit dem Auto. Und stets suchten sie sich einfache Pensionen in nahezu unbekannten Badeorten – seine Sparsamkeit hatte Ludwig beim besten Willen nicht aufgeben können. Ilona machte da zunächst auch brav mit.
Beide gingen ausgesprochen gern spazieren. Am liebsten vormittags und nachmittags je zwei Stunden. Doch Ludwig fiel das zunehmend schwerer.
„Die alten Knochen wollen nicht mehr so recht." kommentierte er seinen physischen Abbau. Hinzu kam sein Zucker. Der immer stärker zum Vorschein kam. Und bisweilen stürzte er auch mal in seiner Wohnung. Meist bekam Ilona dies mit, weil sie natürlich nach ihm schaute, wenn er nicht wie gewohnt ans Telefon ging. Sie ‚verordnete' ihm daher einen Notrufknopf, den er bei sich am Hals tragen sollte – Ludwig deponierte ‚das Ding', wie er es verächtlich nannte, auf dem Nachttisch.
Die Reisen wurden so immer beschwerlicher. Ludwig hatte seinen Führerschein abgegeben und folglich fuhren sie per Taxi an ihre Urlaubsorte.

Jedes Mal, wenn Halvar und Giselle in Kassel waren, mussten sie feststellen, dass es Ludwig wieder ein wenig schlechter ging. Was Ludwig durchaus realisierte. Aber er fand sich damit ab. Fand sich damit ab, dass er immer schlechter laufen konnte, dass seine Augen sich immer weiter verschlechterten.

Wenigstens seine Geburtstage wollte er unbedingt mit Familie und den verbliebenen Freunden feiern.

In Kirchditmold hatte er eine einfache Gaststätte ausgemacht, in die er dann immer einlud. Ilona und er kamen immer mit dem Taxi. Er hatte seinen festen Fahrer, der ihm beim Ein- und Aussteigen jeweils etwas half.

Wenn es klappte, fuhren Halvar und Giselle bei ihnen vorbei und holten sie ab und brachten sie auch wieder heim.

Eines Tages erzählte Ludwig dann, dass er zum Katholizismus übergetreten sei. Ihm gefalle die Liturgie der katholischen Kirche sehr viel besser als die evangelische. In Wirklichkeit hatte Ilona das wohl bewirkt. Sie war nämlich Katholikin und hatte Ludwig ganz sicher entsprechend beeinflusst.

„Was hast Du Dir denn dabei gedacht? Mensch, Ludwig, Du warst Dein ganzes Leben lang eng mit der evangelischen Kirche verbunden. Angefangen vom CVJM bis zu Deinem Freund, dem Pfarrer Michael Priedel – das schmeißt man doch nicht einfach so weg. Da steckt Ilona dahinter, stimmt's?"

„Lass man Halvar, das verstehst Du nicht. Ilona hat damit nichts zu tun. Klar, ihr ist das sehr Recht. Aber sie hat da keinerlei Druck ausgeübt, wenn Du das meinst. Mir hat einmal ihr Pfarrer sehr gut gefallen und seine Gespräche mit ihm haben mir gut getan. Und die Liturgie spricht mich einfach mehr an."

Halvar seufzte – zu helfen war ihm da ohnehin nicht. Und Ilona hatte es ja ganz geschickt angestellt, ihn mit ihrem Pfarrer zusammen zu bringen. Der – das musste Halvar zugeben, als er ihn später kennen lernte – eine überzeugende Persönlichkeit war.

Immer, wenn man mit Ilona alleine sprach, war sie von mal zu mal verzweifelter.

„Ich hab den Ludwig wirklich geheiratet, weil ich ihn liebte und immer noch liebe. Was war das doch für ein Mann! Rechtsanwalt und Steuerberater – der hat doch wirklich was dargestellt. Und jetzt? Er wird eigentlich immer weniger. Als er in der letzten Woche mit seinem Rollator zur Apotheke gelaufen war, ist er prompt gestürzt. Zum Glück hat man ihm wieder aufgeholfen, sodass er sich auf das Ding setzen konnte. Ich hab ihn da wie ein Häufchen Unglück sitzen sehen. Furchtbar."

„Warum hast Du ihn denn alleine loslaufen lassen?" fragte Giselle.

„Kennst doch Deinen Schwager. Der lässt sich doch nichts sagen."

Halvar fiel plötzlich sein Schulweg als Erstklässler ein.

„Weißt doch, dass alte Menschen oft wieder wie Kinder werden…"

„Sag nicht sowas."

„Doch Ilona, das muss sein. Wenn er wieder allein losziehen will, lass ihn gehen, aber geh im Abstand von 100 Metern hinter ihm her. Wenn dann was passiert, bist Du wenigstens gleich bei ihm."

„Auf die Idee bin ich noch gar nicht gekommen. Aber was hat das mit kleinen Kindern zu tun?"

„Ganz einfach. Als ich als 6-jähriger Knirps eingeschult wurde, wollte ich nach drei Wochen auch alleine gehen. Das durfte ich auch. Aber weitere 4 Wochen ist meine Mutter hinter mir hermarschiert – im Abstand von 200 Metern. Und abgeholt hat sie mich so auch. Sie wollte sicher gehen, dass ich den Weg wirklich allein bewältige. Na und so ähnlich ist's mit Ludwig jetzt leider auch."

Bei Laurens hatte sich inzwischen Nachwuchs angekündigt. Und Ludwig wurde somit zum zweiten Mal Großvater. Und wieder war es ein kleines Mädchen, das diesmal Sue auf die Welt brachte – ein süßer kleiner Fratz, der auf den Namen Odila getauft wurde.

D.h. es war eigentlich keine Taufe. Denn Sue und Laurens waren Mitglieder einer Freikirche geworden, die erst erwachsene Menschen taufte. Man war dort der Meinung, dass erst ein mündiger Mensch entscheiden könne, ob er getauft werden wolle. Und für die kleinen Babys kannte man statt der Taufe die Segnung, d.h. in einem Gottesdienst wurde Odila vom Geistlichen gesegnet und auf diese Weise der Obhut Gottes anvertraut.

Ludwig fand das allerdings keineswegs in Ordnung. Schließlich war er von jeher Anhänger erst der evangelischen und später der katholischen Amtskirche gewesen und so empfand er die Bräuche von Laurens und Sues Freikirche fast als Blasphemie. Und fuhr deshalb auch nicht nach München, um an der Segnung teilzunehmen. Wobei Ilona entschuldigend anmerkte, dass es Ludwig inzwischen so schlecht gehe, dass er gar nicht reisefähig gewesen wäre.

Dafür war aber der Rest der Familie nach München gekommen – Martina mit ihrer Jenny, Christian sowie Halvar und Giselle.

Ludwig baute gesundheitlich immer mehr ab. Ilona konnte ihn längst nicht mehr selbst versorgen – es kam morgens und abends eine Pflegekraft, die ihm beim Waschen und Anziehen half. Mühsam schleppte er sich dann mit seinem Rollator zum Fahrstuhl, um zu ihr zum Frühstück hochzufahren. Und wenn er danach wieder in seinen eigenen vier Wänden war, setzte er sich in seinen Sessel, um zu lesen. Spätestens nach zwei bis drei Seiten war er eingeschlafen.

Sein Diabetes machte ihm zu schaffen, als Folge drohte die Erblindung und nun war auch noch eine diabetische Polyneuropathie hinzugekommen.

Ilona war ziemlich verzweifelt und schien am Telefon fast schon resigniert.

„Ich weiß einfach nicht, wie ich das schaffen soll." klagte sie Giselle ihr Leid. „Mir geht es ja auch nicht so gut – selbst das Einkaufen strengt mich jetzt ziemlich an. Und zu meinem Frauenkreis kann ich auch nicht mehr gehen. Aber am meisten fehlt mir meine Gymnastikgruppe, das hat mich immer noch so einigermaßen fit gehalten."

„Aber warum nehmt Ihr Euch denn nicht eine Vollzeitpflegerin. Geld habt Ihr doch genug. Dann hättest Du auch wieder etwas mehr Freiraum für Dich. Ilona, den musst Du Dir schaffen." hatte Giselle versucht, sie ein wenig aufzurichten.

„Das ist gar nicht so einfach, Giselle, man bekommt ja niemand."

„Aber Ihr könnt Euch doch eine Pflegekraft aus Polen oder Rumänien besorgen. Die kosten so um die 1.500 bis 1.800 Euro im Monat. Wir kennen eine ganze Reihe von Leuten, die das so machen. Und Platz in der Wohnung hättet Ihr doch."

Drei Wochen später rief Ilona erneut bei Halvar und Giselle an.
„Ludwig ist jetzt in einem Pflegeheim. Es ging nicht mehr anders."
Giselle hatte den Anruf wieder entgegen genommen.
„Was ist denn passiert?"
„Ludwig war wieder gestürzt. Zum Glück hat er sich nichts gebrochen und hat nur ein paar Prellungen abbekommen. Aber er hatte obendrein wieder eine starke Unterzuckerung. Er hat bestimmt eine Stunde gelegen."
„Hat er denn nicht den Notknopf bedient?"
„Wie immer hatte er das Gerät wieder auf dem Nachttisch abgelegt."
„Und wie ging es dann weiter?"
„Der Notarzt hat ihn ins Krankenhaus verfrachtet. Nach zwei Tagen konnte er wieder entlassen werden. Und nun ist er ganz in der Nähe in einem Pflegeheim der AWO."
„Und wie ist er da hingekommen?"
„Das Krankenhaus hat das alles arrangiert. Die Ärzte meinten, er könne nicht mehr in seiner Wohnung sein."
„Oh je, der arme Ludwig. Das hat er sich sicher auch mal anders vorgestellt."
„Ich glaube, er ist da ganz zufrieden mit seinem Los. Er schäkert sogar schon wieder mit den Schwestern rum."
„Ilona, ich rede mit Halvar. Vielleicht kommen wir mal am Wochenende."
„Da wird er sich sicher sehr freuen."
„Und was sagen seine Kinder?"
„Martina war schon bei ihm. Mit Jenny. Christian will in der nächsten Woche nach ihm schauen. Von Laurens hab ich noch nichts gehört."

Als Giselle und Halvar am Heim ankamen, machte das gar keinen schlechten Eindruck, vor allem waren die Gemeinschaftsräume ganz passabel. Als sie in Ludwigs Zimmer kamen, lag er ganz zufrieden in seinem Bett.

„Schön, dass Ihr mal nach mir schaut. Wie war die Fahrt?"

„Die Fahrt war ganz ok. aber was machst Du da für Sachen?"

„Weiß auch nicht. Irgendwie wollen die alten Knochen nicht mehr so recht. Aber Liegen ist ganz schön."

„Und ein bisschen rumlaufen? Wie wär's damit?"

„Trau mich alleine nicht. Und das Personal hat dafür keine Zeit."

„Aber Ilona könnte doch mit Dir laufen."

„Die ist sehr lieb. Kommt jeden Tag zwei Mal und hilft mir beim Essen."

„Also dann laufen wir jetzt mit Dir."

„Im Nachthemd?"

„Quatsch. Natürlich wirst Du angezogen."

„Wollt Ihr mich anziehen?"

„Nö, aber eine Schwester."

„Da kommt keine."

Giselle hatte bisher dem Dialog der Brüder schweigend verfolgt.

„Das kriegen wir schon." meinte sie und kam nach wenigen Minuten mit einer Schwester zurück.

„Das ist aber schön, Herr Walters, dass sie wieder Besuch haben. Und der sich um sie kümmert. Dann wollen wir mal."

Ludwig – das konnte man deutlich sehen – war nur noch Haut und Knochen.

Flankiert von Halvar und Giselle lief Ludwig mit seinem Rollator brav den ganzen Flur einmal rauf und wieder runter.

„So, und jetzt kehren wir ein."

Im Gemeinschaftsraum angekommen, besorgte Giselle Kaffee und Kuchen; die Schwester hatte ihnen gesagt, dass Ludwig so eingestellt sei, dass er ohne weiteres ein Stück Kuchen essen dürfte.

Und dann meinte Ludwig auf einmal:

„Gut, dass die alle ordentlich versorgt sind."

„Was meinst Du damit?"

„Alle. Ilona hat eine ordentliche Rente und Vermögen hat sie auch. Und außerdem ihre alte Wohnung, die sie vermietet hat und dann die, in der sie jetzt wohnt, die habe ich ihr geschenkt - da spart sie die Miete. Martina mit ihrer Kleinen hat von mir ganz schön was bekommen, sie wohnt auch mietfrei und ordentlich Geld gab's ja noch mal vom Erbe ihrer Mutter. Christian hat auch seine Vermögensanteile und Laurens hat zwar das meiste mit seiner Ingrid durchgebracht, aber er müsste noch ganz schön was übrighaben und mit seinem Job verdient er ja ganz manierlich. Na, und wenn ich mal die Augen schließe, bekommen alle nochmal ganz schön Geld. Arbeiten braucht von denen eigentlich keiner, mit ein bisschen Bescheidenheit können sie auch vom Vermögen leben."

„Sonst hast Du wohl keine Sorgen? Und Augen schließen ist zum Schlafen genehmigt, aber die endgültige Version hat ja wohl noch ein wenig Zeit, Bruderherz.

Aber mal was ganz anderes - findest Du nicht auch, dass Dein Zimmer verdammt kahl aussieht? Willst Du nicht mal ein eigenes Möbelstück da drin haben oder wenigstens ein paar Bilder?"

„Ach Ihr Zwei, das ist mir alles nicht so wichtig. Meist liege ich ja doch im Bett und döse vor mich hin."

„Willst Du vielleicht ein schönes Bild von mir haben?"

Giselle lächelte ihren Schwager fragend an. Und da lächelte Ludwig auf einmal:

„Eins, das Du gemalt hast?"

„Klar. Was sonst."

„Vielleicht ein schönes Blumenbild. Und das hängen wir dann so, dass ich vom Bett aus draufschauen kann."

„Machen wir, Ludwig. Und wir hängen es dann zusammen auf."

Nachdem Giselle und Halvar sich von Ludwig verabschiedet hatten, fuhren sie zu Ilona.

Halvar war ziemlich sauer. Und Giselle musste sich richtig Mühe geben, ihn soweit zu beruhigen, dass er mit Ilona nicht zu hart ins Gericht ging.

„Du Ilona, wir sind heute mit Ludwig sehr schön gelaufen. Warum machst Du das nicht auch mit ihm?"

„Ich kann ihn doch nicht allein an- und ausziehen. Und die Schwestern haben ja keine Zeit."

„Sagen die. Ist natürlich auch am einfachsten, man lässt die Leute im Bett liegen. Du – das Personal wird dafür vorgehalten, etwas für die Bewohner zu tun. Aber man muss sie natürlich dazu anhalten. Also Giselle hat keine drei Minuten gebraucht, da war jemand da und hat Ludwig brav angezogen. Dass die nicht eine halbe Stunde mit ihm laufen können, ist klar. Aber das kannst Du dann ja auch machen."

„Ich hab es ja schon versucht", merkte Ilona jetzt leicht errötend an, „aber es funktioniert einfach nicht."

Halvar und auch Giselle war klar, dass die liebe Schwägerin zu einer Notlüge gegriffen hatte. Halvar sagte dann in schönster Regelmäßigkeit immer ‚Als Katholik einen ‚Evangelen' anzulügen, ist sicher eine lässliche Sünde.'

„Wie oft hast Du es denn schon versucht? Da musst Du eben richtig Druck machen."

„Komm, bleib friedlich, Halvar." bemerkte Giselle, weil sie merkte, dass Halvar etwas barscher gesprochen hatte.

„Du bist ein Mann. Ich kann mich da nicht so durchsetzen."

„Giselle hat die Schwester heute munter gemacht. Nicht ich. Du musst es einfach jeden Tag erneut versuchen. Nach einer Woche haben die es kapiert. Glaub mir."

„Ist ja gut."

Als sie wieder im Auto saßen und schon auf der Rückfahrt waren, köchelte Halvars Zorn auf die Schwägerin immer noch in ihm.

„Die sagt doch immer sie liebt ihren Ludwig. Merkst Du was? Ich nicht."

„Hast ja Recht. Aber wenn Du jetzt so zornig bist, ändert das auch nichts. Und wenn wir Ludwig das Blumenbild von mir bringen – was hältst Du davon, wenn wir dann mal mit der Heimleitung reden?"

Giselle schaffte es fast immer, Halvar wieder zu besänftigen – so auch dieses Mal.

„Gute Idee."

Zwei Wochen später setzten sie sich wieder ins Auto, um Ludwig zu besuchen.

Als sie in sein Zimmer kamen, waren sie richtig entsetzt. Ludwig schlief, sah fast greisenhaft eingefallen aus und brauchte nach dem Aufwachen fast zehn Minuten, bis er sich wieder orientieren konnte. Und eine weitere, bis er bemerkte, dass er Besuch hatte. Das Thema ‚laufen auf dem Gang‘ hatte sich inzwischen erledigt.
Aber er bekam dann doch mit, dass Giselle ihm ein sehr schönes Blumen-Ölgemälde mitgebracht hatte und er war dann eifrig dabei, Giselle einzuweisen, wo das Bild hängen sollte.
Ludwig sprach nur noch wenig. Und sehr leise und undeutlich, beide hatten Mühe, ihn zu verstehen. Und nach einer guten halben Stunde war er wieder eingeschlafen.

Als sie bei Ilona vorbeischauten, schien diese fast ein wenig verstört.
„Was soll ich nur ohne Ludwig machen? Er hat sich doch immer um alles gekümmert. Ich mag gar nicht daran denken, dass er vielleicht schon bald nicht mehr ist."
Der Trost war eigentlich keiner, denn auch Halvar und Giselle war klar, dass Ludwig seinen 83. Geburtstag wohl kaum erleben würde.
„Mensch Ilona, noch ist es nicht soweit. Und die Walters sind ziemlich zäh. Auch Ludwig."

Zweieinhalb Wochen später rief Ilona an.
„Der Arzt hat mir heute gesagt, dass es mit Ludwig wohl zu Ende geht. Als ich heute bei ihm war, hat er mich gar nicht mehr erkannt. Er murmelte immer leise vor sich hin. Nur einmal meine ich den Namen Ingelotte verstanden zu haben. Es ist schrecklich."

Giselle meinte nach dem Telefonat:

„Heute ist Mittwoch. Lass uns am Samstag noch einmal zu ihm fahren. Vielleicht ist es das letzte Mal."

Am Donnerstag rief Ilona kurz vor 9 Uhr morgens bei Giselle an. „Ludwig ist heute Nacht ganz in der Frühe eingeschlafen. Ich habe den Kindern schon Bescheid gegeben. Christian hat sich ein paar Tage Urlaub genommen. Er kommt heute Mittag und kümmert sich mit mir zusammen um alles."
Es war der 21. März 2013.

Gräber

Ludwig wurde nach dem Ritus der katholischen Kirche beigesetzt.

Es wurde eine bescheidene Beerdigung. Ludwigs Kinder, natürlich auch Halvar und Giselle und deren Töchter Sanna und Nela, Heinz-Wilhelm, sein einziger noch verbliebener Freund und einige weitere gute Bekannte sowie natürlich Ilona bildeten die Trauergemeinde.

Der Priester hielt eine ganz gute Predigt, die Liturgie bot das Gewohnte und seine Laudatio auf Ludwig schien fast ein wenig unpersönlich zu sein. Aber natürlich konnte der gute Mann ja nur das sagen, was man ihm vorher über den Verstorbenen berichtet hatte.

Nach dem Trauergottesdienst ging es zum Grab. Ludwig hatte wohl eine Erdbestattung haben wollen.

Als man am Grab angekommen war, raunte Halvar Giselle zu:
„Das Grab ist ja nur ein paar Schritte von der Urnengrabstätte der Eltern entfernt. Das ist ja wirklich ein schöner Zufall."
„Hast wohl Recht, nur sehe ich kein Urnengrab." flüsterte Giselle zurück.

Als der Sarg hinabgelassen war und alle Ilona ihr Beileid ausgesprochen hatte, löste sich die Gesellschaft auf.
„Wir sehen uns dann gleich im Café Lange." verkündete Ilona noch und wollte eben schon gehen. Doch inzwischen hatten Halvar und Giselle nach dem Grab der Eltern geschaut – es war eingeebnet. Die Grabstätte existierte nicht mehr. Und so sprach er Ilona sofort an.
„Weißt Du etwas darüber, was mit dem Grab von unseren Eltern passiert ist?"
„Nein, wieso? Ich hab keine Ahnung."

„Lass uns mal eben noch in der Friedhofsverwaltung fragen, was da passiert ist. Wenn wir fünf Minuten später im Café Lange aufkreuzen, macht das doch nichts." meinte Giselle.

„Das Grab wurde auf Antrag aufgelassen, Herr Dr. Walters. Und zwar auf Antrag von einer Frau Walters."
„Geht das denn so einfach?"
„Nein, natürlich nur auf Antrag und der wurde schriftlich gestellt. Ich könnte das jetzt heraussuchen, aber das dauert schon eine halbe bis dreiviertel Stunde."
„Ach lassen Sie mal. Ich schreibe Ihnen und dann sehen wir weiter." erwiderte Halvar.
Als sie im Auto saßen, meinte er zu Giselle:
„Ich glaub es nicht."
„Vielleicht klärt sich das ja auf?"

Im Café wandte sich Halvar sofort noch einmal an Ilona.
„Bist Du sicher, dass Du da nichts gemacht hast? Die Verwaltung sagte uns nämlich, dass eine Frau Walters den Antrag gestellt habe. Und Giselle war es ganz sicher nicht."
„Nein, Halvar, ich habe damit nichts zu tun."
Da Christian die engste Verbindung zu Ilona hatte, wurde auch er noch gefragt. Er wusste ebenfalls nichts.

Ilona hatte allen gesagt, sie sollten à la carte bestellen. Und nachdem die kleine Trauergesellschaft die Vorspeise verzehrt hatte, beriet sich Halvar kurz mit Giselle.
„Das war alles so traurig bisher. Ich glaub, Ludwig hätte sich das etwas anders gewünscht. Und ziemlich unpersönlich war es auch. Meinst Du nicht auch, ich sollte jetzt ein paar Worte sagen?"
„Klar, wenn Du das so empfindest."
Halvar klopfte an sein Glas, stand auf, stellte sich so in den Raum, dass alle ihn einigermaßen gut sehen und hören konnten.
„Liebe Ilona, liebe Kinder – ich darf Euch heute mal so ansprechen – liebe Verwandte, Freunde und Bekannte, ich hoffe, dass

alle einverstanden sind, wenn ich noch ein paar Worte über Ludwig verliere – schließlich kannte ich ihn von allen hier am längsten. Und vielleicht sogar fast auch am besten. Und obendrein meine ich, dass er es gut gefunden hätte, wenn ich nicht so todernst etwas sage, sondern Euch mehr ein wenig nachdenklich stimme, als noch trauriger zu machen. Und damit alle, die hier heute beisammen sitzen, endlich wissen, wie mein Bruder Ludwig wirklich war, werde ich ganz einfach ein wenig davon reden, wie er zu mir als Bruder war, was ich so mit ihm und durch ihn erlebte."

Halvar sprach ungefähr zehn, vielleicht auch fünfzehn Minuten. Und erzählte, wie Ludwig ihm 1955 Geld pumpte, damit er für Giselle etwas zur heimlichen Verlobung kaufen konnte, wie er ihm half, mehrmals das Studienfach zu wechseln, wie er es mit seinem Freund Heinz-Wilhelm und dessen Frau einfädelte, dass Giselle und er noch als Studenten heiraten konnten, und wie er das Terrain bei den Eltern sondierte, damit Halvar 1965 den väterlichen Betrieb verlassen und in einem großen Konzern seine berufliche Laufbahn beginnen konnte. Und Halvar erinnerte auch daran, wie sauer die Eltern erst waren, als Giselle zum ersten Mal schwanger wurde und wie er es bewerkstelligte, die Stimmung im Hause Walters für das erste Enkelkind zum positiven umzudrehen.
Halvar versuchte einen Bogen bis zu seiner zweiten Ehe mit Ilona zu schlagen und als er mit seiner kleinen Gedenkrede fertig war, kam Ilona ganz spontan zu ihm, um sich zu bedanken. Auch Ludwigs Kinder schienen recht zufrieden und Christian meinte, ein wenig lächelnd:
„Das hat der Vater uns alles nie erzählt. War richtig spannend. Und zum Glück nicht so wahnsinnig ernst."

Als Halvar und Ludwig wieder zu Hause waren, telefonierte er mit der Friedhofsverwaltung. Das elterliche Grab ließ ihm einfach keine Ruhe. Er meinte sich zu erinnern, dass das Grab noch eine Liegedauer von fast 30 Jahren hatte.

Es stellte sich heraus, dass tatsächlich Frau Ilona Walters den Antrag auf Auflassung der Grabstelle gestellt hatte und als zweite antragstellende Person Herr Dr. Christian Walters auf dem Formular vermerkt war. Halvar fragte, ob man ihm eine Kopie des Antrags schicken könne.

Zwei Tage später war die Kopie da. Halvar rief Christian an.

„Du, Halvar, davon weiß ich absolut nichts. Weder Ilona noch der Friedhof haben mir je was gesagt oder bei mir angefragt. Kannst Du mir das Formular mal zumailen?"

„Mache ich. Aber kannst Du mir mal verraten, warum Ilona uns da angelogen hat?"

„Ich rede mal mit ihr."

„Tu das. Ich schicke jetzt das Formular auch Ilona. Und frage sie, ob sie schon so dement ist, dass ihr Erinnerungs-vermögen partiell aussetzt."

„Sei nicht so hart zu ihr. Gut, Du bist wütend, aber sie wird das sicher erklären können."

„Da bin ich aber gespannt."

Schon am nächsten Tag meldete sich Christian wieder.

„Ich habe mit Ilona gesprochen. Die erinnert sich tatsächlich an nichts mehr. Ich denke mal, das war nach Vaters Tod alles ein bisschen viel für sie. Hast Du schon mit ihr gesprochen?"

„Nein, Christian, das wollte ich heute Nachmittag erledigen."

Ilona rief eine Stunde später bei Halvar und Giselle an.

„Ilona, das musst Du alles Halvar erzählen – es ist doch das Grab seiner Eltern."

„Es tut mir ja so leid Halvar, ich habe das wirklich nicht mehr gewusst. Nachdem Ludwig gestorben war, hatte ich so viel zu erledigen, ich weiß gar nicht mehr, was alles. Bitte glaub mir das."

„Fällt mir ein wenig schwer. Immerhin musstest Du auf die Friedhofsverwaltung, dort einen Antrag ausfüllen, dabei eine Menge Fragen beantworten. Und das alles weißt Du nicht mehr?"

„Bitte, glaub mir, es ist so, wie ich es Dir sage."

„Und Du bist gar nicht auf die Idee gekommen, mich auf dem Formular, also den Sohn der Verstorbenen zu benennen, sondern stattdessen eins der Enkelkinder? Wieso das denn?"

„Ach Halvar, ich war so durcheinander."

„Zu ändern ist ja leider ohnehin nichts mehr."

Halvar wollte sich nicht mehr aufregen. Aber sprach darüber natürlich noch mit Giselle.

„Ilona hat gelogen und tut es noch immer. Weißt Du, wie das wahrscheinlich alles war? Sie hat Ludwigs Unterlagen durchgesehen, wofür er überall regelmäßig Geld bezahlt. Und das hat sie alles storniert. Einschließlich der 45 Euro im Jahr für die Grabstelle. Sie hätte genauso gut anrufen können und fragen, ob ich das jetzt nicht übernehmen will. Und es gibt noch einen Grund, dass sie lügt. Ludwig ist am 21. März gestorben Und schon am 25. März war die Beerdigung. Du glaubst doch nicht im Ernst, dass sie in vier Tagen das alles erledigen konnte? Und die Friedhofsverwaltung nach Antragseingang so schnell das Grab auflöste? Sodass schon das erste Gras an der Stelle wieder sprießt? Die hat das alles schon lange vor Ludwigs Tod eingefädelt. Und da war sie noch nicht ,durcheinander', wie sie sagt. Ich will mit Ilona nichts mehr zu tun haben."

„Hast ja Recht, Halvar. Aber reg Dich nicht so auf. Ändern können wir doch nichts mehr daran."

„Ich telefoniere jedenfalls nicht mehr mit meiner Schwägerin. Ich mag es nicht, wenn man mich derart dreist anlügt. Und wenn man es so dusselig anstellt, schon gar nicht. Du kannst ja mit ihr sprechen. Und wenn sie mal anrufen sollte und ich bin dran, werde ich sofort sagen ,ich hol Giselle.' Klaro?".

„Wenn Du meinst."

Epilog

Ilona war inzwischen sehr krank geworden.

Giselle rief sie immer mal an, um sich zu erkundigen, wie es ihr so geht. Und sehr selten meldete sich Ilona auch mal bei den Walters.

Nachdem sich die Wogen vor allem bei Halvar wegen der Grabstelle seiner Eltern ein wenig geglättet hatten, wechselte er manchmal ein paar Sätze mit ihr, bevor er Giselle den Hörer weiterreichte.

In den Telefonaten während der ersten Jahre nach Ludwigs Tod jammerte sie immer ein wenig, weil sie Ludwig doch sehr vermisste. Aber ganz allmählich schimmerte dann doch auch ein wenig Zuversicht in den Gesprächen durch – es schien so, als ob sie nach und nach das Alleinsein annehmen könnte. Sie besuchte regelmäßig Veranstaltungen ihrer Kirchengemeinde und hatte wieder Zugang zu ihrer Seniorengymnastik gefunden. Und vor allem hielt sie Kontakt zu Ludwigs und Ingelottes Kindern und unterstützte sogar Martina und ihre Jenny finanziell. Den engsten Kontakt hielt sie aber zu Christian, der ihr wohl auch Ratgeber in all den Dingen war, bei denen sie etwas ratlos war, wie z.B. Behördengängen.

Ab Herbst 2016 klangen ihre Anrufe wieder etwas verzagter, mit ihren 83 Jahren stellten sich doch mehr und mehr auch gesundheitliche Probleme ein. Zunächst nichts Gravierendes, aber doch eine ganze Reihe von Beschwerden, die das Dasein zunächst weniger angenehm machten und dann auch mehr und mehr erschwerten.
Von Christian hörte Giselle dann, dass Ilona im Krankenhaus gewesen war: Sie wohl ein Gewächs in einer Brust gehabt und die

näheren Untersuchungen erforderten dann eine Operation, in der die Geschwulst entfernt wurde. Keiner mochte das Wort in den Mund nehmen – aber es schien vielleicht doch Brustkrebs zu sein.

Als Giselle Ilona anrief, war sie schon wieder aus der Klinik entlassen worden, befand sich in einer Reha-Klinik, in der es ihr ausnehmend gut gefiel.

„Ich brauche mich um nichts zu kümmern, werde gut versorgt und bisweilen auch umsorgt – bald werde ich wohl sehen, dass ich einen Platz in einem Heim finde. Aber trotz allem – es geht mir gut und ich fühle mich eigentlich auch recht gut."

Giselle hatte mit ihr am 22. Januar 2017 telefoniert.

Ludwigs Kinder hatten inzwischen eine ziemlich unter-schiedliche Entwicklung genommen.

Martina arbeitete in Hannover in einer Schule als Putzfrau. Die Altenpflege hatte sie wohl aufgeben müssen, weil sie die Durststrecke für eine Ausbildung nicht durchstehen konnte – sie musste schließlich sich und ihre Tochter über die Runden bringen. So ein klein wenig erinnerte ihr Dasein an das des Taxifahrers mit akademischem Abschluss – hier war's die Reinigungskraft mit Abitur.

Christian hatte infolge Rationalisierungsmaßnahmen den Job in seiner Pharmafirma verloren und gönnte sich von der erhaltenen Abfindung vorerst eine längere Pause. Er war froh darüber gewesen, weil ihm die wechselnden Strukturen in seiner alten ‚Company' zunehmend missfielen. Er fand dann einen neuen Job in einem Unternehmen, das medizinische Großgeräte vertreibt. Er ist nun Vertreter und klagt über die viel zu hohen Umsatzziele, die man ihm und seinen Kollegen vorgibt.

Und Laurens? Er hatte, um sich seiner Familie mehr widmen zu können, seine Vertreterposition aufgegeben und arbeitete nun bei seiner Firma im Büro, also im Innendienst. Mit deutlich weniger Geld, aber dafür geregelter Arbeitszeit. Er wurde das einzige von Ludwigs Kindern, das wohl mit sich und seinem Dasein restlos zufrieden war. Und seine Sue und ihre inzwischen zwei Kinder, Odile und Thore, waren es mit dem Ehemann und Vater wohl auch.

Über den Autor

Ulf Häusler, 1935 in Kassel geboren, studierte nach dem Abitur zunächst Medizin, sattelte dann aber um auf Jura und Volkswirtschaft. Nach bestandenem Diplom als Volkswirt arbeitete er zunächst ein Jahr lang im väterlichen Betrieb. Danach wechselte er in einen großen deutschen Konzern. Er arbeitete dort gut 30 Jahre lang, ab 1992 als Mitglied des Konzernvorstandes, den er altersbedingt Ende 1998 verließ, um danach noch beratend bis zum Oktober 2000 für das Unternehmen tätig zu sein. Nebenberuflich promovierte er 1973 und erhielt 1984 einen Lehrauftrag an einer süddeutschen Universität. 1990 ernannte ihn der zuständige Kultusminister zum Honorarprofessor.

2014 veröffentlichte Häusler unter einem Pseudonym, seinen ersten, biografisch angelegten Roman, in dem er seine Hauptfigur Helge Steinmann recht ungeniert und meist auch heiter über sein Familienleben, aber auch über seine Erlebnisse in, mit und bei seinem Konzern berichten lässt.

Sein zweites Buch hatte einen Dialog zwischen Großvater und Enkelsohn zum Inhalt. Hier versuchte der Autor einem Jungen die Welt zu erklären, ihm aber auch seine familiären Wurzeln näher zu bringen, indem er den jungen Mann ab seinem 7. Lebensjahr bis zur Volljährigkeit Fragen stellen ließ und sie zu beantworten suchte. Dabei wollte er den Jungen durchaus auch ein wenig beeinflussen und ihm helfen, sich in einer sich ständig ändernden Welt einmal zu Recht zu finden.

In seinem dritten Buch, einem Roman, wieder unter einem Pseudonym veröffentlicht, konfrontierte der Autor seine Leser mit allen Facetten menschlichen Daseins – die geschilderten Ereignisse wurden zum Spiegelbild vom Entstehen bis zum Vergehen einer Familie im Verlauf von mehr als 180 Jahren über sechs Generationen.

Mit über 80 Jahren musste sich der Autor einer Hüftoperation unterziehen, die für ihn Anlass wurde, seine Erlebnisse vor, um und nach der OP in recht heiterer Weise als Bericht zu Papier zu bringen.

Der nun vorliegende Roman handelt vom Leben zweier Brüder, vor allem von dem des älteren aus der Sicht des jüngeren, ein Leben, das alles andere als einfach war.
Die geschilderten Ereignisse spiegeln nicht nur ein Stück Zeitgeschichte wider, sondern sind auch das Abbild einer Familie. Sie zeugen von der Schwierigkeit der Kinder, sich vom Elternhaus zu lösen und wie dies (wie meist?) nur unvollständig gelingt. Und wie dann die eigenen Kinder der nachfolgenden Generation wieder vor ganz ähnlichen Problemen stehen.

Ulf Häusler ist verheiratet, hat zwei erwachsene Töchter und lebt und arbeitet, längst des Großstadtlebens überdrüssig, zusammen mit seiner künstlerisch tätigen Ehefrau in einem kleinen Dorf im hessischen Teil des Odenwaldes.

Zeitfracht Medien GmbH
Ferdinand-Jühlke-Straße 7
99095 Erfurt, Deutschland
produktsicherheit@kolibri360.de